JAMAIS AVEC TON ENNEMI

JULES BARNARD

Chapitre Un

HAYDEN

ette merde. Il a eu la promotion ?

Je relis l'email, le nez sur l'écran. Cela ne fait que neuf mois qu'Adam Cade est arrivé au Blue Casino, quand il a été embauché comme assistant de la directrice de l'hôtellerie. Et maintenant, il la remplace ?

Je respire plusieurs fois à fond, le visage chauffé à blanc. Promouvoir Adam à la direction de l'hôtellerie va gonfler l'ego de ce beau gosse dans des proportions édifiantes. Il était surqualifié pour le poste d'assistant, mais quand même. Je pose le front sur mon bureau et le frappe plusieurs fois sur le bois. Ça signifie qu'Adam et moi sommes au même niveau. *Censés travailler main dans la main…*

On frappe à la porte. Je lève rapidement les yeux. *Dites-moi que ce n'est pas Adam.*

Mais vu son don pour m'exaspérer, la probabilité est très forte.

Je range mon clavier et me lève, regardant au loin par la fenêtre. Les montagnes du lac Tahoe, l'eau d'un bleu intense… Ce sont vers elles que je me tourne quand tout s'écroule. Et jusqu'à récemment, je les avais laissées derrière moi.

La promotion d'Adam n'est qu'un épiphénomène qui vient s'ajouter au tas d'emmerdes que j'ai rencontrées depuis mon retour au lac Tahoe pour bosser au Blue Casino. Des emmerdes pires encore que celles qui m'ont fait fuir au beau milieu de la nuit avec ma famille il y a onze ans, car elles ne touchent pas qu'une poignée de personnes.

Je redresse les épaules et inspire à fond.

– Entrez, dis-je en regardant vers la porte.

Je suis une professionnelle. Je peux gérer…

J'entends le clic de la poignée, suivi du glissement du bois sur la moquette épaisse. Un homme sublime, habillé en Armani, se tient dans l'embrasure. Ma respiration s'accélère et mon ventre palpite comme chaque fois que ce type entre dans une pièce, bon sang.

La bouche d'Adam se crispe, et il promène son regard bleu et intelligent sur mon visage, l'arrondi de mes épaules. Je suis presque sûre qu'il est conscient de l'effet physique qu'il me fait, même si je ne l'admettrai jamais.

Un autre employé passe devant ma porte, s'arrête, et serre la main d'Adam.

— Félicitations, mec. Il était temps. Tu es *dans le club*, maintenant.

Au Blue Casino, être « *dans le club* » signifie avoir connaissance des activités illégales du casino et accès à celles-ci, et il y a de fortes chances qu'Adam en fasse partie maintenant. Même avec ses diplômes, personne ne grimpe aussi rapidement les échelons à moins d'avoir un piston en interne.

Adam opine d'un hochement amical du menton.

— Merci, dit-il et l'homme continue son chemin.

Adam ferme la porte, nous confinant à l'intérieur. Son regard revient sur moi.

Adam Cade est exactement le genre de riche snobinard que je méprise. Il a reçu la belle vie en naissant, la fortune, les relations sociales, alors que je me suis cassé le cul à l'école et au travail et que j'ai tout gagné par moi-même.

— Inutile de jubiler, dis-je en pivotant vers la fenêtre, espérant que la vue rendra cette rencontre moins douloureuse. J'ai lu l'email.

J'aurais dû être informée de la promotion d'Adam *avant* qu'elle ne soit annoncée ; je dirige le service des ressources humaines. Adam était sur ma short-list, mais j'ai travaillé jour et nuit pour recruter quelqu'un d'autre, certaine de pouvoir trouver un candidat plus qualifié. Le fait que le PDG ait engagé Adam derrière mon dos prouve qu'il me remet une fois de plus à ma place et m'écarte des décisions importantes.

Je regarde derrière mon épaule comme il ne commente pas mon sarcasme.

La bouche sexy d'Adam simule une moue fâchée.

— Tu ne me félicites pas, Hayden ?

Sa grande main masculine – plus calleuse qu'elle ne devrait l'être pour un gosse de riche – se pose sur son cœur.

— Je suis blessé, dit-il. Vraiment blessé.

Je ricane et contemple à nouveau le lac. Ça ne me surprend pas qu'Adam soit dans les petits papiers du PDG. Joseph Blackwell, le patron du Blue Casino, ne voulait *pas* m'embaucher. Il n'avait pas eu le choix après qu'un des membres de son équipe ait été pris en flagrant délit de tentative de viol sur une employée. Blackwell m'avait choisie dans la pile des candidats pour remplacer le DRH licencié et sauver les apparences. Engager une femme aux ressources humaines était une bonne stratégie RP pour étouffer le scandale.

Trop désireuse de grimper les échelons et de faire mes preuves, je n'ai compris la raison de mon embauche *qu'après* avoir accepté le poste.

Je suis retournée au lac Tahoe pour me prouver à moi-même que je ne suis pas fragile. Il est hors de question que je fuie le Blue Casino et la manière louche dont le PDG gère l'entreprise. Les personnes au pouvoir au Blue ont fait du tort aux employés dans le passé, et je crois fermement qu'ils continuent, bien que je n'aie aucune preuve concrète.

Je sens Adam s'approcher, et ma peau s'échauffe sous mon chemisier cintré.

— Comment va-t-on fêter ça ?

Sa voix grave et rauque s'infiltre dans mon oreille, me forçant à faire un pas de côté. Il est trop près. La senteur discrète de son après-rasage luxueux me sature les sens, et ça me dérange. Je déteste être attirée physiquement par un tel crétin.

— Je te laisserai même m'offrir un verre et des ailes de poulet épicées.

Je secoue la tête et foudroie du regard sa tronche d'élève de prépa. Son attitude est tellement exaspérante que je ne sais pas par où commencer. Alors je vais au plus évident.

— Des ailes épicées ?

Ses yeux bleus sondent les miens et ma bouche se crispe en écho à la tension qui me vrille le ventre. Quand il me regarde, me regarde *vraiment*, j'oublie qui je suis.

— J'adore ça, dit-il innocemment. C'est mon plat préféré.

Adam est un homme qu'on ne peut pas fixer trop long-temps sans ovuler, mais l'humour qui traverse ses yeux dissipe mon brouillard hormonal. Quand il plaisante ou fait des remarques suggestives au cours d'une conversation, je me rappelle l'homme qu'il est vraiment. C'est le genre de connard qui n'hésiterait pas à pousser quelqu'un sous un bus. Je ne le sais que trop bien.

— Je ne te voyais pas comme un type qui aime ce qui est épicé.

Les amateurs d'ailes de poulet sont des mecs qui aiment le foot le dimanche et les filles en bikini, pas des beaux gosses en Armani de la tête aux pieds qui fréquentent le gratin de la ville.

Je lui jette un regard oblique. Son éternel sourire en coin a disparu, et son expression est vulnérable, chose que je n'ai jamais vue avant chez lui. Pendant un instant, mon esprit s'emballe. L'ai-je blessé ?

Et pourquoi ça m'embêterait ? Je ne lui dois rien.

Il me lance une œillade séductrice et j'ai envie de me gifler pour m'être demandé si j'avais touché un point sensible.

— On ne juge pas un livre à sa couverture, Hayden. C'est ce que tu fais, non ?

Son regard erre sur les manuels, les journaux économiques et la myriade d'autres ouvrages posés sur les étagères qui couvrent les deux tiers de l'espace mural de mon bureau.

Les livres, et même ma peinture abstraite rouge représentant une silhouette féminine qui se tient le buste et qui détonne avec le décor du Blue. J'ai acheté ce tableau la semaine où j'ai décroché mon MBA. Tout ce dont j'ai rempli mon bureau me rappelle mes études et le chemin parcouru. Ce n'est pas parce que je me suis appuyée sur des livres pour arriver là où je suis que je suis incapable de cerner la vraie nature des gens.

Adam est exactement comme je le pense : un fils à

papa riche et séduisant. Très séduisant, pour être exacte, dans son costume taupe qui épouse ses larges épaules. Être sensible à la beauté est mon seul défaut majeur. Les Louboutin à mes pieds, ce magnifique endroit que je considère comme chez moi – et même Adam.

Comme au lycée, quand je faisais confiance à une belle gueule, je me retrouve à glisser dans un puits sans cordage, à racler les parois avec mes chaussures de marque et un sacré cran. Je pensais m'offrir un nouveau départ avec le Blue Casino. Je n'en suis plus aussi sûre. Mais je ne me trompe pas sur Adam.

— J'ai un truc ce soir.

Adam me rend folle, mais il n'est pas responsable de mon attirance non désirée. Il est né beau ; aucune femme n'est insensible à sa présence. C'est injuste de lui faire porter le chapeau de *ma* frustration.

— Félicitations quand même. Pour la promotion. Joli coup. Blackwell s'est pris d'affection pour toi tout de suite. Je parie que tu feras partie des Blue Stars en un rien de temps.

Je guette des signes de nervosité, mais la mâchoire ciselée d'Adam ne tique pas. Il ne montre rien, si ce n'est le léger sourire qui remplace la lueur de vulnérabilité que je pensais avoir surprise.

Eh bien, c'est ça. Il doit s'attendre à devenir l'un des Blue Stars, ou il m'aurait repris quand j'ai suggéré que notre PDG voulait le promouvoir à ce rang.

Les Blue Stars, les étoiles bleues, sont une bande de mecs qui se trimballent dans le casino avec une chevalière en saphir obtenue pour leurs performances exceptionnelles ou, selon la rumeur, pour être de sales ordures qui gèrent un réseau de prostitution et de drogue au sein même du casino.

Quelqu'un doit défendre les victimes dans cet endroit.

À ma connaissance, personne ne le fait. Je vais découvrir ce qui se trame, malgré la détermination du PDG à m'écarter des décisions importantes, et aller voir la police avec des preuves. Nettoyer le Blue de la vermine et avoir enfin le job de mes rêves que j'espérais y trouver, c'est tout ce que je demande.

Je me tourne vers mon bureau pour me remettre au travail, mais la grande main d'Adam s'enroule autour de mon bras, me faisant frissonner. Mon regard glisse sur sa poitrine large, sa jolie bouche, son nez droit et se plante dans ses yeux qui m'envoient des messages contradictoires.

Son regard s'émousse et ses doigts relâchent leur emprise sur mon bras.

— Je ne l'ai peut-être pas mérité, mais je suis qualifié pour le poste, Hayden.

Elle est encore là, cette lueur de vulnérabilité, cette fois je l'entends dans sa voix. Et puis elle disparaît.

Il tourne les talons et se dirige vers la porte d'une démarche arrogante.

— N'hésite pas à nous rejoindre au Farley après le boulot. Les ailes sont pour moi.

Je le fixe quand il sort, car je ne peux pas m'empêcher de le mater, surtout quand il ne me voit pas.

— N'y compte pas.

Pourquoi, après tous ces mois, je me demande soudain si j'ai mal jugé Adam ? Je ne peux pas laisser le doute affecter mes décisions. Pas quand dénoncer le casino est la seule chose à faire. Blackwell et les types qui lui lèchent les bottes sont coupables de toute une série de crimes. Il me faut juste trouver des preuves tangibles ; les rumeurs ne suffisent pas. Mais Adam ? Je ne veux pas remettre en question la culpabilité d'Adam. Il s'agit de faire justice. Pour les femmes qui travaillent au Blue Casino, et peut-être ailleurs, que le PDG et ses Blues Stars ont manipulées et violentées au fil des ans.

Et si Adam Cade est impliqué… je le ferai tomber aussi.

<hr>

ADAM

— M. Cade, je m'en occupe.

James, le voiturier, m'ouvre la portière côté conducteur et je sors de ma Jaguar XKR, cadeau de mon père pour mon MBA.

Je lui lance les clés et j'entre au Club Tahoe par la porte de derrière, marche sur le parquet sombre et les tapis moelleux, passe devant un vase rempli de fleurs rouges sur une table en pierre polie. Même dans les bureaux privés, le Club Tahoe est de toute beauté.

Esther, la secrétaire de mon père âgée de soixante-cinq ans, m'aperçoit de son bureau et me sourit. Elle porte un tailleur gris clair, le volant d'un chemisier améthyste dépasse des revers de la veste. Cette combinaison met en valeur ses cheveux argentés et donne l'image d'une dame âgée sophistiquée. Esther est aussi emblématique du Club Tahoe que le lustre gigantesque en cristal et fer forgé du hall d'entrée.

— Adam.

Elle se lève et me serre chaleureusement dans ses bras.

Peu de gens savent qu'en plus d'être stylée et élégante, Esther est comme une seconde mère pour mes frères et moi. Ou une première, puisque la nôtre est morte quand j'étais enfant et mon plus jeune frère un nourrisson.

Ma mère a choisi de donner naissance à Hunter plutôt que de combattre le cancer du sein que les médecins ont découvert au cours de son deuxième trimestre. Je me demande parfois si elle aurait pris la décision d'attendre la naissance de Hunter pour commencer un traitement si elle avait su ce qu'il allait devenir. C'est l'un de mes frères préférés, mais c'est aussi un sacré don Juan.

— Quelle est l'humeur du paternel aujourd'hui ?

Esther retourne au bureau où, j'en suis sûr, se trouve encore la trousse de secours qu'elle utilisait pour nous soigner, mes frères et moi, quand nous étions enfants. Nous allions chercher du réconfort auprès d'Esther, car notre nounou était une vraie pétasse.

— Ni bonne ni mauvaise. Sa masseuse est venue il y a une heure. C'était le bon moment, juste après sa réunion avec les investisseurs.

Peu importe les performances du Club Tahoe, ou sa renommée mondiale, mon père n'est jamais satisfait, et ses investisseurs sont tout aussi avides. Ils veulent toujours plus. Plus de publicité. Plus de clients fortunés, bien que le prix d'une chambre standard dépasse le coût d'un billet d'avion pour traverser le pays. Quelle que soit la fortune de mon père, ce n'est jamais assez pour lui. C'est pourquoi mes frères et moi avons cessé d'essayer de l'impressionner il y a longtemps. Les réussites scolaires et sportives étaient dérisoires au regard du complexe touristique que notre père avait construit.

Après la mort de notre mère, Ethan Cade a renoncé à toute forme d'affection. Certes, il s'est assuré qu'on s'occupait bien de nous, mais il payait des gens pour le faire à sa place. Il a subvenu à nos besoins financiers, mais même ce soutien avait un prix. Je suis le seul fils Cade à bien vouloir encore le payer.

J'ai des exigences et j'aime le style de vie que je peux me permettre grâce à la fortune familiale. Alors je joue le jeu de mon père et je vis dans le luxe tandis que mes quatre frères en bavent dans le monde qu'ils ont choisi.

Je les envie comme un malade.

Après avoir frappé deux fois à la double porte en acajou rustique, j'attends le signal de mon père. Sa voix grave m'invite à entrer, et je le fais, avec toute l'assurance innée d'un Cade. S'il y a une chose que j'ai apprise en étant le fils d'Ethan Cade, c'est de ne jamais paraître faible, de ne jamais douter de moi.

J'avance à grands pas dans la pièce et m'assieds en face du patriarche, qui m'observe fébrilement, cherchant une faille dans l'armure. Il n'en trouvera pas. Il m'a bien formé.

Il balance son stylo-plume sur le bureau. Il semble distrait.

— Adam, que me vaut le plaisir de ta visite ? J'imagine que ça se passe bien au Blue ?

— Mieux que bien.

J'essaie de masquer ma satisfaction. Ce que j'ai à dire ne l'impressionnera pas. Je ne sais pas vraiment pourquoi je me suis déplacé pour lui raconter mes exploits alors qu'un coup de fil aurait suffi. Ma présence prouve que je cherche toujours autant à lui faire plaisir, ce qui aura probablement l'effet inverse. Mais je voulais être témoin de son expression. Pour voir si, pour une fois, j'ai fait quelque chose qui le rend fier, même s'il ne le verbalisera jamais.

Je tire sur mon pantalon et croise la cheville sur le genou, en tentant de rester décontracté.

— J'ai été promu manager au Blue. Avec effet immédiat.

L'expression de marbre de mon père ne se fissure pas. Comme il ne répond pas, je décroise les jambes, puis je regrette ce geste. J'aurais voulu rester immobile.

— C'est une surprise.

Je feins la nonchalance.

— Pas vraiment. Je suis sorti premier de ma promo à Cornell, si tu te souviens bien.

Il l'a probablement *oublié*.

— Le PDG s'est montré généreux depuis le début.

Un fait que même Hayden a remarqué, et qui semblait la déranger. Elle n'est pas du genre mesquin. Je n'ai pas trop compris sa réaction.

— J'étais surqualifié pour le poste que tu m'as *encouragé* à prendre, je lui rappelle. La promotion était une suite logique.

Mon père détourne le regard. Il pousse un gros soupir et fait tourner son fauteuil en cuir pleine fleur vers la fenêtre qui donne sur la piscine à débordement et les grands pins qui confèrent au paysage un aspect naturel. Le lac aux eaux d'un bleu profond et son rivage sablonneux se trouvent juste après la piscine.

— Tu as toujours été loyal. Je n'avais jamais réalisé que ça avait pu te freiner.

Pendant un moment, j'en reste muet de surprise.

Mon père ne se remet jamais en question, et reconnaît encore moins ses torts. Tout son monde tourne autour du Club Tahoe. J'aurais mis ma main à couper qu'il voulait que le mien tourne aussi autour du complexe familial. D'ailleurs, il l'a exprimé quand il a insisté pour que je travaille au Blue Casino pour gagner en expérience avant de retourner à plein temps au Club Tahoe.

Est-ce une ruse ? Il veut tester ma loyauté ?

— J'ai apprécié le travail que j'ai fait au club.

Il ne détourne pas le regard de la vue.

— Oui. Ce n'est pas le cas de tes frères.

C'est de la nostalgie dans sa voix ? *Qu'est-ce qui se passe ?*

Ce n'est pas que mon père déteste mes frères, seulement il n'a pas adressé la parole à certains d'entre eux depuis des années. Ils n'en ont toujours fait qu'à leur tête, et leur présence avait tendance à faire monter sa tension et à faire virer son visage au rouge écarlate.

Je tends le cou et regarde autour de moi, m'attendant à ce que quelqu'un surgisse en criant « Je t'ai eu ! ».

Quand je me retourne, mon père semble mélancolique. Je ressens l'envie étrange de le consoler, ce qui ne m'est jamais arrivé de toute ma vie. Ethan Cade n'est pas un tendre. Il n'a pas besoin de réconfort. C'est un homme sacrément maître de lui-même. Qu'est-ce qui lui arrive ?

— Mes frères réprouvaient le fait d'être forcés de travailler pour toi, je lui rappelle.

Voilà. Ça ressemble plus à nos discussions habituelles.

Il me regarde droit dans les yeux.

— C'était une erreur. Je n'aurais jamais dû insister autant. J'aurais dû vous laisser, toi et tes frères, libres de poursuivre d'autres carrières.

Putain de merde. Qui est cet homme ? Entendre mon père dire qu'il accepterait que l'on travaille ailleurs qu'au Club Tahoe est trop bizarre. Et pourquoi le dire maintenant ?

— Levi, Wes, Bran, et même Hunt ont fait leur vie comme ils l'entendaient, papa. Indépendamment du passé. Tu n'as pas besoin de… de t'inquiéter.

Il hoche fermement la tête.

— Tu crois qu'ils vont nous rendre visite ?

Je ris jaune.

— Depuis quand tu as envie qu'on te rende visite ? Travailler ici, oui, mais…

Il regarde la photo de famille de nous six prise un an après la mort de ma mère. Mon père se tient derrière nous, près des portes d'entrée du Club Tahoe. Mes frères et moi portons des polos bleus identiques et des pantalons à plis que nous n'avions pas le droit de toucher, et encore moins de salir. Ce qui ne se voit pas sur la photo, c'est que nous avions attendu plus d'une heure que notre père arrive. Il était trop pris par son travail pour se libérer à l'heure dite. Ce qui avait provoqué l'agitation de quatre petits garçons et d'un bébé de dix-huit mois.

— Je n'ai pas été présent pour vous, dit-il, me choquant encore plus. Je n'aurais pas dû faire passer le Club Tahoe en premier. J'ai l'intention de changer ça.

Il se passe un truc pas normal, ou alors c'est un piège. Il a perdu la tête. J'ai vingt-sept ans ; mes frères ont entre vingt-deux et vingt-neuf ans. On est des adultes. Même si ce n'est pas une blague, c'est un peu tard.

— Écoute, papa. Je ne sais pas d'où ça sort ni ce que tu as l'intention de faire, mais n'impose rien aux autres. Ils sont heureux dans leur vie.

Je grimace presque face à l'intensité du regard que mon père m'adresse.

— Vraiment ?

— S'ils sont heureux ? je demande pour être sûr de suivre, parce que cette conversation est surréaliste.

Il confirme d'un hochement de tête.

J'aimerais dire que oui, bien sûr qu'ils sont heureux, mais en vérité, je n'en sais rien. Parfois, je soupçonne mes frangins d'être aussi paumés que moi.

Je me penche en avant sur mon siège.

— Ce sont des adultes. Ils font leurs propres choix.

Il m'observe pendant un long moment avant de détourner le regard.

— Félicitations. Pour la promotion. Tu te plais là-bas ?

Il attend ma réponse comme si c'était important pour lui, alors que mon bonheur a toujours été le cadet de ses soucis. De toute ma vie, mon père ne m'a jamais demandé ce que je voulais.

— J'aime ce travail.

Mieux vaut lui donner satisfaction et en finir avec cette

conversation gênante, mais dès que je prononce ces mots, je réalise qu'ils sont sincères. Travailler au Blue m'a plu dès le début. Ou du moins, depuis le jour où j'ai posé les yeux sur Hayden Tate.

Hayden est… différente. Elle n'a peur de rien. Pour une raison bizarre, ça me plaît. Elle est rafraîchissante dans ce milieu sclérosé. Ou c'est peut-être la façon dont ses hanches galbées ondulent quand elle sort en trombe parce que je l'ai énervée. Je ne sais pas encore. Quoi qu'il en soit, elle a fait du Blue un endroit supportable, et en plus, j'ai été promu. Ça ne peut qu'aller en s'améliorant.

D'après ce que j'ai entendu, les primes de management, couplées à l'augmentation de mon salaire, me permettront de vivre confortablement. Je n'aurai pas besoin de l'argent de mon père pour rester à flot. Et je donnerais n'importe quoi pour prouver à mes frères que je peux m'en sortir tout seul.

J'ai perdu leur respect quand j'ai commencé à taper dans ma part du fonds fiduciaire abondé par notre père alors qu'ils prenaient le large pour vivre leur propre vie. Mes frères sont là pour moi, mais ils n'ont jamais compris pourquoi je supportais les conneries de notre père.

Je pensais qu'il m'avait ordonné de travailler au Blue Casino pour s'assurer que je resterais son laquais, mais avec plus d'expérience. Je le crois encore en partie. Mais s'il dit la vérité et est ouvert à ce que je travaille ailleurs, je préférerais ne plus jamais travailler au Club Tahoe. J'aimerais choisir mon avenir, comme l'ont fait mes frères. Ce qui veut dire que je ne peux pas gâcher la chance que le Blue m'a donnée.

Je me lève et m'approche du bureau pour serrer la main de mon père d'une poigne ferme, comme il me l'a appris quand j'avais quatre ans.

— Bon, j'y retourne. Je dois retrouver des amis pour fêter ma promotion.

— Reviens me voir, Adam.

Il me serre la main, ses yeux sont sincères.

— Oui, je balbutie. Bien sûr que oui.

Mais je ne sais pas ce qu'il raconte. Mes frères et moi sommes tous des étrangers pour lui. Je suis juste un étranger plus proche de lui que ses autres fils.

Je sors de son bureau et je m'arrête à la réception, fixe le mur opposé les yeux dans le vide. Quoi qu'il lui arrive, ça ne doit pas être grave, sinon j'en aurais entendu parler dans les médias locaux. Il retrouvera vite sa nature autoritaire et grincheuse.

— Tout va bien ?

Esther est assise à son bureau, les sourcils pincés en signe d'inquiétude.

— Ça va.

Je souris, sors un caramel de ma poche, et le pose devant elle. Mes frères et moi avions l'habitude de laisser à Esther son bonbon préféré à chacune de nos visites. Aujourd'hui, je suis le seul à mettre les pieds dans cet endroit.

Je me dirige vers la sortie quand la douce voix d'Esther flotte vers moi.

— Il est fier de toi, tu sais.

Mon dos se raidit et je me fige, le malaise me picotant la nuque. L'atmosphère ici est étrange. Je n'ai pas l'habitude des discussions intimes avec mon père. Ni avec Esther, aussi gentille qu'elle ait été au fil des ans.

Je pensais vouloir faire la fierté de mon père. Maintenant que c'est le cas, je suis trop dérouté par son attitude pour le savourer, je reste confus.

Je tourne la tête et lui adresse un sourire confiant avant de sortir du Club Tahoe.

Chapitre Deux

HAYDEN

La secrétaire informe Blackwell de ma présence et obtient l'autorisation verbale pour me faire entrer, mais mon patron est un homme effrayant et il ne me porte pas dans son cœur.

J'hésite devant la porte, prie pour qu'il soit de bonne humeur, puis j'entre.

— Vous avez un moment ?

Il ne lève pas les yeux de son ordinateur.

— Fais vite. J'attends un appel.

Je ferme la porte et affiche mon visage d'ange.

— Je voulais vous parler du poste de directeur de l'hôtellerie.

— Il a été pourvu, dit-il en cliquant sur un document à l'écran.

— Oui… c'est pour ça que je suis là. Vous m'aviez demandé de recruter quelqu'un.

Blackwell lève la tête, ses yeux de fouine encore plus petits derrière ses lunettes à monture métallique.

— Et alors ? Tu as un problème avec le candidat que j'ai choisi ? dit-il d'un ton cassant indiquant que j'ai intérêt à ne pas avoir de problème. Mary ! il gueule, et sa secrétaire arrive en courant prendre un dossier qu'il lui tend. Livre ça. Tu sais où. Tout de suite.

Flippant, le boss.

— Non, bien sûr, aucun problème, dis-je une fois sa secrétaire partie. Simplement, je pensais que vous voudriez me consulter au sujet des candidats que j'ai reçus en entretien avant de prendre une décision. Et de l'annoncer à toute l'entreprise.

— Ahh.

Il se décale pour être bien en face de moi. J'ai une envie folle de reculer, mais je ne bouge pas.

— C'est ça le problème, Hayden ? Le fait que je ne t'ai pas demandé ton avis ?

Il ne m'a pas invitée à m'asseoir, alors je reste plantée près de la porte dans mes escarpins haute couture qui me donnent de l'assurance. Parce que je les ai gagnés par mon travail acharné, tout comme j'ai bossé dur pour obtenir les diplômes qui m'ont permis de décrocher un poste dans un prestigieux casino comme le Blue.

— Je m'inquiète de la façon dont l'équipe perçoit mon statut, dis-je. Je crains que votre indifférence envers mes efforts pour sélectionner des candidats apporte de l'eau au moulin des managers qui ont une mauvaise perception de mon rôle dans l'entreprise.

— Et quelle perception en ont-ils ?

Son sourire mielleux n'en est pas moins menaçant. Je recule malgré moi.

— Ils pensent que je suis la potiche des RH.

Merde. J'ai dit ça tout haut ?

— Et moi qui pensais qu'on ne se comprenait pas.

La secrétaire lui signale par l'interphone qu'il a un appel. Il décroche le téléphone sur son bureau.

— Si tu veux bien m'excuser ?

Il presse le bouton rouge qui clignote.

— Ed, merci d'avoir attendu.

Il se tourne dans son fauteuil pivotant, mettant fin à notre entretien.

Donc, Blackwell *veut* que les collaborateurs me voient comme une marionnette ? Je m'en doutais un peu, mais je pensais quand même qu'il m'avait choisie pour mes compétences. Quel est le but de ma présence ici ?

Ah oui, redorer l'image de la boîte. Si le Blue se débarrasse de moi et engage quelqu'un d'autre, ça fera mauvaise impression. Blackwell s'en fiche que je bosse bien ou mal, tant que je ne me mêle pas de ses affaires.

Je m'apprête à tourner la poignée quand il m'appelle. Je me retourne lentement, le regard inébranlable.

— Adam va embaucher plusieurs employés pour un nouveau business, dit-il la main sur le combiné pour que son interlocuteur n'entende pas. Ne te mets pas dans ses pattes et ne discute pas ses choix de recrutement. Sinon, tu n'apprécieras pas les conséquences. C'est clair ?

Oh mon Dieu. Dans quoi me suis-je fourrée en acceptant ce boulot ? Je savais que la situation n'était pas rose quand j'ai découvert les histoires de harcèlement au Blue, mais ça ne fait qu'empirer.

— Oui.

Je sors de son bureau avant de vomir, et je bouscule Eve dans ma précipitation. C'est l'une des deux femmes que je soupçonne de lécher le cul de Blackwell si souvent qu'elle pourrait dessiner l'anatomie de son colon.

— Excuse-moi, Hayden.

Elle change ses dossiers de bras et tire ostensiblement sur son corsage en tricot. Blackwell jette un œil par la porte ouverte, le téléphone collé à l'oreille, et fait signe à Eve d'entrer. Elle m'adresse un sourire hypocrite qui lui étire à peine les lèvres et se faufile par la porte en se dandinant.

Je traverse le couloir, dégoûtée et furax de ne pas m'être renseignée avant d'accepter le poste au Blue. Contrairement à Adam, *moi*, j'étais sous-qualifiée. Ou du moins un peu limite pour prendre en charge la direction des ressources humaines. J'avais les diplômes, mais pas l'expérience requise quand le Blue m'a engagée. La liste des candidats pour le poste devait être longue. J'avais cru qu'ils voyaient quelque chose d'intéressant en moi…

La seule chose qu'ils ont vue, c'était une cible facile.

———

ADAM

J'ENTRE AU Farley et je repère deux gars avec qui je bosse. Je ne dirais pas que Paul et William sont des *amis*, mais ce sont des collègues proches. On discute le bout de gras dans la salle de repos, et ils se sont assurés que je ne paie rien les rares fois où je suis allé au night-club du Blue.

Paul et William se pavanent dans le Blue Casino comme des vraies stars, mais ça ne me dérange pas. Les Cade sont habitués à la déférence au lac Tahoe.

— Félicitations, mec.

Paul me serre la main d'une poigne ferme, ses yeux bruns pétillent. Je le vois faire signe au barman et montrer du doigt le Gran Patrón Platinum. Le Farley est un bouge miteux, mais il s'approvisionne en bonne came pour les cadres qui passent après le travail pour décompresser.

Le barman pose trois verres devant nous, et Paul lève le sien.

— Au nouveau business.

J'en prends un à mon tour et j'avale le shot d'un trait. La tequila haut de gamme coule dans ma gorge comme du velours.

Je glisse le verre vide vers le barman, qui le remplace immédiatement par une bouteille de Corona. Comme si Paul ou William l'avaient commandée à l'avance. Le Farley assure, mais pas à ce point.

J'arque un sourcil et je regarde les gars.

— Je comprends qu'on fasse la fête, mais on est là pour discuter de quoi d'autre, au juste ? Est-ce que ça a un rapport avec le projet sur lequel vous travaillez mais dont vous refusez de parler? Blackwell ne m'a pas donné de détails cet après-midi, mais il a mentionné que l'hôtellerie s'occupera de la vitrine et vous de l'arrière-boutique.

C'est une drôle de façon de le formuler, mais bon, je ne fais que répéter les paroles de Blackwell.

Paul et William sont restés très discrets sur ce nouveau business, et je suis impatient de découvrir ce qui se cache derrière tous ces secrets.

Paul boit une gorgée de bière, la tête baissée comme pour masquer son expression. Il gratte le côté de sa tignasse brune.

— Chaque chose en son temps. T'inquiète pas, tu seras mis au courant bien assez tôt.

Je descends ma bière. C'est ridicule. J'ai fermé ma gueule, je n'ai pas posé de questions quand je n'étais que le modeste assistant du directeur de l'hôtellerie, mais maintenant je dirige le service. Il est temps que quelqu'un me mette au courant.

Je ne réponds pas, leur jetant le regard dur des Cade.

William se racle la gorge en lançant à Paul un regard complice.

— Blackwell nous a dit que c'est toi qui recrutes. Assure-toi juste de faire de *bons* choix. Les meilleurs que tu trouveras, et des gens discrets. Et s'ils ont des squelettes dans le placard, c'est encore mieux.

— Tu parles de chantage ?

Les sourcils de William, noirs et fournis comme un méchant Disney, forment un accent circonflexe. Il lève les mains, affiche un sourire de crétin.

— C'est toi qui le dis, pas moi.

Je pose ma bière. Je comprends la nature compétitive du tourisme, et des casinos en particulier. J'ai trempé dedans toute ma vie. Mais je suis maintenant suspendu aux lèvres de Paul et William.

— Quoi d'autre ?

William regarde Paul, qui rentre son menton pointu, cachant un grand sourire.

— De belles gonzesses, ils répondent en même temps.

— De petite vertu, ajoute Paul.

Je glisse la main dans ma poche. D'apparence, je suis cool, mais à l'intérieur je bouillonne. C'est quoi ce nouveau projet, bordel ? Ça ne peut pas être illégal. Il n'y a pas si longtemps, le Blue a fait la une des journaux pour harcèlement sexuel de la part d'un cadre de la direction. Le casino a dû dépenser une petite fortune en relations publiques pour éteindre le feu, d'après ce qu'on m'a dit. Blackwell ne prendrait pas un tel risque.

Paul se penche en avant et pose une main sur mon épaule.

— Trouve les nanas les plus chaudes, avec les mœurs les plus légères, et qui ne balanceront pas.

Je me recule et fronce les sourcils. Pour tout dire, je n'ai jamais aimé les filles aux mœurs légères. C'est souvent associé à un manque d'estime de soi, et ça, c'est rédhibitoire.

— Si ce projet est une nouvelle source de revenus, pourquoi ne pas recruter parmi les employés existants ? Prenons les plus performants et faisons-les monter en grade.

William secoue la tête.

— Non, mec. On ne peut pas prendre des gens en interne. On a déjà essayé et ça s'est retourné contre nous. Il faut des nouvelles recrues qui comprennent que la discrétion est capitale.

Ils se prennent pour qui, la CIA ?

— Ça m'aiderait si je connaissais l'objet de cette nouvelle entreprise.

— En gros, c'est ce qu'on fait déjà : l'hôtellerie, explique William. Traiter les clients *aux petits oignons*. Les nouvelles recrues répondront à toutes les attentes que les clients pourraient avoir d'un complexe de luxe, en mettant l'accent sur le risque et le plaisir – leur raison même de venir au casino.

Paul fait tinter le saphir bleu de sa chevalière contre la bouteille de bière

— Vois les choses sous cet angle : tu peux commencer par engager une assistante. Une fille sexy, pas une sainte nitouche. En fait, débauche-la dans un club de strip-tease. N'importe laquelle de ces nanas rêverait de travailler au Blue. Propose un meilleur salaire et assure-toi qu'elle signe l'accord de confidentialité qu'on va t'envoyer demain. Blackwell a des contacts pour recruter des gardes du corps. Des types qu'il connaît par les relations qu'il avait avant de diriger le casino. Ils veilleront à ce que tout se passe bien.

Soudain, ma promotion rapide et les gars qui ont insisté pour qu'on aille au Farley éveillent mes soupçons. J'avale une lampée de bière.

— Dites-moi un truc. On travaille en ce moment ?

Paul sourit, et son menton a l'air encore plus pointu.

— Le travail et le plaisir. Les deux marchent ensemble. Tu joues le jeu, tu trouves les bonnes personnes, tu nous aides à remplir les suites de clients friqués en quête de plaisir, et tu auras une prime à sept chiffres avant même de t'en rendre compte.

Ça fera l'affaire. J'étudie leurs visages pour m'assurer que j'ai bien entendu.

Sept chiffres en plus de mon salaire mensuel et je pourvoirai à mes besoins sans toucher au coffre-fort du paternel. Je pourrais prendre mes distances de l'entreprise familiale, et mes frangins ne pourront plus me reprocher de tenir les cordons de la bourse de papa, parce que je n'aurai plus besoin de sa fortune. Je ne couperai pas les ponts avec mon père comme l'ont fait mes frères. J'ai toujours été capable de supporter ses conneries, raison pour laquelle nous avons un semblant de relation, même si elle est surtout professionnelle. Mais avec cette nouvelle entreprise, je ne dépendrai plus de mon père sur le plan financier.

Je commande une autre tournée de tequila. Il y a donc des trucs louches dans cette affaire, les strip-teaseuses, pour n'en citer qu'un raison. Mais ça ne doit pas être si terrible ou ils ne s'en tireraient pas aussi facilement. Et je ne suis pas un saint. Je n'ai pas l'habitude de fréquenter les filles de petite vertu, les coups faciles, mais ça m'est arrivé. Je suis mal placé pour juger.

— Dites-moi juste de combien de recrues on a besoin, pour quand, et je m'en occupe.

William me tape dans le dos.

— Bravo ! On savait que t'étais l'un des nôtres.

Je grimace. Ça ne me dérange pas de travailler avec Paul et William, mais ce ne sont pas des potes. J'ose espérer que j'ai des meilleurs goûts.

— Assure-toi juste de ne pas mêler cette fille, Hayden, à tout ça, dit Paul et mon dos se raidit. Sers-toi d'elle pour les cartes d'accès, ce genre de conneries, mais ne lui dis rien. En fait, il vaut mieux garder les dossiers des nouveaux employés sous clé dans ton bureau.

Je n'aime pas entendre le nom de Hayden sortir de la bouche de Paul, sans parler de sa manière haineuse de le prononcer. Je me demande combien de fois elle l'a repoussé pour qu'il la déteste à ce point.

— Nan, elle ne sera pas du tout impliquée.

Parce que je ne veux pas que Hayden soit entourée de ces pauvres cons.

Elle me méprise peut-être parce que je suis un abruti et qu'elle est intelligente. J'ai besoin de cette nouvelle activité du Blue et du fric qu'elle va me rapporter, mais je sens aussi qu'il y a anguille sous roche et je ne veux pas que Hayden y soit mêlée.

— On commence quand ?

Paul et William m'expliquent le nombre d'employés dont nous avons besoin et les descriptions de poste générales, le reste devant être défini plus tard. Pour l'instant, ils veulent des candidates séduisantes et flexibles. Gros salaire, profil bas, et si je peux trouver des saloperies sur elles, encore mieux. Bon sang.

La célébration de ma promotion était en réalité une sorte d'intronisation. Mais je suis partant. Tant que ce travail m'offre un avenir en dehors de l'entreprise familiale.

Chapitre Trois

Quand je suis sortie du bureau du PDG hier, j'avais envie de me barrer du Blue, partir le plus loin possible et ne jamais regarder en arrière. Mais ça a toujours été ma façon de réagir aux tyrans. Après quelques heures de recul, ma détermination était de retour en force. Je suis revenue faire ma vie au lac Tahoe parce que j'adore cet endroit. Pas question de baisser les bras et m'enfuir comme dans le passé.

Je fixe la pile de boulot devant moi. Au début, j'ai cru que Blackwell se fichait que je bosse bien ou mal, mais c'était bête de ma part. Si je ne fais pas bien mon job, il me virera et me remplacera par une femme manager plus malléable que moi.

Blackwell n'a aucun scrupule à me surcharger de travail. Et il ne reconnaîtra certainement pas mon dur labeur. Les primes sont réservées à ses Blue Stars—un groupe à qui Adam se frotte, j'en mettrais ma main au feu. Ces idiots de Paul et William passent à son bureau plusieurs fois par jour, selon mes sources.

Mira, mon assistante, et Nessa, qui bosse au service

marketing, sont assises en face de moi. Elles ont toutes les deux de longs cheveux sombres, mais ceux de Mira sont légèrement ondulés et elles ne se ressemblent pas du tout. Nessa est petite, avec le visage rond et des traits classiques, alors que Mira a des pommettes saillantes et des lèvres rosées en forme de cœur. Son teint est aussi plus hâlé que celui de Nessa, grâce à son ascendance Washoe.

Une lueur d'intérêt traverse ses yeux caramel.

— Apparemment, Adam se cherche une assistante.

J'enfonce mes talons aiguilles dans la moquette épaisse et je laisse échapper un grognement.

— Bordel.

Mira dépose un document sur mon bureau, avec une flèche pointant l'endroit où signer. J'y jette un coup d'œil avant de gribouiller mon nom sur la ligne. C'est pour la nouvelle promotion d'*Adam*.

Je lâche mon stylo.

— Comment il peut embaucher des gens sans passer par nous d'abord ?

En tant que DRH, je sais bien que ce n'est pas le protocole. Mais je veux juste le dire tout haut, parce que c'est des conneries.

Mira hausse les épaules.

— Ordre de Blackwell.

Je repousse mes cheveux sur le côté en soupirant.

— Très bien. Peu importe. Laissons Adam engager qui bon lui semble. Ce sera sa faute s'il finit par embaucher un tueur en série parce qu'il n'a pas vérifié s'il avait un casier judiciaire, je rouspète en regardant Mira. T'es sûre que Tyler ne reviendra pas bosser comme vigile ? Il pourrait nous protéger des nouvelles recrues d'Adam.

Mira lève la tête vers moi en entendant ma suggestion débile.

— N'y compte pas trop. Son bouquin en est à sa troisième édition, et l'université publique vient de lui garantir la titularisation.

— Très bien, dis-je en roulant les yeux théâtralement. Je suppose que le monde a plus besoin d'un biologiste de haut vol que le Blue n'a besoin d'un vigile avec des principes. Remarque, c'est discutable.

Je pose le menton dans la main, le coude sur le bureau. Mira étudie mon visage, son sourire s'estompant.

— T'as dormi combien d'heures la nuit passée ?

Je m'étire le cou, sans même lever la tête de ma main. Je n'ai pas l'énergie.

— Une. Peut-être deux. Je n'arrivais pas à dormir. J'étais trop sonnée après ma conversation avec Blackwell.

Nessa inspire profondément.

— Le salaud. Quoi ? Il l'est, se défend-elle quand Mira et moi sourcillons.

Nessa est la plus douce du groupe, mais son commentaire n'est pas si inattendu. Ces nanas sont loyales, et Blackwell est sur notre liste noire.

— Viens donc ce soir. Combien de fois Zach et moi on t'a invitée ? Cinq, six ? T'as toujours du boulot. Oublie cet endroit pour une soirée et viens boire des margaritas avec nous.

— Sérieux, Hayden, insiste Mira. Sors d'ici tôt. Enfile des fringues confortables, et arrive le ventre vide. Zach et Nessa vont s'occuper de toi.

Zach est croupier au Blue, mais c'est aussi le concubin de Nessa, et d'après ce que j'ai entendu dire, un excellent cuisinier. Ils organisent une soirée tacos chaque semaine pour leurs amis.

Je grimace en entendant une voix grave familière au loin. Je regarde derrière la tête des filles et je vois Eve qui passe devant mon bureau, pratiquement accrochée au bras d'Adam. Ils font des messes basses, comme s'ils ne voulaient pas qu'on les entende.

J'enfonce mes talons encore plus profondément dans la moquette.

— Vous savez quoi ? Je viens. J'ai besoin d'une margarita.

Mira sourit de toutes ses dents.

— Tyler et moi on va passer te chercher. Comme ça, tu pourras boire sans modération.

— Parfait. J'en ai marre de la modération.

———

J'ADORE MES TALONS GRIFFÉS, mais parfois, j'ai envie de m'habiller décontracté. Je suis le conseil de Mira et j'enfile des baskets blanches, que j'assortis à un jean roulé et un chemisier simple. Le temps est particulièrement doux pour un début d'été, alors je ne prends pas de veste. Je brosse mes cheveux blond cendré qui m'arrivent juste au-dessus des épaules, prête pour une soirée relax avec des potes et de la nourriture réconfortante. Mais au moment où je commençais à me faire à l'idée d'une soirée libre, je réalise qu'elle s'annonce moins détendue que je le croyais.

Mira, Tyler et moi arrivons chez Zach et Nessa, et je vois un fantôme sorti tout droit du passé. Je fixe le type, grand et séduisant. Ses cheveux sont plus sombres et plus courts que la dernière fois que je l'ai vu – le jour où il a déboulé chez moi pour me présenter des excuses. Il a changé depuis, mais je le reconnais. Je n'oublierai pas ce type de sitôt.

— Jaeger ? je demande d'une voix étranglée.

Quand il me voit, Jaeger interrompt sa gorgée pour parler.

— *Beth ?*

Il pose sa bière sur le comptoir, et une jolie fille aux cheveux roux s'approche et lui touche le bras. Jaeger la serre contre lui et lui murmure quelque chose à l'oreille. Elle lui sourit tristement.

— Pourquoi Jaeger vient de t'appeler Beth ? murmure Mira.

Avant que je puisse répondre, Jaeger se dirige vers nous avec la jolie rouquine, sans doute sa copine.

— Cali, voici Beth…

— Hayden, je le coupe. C'est Hayden, maintenant. Elizabeth est mon deuxième prénom.

— Hayden, corrige Jaeger, l'air surpris. Voici ma copine, Cali. Hayden et moi on est allés au lycée ensemble, ajoute-t-il à l'intention des curieux autour de nous.

Je salue sa copine et lui serre la main, puis je me tourne vers Mira et Nessa.

— C'est la Cali dont vous me parliez ?

Elles opinent, et je souris en secouant la tête.

— Waouh. Je me disais bien que j'allais croiser Jaeger en revenant ici, mais je n'ai jamais cru que je traînerais avec ses potes.

Mira et Nessa m'ont déjà parlé de Cali et son copain, mais elles n'ont jamais mentionné son prénom.

Jaeger remarque les regards interrogateurs de Mira et Nessa. Même Zach et Tyler, que je connais par l'entremise de leurs copines et du casino, nous fixent.

— Hayden et moi on est sortis quelques temps ensemble, explique-t-il. Je me suis comporté comme un salaud avec elle.

Cali pince la taille de Jaeger et il lui rend la pareille. Au moins, il est avec une fille bien maintenant.

— Les circonstances étaient merdiques, dis-je.

Jaeger n'est pas un sale type, et je ne lui en veux pas de

ce qui s'est passé. Il a joué un rôle dans les évènements, mais mineur, tout compte fait.

Il secoue la tête.

— Je ne savais pas que t'étais de retour en ville.

— Le Blue m'a engagée.

— Oh merde, dit Cali en levant les mains alors qu'un couple entre derrière nous.

Mira, Tyler et moi nous écartons du chemin pour les laisser entrer.

— Comment ça, « oh merde » ? demande la grande brune aux yeux émeraude qui vient d'entrer, avant de sourire en me tendant la main. Salut. Moi c'est Gen. Voici Lewis.

Elle indique le type aux cheveux bruns derrière elle. Il est grand comme Jaeger.

Je lui serre la main.

— On parlait de mon job au Blue.

— *Ohhh*. Je suis désolée.

Gen est bien placée pour être solidaire d'une femme employée du Blue Casino. Peu de temps après que je l'aie embauchée, Mira m'a raconté que sa copine Gen a été attaquée par un manager, qui a essayé de la violer.

— J'ai entendu parler de ton expérience au casino. Je suis vraiment désolée. Je veux justement m'assurer qu'un truc pareil n'arrive plus jamais.

— Je ne suis pas convaincue que bosser au Blue soit sans danger pour une nana, mais on dirait que ta présence là-bas sera bénéfique pour les employés. Cet endroit a besoin de plus de gens avec une conscience.

Nessa me voit tripoter mon sac et me le prend des mains.

— Je vais le mettre dans une chambre.

Elle disparaît dans le couloir. À son retour, elle se dirige vers un blender géant dans la cuisine, sans doute rempli du fameux mélange à margarita. Dont j'aimerais bien un verre en ce moment, d'ailleurs.

J'ai toujours su que j'allais finir par tomber sur Jaeger. Seulement, je ne pensais pas que ça arriverait en présence de mes nouvelles copines. Je ne m'attendais pas à devoir faire face à mon passé ce soir.

— Attends, dit soudain Mira qui vient d'avoir un déclic. On a presque tous fait le lycée ensemble. Comment c'est possible qu'on ne se soit pas connues à l'époque ?

Mira et moi nous entendons bien depuis que je l'ai embauchée, mais nous ne nous sommes rapprochées que récemment. Or je ne lui ai jamais parlé de mon passé sordide au lac Tahoe – ni à elle, ni à aucune de mes nouvelles fréquentations.

Après avoir comparé nos âges respectifs, les années pendant lesquelles nous étions au lycée et le prénom des potes avec qui on traînait, on découvre pourquoi on ne s'est pas tous rencontrés à l'époque. Mira est un peu plus jeune que moi, et Zach et Tyler passaient le plus clair de leur temps avec leur équipe sportive. Sans compter que j'ai seulement fait mes deux premières années de lycée ici.

— On s'est ratées de peu, s'esclaffe Mira.

Je glousse.

— On peut dire ça.

On se déplace dans la cuisine, et Cali arrive et passe un drôle de bidule autour du cou de Gen. Elle en sort deux autres de sa poche et les passe autour du cou de Nessa, puis de Mira. Elle se tourne vers moi.

— Mira a dit que sa patronne serait là, dit-elle en sortant un autre collier-bidule. Alors j'en ai apporté en rab.

Elle parle à voix basse, un sourire diabolique aux lèvres.

L'air canaille de Cali, d'autant plus que Jaeger nous regarde en secouant la tête, m'inquiète un peu. Mais je lui suis reconnaissante de me faire sentir la bienvenue. Malgré mon passé avec son copain, elle ne semble pas du tout m'en vouloir.

Je joue le jeu, feignant la méfiance et jetant un coup d'œil à Mira pendant que Cali me passe le truc élastique autour du cou. Puis elle prend le blender de margarita et remplit un gigantesque verre de vin, qu'elle insère ensuite dans le collier, qui le tient magiquement en place sans le renverser.

Elle plante une grosse paille dans le verre.

— Voilà, maintenant t'es comme nous.

Je jette un coup d'œil à Mira et Nessa, qui refrènent un sourire, le même collier ridicule autour du cou.

— Je sais que j'ai dit que j'allais boire sans modération ce soir, mais j'aimerais encore tenir debout à la fin de la soirée.

Je regarde autour de moi. Jaeger rit en silence, et Zach et Tyler sont appuyés contre le comptoir, les bras croisés et le sourire aux lèvres. Lewis se penche et prend une gorgée de la margarita de Gen – juste au-dessus de son décolleté. Il lui fait un clin d'œil, et elle lui tape le bras.

J'aspire une longue gorgée par ma paille.

— Ouais, ça me plaît. Enfin, j'ai l'air ridicule, mais faut avouer que ce truc est vachement pratique.

Cali tape des mains, excitée.

— Je savais que tu serais partante ! Je les ai achetés en ligne. Je t'en commande un si tu veux.

Je lève une main.

— Non, non, ça va.

Cali fait la moue, et Jaeger passe un long bras musclé autour de ses épaules.

— Allez, bébé. C'est sa première fois. Laisse-la s'habituer à la bande avant de la saouler avec ton attirail de biture.

Il se tourne vers moi, secouant la tête.

— J'arrive toujours pas à croire qu'on se croise comme ça.

Je souris tristement.

— Le monde est petit.

Cali croise les bras.

— Très bien, je ne t'en commanderai pas, mais ne t'étonne pas si tu en reçois un pour Noël.

Je prends une autre gorgée de la margarita qui me pend au cou.

— J'aurai été prévenue, et ça ne me fait pas peur.

Si ma déprime professionnelle n'occupait pas autant mon esprit, je serais sans doute mal à l'aise à l'idée de boire une margarita dans un collier loufoque en présence de Jaeger Lang, un type qui m'a trahie dans le passé – aussi gentil soit-il aujourd'hui. J'ai bouclé la boucle, et c'est moins pire que je le pensais.

Une sensation de chaleur se répand dans mon ventre et mes membres alors que l'alcool exerce sa magie. Je prends une poignée de chips, que je trempe dans la salsa maison de Mira, bavardant avec les autres et buvant une gorgée de mon collier de margarita de temps en temps. Mira tente d'attraper sa paille sans les mains. Elle l'accroche avec son menton, et Nessa et moi pouffons en la voyant essayer avec la langue. C'est exactement ce dont j'avais besoin. De la bonne bouffe, des gens bien et une raison d'être ridicule.

J'enfourne une autre chips saturée de salsa quand un « toc-toc » se fait entendre par-dessus le bruit des voix et de la musique en fond.

Jaeger, qui jusqu'ici causait avec les mecs dans la cuisine, se dirige vers la porte avant de l'ouvrir. Adam se trouve de l'autre côté.

C'est quoi ce bordel ?

D'abord Jaeger, et maintenant Adam ?

C'était des bons potes au lycée. Merde.

Adam entre et claque l'épaule de Jaeger.

— Comment ça se passe ?

Adam est grand, mais même lui a dû lever la main pour taper l'épaule Jaeger, qui approche les deux mètres.

— On démarre à peine.

Jaeger ferme la porte derrière Adam, qui porte un jean sombre décontracté et une chemise noire aux manches retroussées jusqu'aux coudes.

Je ne l'ai jamais vu porter autre chose qu'un costard-cravate, et il est tellement beau que ma poitrine se serre. Je suis dans une pièce remplie de beaux mecs. Cet endroit est le paradis des Apollons avec Jaeger, Lewis, Tyler et Zach. Mais à mes yeux, Adam remporte haut la main la palme du sex-appeal. C'est comme s'il représentait le summum de la beauté et que personne d'autre ne lui arrivait à la cheville. Je déteste le trouver aussi beau. C'est superficiel ; ça ne devrait pas m'affecter, surtout que je sais quel genre de type il est. Mais malgré le fait que l'extérieur n'a rien à voir avec l'intérieur, il m'attire.

Mes mains tremblent et ma respiration s'accélère. Ça m'horripile au plus haut point de perdre ma contenance en présence de ce type. C'est pire en ce moment que lorsqu'on est au taf, où j'ai au moins l'impression d'être en contrôle. Ce qui est ironique considérant l'endroit chaotique où je bosse. Mais lorsque je travaille pendant de longues heures et que je me creuse les méninges pour résoudre des problèmes, je me sens en paix. L'arrivée d'Adam au Blue Casino a ébranlé mes fondations et je n'ai pas encore réussi à retrouver l'équilibre. Et maintenant, il s'infiltre dans ma vie privée ? Inacceptable.

Adam entre dans le salon et nos regards se croisent. Il fronce les sourcils, puis il aperçoit le cocktail à mon cou.

Eh merde.

Je me redresse, le mettant au défi d'un seul regard de faire un commentaire sur l'attirail autour de mon cou, *n'importe lequel*, au risque de se prendre un poing dans sa tronche parfaite.

Un sourire menace de lui retrousser les lèvres, mais il suit Jaeger à la cuisine, où il prend la bière que ce dernier lui tend. Moins d'une seconde plus tard, il pose de nouveau les yeux sur moi, et je l'ignore immédiatement.

Essayant tant bien que mal de me calmer, je foudroie du regard Mira et Nessa, qui affichent le même regard coupable.

— Merde, marmonne Mira. J'ai oublié qu'il vient parfois.

— Parfois ? je siffle.

— C'est le pote de Jaeger, explique Nessa.

Mais je le savais déjà. Or je ne m'attendais pas à tomber sur Jaeger, et encore moins sur Adam ce soir.

— Ça faisait un bail qu'Adam n'était pas venu à une soirée, continue Nessa. Il s'est mis à se pointer il y a quelques années, quand Cali et Jaeger ont commencé à sortir ensemble. Honnêtement, il n'est venu que quelques fois, la dernière remonte à des mois. On n'avait aucune idée qu'il venait ce soir.

Cali revient de la cuisine avec un verre plein.

— Qu'est-ce qu'il y a ? Pourquoi tu ne veux pas qu'Adam soit là ?

Génial. Elle a dû nous entendre.

Je pompe ma margarita par la paille, ce qui me congèle aussitôt le cerveau. Je grimace de douleur.

— Il bosse au Blue maintenant, dit Mira à Cali. Mais je suis sûre que Jaeger l'a mentionné. Bref, Adam travaille avec nous maintenant… et Hayden. Et il est…

— Sexy ? la coupe Cali qui boit son cocktail en promenant lascivement les yeux sur le principal intéressé.

Comment lui en vouloir ? La concupiscence est un droit fondamental quand on mate Adam.

Mira fronce les sourcils.

— À l'évidence, mais il est aussi…

Cali se tapote le menton en se léchant les lèvres, à croire qu'Adam est un morceau de bacon dont elle ne veut faire qu'une bouchée.

— Un gosse de riche athlétique ? suggère-t-elle.

Euh, elle est *amoureuse* de Jaeger ou pas ?

— Ben, ouais, dit Mira. Mais Adam est…

Je serre les poings, et mes ongles s'enfoncent dans mes paumes.

— Exaspérant. Frimeur. Fils à papa.

Mira, Nessa et Cali se tournent vers moi, et j'aspire le reste de ma margarita dans un grand bruit de succion.

— Sans vouloir vous vexer, les filles. Je sais que c'est votre ami, dis-je en prenant mon verre. Il en reste de ce truc ?

— Ouaip, dit Nessa qui semble revenir à elle-même et se précipite vers le pichet à moitié rempli sur le comptoir.

Je la suis, évitant le regard d'Adam, qui ne comprend pas du tout le message. Il s'écarte de Jaeger pour se poster directement devant moi.

— Joli, ton collier porte-verre, Hayden.

Ses yeux sourient, même si sa bouche ne suit pas.

Collier porte-verre ? Il connaît le terme technique ?

C'est marrant. Et ce simple fait m'irrite. Comment ose-t-il me désarçonner au moment où j'ai le plus besoin de ma contenance pour pouvoir riposter ?

Je tripote le machin en question.

— C'est pratique.

J'en veux à ce type, et encore plus à mon patron, mais j'ai le porte-verre autour du cou et même moi, je vois le côté cocasse de la situation. Je pince les lèvres pour cacher ce que je pense, mais mon sourire doit s'entrevoir malgré tout parce qu'Adam sourit de toutes ses dents.

Je l'avais déjà vu ricaner, frimer, et draguer, mais je n'avais pas encore été témoin d'un sourire authentique. Il m'avait déjà ruiné mon équilibre mental *avant* de le faire. Mais là, ça me déstabilise encore plus.

Je souffle lentement, et me résigne à esquisser un sourire, mais passager.

— Ne crois pas que ça fait de nous des amis.

Le sourire revient au galop.

— Je n'oserais jamais penser ça, Hayden.

Je déteste sa façon de prononcer mon nom. Une façon à la fois condescendante et sexy. Moi qui passais un bon moment avec Mira et les autres. Mais je ne peux pas revenir chez Zach et Nessa si Adam est dans les parages. Il n'est pas question que je me lie d'amitié avec lui.

— Nessa et Mira m'ont invitée ce soir. Je ne savais pas que t'étais un habitué.

Adam passe les doigts dans ses cheveux brun foncé, un peu plus longs sur le dessus que sur les côtés. Il regarde les autres.

— Zach est un chic type. Je traîne avec lui plus souvent depuis quelques années. Et maintenant on bosse ensemble au Blue… dit-il en haussant une épaule. Qu'est-ce que j'y peux ? Le monde est petit à Tahoe, non ?

Il lit dans mes pensées maintenant ?

— Tout petit, en effet.

Adam arque un sourcil.

— Je rêve ou t'es d'accord avec moi ? Parce que j'avoue que ça me ferait plaisir, pour une fois.

Il sourit de nouveau. La frime incarnée, à mon grand soulagement.

Je secoue la tête avant d'indiquer Jaeger du menton.

— On se connaissait. Il y a une éternité.

Je me suis toujours demandé si Adam me reconnaissait quand je suis arrivée au Blue. Mais d'après son expression neutre, j'en déduis que non.

Qu'est-ce qui cloche chez moi ? Les mecs comme Adam ne se souviennent pas des filles comme moi, et ils les défendent encore moins.

Son visage se fige, ses yeux semblent me scruter attentivement. Il fourre une main dans sa poche et fait tournoyer sa bière de l'autre.

— Une éternité ?

Je lève les yeux au ciel, reconnaissante de l'alcool qui me tient assez pompette pour endurer cette conversation pénible. Je suis revenue au lac Tahoe pour affronter mon passé ; à quoi bon me dégonfler maintenant ? Je veux raconter cette partie de ma vie à mes nouvelles amies. Et ce détail à Adam…

— Jaeger et moi on sortait ensemble au lycée, quand j'étais en seconde et qu'on m'a accusée de coucher avec un prof. Je suis la fille que tu lui as dit de larguer.

Chapitre Quatre

Certes, c'était cash, mais j'en ai marre de cacher mon passé. J'ai fui le lac Tahoe pour m'éloigner des rumeurs. Elles me rendaient faible et impuissante. Je ne suis plus cette fille de seize ans sans défense. Et Adam mérite de savoir ce qu'il a fait.

Il s'étrangle avec sa bière, dans le silence de mort qui règne soudain.

Mira s'approche, sa voix est douce.

— Hayden, c'était *toi*, Beth ? Beth Tate… réalise-t-elle en faisant le rapprochement.

Elle ne termine pas sa phrase. Évidemment, Mira a entendu les rumeurs au sujet du prof et moi, même si je ne la connaissais pas au lycée. Tout le monde les a entendues.

— Oui.

— Elle n'a rien fait.

L'expression de Jaeger est grave. Il s'est approché de nous, ayant manifestement capté la conversation.

Bizarrement, le fait que Jaeger me soutienne publiquement, même dans un cadre informel, me fait monter les larmes aux yeux. Je les ravale et poursuis.

— Personne ne m'a crue. Et Jaeger non plus à l'époque. Même si je lui ai pardonné pour ça.

Il détourne le regard comme s'il avait honte, et Adam fait une drôle de tête.

— Pour faire court, dis-je à tout le monde parce qu'ils écoutent tous maintenant et je ne veux plus qu'il y ait de secrets, le prof a démissionné, j'ai fui le lac Tahoe et je suis aujourd'hui de retour. Onze ans plus tard. Tout est bien qui finit bien.

Je prends une poignée de chips et j'en croque une, me concentrant sur la morsure du sel sur mes lèvres.

Le visage d'Adam est figé, ses yeux brillent de… quelque chose.

— Que je comprenne bien. T'étais la copine de Jaeger… *cette* copine ? Beth…

Il balaie du regard mon visage et mon corps comme s'il évaluait tous les changements et les additionnait.

— Pendant quelques temps, ouais. Il a rompu avec moi quand il a appris pour le prof. J'ai cru comprendre que tu avais activement contribué à ce qu'il me largue.

Je mâche une autre chips et observe le tic de sa mâchoire.

— Et ça t'a fait partir du lac Tahoe.

Il déglutit comme si la vérité lui restait en travers de la gorge.

— Ben, pas la rupture avec Jaeger, mais oui, l'autre histoire. J'étais harcelée par les élèves, et quasiment toute la ville. Une chips ?

Je lui en tends une, ayant perdu l'appétit.

Il ne regarde pas la nourriture dans ma main. Il s'attrape la nuque.

— J'ai besoin d'une autre bière, marmonne-t-il en vidant la sienne.

Cali s'approche et remplit de margarita le porte-verre calé entre mes seins. Jaeger la rejoint.

— Je suis vraiment désolé pour ça, Hayden, dit-il. Je savais que tu en avais bavé, mais pas à ce point.

— Tu t'es excusé il y a des années. De l'eau a coulé sous les ponts.

De l'eau qui s'est écrasée contre les pierres du rivage, laissant de profondes entailles. Mais ces cicatrices ont moins à voir avec Jaeger qu'avec l'hostilité de la ville entière. Ne pas avoir une seule personne sur qui m'appuyer, à part mes parents, m'a laissé un grand sentiment de vide. Même Adam, qui ne me connaissait pas, m'a fait du mal.

« Largue-la », a dit Adam alors que je me trouvais derrière le casier de Jaeger, attendant qu'il finisse de parler à son ami. Je m'étais cachée en les voyant ensemble, ne sachant si je devais les interrompre.

Jaeger a rangé ses livres et levé les yeux, saluant distraitement un gars qui passait, que j'ai reconnu comme un joueur de l'équipe de foot. Jaeger connaissait tous les sportifs. Il était populaire. Pourtant, il avait choisi de sortir avec moi, un rat de bibliothèque timide.

Il a fermé son casier et s'est appuyé contre le cadre métallique. « Tu crois qu'elle l'a fait ? »

Adam a ricané. « Ne sois pas idiot. Barre-toi avant qu'il soit trop tard. T'es pas obligé de la soutenir juste parce que t'es sorti avec elle pendant quelques semaines. Personne ne t'en voudra de la larguer. » Adam a relevé la tête et a souri à une jolie fille qui passait. Elle était dans mon cours d'économie. Pas très futée, mais elle avait été sympa les quelques fois où on s'était parlé.

Elle a souri à Adam et a poursuivi sa route avec sa copine.

Jaeger est devenu pensif. « Tu as raison. »

Adam a remonté son sac à dos et détourné le regard. « Évidemment, j'ai raison. »

Ce même jour, alors que je sortais du lycée, Jaeger m'a rattrapée. Il a rompu avec moi au pied de l'escalier du parking. Grâce à Adam Cade qui a planté le dernier clou dans mon cercueil, mon petit copain m'a tourné le dos durant la période la plus sombre de ma vie, tout comme le reste de la ville. Je ne pouvais pas entrer dans un commerce sans que quelqu'un me montre du doigt.

Les petites villes sont putassières.

Mira me passe un bras autour des épaules, et Gen se joint à nous.

— C'était vraiment craignos, tout ça, dit Mira.

Ceci venant de la fille qui a récemment perdu sa mère junkie à cause de la drogue.

Ce qui s'est passé était nul, ouais. C'était brutal à l'époque et je ne pardonnerai jamais à Adam de s'être comporté comme un con, mais je suis revenue au lac Tahoe, car je suis prête à tourner la page.

— J'espère que mon passé sordide ne vous dérange pas, car moi, je m'en suis remise.

Mira sourit.

— Ton passé sordide n'est rien à côté du mien.

— Ou du mien, ajoute Gen. Jusqu'à récemment, je ne savais pas qui était mon père. Ton histoire, c'est du pipi de chat. Et la rumeur n'était même pas vraie. Cela dit, si tu avais *vraiment* couché avec un prof canon, ça serait une bonne histoire à raconter.

— Je n'ai pas de passé sordide, reconnaît Nessa. Mais je te trouve encore plus géniale maintenant d'être revenue en ville pour botter des culs.

Elle lance la jambe en l'air comme au karaté et envoie valser sa chaussure à talon compensé.

Zach se penche et embrasse le crâne de Nessa.

— Mignonne, dit-il en souriant.

L'heure suivante se déroule tranquillement. Plus de

discussions sur de méchantes rumeurs. Nous mangeons, et ce n'est que lorsque nous sommes dehors, assis autour du nouveau brasero de Zach et Nessa, qu'Adam s'approche à nouveau de moi. Il se pose sur le siège de camping voisin du mien et étend ses longues jambes.

— J'étais pote avec Jaeger au lycée.

Je lui jette un regard noir.

— Ouais, je m'en souviens. Un *très* bon pote.

Je pousse un soupir et regarde le feu de camp. Je ne suis pas revenue en ville pour garder des rancunes.

— Écoute, je sais que t'as convaincu Jaeger de rompre avec moi. Peut-être qu'il l'aurait fait de toute façon. Quoi qu'il en soit, tu ne me connaissais pas.

— Hayden…

— Quand bien même, c'était il y a longtemps. On était jeunes et tout le monde fait des erreurs. Je ne peux pas dire que ça ne m'a pas blessée, mais j'ai tourné la page.

Il reste silencieux un long moment, sa belle gueule plus sérieuse que jamais.

— Tu as raison, je ne te connaissais pas, mais ce n'est pas une excuse pour ce que j'ai fait. Tu me juges en fonction du passé, si l'on en croit ta façon de me traiter au Blue. Tu as le droit. Je suis désolé pour ce que j'ai conseillé à Jaeg à l'époque. C'était vraiment salaud de ma part.

Je ne peux pas supporter son regard. Il exprime une rare sincérité qui fout le bazar dans ma tête. Ça me perturbe. Et son aveu… je n'aurais jamais pensé recevoir d'excuses de la part d'Adam.

Un long silence s'ensuit pendant lequel je réfléchis à ses paroles. Il se tourne et regarde le feu.

— En tout cas, dit-il d'une voix douce et basse, *j'aurais aimé* te connaître.

Cela retient mon attention, car excuse ou pas, Adam a

démontré clairement à l'époque que j'étais insignifiante à ses yeux.

Je le regarde du coin de l'œil et secoue la tête.

— Personne ne voulait me connaître après le scandale. Et si tu te souviens bien, je n'avais rien de spécial avant.

— Assez pour que Jaeg te mette le grappin dessus, dit-il avec un regard énigmatique.

— Tu faisais une sorte de compétition avec Jaeger ?

Adam lâche un petit rire.

— Jaeg est l'un de mes meilleurs potes. On n'a jamais braconné sur les terres de l'autre.

Un rire sec s'échappe de ma gorge.

— On parle de femmes ou de gibier ?

C'est une conversation sérieuse, mais son commentaire mérite d'être relevé.

Son regard glisse vers moi.

— De femmes. Toujours de femmes.

Merde.

Soudain, je suis bloquée ; incapable de me détourner de lui. Il me refait le même plan, les yeux dans les yeux. Pourquoi Adam dirait-il tout ça ? Il n'avait même pas réalisé avant ce soir que j'étais la fameuse Beth du lycée.

— On était amis, je bégaie, ignorant pourquoi je ressens le besoin de me justifier. Je l'ai aidé pour un exposé en littérature. On est devenus plus que des amis pendant quelques temps.

De sa grande paume, d'Adam serre sa jambe au-dessus du genou.

— Est-ce que… t'as encore des sentiments pour lui ?

— Quoi ? je m'esclaffe, avant de jeter un coup d'œil vers l'endroit où Jaeger et Cali sont assis, à quelques mètres de nous. Non. Bien sûr que non.

Je ne veux surtout pas que les gens se demandent si j'en pince encore pour Jaeger. Mon amour pour lui a disparu peu après la fin de notre histoire. C'est un mec bien, mais c'est tout.

Cette conversation devient bien trop personnelle. Je me baisse et ramasse une aiguille de pin dans la terre.

— Comment s'est passée ta fête au Farley ? T'as mangé ton poids en ailes épicées ?

L'expression d'Adam s'égaie, et il se frotte le coin de la bouche.

— Pas tout à fait. Mais ça peut t'intéresser : je vais recruter.

J'approche l'aiguille de pin de mon nez pour sentir l'odeur vive et boisée.

— Normal, puisque ta promotion a laissé vacant le poste d'assistant. Je vais mettre une annonce lundi.

— Non, dit-il sèchement. Ce n'est pas la peine. Blackwell veut que je m'occupe moi-même des nouvelles embauches.

Je me tourne dans la chaise de camping pour lui faire face, ce qui n'est pas facile, car il y a un creux au milieu de la toile, et je vacille plus que je ne me tourne.

— Quels sont les postes ? Et pourquoi tu n'utilises pas le service des RH ? On a eu des désaccords, mais on s'entend suffisamment bien pour faire chacun notre travail.

Adam jette un coup d'œil de l'autre côté du feu de camp. Mira nous regarde d'un air inquiet, sans doute à cause de mes éclats de voix.

— Viens marcher avec moi quelques minutes.

Il se lève et se dirige vers la terrasse.

Je m'extrais de la chaise de camping et je lui emboîte le pas lentement, surtout quand je le vois s'asseoir sur le capot fermé du jacuzzi.

Il tend le bras.

— Donne-moi ta main.

Mon besoin de découvrir pourquoi il recrute des

employés sans passer par le service des ressources humaines l'emporte sur le désir d'éviter son contact. J'obtempère et sa grande main engloutit la mienne, me réchauffant de l'intérieur. Il m'aide à monter, puis je m'éloigne de lui, laissant pendre mes pieds au bord du capot du jacuzzi en créant un espace entre nous.

Il n'y a qu'une chose que je veux d'Adam, et ce n'est pas l'empreinte de sa main chaude sur mon corps.

— Qu'est-ce qui se passe au Blue ? Je sais qu'il y a un truc, alors ne feins pas l'ignorance.

Je me suis renseignée. À en croire la rumeur, Paul, l'un des Blue Stars de Blackwell était comme Drake Peterson, l'homme qui a agressé Gen et la raison de mon embauche au Blue. Quelques employées administratives m'ont dit que Paul avait la main baladeuse avec ses collègues féminines et faisait souvent des avances aux serveuses du casino. Évidemment, je ne crois pas les rumeurs à cent pour cent. Je suis bien placée pour savoir qu'elles peuvent être fausses, mais avec tous les secrets de la direction du Blue, je soupçonne Blackwell de protéger les secrets de ses Blues Stars. Et ne faisant pas partie de son cercle rapproché, je n'ai aucun scrupule à pomper des informations à Adam.

Il s'appuie sur son coude.

— Rien dont je puisse parler. Certaines informations sont… confidentielles.

Mon sang se met à bouillir. Je me tourne, pliant ma jambe sur le capot pour lui faire face.

— C'est quoi ces conneries ?

Je jette un coup d'œil vers nos amis et inspire à fond, puis je baisse la voix.

— Tu sais au moins que ces types avec qui tu fricotes sont des ordures ?

Adam fronce les sourcils et s'assied, le visage à quelques centimètres du mien.

— Pourquoi ? Qu'est-ce qu'ils ont fait ?

— Jaeger a dû te raconter ce qu'ils ont fait à Gen et Cali ?

— Oui, bien sûr. C'était terrible, mais c'était un type isolé, pas le casino. Et il est en prison. Tu n'as pas à t'inquiéter.

— Oh, vraiment ?

Mon ton sarcastique indique clairement mon désaccord.

— Qu'est-ce qui se passe, Hayden ? Qu'est-ce que tu sais ?

— Que certaines informations sont *confidentielles*.

C'est un commentaire immature, mais tant pis. Adam va devenir membre des Blue Stars ; il sait probablement tout sur Gen et beaucoup d'autres choses, comme la suite bourrée de drogue que Mira et Tyler ont découverte au moment où Drake a été viré. Mais maintenant, il sait que *je sais*, du moins en partie, et je ne vais pas fermer les yeux sur leurs agissements comme il est prêt à le faire.

Il m'étudie pendant un long moment.

— Pourquoi tu me détestes ? C'est à cause de ce que j'ai fait il y a des années ?

— Je te déteste ? m'esclaffai-je. Parce que je ne me jette pas à tes pieds comme toutes les autres femmes ?

Il lève les yeux, comme s'il réfléchissait.

— Les femmes se jettent à mes pieds ? Si c'est le cas, j'en ai manqué quelques-unes. Et je suis plutôt observateur quand il s'agit de femmes.

J'ignore la raillerie.

— Tu traînes tes guêtres au Blue et du jour au lendemain, t'es le chouchou de Blackwell, tu te retrouves manager et tu recrutes des gens pour un projet top secret ? Dis-moi, Adam, pourquoi je ne te ferais pas confiance ?

Il se penche plus près, sans doute parce que je parle de plus en plus fort.

— Je ne sais pas, *Hayden*. Si tu dis vrai et que tu as surmonté le passé, alors qu'est-ce que tu as contre moi ?

Contre lui. Ses mots résonnent dans ma tête et soudain la chaleur me submerge – la chaleur qui irradie de son corps, la chaleur qui monte en moi à cause de sa proximité.

Son regard bleu, presque noir dans la pénombre plonge vers ma bouche et j'ai du mal à respirer.

— Va te faire voir.

Je saute du jacuzzi et retourne vers le groupe, mais Mira est déjà à mi-chemin vers moi.

— Qu'est-ce qui se passe ? demande-t-elle en regardant Adam derrière.

Il est toujours accoudé, mais cette fois il baisse les yeux et fronce les sourcils.

— Rien. Je vais prendre un Uber pour rentrer. Je suis crevée.

— Partons. Surtout si Adam te fait chier.

Elle regarde de nouveau dans sa direction.

Je déglutis et réalise que ce n'est pas Adam. C'est le Blue.

— Non, c'est pas lui.

Je n'ai pas la certitude qu'Adam est de mèche avec les Blue Stars. Avoir des soupçons sur le casino sans trouver de preuves me rend dingue.

— Je suis juste frustrée par le boulot, dis-je à Mira.

Nous rejoignons le groupe et Mira trouve une excuse pour que nous partions. Nous faisons nos adieux, et quelques minutes plus tard, nous nous dirigeons vers le Land Cruiser de Tyler garé dans l'allée.

J'entends quelqu'un m'appeler, je me retourne.

Adam court vers nous en petites foulées.

— Attends, dit-il.

Mira lève un sourcil interrogateur, mais elle monte dans le 4x4 avec Tyler, me laissant dehors face à Adam.

Il fourre une main dans la poche avant de son jean de créateur.

— Je sais que c'est bizarre que j'engage des gens sans ton accord. Ce n'est pas normal ; je le comprends. Mais c'est la volonté expresse de Blackwell.

Il devrait faire frais ici, loin du feu de camp, mais non. Il fait chaud et c'est tendu.

— Je comprends. Tu dois suivre les ordres de Blackwell. Mais engager les bonnes personnes n'est pas aussi facile qu'on le croit.

Il sourit.

— En quoi est-ce difficile d'engager une assistante ?

Et voilà. Voilà l'Adam qui m'exaspère au travail. Au lieu d'une riposte bien fournie, une idée surgit dans mon esprit. C'est peut-être la tequila ou le fait d'avoir avoué mon passé déshonorant à mes nouveaux amis, mais j'en envie de distribuer quelques claques.

— Que dirais-tu te faire un pari ?

— On fait des paris, maintenant ? s'esclaffe-t-il. Notre relation s'est dégradée à ce point ? Je ne te pensais pas joueuse.

— Quand je suis certaine de mon coup, je veux bien parier.

Il se penche, pose un bras sur la portière du 4x4.

— À quoi tu pensais ?

Une bouffée de savon et de virilité m'atteint et j'ai un grand passage à vide.

Mon corps bascule vers la carrosserie, et je cligne des yeux pour me ressaisir.

— La fille que tu engageras comme assistante… je parie que tu la vireras peu après.

Je lève les yeux, calculant mentalement.

— Je lui donne deux semaines.

Il me regarde dans les yeux. Une expression traverse son visage : de la curiosité ? du respect ?

— J'accepte le pari. Et si je gagne, tu ne t'approches pas de mes nouvelles recrues. Tu ne fouilles pas dans leurs dossiers et tu ne les surveilles pas.

Choix de critères intéressant. Et accablant s'il est impliqué dans les activités des Blue Stars.

— Et si je gagne ?

Il hausse les épaules.

— Tout ce que tu veux. Je suis plutôt doué avec mes mains, dit-il avec un sourire suggestif et je lève les yeux au ciel. T'es célibataire. Je suis sûr qu'il y a des réparations ou du bricolage à faire chez toi.

— C'est tout ce que tu proposes ? Ce n'est pas en remplaçant une ampoule chez moi que tu me feras fermer les yeux sur des activités suspectes au casino. Et par ailleurs, pourquoi tu crois que je suis célibataire ? Ce n'est pas parce que je ne suis pas intéressée par toi qu'un autre homme ne m'intéresse pas.

Sa mâchoire claque.

— Tu es célibataire ?

J'ignore sa question. Je ne vais pas lui donner la satisfaction de connaître ma vie privée.

— Et puis, pourquoi je ne serais *pas* une manuelle ?

Grand silence. Adam m'observe, la mâchoire encore tendue par la précédente question.

— Tu es douée avec tes mains, Hayden ?

Ça sonne comme une allusion grivoise. Merde, mon cœur s'affole. Et non, je ne suis pas douée pour réparer les trucs.

— Très bien. Si je gagne, oublie les réparations : tu devras me *fabriquer* quelque chose. Puisque tu es si doué avec tes mains.

Oooh, j'aimerais voir ce beau gosse essayer de fabriquer un objet, *n'importe quoi*. Je parie qu'il se planterait un clou dans le pouce, jurerait copieusement et paierait quelqu'un pour faire le job. Voilà qui me donnerait des munitions pour le vanner pendant des mois. Ça vaut la peine. D'ailleurs, il n'a aucune chance de gagner ce pari.

Il lève un sourcil.

— Aucun indice sur l'objet à fabriquer ?

— Tu verras. Quand j'aurai gagné.

Je mate son bras près de ma tête, m'encageant et provoquant une chaleur qui oscille le long de mon corps.

Il retire son bras et j'ouvre la portière. Je me glisse sur la banquette arrière, heureuse de m'éloigner de l'odeur d'Adam, qui me fait de drôles de choses un peu partout.

Tyler salue Adam qui contourne l'avant du 4x4, et enclenche la marche arrière.

— Tout va bien ? demande Mira.

— Ouaip. Juste un petit pari entre amis que j'ai bien l'intention de gagner.

Chapitre Cinq

ADAM

Je retourne dans le salon de Zach et Nessa, la poitrine gonflée, les poings serrés et l'adrénaline dans les veines. Si j'ai accepté le pari de Hayden, c'est seulement parce que je suis convaincu de pouvoir gagner. Et j'ai besoin qu'elle ne fourre pas son nez dans le business que Blackwell m'a confié.

Il n'y a rien de suspect au fait d'embaucher des nouveaux employés, mais ça fait des mois que Paul et William se comportent de manière étrange chaque fois qu'il est question de ce business, et je ne leur fais pas confiance. Ce n'est pas pour autant une raison de m'y dérober ; il en faudrait bien plus pour que je renonce à l'occasion de m'affranchir de la fortune des Cade. Mais on n'est jamais trop prudent, alors je vais tenir Hayden en dehors de toute cette histoire.

Jaeger me dévisage comme si j'avais perdu la tête.

— Qu'est-ce qui se passe, mec ?

Il a entendu ma conversation avec Hayden ? J'avoue que j'ai aimé notre petit duel oratoire. Ça m'enflamme à tous les coups, mais je ne veux pas que Jaeger soit au courant. Il pourrait se faire des idées. Je hausse les épaules.

— De quoi tu parles ?

— De toi. Et Hayden. Qu'est-ce qui se passe ?

— Rien. On se prend la tête. Comme d'hab.

Jaeg penche la tête d'un côté.

— Je ne t'ai jamais vu courir après une nana.

Je me gratte la nuque.

— Je ne dirais pas que je lui ai *couru* après…

— Tu as *couru*.

Il articule délibérément le mot.

Quand je ne bossais pas pour mon père, j'enseignais le snowboard avec Jaeg et des potes à Heavenly pendant les vacances d'hiver. Nous étions inséparables à l'époque, et nous sommes toujours restés proches. Ce type me connaît bien, ce qui, dans le cas présent, est plutôt gênant.

— Très bien. Elle me rend complètement dingue, mais je bosse avec elle. Je ne veux pas qu'il y ait de la tension demain. Je suis allé arrondir les angles.

En quelque sorte. Je me la suis peut-être mise à dos, mais c'est sa faute. Elle fait ressortir mon côté animal.

Tout le monde est silencieux, Jaeg, Cali, Zach, Lewis. Et ils me fixent.

— Quoi, bordel ?

Jaeg regarde Zach, qui pince les lèvres et secoue la tête, comme s'il ne me croyait pas non plus, ou qu'il n'en croyait pas ses yeux. Il se tourne vers la cuisinière et se met à ramasser les poêles sales, qu'il met dans l'évier. Lewis enroule un bras autour des épaules de Gen sans cesser de me dévisager.

Je ne peux donc pas avoir une conversation avec une femme sans que tous mes potes se fassent des idées ? Bon sang.

Je me dirige vers la table de Zach. Elle est neuve – je

suis content qu'il se soit débarrassé de la daube d'avant, qu'il avait dû acheter dans une foire à tout. Je suis venu à sa soirée tacos quelques fois déjà. En général, je me fiche bien des meubles des gens. Je sais que j'ai de la chance d'avoir grandi dans le luxe. Mais les vieux meubles de ce type étaient limite criminel. Ce truc devait avoir au moins soixante ans, et était très moche. Heureusement que sa copine Nessa a bon goût. J'ai remarqué une nette amélioration depuis qu'elle a emménagé. En ce qui me concerne, c'est la bonne pour lui. En plus, elle fait ressortir son côté tendre, comme Cali avec Jaeg. Je pourrais me passer de ce détail, mais c'est comme ça.

Cali se laisse choir dans la chaise d'à côté.

— Alors, Adam. Hayden.

Et c'est reparti.

Je mélange les cartes d'un paquet que j'ai trouvé sur une étagère près de la table.

— Je pensais que cette conversation était finie.

— Oui, oui… mais je me disais que tu pourrais vouloir, tu sais, *te confier*. À une nana. On est intuitives, nous les filles. T'as qu'à demander à Gen. Je suis passée maîtresse dans l'art de disséquer l'esprit féminin et d'arranger le coup aux gens.

Gen s'étouffe non loin de nous. Lewis lui tapote le dos alors qu'elle tousse, les yeux exorbités.

— Cali ! elle proteste.

Celle-ci la fait taire d'un revers de la main, sans même la regarder, trop concentrée sur moi.

— T'inquiète, Gen. Et si vous alliez faire une promenade, Lewis et toi ?

Gen se frotte les tempes, et Lewis la serre contre elle, tout sourire.

J'ignore de quoi il s'agit, mais si Cali et Gen ont des comptes à régler, avec un peu de chance, Cali me lâchera peut-être les baskets avec cette histoire de Hayden. Je distribue les cartes pour faire une réussite en attendant que Zach finisse la vaisselle, car après, ce sera l'heure du dessert. La dernière fois, il a fait des sundaes. Et j'ai vu que quelqu'un avait apporté des brownies ce soir. J'ai foutrement envie d'un brownie au chocolat avec une tonne de glace à la vanille dessus.

Cali croise les bras et m'étudie.

— Jaeger a raison, Adam. Tu es différent. Je me souviens de toi avec ta dernière copine, il y a quelques années. Je ne dirais pas que t'étais un salaud, mais…

Je sors trois cartes du paquet et je les retourne.

— Mais j'étais un abruti ?

— Peut-être un peu.

Ma dernière copine était comme toutes mes copines. Une fille ravissante qui se croyait tout permis, et qui n'était jamais satisfaite. Je ne peux pas lui en vouloir, ni à elle ni à toutes les femmes avec qui je suis sorti. La vérité est que *j'étais* un abruti. Mais elles avaient d'énormes attentes : voyages de luxe, cadeaux hors de prix… J'avais les moyens, mais je me lassais toujours des motifs cachés. Même les femmes riches qui traînaient au Club Tahoe et qui glissaient leur carte magnétique dans ma poche m'utilisaient pour une raison ou une autre.

Vers la fin de ma dernière relation, ma copine m'accusait de mater toutes les nanas que je croisais. Je ne dirais pas *toutes* les nanas, mais bon, je ne m'empêchais pas de laisser errer mes yeux si j'en avais une dans mon champ de vision. Quand je sentais la fin d'une relation arriver, je passais tout de suite à autre chose, m'assurant d'être le premier à rompre. Et Jaeg a raison. Je ne pense plus à elles. Une fois qu'elles sortent de ma vie, elles sortent de ma tête aussi. Et quand j'y pense, j'avoue que c'est vraiment tordu.

J'ai toujours été de mauvaise humeur après une

rupture, mais jamais pour les raisons qu'on soupçonnait. Je n'étais pas triste parce que la relation s'était terminée, mais parce que je ne ressentais rien. Que dalle. Et quand on ne ressent rien, parfois… on se demande à quoi bon vivre. Je n'ai jamais été suicidaire, mais je connais bien les ténèbres qui tourmentent les gens aux prises avec la dépression.

Je suis célibataire depuis quelques années maintenant parce que j'en ai marre des conneries. Pourquoi me compliquer la vie quand les relations ne mènent qu'à de la frustration pour les deux personnes ? Je suis l'exemple de mon frère. Je branche des filles à qui je ne fais aucune promesse. Facile.

Mais si Jaeg a raison, pourquoi je cours après Hayden ?

Je pense à elle plus que je ne le devrais. Elle est belle, intelligente… mais il n'est pas question de m'empêtrer là-dedans. J'aime lui parler, car elle a un sacré sens de la répartie, et elle me remet à ma place comme le font mes frangins. Mais Jaeg a raison sur un point : je ressens trop de trucs en sa présence. Et c'est mauvais signe. Je dois garder le contrôle. Garder mes distances.

Cali me fixe toujours alors que les pensées se bousculent dans ma tête – une prise de conscience troublante après l'autre, s'approchant dangereusement d'une cible que je n'ai jamais vue venir.

Est-ce que Hayden me plaît ?

Je secoue la tête comme pour chasser cette idée de mon esprit. *Pas question.*

Je redoute l'immixtion imminente de Cali dans mes… *sentiments*, mais elle fait volte-face comme un samurai aux cheveux flamboyants, me fauchant l'herbe sous le pied.

— Je l'aime beaucoup, Adam. Ne lui fais pas de mal. Pas à celle-là.

Pris de court, j'essaie de trouver une réponse le plus vite possible.

— Hayden n'est pas une *celle-là*. On bosse ensemble.

Mais je n'arrange pas mon cas quand je fais des trucs stupides comme courir après elle dans l'allée. Cali a raison : je ne veux pas faire de mal à Hayden. Je l'ai déjà fait, et en vrai connard que je suis, je ne l'ai même pas réalisé à l'époque. La nana qui me rend dingue au travail est la même fille que j'avais inconsciemment remarquée au lycée. Et qui sortait avec mon meilleur pote.

Cette Hayden-ci – la cadre assurée et tirée à quatre épingles au Blue – n'a rien à voir avec la Beth avec qui Jaeg est sorti. Mais elle produit le même effet sur moi.

J'ai laissé un message pour un de mes coéquipiers de foot, puis j'ai raccroché, attendant de voir Jaeg dans son pick-up rouge dans le parking du lycée. Mon frère nous avait obtenus des billets pour un concert en ville ce soir-là, et je voulais donner le sien à Jaeg avant de me rendre à la réunion du personnel obligatoire au Club Tahoe. Je bossais comme garçon de piscine, à servir les gens dans leur chaise longue en me faisant parfois tripoter par des femmes aventureuses qui pouvaient se permettre des vacances au complexe touristique de mon père. J'adorais mon boulot.

Mon paternel voulait que je gagne en expérience dans le business. Ce qu'il ignorait, c'était que j'apprenais en réalité à satisfaire des femmes au foyer en manque de stimulation pendant que leur mari faisait un golf. Si je prenais mes pauses au bon moment, je pouvais m'envoyer en l'air deux fois dans la journée. Seize ans, un mètre quatre-vingt-cinq – les femmes me remarquaient. Et j'avais beaucoup d'énergie à donner.

Je me demandais dans quel placard à balais du coin me taper la brune aux longues jambes qui me faisait des yeux de velours la veille, et que je m'attendais à revoir aujourd'hui, quand j'ai enfin vu Jaeg. Il descendait au trot les marches de béton menant au parking, tout sourire en se dirigeant vers une fille en jean et t-shirt ample debout près d'un banc.

Je l'avais remarquée, bien sûr, et j'avais vite décidé que c'était une intello timide et sans formes sous son t-shirt. Pas mon genre. Son sac à dos était presque aussi grand qu'elle, et ses lunettes dissimulaient ses traits. Mais elle avait de longs cheveux blond cendré tirés dans une queue de cheval épaisse et soyeuse, et je devinais qu'elle avait de belles jambes sous son jean. Malgré le fait qu'elle ne soit pas mon genre, je l'avais matée en coin en attendant Jaeg.

Elle a souri et penché la tête timidement alors que Jaeg s'approchait. Il s'est arrêté devant elle et il a pris sa main dans la sienne. J'ai ressenti un drôle de pincement au cœur, que j'ai attribué aux deux double-cheeseburgers que j'avais mangés pour déjeuner. Ils ont discuté un moment, puis Jaeg l'a serrée dans ses bras avant de s'éloigner. Elle s'est tournée pour le regarder, un magnifique sourire lui illuminant le visage comme un putain de rayon de soleil.

Je n'avais jamais vu une femme sourire comme ça. Ceux que je recevais étaient lubriques et calculateurs — exactement comme je les aimais. Il y avait trop à perdre dans un visage qui vous désarçonne et vous laisse les nerfs à vif comme ça.

Malgré mon désintérêt pour la fille timide, et le fait évident que Jaeg sortait avec elle, je me suis surpris à la chercher des yeux sur le campus. Mais sans plus. Je n'ai jamais demandé à Jaeg qui elle était, ni qui étaient ses amis. Et même s'il n'était pas sorti avec elle, je ne me serais pas approché d'une fille comme ça. Elle était différente de celles que je côtoyais. Elle était authentique. Et à seize ans, ça me terrifiait.

Ça me terrifie encore.

Je suis en partie heureux que ça n'ait pas marché entre Jaeg et Hayden. Certes, j'effacerais les horreurs qui l'ont forcée à quitter la ville si je le pouvais. Mais même à l'époque, j'étais salaud et égoïste. Je lui aurais épargné le supplice de sortir avec moi. Je l'aurais blessée au final, et

Hayden en avait assez bavé comme ça au lycée. Elle ne méritait pas mes conneries pour couronner le tout.

C'est différent aujourd'hui. Je suis plus vieux. Et plus intelligent. Enfin, j'espère. Je suis mieux placé que jamais pour savoir que sortir avec Hayden est une mauvaise idée. Comme Jaeg me l'a fait remarquer. Je ressens trop de choses en sa présence. Ça ne veut pas dire que je veux la voir avec un autre mec. Putain ce que j'aurais aimé qu'elle réponde à ma question. Ça me travaille de ne pas savoir si elle a un mec, mais je lâche prise. Hayden ne m'a jamais appartenu, et elle ne m'appartiendra jamais.

Je pose les cartes sur la table et je fixe Cali.

— T'as fini de me cuisiner ?

— Ouaip, dit-elle enjouée. Je voulais seulement que tu saches que t'as intérêt à bien te tenir avec Hayden, sinon t'auras affaire à moi.

Évidemment. Cali est haute comme trois pommes ; je n'ai pas peur d'elle. Mais elle a le sang chaud, et je n'ai pas envie de m'attirer son courroux. Je ne pourrais jamais sortir avec Hayden. J'ai beau ne plus être le salaud que j'étais, je ne m'engagerais pas dans une relation avec une fille en sachant pertinemment que je risque de la blesser. J'ai une fâcheuse propension à larguer les femmes, et je ne veux surtout pas faire de mal à Hayden.

Chapitre Six

HAYDEN

Je remplis mon plateau avec une salade et des bâtonnets de poulet, et un cookie. Il y a des femmes qui renoncent au dessert, mais c'est de la folie. Pour moi, une journée sans friandises est une mauvaise journée. Mais je fais la concession de les manger au déjeuner et non avant de me coucher. Ça me donne le temps de brûler les calories en courant en tous sens dans ce casino de dingue.

Mira lâche son plateau devant moi sur l'une des tables de la cafétéria. Son repas est semblable au mien, salade en moins. Notre métabolisme, par contre, n'est pas le même. Mira a une silhouette de mannequin, tandis que j'ai ce qu'on pourrait appeler une forme de sablier. Ou de poire, quand je suis dans les affres du syndrome prémenstruel.

— Qu'est-ce que t'as trouvé sur Blackwell ?

— Rien, je marmonne.

Mira s'arrête de mâcher, son cookie à la main. Elle commence par le dessert, ce pour quoi je l'admire.

— Rien ? Drake a été reconnu coupable il y a des mois, dit-elle en posant son cookie. Il purge sa peine pour l'agression et ces conneries de blanchiment d'argent que le casino lui a mis sur le dos. Drake était un tyran, mais personne ne se fait coincer de façon aussi spectaculaire à moins d'être un pion. Quelqu'un d'autre est aux commandes.

— Je sais.

Je lorgne mon cookie, oubliant ma salade. Peut-être que Mira a raison. Le dessert d'abord.

J'ai essayé de trouver des informations sur le Blue Casino à donner à la police. J'ai passé au peigne fin chaque document et chaque base de données à laquelle j'ai accès, ce qui m'a pris des semaines en plus de mon boulot. Je passe même mon temps libre dans les événements du casino en espérant avoir vent d'une rumeur. En vain. Il n'est rien arrivé de suspect ces derniers temps, à moins, comme moi, de considérer la promotion d'Adam comme telle.

Malheureusement, il n'y a rien d'illégal au fait de promouvoir un employé, tout comme il n'y a rien d'illégal au fait de congédier quelqu'un pour rendement médiocre. La patronne d'Adam s'est fait virer après que le document contenant des informations sur la suite que Mira et Tyler ont trouvée m'ait atterri dans les mains pendant qu'elle était en congé maladie. À l'évidence, l'ancienne directrice de l'hôtellerie a été mise à pied pour avoir fait fuiter des informations par inadvertance – des informations qui ont mystérieusement disparu de mon bureau.

Sur papier, le Blue Casino est aussi pur que le lac duquel il tient son nom. Mais fouillez assez profond et vous découvrirez qu'il est souillé. J'en suis convaincue.

Comme dit Mira, Drake ne peut pas avoir été le seul criminel dans cet endroit. Peut-être que je laisse mon passé corrompre ma relation avec le PDG. Après tout, il existe des patrons merdiques qui ne sont pas impliqués dans des affaires illégales. Et je serais prête à croire que c'est le cas de Blackwell s'il ne s'acharnait pas autant à me tenir en dehors de sa nouvelle affaire avec les Blue Stars, et si Mira et Tyler n'avaient pas trouvé la suite remplie du stock apparent de came du casino.

— Je ne peux rien lui mettre sur le dos, et crois-moi, j'ai essayé.

Je croque dans mon cookie. Je n'arrive pas à croire que les Blue Stars ont tout simplement cessé leurs activités dans cette suite une fois qu'elle a été vidée. Et le fait que ces types semblent toujours s'en sortir indemnes me fout royalement en rogne. Peut-être parce que j'ai déjà fait les frais de saboteurs de vie. Même ville, différents tyrans. Quoi qu'il en soit, il n'est pas question de baisser les bras.

Je pose mon cookie à moitié mangé.

— Je ne trouve pas de trace écrite. Blackwell et ses abrutis de Blue Stars sont hyper prudents depuis que Drake Peterson s'est fait mettre la main au collet.

Mira grimace.

— Je suis contente, en quelque sorte. Peut-être qu'ils se sont débarrassés de la vermine ?

Je secoue la tête.

— J'y ai pensé aussi, mais t'as dit qu'ils avaient vidé la suite après que Tyler et toi l'aviez trouvée, pas qu'ils avaient fermé boutique. Heureusement, il n'y a pas eu de rapport de harcèlement sexuel récemment et personne n'a trouvé d'autre suite remplie de came, mais je suis sûre que le casino cache quelque chose. Pourquoi Blackwell m'exclurait du processus d'embauche des nouveaux employés ? Il se trame un truc.

— T'as raison. C'est louche.

— J'ai arrêté de fouiller en interne. Blackwell étouffe tout autour de moi. Je ne peux pas m'infiltrer dans son petit clan de Blue Stars, alors j'ai commencé à fouiller dans son passé. Peut-être que je trouverai quelque chose.

— Pas bête, dit Mira en prenant une bouchée de son

repas, maintenant qu'elle a fini le dessert, et m'étudiant d'un air pensif. Il y a une personne au sein du club des bagues en saphir de Blackwell dont tu pourrais te rapprocher.

J'enfourne un bâtonnet. Décidément, la friture est un aussi bon remontant que le sucre. J'avale ma bouchée.

— Je ne crois pas. J'ai essayé, non sans m'humilier complètement. Ces enfoirés qui lèchent le cul de Blackwell me narguent. Ils me font savoir que je ne suis pas la bienvenue, mais en me faisant du gringue sans vergogne. Je parie que la plupart d'entre eux seraient partants pour coucher avec moi, mais je n'obtiendrai pas d'informations comme ça. Pas que j'envisagerais de faire un truc aussi dégoûtant.

Je frissonne à l'idée de coucher avec Paul, ou n'importe quel autre type qui se trimballe dans le casino avec une chevalière en saphir.

— Je ne parlais pas *d'eux*, dit Mira avec un sourire entendu.

Elle me prend carrément de court.

— Oh non. T'as pas intérêt à dire ce que je crois que tu vas dire.

— Allez, Hayden. Qu'est-ce que t'as contre Adam ? Je sais que t'as envie de lui.

Je m'étouffe pratiquement avec mon poulet.

— *Envie de lui ?* J'aimerais mieux me raser les sourcils plutôt que de rapprocher de cette crapule. Il a du charme et une belle gueule, mais on ne peut pas lui faire confiance.

Mira boit une gorgée de limonade.

— Te raser les sourcils, sérieux ? Je dis seulement que tu devrais essayer. Est-ce qu'il te tient à l'écart comme les autres ?

— Pas tout à fait, dis-je méfiante.

— Donc non. Tu l'as dit toi-même hier soir : ce n'est pas lui qui t'énerve, mais le Blue et toutes les conneries que tu dois supporter là-bas. D'après ce que j'ai vu, il a essayé d'être ton ami. D'accord, il t'asticote, et je suis sûre qu'il fait exprès. Mais ce n'est pas un salaud.

— Il me harcèle.

Mira esquisse une moue dubitative.

— On se prend tout le temps la tête, j'ajoute en guise d'explication.

— Ce n'est pas du harcèlement, me fait-elle remarquer.

— Ben, ça me donne envie de lui lancer mon agrafeuse à la tête, alors je dirais que c'en est.

Mira chiffonne sa serviette de table et passe les jambes par-dessus le banc de métal de la table style pique-nique, faisant tourner la tête de tous les mecs autour.

— Je dis seulement qu'en plus de fouiller dans les anté-cédents de Blackwell, tu pourrais te montrer… un peu plus ouverte à l'idée d'une amitié avec Adam. C'est une ressource que tu n'as pas encore exploitée.

— Exploitée ?

Elle s'attend à ce que je fasse quoi avec lui, au juste ?

Elle lève les yeux au ciel.

— Mauvais choix de mots. Tu sais ce que je veux dire.

Je m'essuie la bouche avec ma serviette avant de me lever.

— Très bien, je vais essayer. Mais je ne promets rien. S'il m'énerve au point où j'envisage de serrer très fort son joli cou, que personne ne m'en tienne responsable.

Elle glousse.

— Vous deux. Ça fait des mois que vous vous tournez autour.

Qu'on se tourne autour ? Elle débloque carrément.

— Je me fiche de sa belle gueule ; il me fait tourner en bourrique. Mais le jour de son enterrement, je n'hésiterai pas à te rappeler que c'était *ton* idée.

Elle sourit de toutes ses dents.

— J'ai hâte de connaître la suite.

Mira et moi nous disons au revoir dans la cafétéria du Blue et je me dirige vers mon bureau, accélérant le pas en passant devant le bureau d'Adam au cas où il serait là. J'ai dit que j'allais essayer. Pas que j'allais commencer aujourd'hui.

J'ai dépassé sa porte de quelques pas quand je l'entends héler mon prénom. Mes épaules se voûtent de frustration. Je maugrée en me retournant.

— Tu as une minute ? demande-t-il, les mains dans les poches de son pantalon de costume, sa veste ouverte découvrant la chemise qui moule son torse d'athlète et sa taille mince.

Je suis forte. Je peux y arriver.

Peut-être que Mira a raison. Peut-être que c'est le meilleur moment d'entamer une relation civile avec Adam. Je souris à pleines dents.

— Bien sûr. Qu'y a-t-il ?

Ses yeux s'arrondissent légèrement. Bon, c'était peut-être un peu trop enjoué comparé à mon attitude habituelle envers lui.

— Je me disais que tu aimerais peut-être savoir que j'ai trouvé une assistante. Je l'ai embauchée ce matin. Elle est *parfaite*.

La lueur dans ses yeux ne m'inspire pas confiance. Je l'ai vu hier soir. Comment il a fait pour trouver quelqu'un aussi rapidement ?

— Une assistante ?

— Oui.

— Comment tu l'as recrutée ?

— Disons que c'est une professionnelle du service à la clientèle. Elle sera très à l'aise dans le domaine de l'hôtellerie.

Sois civile. Sympathique.

— Eh bien, félicitations. J'ai hâte de la rencontrer, dis-je, mais ma civilité a ses limites. Mais tu sais, tu n'as pas encore gagné le pari. On avait dit deux semaines. Si elle est encore là après deux semaines, alors on verra.

Il sourit, mais ses yeux s'étrécissent.

— Tu ne peux pas la virer, Hayden. Ça annulerait notre pari.

Je tourne les talons et je poursuis mon chemin dans le couloir, lui répondant par-dessus l'épaule.

— Bien sûr. C'est ton boulot, pas le mien.

Chapitre Sept

ADAM

Tout se passe comme prévu. J'ai engagé une assistante plus vite que mon ombre, et la fille est parfaite — selon les critères de Paul et William. C'est une bombe, et en plus elle est vénale. Elle m'a retoqué sur le salaire avant même que je lui propose le poste. Elle doit être bonne si elle négocie comme ça.

J'égoutte les pâtes que j'ai fait cuire en rentrant du boulot et j'éteins la plaque sous la sauce tomate. La plupart du temps, j'achète des plats à emporter, mais parfois ça me gonfle. Au fil des années, j'ai appris à cuisiner les basiques. Un talent particulier dont mes frères, qui clament pourtant leur autonomie, aiment profiter en débarquant sans prévenir à l'heure du dîner.

Je sors un couvert et je mets *SportsCenter* à fond, me préparant à engloutir une montagne de pâtes et de résumés sportifs, quand on sonne à la porte.

Bon sang, comment font mes frangins pour savoir ? Leur sens du timing est impressionnant.

Je coupe le son et traverse la pièce principale jusqu'à la porte. Seulement, ce n'est pas un de mes frères.

— T'es Adam ?

La fille sur mon porche est maquillée comme une voiture volée et elle a tellement de paillettes sur les paupières, la poitrine et les chaussures que je suis momentanément aveuglé.

Je jette un coup d'œil à sa copine, une brune avec un collier noir et des lèvres rouge vif. Les deux femmes portent des escarpins vertigineux et une robe au ras de la salle de jeux. Je pourrais même deviner la taille de leurs bonnets avec la vue que j'en ai.

— Oui, je suis Adam. Que puis-je faire pour vous ?

— Paul nous envoie, dit Blondie avant d'énoncer le nom de famille de Paul et sa description. Il nous a dit de t'offrir du bon temps ce soir. Bien sûr, si les flics demandent, il ne s'appelle pas Paul et c'est un grand Viking.

Elle fait un sourire aguicheur et sort une petite bourse en velours.

— Il voulait que je te donne ça. Il a dit que ça te plairait.

Je prends la bourse et je regarde à l'intérieur : un sachet de poudre blanche.

Putain. Envoyer des prostituées et de la cocaïne. Typique des crétins avec qui je bosse.

Je comprends que Paul et William soient contents de m'avoir dans l'équipe, mais là, ça va trop loin. En fait, ça sent le test à plein nez.

Si c'était vraiment pour fêter ma promotion, ils seraient venus. Donc c'est autre chose. Je ne suis pas sûr de ce que c'est, mais renvoyer ces filles ne serait pas malin. Connaissant Paul, il le prendra comme une insulte personnelle. Et si c'est un test, je dois le réussir. J'ai besoin de gagner leur confiance pour toucher des primes équivalentes aux revenus que je reçois de la fortune paternelle.

Je souris et m'écarte du passage.

— Entrez, mesdames. Faites comme chez vous.

Je sors mon téléphone et envoie un texto rapide.

Elles entrent et font effectivement comme chez elles. Je veux dire, *vraiment* comme chez elles. Elles se déshabillent, ne gardant que leur soutien-gorge à paillettes et leur string.

Je sers des verres de vin en regardant discrètement l'heure. Je garde un visage neutre et amical.

La brune avec le collier ras-de-cou noir s'approche. Je lui tends un verre, mais au lieu de prendre le vin, elle me palpe l'entrejambe. Une étincelle de vie inéluctable se produit. Ça fait une éternité que je suis célibataire. Plusieurs mois ? *Trop longtemps.*

J'affiche un sourire confiant.

— Pourquoi ne pas nous asseoir à table ? Vous pouvez vous joindre à moi pour le dîner.

Blondie mate la bosse dans mon pantalon par-dessus l'îlot de cuisine.

— Je vois que je suis servie, ici.

— Moi aussi, dit Ras-de-cou, en se rapprochant.

— Mesdames, quel genre de gentleman serais-je si je vous emmenais directement au lit ?

— Un homme normal, s'esclaffe Ras-de-cou, un rire étrange qui lui déforme les traits, la faisant ressembler à la méchante Elvira, maîtresse des ténèbres

Tout en consultant mon téléphone sous le comptoir, j'attrape une assiette de pâtes.

— Eh bien, je suis de la vieille école. En plus, vous allez avoir besoin d'énergie.

Je fais un clin d'œil et donne l'assiette à Blondie avant d'attraper l'autre et de vérifier à nouveau mon téléphone, même si je l'ai fait il y a deux secondes à peine. Je passe les pâtes à Ras-de-cou, qui finit par s'asseoir.

Cette fois, elle passe une main derrière moi et me pelote les fesses.

— Peut-être qu'on ne veut pas de la vieille école.

Je dois rendre hommage à son culot.

Je tiens l'assiette entre nous et ne bouge pas. Elle fait la moue, et finit par la prendre.

Je me téléporte à l'autre bout de la table et au moment où je me laisse choir sur ma chaise, la porte s'ouvre. Enfin, s'ouvre à la volée, en fait. Mon dépravé de jeune frère déboule avec une telle force que la porte frappe contre le mur.

Je soupire en secouant la tête. La poitrine de Hunt se soulève par à-coups, il est essoufflé. Mais vu sa tignasse ébouriffée et sa chemise à moitié rentrée, je vois qu'il n'a pas perdu de temps à se regarder dans la glace avant de venir.

Le regard de Hunt zoome sur les femmes à moitié nues à ma table, et il se recoiffe avec les doigts.

— Eh bien, bonsoir, mesdames.

Hunter, le chasseur en anglais, porte bien son nom, et ne suis-je pas heureux qu'il soit un coureur ? Je n'ai pas envie de divertir ces femmes, même si je ne peux pas vraiment les renvoyer chez elles et échouer au test de Paul. Mais mon frère de petite vertu me rendra volontiers ce service.

— Pile à l'heure. Mesdames, voici mon frère, Hunter. Il est très amical, et il aime passer du temps avec de jolies femmes.

Blondie se lèche les lèvres et déshabille du regard mon petit frère.

— Miam.

Heureusement, je sais que Hunt ne fait qu'une bouchée des filles comme elle, sinon je m'inquiéterais pour lui.

Il enlève ses chaussures, car il sait que je n'aime pas les traces de boue dans la maison, et il s'avance.

— Comment vous appelez-vous ?

Fidèle à sa façon de saluer, Ras-de-cou lui met la main au paquet, ce à quoi mon petit frère répond en pelotant les nichons qu'elle balance sous son nez. Blondie se lève et se frotte contre lui par-derrière. Hunt passe les mains dans son dos et lui empoigne les fesses… Et c'est mon signal de départ.

Je descends mon vin rouge, prends une petite boîte dans le tiroir fourre-tout et sors de la salle à manger, direction les toilettes. Une fois à l'intérieur, je sors la bourse en velours et jette la poudre blanche dans la cuvette. Je tire la chasse trois fois pour m'assurer qu'il n'y en a plus, puis je prends une allumette dans la boîte et brûle le sachet en plastique au-dessus des toilettes, avant de tirer la chasse.

Je m'effondre sur le couvercle des toilettes et attends de ne plus entendre de voix. Et même quand c'est silencieux, j'attends encore. On peut faire plein de choses en silence, et j'espère que mon dévergondé de frangin aura la bonne idée d'emmener ces cochonnes dans la chambre d'amis. Je lui donne encore une minute ou deux.

De mes quatre frères, Hunter est celui qui n'a honte de rien. Non que les autres ne se soient pas déshonorés, y compris moi, maintenant que j'y pense – j'étais le garçon de plage du Club Tahoe, après tout. Mais Hunt a fait passer la dépravation au niveau supérieur.

Je lui ai envoyé un message dès l'arrivée des filles, mais il a surpassé mes attentes en se pointant en quelques minutes. Il a dû rouler à toute allure.

Je me penche en avant, les avant-bras sur les genoux. J'espère que ce n'est pas une erreur d'avoir refilé les filles à Hunt. Oh, je ne m'inquiète pas pour mon frère. Il me remerciera demain. Je m'inquiète de ce que Paul va penser.

Coucher avec les femmes qu'il a envoyées ne m'intéresse pas. Je ne suis plus un garçon de plage. Mes goûts ont évolué depuis.

Après quelques minutes, j'entrouvre la porte et jette un coup d'œil dans la pièce. La voie est libre. C'est ridicule de me cacher dans ma propre maison… Pourtant, je marche sur la pointe des pieds et passe devant la cuisine.

Le fait que je ne puisse pas voir mon frère ou les filles ne signifie pas qu'ils sont partis. En fait, en approchant du salon, j'entends des bruits étouffés en provenance du couloir. Au moins, Hunt n'a pas utilisé ma chambre. J'aurais été obligé de le trucider sinon, et j'aurais pris mon temps.

Les filles étant occupées et la coke éliminée, je ramasse mes clés et m'échappe de chez moi. La nuit est chaude, alors je descends en petites foulées les marches jusqu'au ponton. L'endroit que je loue depuis l'année dernière me coûte un bras et une jambe, mais pouvoir sortir le Chaparral quand je veux n'a pas de prix. Et ça me semble un moment opportun, avec mon frère et deux prostituées qui souillent ma baraque.

Je détache le bateau du ponton et monte à bord, prenant un coupe-vent dans le rangement à la proue. Je démarre le moteur et sors de la zone de ralenti.

Ma maison se trouve sur la côte est, un peu au nord de la frontière entre la Californie et le Nevada. Je mets le cap au sud, là où les contours aux néons des casinos se détachent sur la silhouette sombre des montagnes.

Paul ne m'a jamais paru être un citoyen modèle, mais mon opinion sur lui se détériore de jour en jour. Ce type est une calamité, mais calamité ou pas, j'ai besoin de lui. Et j'ai besoin du Blue Casino.

Tant que personne n'est blessé, est-ce si terrible ? Blackwell veut que j'engage quelques personnes peu regardantes pour le nouveau business. Qui suis-je pour juger ?

Je peux le faire.

Je lève les yeux vers la voûte étoilée. Ici, je ne suis personne – juste celui que je veux être. Ici, loin du monde, la pression retombe. Je peux faire abstraction de ma famille, de mon travail, de tout.

Et pour la première fois, ça ne me suffit pas. Je veux plus, et ça m'effraie terriblement.

———

Je roule hors du lit le lendemain et enfile un t-shirt et un jean. Les prostituées et Hunt étaient encore là à mon retour de la virée en bateau, mais en matant par la fenêtre, je ne vois plus que le cabriolet de sport des filles. Un beau cabriolet. Paul ne s'est pas moqué de moi. Il a cassé sa tire-lire pour m'offrir ces nanas.

Je me rends dans la cuisine en secouant la tête. Je ferais mieux de préparer des œufs brouillés. La déception sera moins amère si elles repartent le ventre plein.

Quelques minutes plus tard, ces dames se pointent dans la cuisine, le visage moins maquillé que la veille, les cheveux moins laqués. Je n'ai jamais vu une prostituée rester toute la nuit. Ce qui montre bien le charme que Hunt opère sur les femmes. Quel enfoiré.

Blondie regarde autour d'elle.

— Où est ton frère ?

Je sers les œufs brouillés dans des assiettes.

— Parti. Vous prenez du lait dans le café ?

Les filles se regardent.

— Parti ? demande Ras-de-cou, sans collier ce matin, l'air dépitée. Il est parti sans dire au revoir ?

Magnifique. Hunt brise même le cœur des call-girls.

— Tu espérais avoir son numéro ? je demande sèchement.

Les filles s'asseyent à contrecœur au comptoir et prennent le petit déjeuner que j'ai préparé.

— Pour que ce soit clair, dis-je en remplissant leurs tasses, vous avez passé un excellent moment hier soir, non ?

Les yeux de Blondie sont rêveurs.

— Oh oui. Ton frère est un dieu au lit.

Je grimace.

— Ouais, je vais me passer des détails…

Je sors la liasse de billets que j'ai prise dans ma table de nuit ce matin.

— Si on vous pose la question, vos services ont été consommés et appréciés. On est d'accord ?

Blondie fronce les sourcils.

— Tu ne veux pas que Paul sache que tu n'as pas couché avec nous.

Je souris.

— T'es une maline, toi.

— T'es gay ? demande Ras-de-cou en mangeant.

C'est de la curiosité de sa part, non un jugement.

Je rigole.

— Euh, la réponse est non.

En réalité, une fille a planté ses talons aiguilles dans mon cœur et elle commence à me gonfler.

J'aurais dû accepter les avances de ces deux femmes hier vu que je ne suis pas intéressé par les relations, encore moins avec des émotions fortes. Et avec Hayden, ce serait forcément passionnel. Je n'ai ni besoin ni envie de ça.

Elles finissent leur petit déjeuner, et heureusement, je n'ai pas besoin de les pousser dehors. Elles ramassent leurs sacs à main et se dirigent vers la porte. Blondie se retourne.

— La prochaine fois que Hunter a envie de faire la

fête, dis-lui d'appeler Celia. J'ai laissé mon numéro dans la poche de son jean.

Je hausse un sourcil.

— Tu savais qu'il ne serait pas là ce matin ?

Elle hausse les épaules avec un petit sourire.

— Les gars comme lui ne restent pas. Mais ils sont d'accord pour recommencer.

Sur ce, elle et son amie prennent le large.

Chapitre Huit

HAYDEN

Je me fourre une poignée de cacahuètes enrobées de chocolat dans la bouche, grignotant pour calmer mon stress. J'ai trouvé que dalle en enquêtant dans le casino, mais en parcourant les archives des communiqués de presse sur mon ordinateur portable, les pieds emmitouflés dans des chaussettes moelleuses, je suis tombée sur des articles concernant le passé de Blackwell qui racontent une histoire intéressante.

Joseph Blackwell, héritier de la fortune immobilière Blackwell, utilise ses relations à San Francisco pour se faire un nom dans l'immobilier du lac Tahoe. — **Les Échos du lac Tahoe**

Joseph Blackwell, héritier et propriétaire de l'hôtel Season à San Francisco, déjeune avec son parrain, l'homme d'affaires mexicain Jose De la Cruz. De la Cruz a été associé à un trafic de drogue, mais n'a jamais été condamné. — **La Tribune de San Francisco**

Associé, c'est ça. C'est la tournure employée par les

médias pour dire : *On est presque sûrs qu'il s'agit d'un narcotrafiquant psychopathe, mais comme il est assez malin pour ne pas se faire épingler, on n'a pas de preuves formelles.* Ce n'est pas une attaque directe, mais là encore, je ne pensais pas en trouver une, ou Blackwell ne serait pas notre PDG. Mira et les autres vont arriver pour qu'on discute de la stratégie à adopter à partir de maintenant, et ça me donne quelque chose à leur montrer.

Peut-être que Blackwell ne dirige pas un réseau de drogue et de prostitution au Blue. Peut-être que c'est De la Cruz ? Alors que je réfléchis à cette hypothèse, un visage jaillit de l'autre côté de la fenêtre, à quelques centimètres de ma tête.

— Helloooo, s'exclame Mira à travers la moustiquaire en gloussant.

Je sursaute et manque de me tomber du canapé.

— Putain de merde.

Je rattrape mon ordinateur portable du bout des doigts en me stabilisant entre le canapé et la table basse, et reprends mon souffle.

Je pose prudemment le portable sur la table et fonce ouvrir la porte. Mira est pliée en deux de rire, cramponnée à un grand sac en papier.

— C'est pas drôle, je ronchonne. J'aurais pu avoir une crise cardiaque. Tu mériterais d'être virée pour faute grave.

Ce que je dis est totalement faux, mais bon sang, elle me fait le coup chaque fois !

Elle se redresse, affiche un air innocent.

— Hayden, tu m'adores. Tu ne me virerais jamais.

Mira entre dans la maison, suivie de Gen, Lewis et Tyler.

— Ouais, j'avoue que tu me facilites la vie au Blue.

Et elle a raison, je l'aime comme une sœur.

Quand je suis revenue au lac Tahoe, la maison de mon

enfance m'a paru plus petite que dans mon souvenir, mais avec ces deux géants, elle est pleine à craquer. La tête de Lewis n'est qu'à quelques centimètres des poutres en bois du plafond, et épaule contre épaule, Lewis et Tyler pourraient carrément toucher les murs de chaque côté.

C'était à l'origine la première maison de mes parents. Mais après quelques années, ils l'aimaient tellement que nous sommes restés là. Avec un seul enfant, le fait de n'avoir que deux chambres n'a jamais posé problème. Mais pas avec deux grands gaillards et leurs copines à l'intérieur. On va se télescoper comme des billes de flipper si je ne case pas les gars quelque part.

— Asseyez-vous.

J'indique le canapé d'angle à côté du poêle à bois que mon père a installé quand j'avais cinq ans.

Lewis et Tyler se posent et Mira, qui connaît la maison, se dirige vers le coin cuisine que j'ai refait il y a six mois. Je l'entends fouiller dans le frigo. Elle revient les mains chargées de canettes de bière qu'elle nous distribue. Je m'installe dans le rocking-chair en face des garçons.

Gen décapsule sa canette et s'assied sur le bras du canapé occupé par le grand corps de Lewis.

— J'ai parlé à mon père aujourd'hui.

Le père de Gen, un ancien joueur de foot célèbre a contribué à mettre Drake Peterson derrière les barreaux après son agression.

— Ses avocats disent qu'à moins d'avoir des preuves contre le casino ou Blackwell, on ne peut rien faire. Ce qu'on savait déjà. J'ai du mal à croire que Blackwell a réussi à garder secret le nouvel emplacement des suites suspectes. La condamnation de Drake remonte à plusieurs semaines maintenant.

Elle pousse Lewis du coude.

— Tu ne peux pas te brancher sur les caméras de sécurité pendant que tu bosses sur l'électricité ou autre ?

Lewis et son père possèdent l'entreprise Sallee Construction et le casino fait souvent appel à eux pour des travaux.

Il fronce les sourcils.

— C'est illégal. Je risque de perdre ma licence et vous ne pourrez pas utiliser les images de toute façon. Je suis quasi sûr qu'il faut un mandat pour ce genre de choses.

Mira se glisse entre les jambes de Tyler sur l'autre canapé.

— On pourrait essayer de contacter les types de la sécurité qui gèrent le système de télésurveillance. Du genre, oups, on vient de tomber sur les images d'un vieux type qui paie le casino pour avoir consommé de la drogue et fait des cochonneries avec une jolie fille.

— J'ai déjà étudié la question, dis-je. Les employés de la sécurité ont signé un accord de confidentialité. Ils pourraient aller en prison pour avoir volé des images de télésurveillance. Et comme l'a dit Lewis, je ne pense pas que la justice accepte ce genre de pièces à conviction.

— Et ils ont besoin d'une bonne raison pour délivrer un mandat, soupire Gen.

Elle glisse sur l'accoudoir pour s'asseoir sur la jambe de Lewis ; il la tire distraitement sur ses genoux.

— D'après mon père, pour la police, Drake était à l'origine des activités illégales du casino, et il a été condamné.

— Donc on n'a rien.

Je renverse ma tête en arrière et fixe le plafond en bois. Je l'adore, mais à cet instant, je le vois à peine. Je continue de réfléchir tout haut.

— J'occupe un poste de direction. Ça devrait être facile

de trouver une preuve à apporter à la police s'il se passe vraiment des trucs louches.

À moins que nous nous trompions ?

Mira renâcle.

— Ces Blue Stars sont des ordures. Comment ils font pour être si discrets ?

Je secoue la tête.

— J'aimerais le savoir.

— Et les antécédents ? T'as trouvé quelque chose sur Blackwell ?

Me souvenant des articles de journaux, je me redresse et me lève.

— En fait, oui.

Je vais chercher dans la chambre d'amis les impressions des articles. Je donne une feuille à Tyler et Mira et l'autre à Gen et Lewis.

— Blackwell est un héritier. Et il a de solides relations. Sa famille a commencé dans l'immobilier à San Francisco, a fait fortune, puis a acheté et dirigé plusieurs hôtels réputés. Regardez ses liens avec un narcotrafiquant mexicain.

Mira parcourt l'article.

— Le narcotrafiquant présumé ? Il n'y a rien qui le confirme.

Elle sort son téléphone et commence une recherche en ligne.

— Aucune preuve, mais quand même, un baron de la drogue ? On sait que le Blue avait un stock de drogues illégales dans la suite sécurisée que t'as trouvée avec Tyler. Ça ne peut pas être une coïncidence.

Mira secoue la tête en lisant sur son téléphone.

— Un ou deux articles suggèrent un lien entre lui et ce type, mais il n'y a pas grand-chose.

— Je sais, mais c'est possible que le Mexicain soit le fournisseur de Blackwell, non ?

Tyler remue derrière Mira.

— C'est un peu tiré par les cheveux. Il y a beaucoup de came en ville. Si Blackwell veut trouver un dealer, il n'a qu'à franchir le seuil de sa porte.

Je me mords le coin de la lèvre.

— Suis-je la seule à trouver ce lien suspect ?

Mira pose son téléphone.

— On se fait juste l'avocat du diable, Hayden. Tu as peut-être raison, mais ce n'est pas la question. On a besoin de preuves. Que Blackwell bénéficie ou non de l'aide de De la Cruz, tout se passe à huis clos. On n'a rien pour avancer.

Blackwell ne pourrait pas vendre impunément de la drogue et des prostituées dans un de ses hôtels de San Francisco. Mais ici ? Le Nevada est le royaume du jeu et du péché. C'est l'endroit idéal. Et puis, le Blue Casino n'est pas un bordel légal loin des sentiers battus. Si Blackwell dissimulait des drogues, et ce que nous suspections d'être un réseau de prostitution, ce serait à l'intérieur d'un établissement conventionnel.

— Et Adam ? demande Mira. Tu as suivi ma suggestion ?

Je lève les yeux au ciel.

— J'y ai pensé, et tu vas être fière de moi. Je lui ai souri après notre déjeuner l'autre jour.

Mira secoue la tête.

— C'est un début, mais t'as intérêt à te préparer à faire volte-face et lui lécher le cul.

— *Mira*.

— Quoi ? Travaille là-dessus, tu veux bien ? C'est notre meilleure piste.

Lewis se recule, laissant à Gen plus de place pour s'asseoir. Il regarde Mira.

— Qu'est-ce qu'Adam vient faire dans tout ça ?

Tyler lance dans sa bouche une cacahuète enrobée de chocolat qui provient du bol que j'ai abandonné pendant mes recherches sur Blackwell.

— Mira et Hayden pensent qu'Adam est de mèche avec les Blue Stars.

Il mâche et se gratte la tête.

— Lui et moi, on était dans la même équipe de foot au lycée. Il peut être chiant, mais c'est un mec réglo. Je ne pense pas qu'il ferait ça.

— Ça ne ressemble pas du tout à Adam, confirme Lewis.

Tyler hausse les sourcils en direction de Mira comme pour dire : « je *te l'avais dit* ».

Elle croise les bras.

— Tyler, t'as vu la même chose que moi, dit-elle avant de lancer un regard noir à Lewis. Et alors, où est la solidarité familiale ?

Mira est comme une petite sœur pour Lewis. Elle joue clairement la carte de la famille.

— Il se passe un truc louche et on ne peut pas juste fermer les yeux.

— Non, dit Lewis, mais je ne pense pas qu'Adam soit impliqué. Sans compter que sa famille est plus riche que toute la ville réunie. Qu'est-ce que ça lui rapporterait ?

Je fronce le nez. J'avais oublié la famille d'Adam. Pourtant, il se pavane comme un mannequin Armani. Même son salaire de manager doit être ridicule comparé au pognon qu'il doit gagner rien qu'en étant un Cade.

Alors *pourquoi* Adam risquerait-il tout en trempant dans les affaires de Blackwell ? Lewis a raison. C'est absurde.

Ai-je eu tort de croire qu'Adam travaille avec le PDG ? C'est un opportuniste, mais peut-être pas aussi mauvais que je le pensais au départ. Il semblait sincèrement désolé quand je lui ai dit que j'étais la fille qu'il avait conseillé à Jaeger de larguer.

Tyler pioche une autre poignée de friandises.

— Je vais parler à Adam. L'interroger sur son travail.

Mira se retourne et lui vole une cacahuète enrobée de chocolat.

— Il te dirait ce qui se passe au Blue ?

Tyler hausse les épaules.

— Ça ne coûte rien de demander.

Elle me regarde.

— Tu dois essayer de lui parler. Vous travaillez ensemble maintenant.

J'appuie les doigts sur mon front.

— Ne m'en parle pas.

Je pardonne le passé à Adam, mais ça ne veut pas dire que je lui fais confiance. Mira a raison, toutefois. On a besoin d'obtenir des infos de l'intérieur, et je suis la mieux placée pour me rapprocher de lui au boulot et voir ce qu'il trafique. Mais pour la première fois, j'espère que Lewis a raison et qu'Adam n'est pas impliqué dans une activité illégale.

Chapitre Neuf

Bridget se présente pour sa première journée de travail avec du café.

En entrant dans mon bureau, elle pose le gobelet devant moi.

— Sans crème ni sucre. Vous ne m'avez pas l'air d'un type qui aime les sucreries.

Elle me fait un clin d'œil. Ma journée commence bien.

Bridget porte un tailleur-pantalon en tweed léger, et les deux premiers boutons de son chemisier crème sont détachés, laissant entrevoir juste assez de son décolleté sans être vulgaire. Une femme proactive et avec un sens aigu de l'esthétique, que demander de plus ? À mon avis, je suis un génie. J'ai embauché l'assistante parfaite.

Hayden va être furax.

Je me lève en boutonnant ma veste.

— Eh bien, merci, Bridget. Laissez-moi vous conduire à votre bureau.

Je prends mon café et respire le fumet. Parfum de noix et d'herbes. Gourmand.

Ma deuxième rencontre avec Bridget est totalement

différente de la première. Je l'ai débauchée au Club Desire sur la recommandation de Paul. Elle portait beaucoup moins de fringues à l'entretien, mais malgré sa quasi-nudité, elle avait une attitude très professionnelle et semblait enthousiaste à l'idée de changer de décor.

Je fais signe à Bridget de me suivre et nous passons dans la pièce d'à côté, plus petite, mais convenable.

— Le service informatique vous a installé un ordinateur et une ligne téléphonique. Nous communiquerons surtout par email. Vous avez dit que vous connaissiez bien les logiciels de bureautique ?

— Oh, oui. Nous n'avions pas le choix avec les filles, répond-elle en passant le doigt le long du bureau, l'air impassible. On ne devinerait jamais tout le travail qui se fait sur l'ordinateur dans le business.

Ai-je envie de savoir de quoi elle parle ? J'ai une imagination très fertile.

— Pourquoi ne pas vous connecter et vous familiariser avec le terrain ? Vous avez une note avec un mot de passe temporaire sur votre écran. J'ai synchronisé mon calendrier au vôtre. J'aimerais que vous assistiez à toutes les réunions surlignées en vert pour prendre des notes, alors prenez connaissance de la date et l'heure.

— Bien sûr.

Bridget s'assied dans son fauteuil et pose son sac à côté d'elle avant d'allumer l'ordinateur. Puis elle me regarde en souriant.

— Je vais m'installer.

— Excellent.

Quel moment parfait pour jubiler. Hayden m'a déjà accusé de le faire, alors pourquoi la décevoir ?

— Je reviens dans quelques minutes pour vous briefer au sujet de notre première réunion de cet après-midi.

Je descends le couloir d'un pas enjoué. Puis je tambourine sur la porte qui m'est aussi familière que la mienne.

— Entrez, dit Hayden.

Je pénètre dans son bureau et remarque son espace de travail bordélique comme d'habitude. Je vois Hayden de l'autre côté de la pièce, tirée à quatre épingles dans un cardigan ajusté et sa jupe fourreau bleu marine qui moule ses formes, alors qu'elle essaie de ranger un classeur sur l'étagère supérieure d'une bibliothèque.

L'une des premières choses que j'ai remarquées chez Hayden, c'est son corps incroyable. Ce n'est pas un sac d'os, mais une harmonie de galbes délicieux avec une taille fine.

Elle regarde par-dessus son épaule et ses yeux couleur miel croisent les miens.

— Oh, c'est toi, dit-elle comme si elle s'attendait à me voir.

Suis-je si prévisible ? Étrangement, ça ne me dérange pas.

Je m'approche et tends le bras au-dessus de sa tête, lui prenant le classeur des mains et le rangeant à sa place.

— Merci, marmonne-t-elle.

Sa lèvre supérieure engloutit sa lèvre inférieure, qui ressort d'un coup, humide et invitante. Une décharge électrique me traverse, plus puissante que lorsque Blondie m'a palpé le bazar hier soir.

Je m'éclaircis la voix et je jette un coup d'œil à son bureau.

— Tu devrais mettre de l'ordre, ça aiderait le personnel d'entretien.

Elle fronce les sourcils, des étincelles dans les yeux.

— Tu es ici pour une raison en particulier ?

Elle regagne son bureau, les épaules tendues, et se rassied prestement.

Je n'arrive pas à contenir mon sourire. Bon sang, ce que j'aime mon boulot.

Je me poste devant son bureau et je passe le doigt sur la surface. Elle le suit des yeux alors que je frotte le pouce et l'index ensemble comme s'il y avait de la poussière.

— Je me demandais simplement si tu avais eu la chance de rencontrer ma nouvelle assistante ?

Bridget a mis les pieds dans l'immeuble il y a dix minutes seulement, alors je sais que ce n'est pas le cas. Raison de plus pour lui faire savoir que mon assistante est là, et que le pari est *lancé*.

— Elle se familiarise avec mon agenda, dis-je en levant mon grand gobelet. Elle m'a même apporté un café. Bridget est très attentionnée.

Hayden fronce les sourcils et croise les bras.

Je me retourne et me dirige vers la porte.

— Prépare-toi à perdre ce pari, Hayden.

— Je n'ai pas dit mon dernier mot, lâche-t-elle alors que je sors de la pièce, tout sourire.

J'entends un bruit sourd de l'autre côté du mur et mon sourire s'élargit.

Je siffle en retournant vers ma nouvelle assistante parfaite.

Bon, « *PARFAITE* » est peut-être fort. Bridget n'est au Blue que depuis quelques heures. Évidemment, elle va mettre un moment à s'adapter.

— Je suis tellement désolée, Adam. Je n'avais pas réalisé que les réunions seraient aussi supprimées de votre calendrier, dit-elle en souriant d'un air penaud, debout devant mon bureau.

L'erreur est humaine, non ?

— C'est votre première journée. Je ne m'attends pas à la perfection. Mais demandez l'aide de la secrétaire de Blackwell pour réparer les dégâts. Je vais avoir besoin de l'agenda mis à jour d'ici la fin de la journée. Restez plus tard s'il le faut.

— Sans problème. Je m'en occupe.

Bridget sort du bureau au moment même où Paul allait entrer. Il s'écarte pour la laisser passer, lui faisant un clin d'œil, puis mate son cul une fois qu'elle l'a dépassé.

Il la pointe du pouce.

— Je t'avais dit que c'était la bonne, hein ?

— Une fois qu'elle aura appris les ficelles du métier, je réponds en enfilant mes lunettes et regardant le plan d'architecte que sa secrétaire m'a apporté ce matin. Alors, qu'est-ce que c'est ?

Il ferme la porte.

— Ça, c'est ce que tu me demandais : le nouveau business. En tant que directeur de l'hôtellerie, tes services sont essentiels à la mise en place de Bliss. On commence avec deux suites, mais quatre de plus sont en construction.

— Et elles vont servir à quoi, exactement ? Au jeu et aux séances de massage privées ? Je vois le bar en entier sur le plan.

Il sourit, l'air de contenir son excitation.

— Oui, à ça. Et à plus encore.

Je pose le plan sur mon bureau en soupirant.

— Explique-moi ce *plus encore* ?

Paul prend place dans un fauteuil en face de moi et croise les jambes.

— Pour commencer, il va y avoir des femmes, que nous appellerons des danseuses professionnelles.

— T'embauches des strip-teaseuses ?

— Des *danseuses exotiques*, corrige-t-il. Et elles seront sous contrat, pas des employées du casino.

— D'accord, des strip-teaseuses. Quoi d'autre ?

Je jette un autre coup d'œil au plan. Il y a quatre chambres par suite, et ce qui ressemble à une grande salle à manger, ainsi qu'un bureau, qui a plutôt l'air d'une réception à l'entrée, mais pas de balcon. Toutes les suites du Blue ont des balcons.

— D'après ce plan, les suites Bliss seront les plus grandes du casino. Pourquoi elles n'auraient pas de balcon ?

— Tu sais que les clients riches et célèbres introduisent des drogues dans l'hôtel à notre insu, n'est-ce pas ?

J'opine.

— Eh bien, on va…

Il dodeline de la tête, comme s'il cherche les bons mots.

— … continuer à fermer les yeux là-dessus. Les balcons et les fenêtres basses sont trop favorables aux regards indiscrets. On veut protéger notre clientèle la plus fervente.

— Alors, des femmes et de la drogue, dis-je, résumant le topo.

Paul hausse les épaules en hochant la tête.

— En gros, ouais.

J'ôte mes lunettes et je me frotte les tempes. Paul, qui n'a jamais la langue dans sa poche, dissimule quelque chose. Il a tendance à en dire *trop*, surtout lorsqu'il est question de conquêtes féminines.

— Est-ce que je veux savoir ce que tu ne me dis pas ?

Il garde un air impassible.

— Je ne sais pas de quoi tu parles. C'est essentiellement le projet. Et ton boulot, dit-il lentement, comme si j'étais un gamin, est de nous aider à embaucher les strip-teaseuses et les gardes du corps, et à former Bridget pour qu'elle puisse s'occuper de la conciergerie des suites Bliss.

Ayant grandi avec quatre frères, j'ai appris à contrôler

ma colère. Mais ce que Paul ne me dit pas au sujet de Bliss et surtout sa façon condescendante de s'adresser à moi me font bouillir le sang.

Je me lève et me poste devant la fenêtre, admirant le lac. Ma vue est différente de celle de Hayden, donnant au nord-ouest, vers ma maison et le Club Tahoe plutôt qu'au sud, vers le Heavenly et South Shore. Mais elle est tout aussi spectaculaire.

Ce job est ma chance de me libérer du joug de la fortune familiale. Je pourrais en trouver un autre, mais sans diplôme de Yale ou Harvard, rien dont le salaire me permettra de ne pas changer de style de vie. Ce qui signifie que je vais devoir supporter la condescendance de Paul. Ça ne peut pas être pire que ce que je supportais en bossant pour mon père.

Je tourne le dos à la fenêtre et je m'appuie sur le rebord, croisant les bras.

— Comme je l'ai dit la première fois que tu m'as parlé de ce business, donne-moi une liste des employés dont tu as besoin et des qualités que tu recherches, et je m'occuperai de les trouver. Je suis sûr que tu as quelque chose en tête, vu que tu recrutes des strip-teaseuses.

Paul se lève et penche la tête vers le bureau de Bridget.

— Des filles comme elle. Je vais faire une liste de ce qu'on cherche exactement et je te la donnerai demain matin à la première heure, dit-il en marchant vers la porte et l'ouvrant. Je vais voir si ton assistante a quelque chose de prévu ce soir.

— Paul, je dis avant qu'il sorte. Laisse Bridget tranquille. T'as oublié le dernier cadre avec les mains baladeuses ?

Le visage de Paul se durcit.

— Tu n'étais même pas là, alors je te suggère de te mêler de tes oignons.

Il sort, laissant la porte ouverte, et se dirige vers le bureau de Bridget.

Je suis sûr qu'elle peut très bien se défendre contre les types comme Paul. Elle y avait sans doute affaire chaque jour à son ancien boulot. Mais elle bosse pour moi maintenant, alors je vais garder l'œil sur elle.

Je me cale dans mon fauteuil et j'étudie le plan.

— Qu'est-ce que t'es, Bliss ? Une suite luxueuse conçue pour le plaisir, mais quoi d'autre ?

Chapitre Dix

J'arrive chez mon frère aîné et je coupe le moteur. Levi vit dans une cabane en rondins au bord de la route nationale 207. La partie orientale du bassin de Tahoe, où il habite, est différente de la partie occidentale, et le terrain ici est plein de broussailles et de buisson à feuilles persistantes. Quand les glaciers ont creusé la région ouest il y a des milliers d'années, ils ont raclé la couche arable, laissant l'autre côté intact. Les montagnes au milieu desquelles vit mon frère sont presque verdoyantes comparées aux rochers de granit escarpés et aux pins d'Emerald Bay.

Grace, la chienne de Levi, défonce pratiquement la porte moustiquaire pour se précipiter dans mes jambes. Sa petite masse de muscles entre en collision avec moi.

— Salut, Gracie. T'as été un bon chien ?

Je lui gratte l'arrière des oreilles d'une main en fermant ma portière de l'autre, m'assurant de ne pas coincer sa queue qui remue frénétiquement.

Grace lèche mon pantalon et mes chaussures vernies, et prend son temps pour les renifler.

— T'inquiète, ma fille. Il n'y a que toi dans ma vie.

La porte moustiquaire s'ouvre de nouveau, et Levi sort en clopinant, la cheville dans un plâtre. Je ne l'ai jamais vu avec une barbe aussi fournie ni avec un coquard aussi vilain que celui qu'il arbore depuis deux semaines. Il lui couvre la moitié du visage, du milieu du front à l'arête du nez jusqu'à la pommette. Je grimace de douleur pour lui.

— À quand remonte ton dernier rasage, mec ?

La barbe est revenue à la mode, mais Levi est un type soigné. Il a été le premier à avoir des poils, et il se rase depuis lors.

Il se gratte le menton. Au moins, son t-shirt semble propre.

— Me souviens pas.

Levi tapote la tête de Grace, qui lui donne maintenant toute son attention.

— Quoi de neuf, gringalet ?

Il remonte sur le porche et s'assied dans la balancelle, appuyant son plâtre sur le banc d'en face. Je monte les marches à mon tour, jette un regard appuyé au costume italien que je porte, puis sur son plâtre.

— Gringalet ? Il n'y a rien de gringalet chez moi, mon pote, dis-je, un sourire arrogant aux lèvres. Du moins, c'est ce que me disent les dames.

— C'est ce que tu leur dis pour les convaincre de coucher avec toi ? il réplique, mais d'un air distrait, en se frottant la jambe au-dessus du plâtre qui lui arrive juste sous le genou.

— Pas besoin, frérot. Elles se jettent à mes pieds.

Bien entendu, j'omets de préciser à Levi que je n'ai pas couché avec une femme depuis des lunes. Il me raillerait impitoyablement.

Les femmes au lac Tahoe cherchent à se caser, ou bien ce sont des croqueuses de diamants, et je vois clair dans leur jeu. Il y a une exception... Hayden est fougueuse, mais elle me tient à distance. J'ignore ce que je ferais si elle se mettait à répondre à mes tentatives de séduction. J'espère être assez futé pour éviter le désastre potentiel que serait une relation entre nous, mais je ne suis pas sûr d'avoir le plein contrôle de mes facultés en sa présence.

Je plie ma veste sur le banc, puis m'assieds en face de mon frère, tirant mon pantalon pour poser ma cheville sur mon genou. Je secoue la tête.

— Levi, tu dois sortir d'ici. T'as l'air d'un bûcheron, et c'est pas un compliment.

Enfin, Levi est pompier. Il a toujours été en bonne forme physique, mais les endroits où sa peau n'est pas tuméfiée ont une teinte grisâtre.

Il tapote sa cuisse et Grace court vers lui, puis se met à lui lécher la main. Cette chienne est adorable.

— Je vais bien. D'ailleurs, en restant chez moi, j'épargne aux gamins la frousse de leur vie.

— Tout le monde se fout de ton allure. Le morceau de ciment qui t'est tombé sur la tête aurait pu te tuer. T'as de la chance de t'en être sorti avec tous tes membres et un cerveau intact. Le médecin a dit que tu pouvais retourner au boulot quand ?

Si quelque chose peut aider Levi à sortir de sa torpeur, c'est bien la caserne. Il aime son boulot encore plus que ses frères.

Il gratte le flanc de Grace en étudiant son pelage, répondant d'un filet de voix.

— Je ne bosse plus.

Je réfléchis un instant.

— Ta cheville est brisée, mais une fois guérie, tu pourras recommencer.

— J'ai dit que je ne *bossais* plus. Je n'irai plus au feu. Il n'y a pas de retour en arrière. Ils voulaient me reléguer à un poste administratif. Alors j'ai démissionné.

Je pose le pied par terre et me penche en avant.

— Pourquoi ils feraient ça ? T'allais être capitaine dans quelques années, dis-je en jetant un coup d'œil à sa cheville. T'as dit que ce n'était rien de grave, non ?

Il se touche distraitement le front, juste au-dessus de l'affreuse cicatrice rouge qu'il a depuis qu'un morceau de plafond s'est effondré sur sa tête au cours d'une intervention.

— La cheville s'est brisée net… Mais avec le coup sur le crâne, j'ai perdu un peu de vision. Pas beaucoup, mais assez pour que le service veuille me reléguer au travail de bureau.

J'étudie la dévastation dans son regard, la tension dans ses épaules larges. Levi a toujours porté le poids de la famille ; c'était le frère responsable alors que je faisais ce que notre père attendait de moi et que les autres faisaient les quatre cents coups. Il nous séparait quand nous nous battions, nous disait de nous relever quand nous tombions, et tenait tête à notre buté de paternel au sujet de nos fréquentations, nos plans d'avenir, à peu près tout. Et maintenant, Levi essaie de ne pas tomber en ruines. Le frère qui a toujours été le plus solide d'entre nous.

Je déglutis, la gorge sèche. Ça ne peut pas arriver. Les frères Cade sont grands et athlétiques, mais Levi est bâti comme les maisons qu'il sauve du feu. Il est fait de briques, et le voir affaibli, physiquement ou mentalement, est aberrant.

Je me frotte le visage.

— Doux Jésus.

Être pompier a toujours été son rêve. L'assigner à un poste administratif serait comme sonner le glas pour lui. Normal qu'il joue les ermites depuis deux semaines, et qu'il ne veuille pas nous voir, mes frères et moi. Si je suis là, c'est seulement parce que je suis un abruti insistant qui n'écoute jamais ce qu'ils me disent.

J'étais le conformiste de la famille, qui acceptait la bagnole de sport que notre père me donnait quand il était fier de moi. Je me comportais comme un Cade, portais des vêtements griffés, vivais dans le luxe, alors que mes frangins faisaient ce que bon leur semblait. Ils ont poursuivi une carrière à l'extérieur du Club Tahoe, ont survécu sur leur petit salaire de serveur, de guide touristique, de pompier, pendant que j'obéissais à Ethan Cadeau doigt et à l'oeil, pourvu que je touche le chèque mensuel du fonds de placement.

Je regarde la pile de bûches sur le côté, les yeux dans le vide. Je suis venu ici aujourd'hui pour puiser dans la sagesse de Levi et lui demander son avis sur Bliss, mais c'est lui qui semble avoir besoin de soutien. Et ça n'a jamais été mon fort.

Je me lève et déboutonne ma chemise, que je lance sur ma veste.

— Eh ben, le bois ne se coupera pas tout seul.

Je sors mon maillot de corps de ma ceinture et je traverse la cour vers la hache.

Je ne sais pas si Levi a besoin de bois coupé, mais il va en avoir, parce que j'ai besoin de me défouler.

Mon frère aîné ne peut pas être une épave. Car s'il l'est, ça fait de moi, le cadet, le nouveau responsable. Pas un seul de mes frères ne me respecte. Ils m'aiment, bien sûr, comme s'aiment les frères qui se sont pris la tête toute leur vie. Mais j'ai perdu leur respect il y a longtemps, quand j'ai cédé aux exigences de notre père.

Chapitre Onze

HAYDEN

Je classe les documents pour la vente aux enchères et le spectacle burlesque. J'ai passé des heures et des heures à rechercher des entreprises pour trouver les bons talents pour le projet que Blackwell a confié à William. Il fait partie des Blue Stars, mais étonnamment, il m'a laissé une totale liberté pour l'aider. Il m'a même confié des tâches qu'il aurait probablement dû gérer, comme la sélection des entreprises événementielles pour la mise en scène du spectacle. Je ne vais pas me plaindre. En tant que directrice des RH, j'aurais dû de toute façon signer la paperasse officielle. Ainsi, j'ai pu m'éclater à choisir les décors de la soirée, même si c'était un boulot supplémentaire.

Je regarde les contrats qui se trouvent devant moi. Mon dossier est complet, la quantité de travail que j'ai fourni est évidente. Blackwell ne peut pas ignorer mes efforts. Je suis allée au-delà de ce qu'on m'a demandé de faire. Je n'attends pas d'éloges, mais un peu de reconnaissance serait bienvenue.

Nessa entre et s'arrête près de la porte.

— T'es occupée ?

Elle porte un pantalon foncé et un chemisier blanc, mais elle fait une taille normale aujourd'hui, donc je sais qu'elle a ses chaussures plateforme sous ce long pantalon, ou elle mesurerait dix centimètres de moins.

Pieds nus, Nessa m'arrive à l'aisselle. Elle est petite, fine et ravissante. Elle n'a sans doute aucun problème pour trouver des fringues à sa taille quand elle fait du shopping, alors que je dois tout acheter plus grand et soit nager dedans, soit reprendre la taille. C'est nul.

— J'ai juste une minute, car je participe à une réunion de la direction.

J'empile mes dossiers et vérifie ma coiffure et mon maquillage dans le miroir que je garde dans le tiroir du bureau. Aucune mèche folle ne dépasse. Rouge à lèvres impeccable : *c'est bon*. Parée pour faire bonne impression.

— Je ne vais pas te retarder. Je voulais juste savoir si t'as vu la nouvelle fille ?

Argh, encore ? Pourquoi tout le monde veut-il que je rencontre la fille qu'Adam a engagée ?

— Non, je n'ai pas rencontré la nouvelle assistante d'Adam.

— Un recrutement rapide, chuchote-t-elle. Il l'a ramassée dans la rue ?

Je contourne mon bureau et rejoins Nessa près de la porte.

— Aucune idée, mais j'ai déjà parié avec lui qu'elle ne fera pas long feu.

Ses yeux s'arrondissent.

— Vraiment ? Un pari ? Alors Mira t'a convaincue ? Elle m'a dit qu'elle voulait que tu te rapproches de lui et que tu découvres ce qu'il sait.

Je ricane, sarcastique.

— Elle vit au pays des rêves si elle croit qu'on va devenir proches, mais j'ai été vache avec lui. Il est super énervant, mais c'est pas un sale type, dis-je en boutonnant mon chandail. Et sache que je fais ce pari pour prouver quelque chose.

— Quoi ?

— Que mon job n'est pas aussi facile que tout le monde le pense.

Elle fronce les sourcils.

— Qui pense que ton job est facile ? T'es l'une des employées qui travaillent le plus ici.

Et juste comme ça, j'ai envie de pleurer. J'aime Nessa et Mira. Elles savent la quantité d'énergie et de temps que je consacre au Blue. Et que je tiens à ce que le casino soit au top, malgré ce que pense Blackwell. Je déglutis et inspire à fond.

— Merci.

Elle se racle la gorge dans un bruit d'incrédulité.

— C'est la vérité. Bon, je te laisse. J'ai rendez-vous avec Deborah pour le spectacle burlesque, s'enthousiasme-t-elle. Attends de voir notre plan de promo. Tu vas être éblouie. Fais venir les célébrités et les danseuses, et le marketing s'occupe du reste.

ADAM

AVEC SON DÔME en verre teinté qui surplombe le cœur battant du casino, la salle de conférence du Blue Casino est d'une classe à part. Et j'ai le Club Tahoe pour comparer : un hôtel-casino de deux mille huit cents mètres carrés situé sur les rives du lac Tahoe et conçu pour donner l'impression d'être dans un luxueux chalet en bois. Rien ne ressemble au complexe familial, avec sa rivière intérieure parsemée d'îlots avec brasero pour faire rôtir des chamallows. Mais le club de mon père ne peut pas rivaliser avec l'ambiance qui règne au Blue Casino. Les clients y viennent pour les tables à grosses mises, le faste clinquant et les plus belles serveuses de ce côté-ci de la frontière d'État.

Je prends le rapport en haut de la pile à l'entrée et me dirige vers la table de réunion en U. Blackwell préside en principe nos réunions avec une grande rigueur, mais on ne sait jamais. Les réunions de mon père débordaient souvent sur le déjeuner. Je m'attends toujours à ce qu'un collègue logorrhéique nous endorme avec son décompte méticuleux des parapluies de cocktails et des produits en vente dans les distributeurs. Et donc, je me place à un endroit stratégique pour pouvoir observer les joueurs en bas au cas où la réunion s'éternise.

En parcourant l'ordre du jour, je note les deux événements à venir. Le Blue Casino est l'un des principaux lieux de divertissement au lac Tahoe. En raison de l'ampleur de nos prochains événements, tout le monde sera sur le pont aujourd'hui. Donc Hayden sera là. D'ailleurs, quand on parle du loup…

Hayden s'arrête dans l'encadrement de la porte, sa silhouette joliment soulignée par sa robe grise cintrée à manches courtes. Un large collier doré drape sa gorge, des escarpins crème accentuent le galbe de ses mollets, et bon sang, je suis carrément sous le charme. J'aime les femmes sophistiquées. OK, même si Hayden était en jogging, elle attirerait mon regard. Malgré son caractère irritable, ou peut-être à cause de lui, Hayden a un effet magnétique sur moi.

Une mèche soyeuse de cheveux caramel lui couvre un œil tandis qu'elle farfouille dans une pile de chemises en kraft. William, maudites soient ses mains baladeuses, lui touche l'épaule, lui signalant qu'elle bloque l'entrée. Elle se pousse sur le côté et attrape l'ordre du jour. Jetant un coup d'œil dans la pièce, elle me repère et fronce les sourcils. Elle se précipite à l'autre bout de la table, mais elle est devancée par Eve, qui pique le siège à côté de Blackwell.

Eh oui, Hayden, il ne reste que deux chaises vides.

Hayden fonce vers l'autre siège, le plus loin de moi, mais William est plus prompt à s'y asseoir.

L'univers lui en veut. Je ne peux contenir la joie qui remplit mon cœur en sachant que Hayden est obligée de s'asseoir à côté de moi. Nous sommes souvent coincés l'un à côté de l'autre. Oh, je ne m'en plains pas. La vue me convient parfaitement, mais je pense que ça la fait bouillir. Si j'étais un autre homme, je serais mal pour elle, mais comme j'aime l'énerver, c'est un des plaisirs de mon job.

— Tout le monde est là ? demande Blackwell, même si c'est une question de pure forme, en faisant signe à Eve de fermer la porte. Faisons vite. J'ai un rendez-vous dans trente minutes.

Blackwell énumère quelques points sur le concert à venir, et vérifie les détails avec le responsable. Quand il arrive à la vente aux enchères et au spectacle burlesque, il se tourne vers Hayden.

— Tu as travaillé avec William sur les contrats de sous-traitance des décors ? On dépense une petite fortune pour transformer le night-club durant ce week-end.

— Oui, répond Hayden en poussant ses chemises cartonnées sur la table. Il y a deux contractants qui vont dans le sens de la politique de l'entreprise. Ce sont de loin les deux meilleurs prestataires disponibles. Et les danseuses burlesques…

Blackwell l'arrête en levant la main.

— William s'en occupe. William ?

William se lève et fait le tour de la table. Hayden lui

tend les chemises. La plus grande incompréhension se lit sur son visage.

— Je viens de recevoir les propositions de contrat, dit-elle. Trois des quatre compagnies burlesques sont incompatibles avec notre politique. J'aurais aimé en discuter avec vous avant d'aller plus loin.

— Ce ne sera pas nécessaire. William va prendre la relève. Cet événement doit être un succès. On fera en sorte que les contrats passent par un compte spécial.

La mâchoire de Hayden se décroche, et à vrai dire, je suis stupéfait aussi.

— Je ne comprends pas, insiste-t-elle. Chaque fois qu'on embauche quelqu'un, même pour un poste temporaire, les contractants et les nouveaux employés doivent être présélectionnés avec soin.

Blackwell plie les doigts et se cale au fond de son siège.

— Et ils le seront. Comme j'ai dit, William va s'en charger.

— Mais…

Je lui serre le genou sous la table et un couinement s'échappe de sa gorge, mais elle se tait. Elle regarde droit devant elle, les lèvres pincées.

Après un moment, elle me jette un regard noir, que je soutiens. Blackwell vient de l'écarter d'un événement. Un projet dans lequel elle devrait être impliquée, mais contester un ordre du PDG est un suicide professionnel.

Blackwell se tourne vers Eve.

— Point suivant à l'ordre du jour ?

Eve expose dans les grandes lignes les nouvelles politiques que le casino a mises en place pour la sécurité des employés – que des conneries puisque Blackwell monte sa propre organisation, ce qui de fait rend ces politiques caduques si personne ne vérifie leur application.

Une secrétaire entre dans la salle.

— Votre prochain rendez-vous est là, M. Blackwell.

Blackwell appuie ses paumes sur la table et se lève.

— Ce sera tout pour aujourd'hui.

Hayden regarde l'équipe de direction partir. Puis, une fois que nous sommes seuls, elle me lance un regard furieux.

— Pourquoi t'as fait ça ?

Je me lève et ferme le dernier bouton de ma veste de costume.

— Parce que tu allais foutre le patron en rogne, et je ne pouvais pas te laisser faire ça, c'était du suicide. D'après ce que j'ai vu ces derniers mois, tu es sur une pente glissante avec lui.

Chaque fois que Hayden a tenu tête à notre illustre PDG, elle avait une bonne raison de le faire, mais travailler au Blue est un jeu politique. Un jeu que Hayden semble déterminée à ne pas jouer. C'est égoïste de ma part, mais j'aime bien la voir dans le coin. Je n'ai pas envie qu'elle se fasse virer.

Elle se lève et gonfle la poitrine – ce qui a pour effet immédiat d'attirer mon attention vers le bas plutôt que sur son visage.

— Qu'est-ce qui te donne le droit de me dire comment faire mon travail ?

— Hayden.

Ma voix profonde sonne comme un avertissement. C'est pour la protéger et je ne sais pas combien de temps encore je pourrai la laisser croire qu'elle a son mot à dire. Cela va au-delà du simple licenciement. Plus j'en apprends sur Blackwell, Paul, et d'autres membres de la direction du Blue, plus je les trouve sans scrupules. J'ai bien l'intention de gagner mon pari avec Hayden, mais même si la Terre sort de son axe de rotation, je ne la laisserai pas s'attirer les foudres de notre douteux PDG.

Elle croise les bras.

— Est-ce que tu sais combien d'heures j'ai passées à sélectionner les entreprises pour cet événement ? On n'a jamais monté de spectacle burlesque, et une vente aux enchères par-dessus le marché ? J'ai passé des mois, Adam, *des mois*, à chercher des contacts et à rencontrer des gens. Et Blackwell passe le bébé à William comme s'il avait la moindre compétence ? C'est ridicule !

— Ne le prends pas personnellement.

— Ne le prends pas… Est-ce que t'as déjà travaillé comme un fou pour voir tout ton boulot jeté à la poubelle ?

Elle balance une main en l'air et regarde ailleurs.

— Bien sûr que non. Tu es le prince du lac Tahoe, Adam Cade, l'infaillible.

Je me penche en avant. Son tempérament de feu et cette poitrine qu'elle exhibe sous mon nez me donnent envie de la pousser sur la table et de lui montrer à quel point je peux être vilain.

— J'ai déjà été à ta place.

Elle me lance un regard noir.

— Foutaises.

J'ai travaillé au Club Tahoe tous les étés depuis mes seize ans, dans toutes les branches de l'entreprise, et pas une seule fois mes efforts n'ont été reconnus, même après avoir fait du parcours de golf du Club Tahoe une étape du légendaire PGA Tour. Mon travail a été confié à des personnes plus expérimentées que moi, mes idées ont été ignorées ou utilisées sans qu'on m'en remercie. Je sais ce que Hayden ressent, mais peu importe ce que je lui dis, je suis toujours pour elle l'enfoiré insensible qui a convaincu son petit ami de la larguer.

— Mon expérience passée n'a pas d'importance, lui dis-je. Le problème, c'est que tu ne peux pas montrer tes émotions quand ton patron te fait chier. T'es comme les livres qui tapissent les murs de ton bureau, Hayden. On lit sur ton visage toutes les émotions que tu ressens.

Elle s'avance, sa poitrine touche presque la mienne. Ses yeux se plissent.

— Et c'est pire que d'être un iceberg ? Ça te plaît de te cacher dans ta grotte de glace, Adam ? Elle te tient chaud la nuit ? C'est pour ça qu'ils t'apprécient tellement ? Parce que tu es froid, comme eux ?

Je respire à fond, les muscles de mes bras se contractent. Je l'attrape par la taille et la tire vers moi, réduisant à néant les précieux centimètres qui nous séparent. Elle se trompe. Sur tout.

— Ce n'est pas parce que je pensais à *lui* que j'ai dit à Jaeger de te larguer.

Elle tressaille, sa poitrine monte et s'abaisse. Ses yeux glissent vers mes lèvres et elle déglutit. Avant que je retrouve mes esprits et réfléchisse à ce que je suis en train de faire, elle s'éloigne.

— Retourne dans ta caverne de glace, Adam.

Chapitre Douze

HAYDEN

Les mains tremblantes, je referme la porte de mon bureau et je m'y adosse.

— Putain de merde.

Quand Adam m'a agrippée, mon instinct n'a pas été de le gifler ou de m'enfuir, mais de lui empoigner la tête à deux mains et l'embrasser.

Qu'est-ce qui *cloche* chez moi, bon sang ?

À en croire la réunion de cet après-midi, Adam est de mèche avec Blackwell et ses plans pour le casino, quels qu'ils soient. Et avec les Blue Stars. Il ne m'aurait pas dit de me taire sinon. Bien sûr, il a aussi dit qu'il ne voulait pas que je me fasse virer, mais qu'est-ce que ça peut lui faire que je perde mon job ?

S'il est impliqué de près ou de loin dans les activités des Blue Stars, pourquoi je le laisserais s'approcher de moi ?

Il est séduisant, mais j'ai toujours su garder une distance entre mes émotions et mon attirance physique. Jusqu'à maintenant. À moins que je sois attirée par plus que son physique.

Je me traîne jusqu'à mon fauteuil, où je m'assieds et pose le front sur le bureau.

— Bon sang, mais c'est quoi mon problème ?

Adam adore m'importuner, mais il ne dépasserait pas les bornes, n'est-ce pas ? Parce que si oui… je ne sais pas si je le rembarrerais. J'ose espérer que oui, car je n'ai pas besoin d'une crapule comme lui dans ma vie. Mais avec sa bouche sexy si près de la mienne, son bras puissant autour de ma taille, j'ai peur de l'embrasser… du moins jusqu'à ce que je retrouve mes esprits.

Mira entre en trombe, et je sursaute, me cognant le genou contre l'intérieur du bureau.

— Merde, Mira. Arrête de me faire ce coup.

Elle lève une main.

— Désolée. Je ne savais pas que tu passais un mauvais quart d'heure.

— C'est pas ça. C'est juste… la réunion ne s'est pas bien passée.

Elle fronce les sourcils, inquiète.

— T'es toute rouge, dit-elle en s'avançant et s'asseyant, posant sa paperasse sur mon bureau sans me quitter des yeux. Qu'est-ce qui s'est passé ? Encore Blackwell ?

Je me frotte les tempes.

— Entre autres.

Dire que mon cerveau est embrouillé serait un euphémisme. Il y a Blackwell et mon job, mais ils sont relégués au deuxième plan par les lèvres d'Adam.

Quel pourcentage de mon stress des derniers mois est dû à Blackwell et sa façon de me traiter, et quel pourcentage est dû au fait de bosser avec Adam ? Moi qui croyais le détester à cause de notre passé. Peut-être que je n'avais pas envie d'examiner mes sentiments de trop près.

Est-ce que je le désire ?

Je gémis de frustration et Mira arque un sourcil.

Je ne peux pas désirer Adam. Il n'est pas aussi horrible que je le croyais quand je suis arrivée au Blue Casino, mais il n'a aucun scrupule à frayer avec Blackwell et ses Blue Stars. Ce qui signifie que je ne le connais pas du tout, car mes soupçons sur ces types n'augurent rien de bon.

— Qu'est-ce que je vais faire ? je marmonne.

Malgré mon patron merdique, j'aime mon travail. Je n'ai peut-être pas apprécié sa façon de me mettre des bâtons dans les roues, mais Adam a raison : je vais me faire virer si je ne peux pas garder mon sang-froid en présence de Blackwell.

Mira se penche en avant et croise les bras sur le bureau.

— On a un plan, Hayden. On a un scandale sur Blackwell, ou du moins on va en trouver un. Tu n'es pas la seule qui a souffert de sa façon de gérer le casino, et je ne parle pas de son attitude de merde avec ses employés. La tentative de viol sur Gen, les planques de drogues et potentiellement d'autres activités illégales en interne… c'est le genre de choses qui ne devrait se passer nulle part, et encore moins dans un casino. Blackwell se sert du Blue comme couverture pour son business illégal et on va l'arrêter.

Mira pense que le PDG est la seule raison de mon désarroi, alors que c'est plus compliqué que ça. Mais elle a raison sur un point. Je dois rester concentrée sur notre mission de nous débarrasser de la vermine au Blue. Je ne suis pas la seule personne qui aime son boulot. Mira et Nessa ont trouvé leur vocation ici aussi. Raison de plus pour faire de cette boîte un endroit sûr pour tout le monde.

— Tu as raison. On a un plan, et on ne baisse pas les bras, dis-je en lui souriant faiblement et jetant un coup d'œil aux documents qu'elle a apportés. Tu voulais me montrer quelque chose ?

Elle trie ses papiers.

— C'est arrivé cet après-midi. Les deux derniers contrats que tu attendais. Pour le spectacle burlesque. Ils viennent de l'Attaque Burlesque, et de la Bourse aux Plaisirs.

Elle sourit.

— La Bourse aux Plaisirs, t'as pigé ? Les compagnies burlesques sont hilarantes.

Je secoue la tête.

— Ouais, ben, tu peux les donner directement à William. Blackwell m'a écartée de l'événement.

Elle soupire.

— Génial. Il te fait faire le gros du boulot, puis il refile le dossier à un autre ? Je me demande à quoi il joue.

— Apparemment, il embauche des gens sur un compte spécial. Il a trouvé un vide juridique qui lui permet d'éluder le service des RH et il embauche des gens comme ça.

— Pourquoi ferait-il une chose pareille?

— J'en sais rien. Mais j'ai l'impression que si je le découvre, je serai un peu plus près de la vérité.

***

ADAM

Je fixe Paul et William, perplexe.

—Je pensais que vous vouliez des strip-teaseuses.

Paul jette un coup d'œil à William, qui hausse les épaules.

— C'est le cas. Et celles-là sont des strip-teaseuses haut de gamme, les meilleurs décolletés sur le marché. Des spectacles burlesques privés, beaucoup de talent. Ce n'est pas seulement du strip-tease. C'est une forme d'art. Séducteur, classe. Blackwell croit qu'elles ajouteront une touche luxueuse aux suites. Dans tous les cas, elles seront là pour le spectacle, et on veut en profiter pour en recruter quelques-unes.

William me tend une brochure sur le spectacle burlesque en question.

— Sois au meeting la semaine prochaine. Charme les filles. S'il y en a qui cassent la baraque, on veut leur faire une offre qu'elles ne peuvent pas refuser.

Je balance le dépliant sur mon bureau.

— Vous crachez beaucoup de pognon, hein ? Avec les primes, et mon assistante qui touche le même salaire que certains cadres… Je veux que ça marche, mais est-ce que ça en vaut toutes ces dépenses ?

Paul esquisse un sourire machiavélique.

— Absolument. D'après les chiffres de la phase 1 du business, on va largement rentrer dans nos frais.

Il regarde William, puis indique la porte du menton.

William se lève et traverse la pièce. Il ferme la porte, nous coupant des bruits de voix et de l'activité du couloir.

Paul croise les jambes.

— Blackwell n'aurait pas approuvé les suites Bliss à moins qu'elles soient lucratives. Et Bridget n'est pas qu'une assistante. Elle sera bien plus dès que les suites seront opérationnelles. Alors, t'as fini de te braquer ? Ça devient pénible. À moins que t'aies changé d'avis sur le fait de te faire un énorme bonus rien qu'en fermant ta bouche. Les filles que je t'ai envoyées ne t'ont pas plu ? Elles ont dit qu'elles s'étaient bien occupées de toi. Je croyais que t'étais partant pour Bliss et tout ce que ça implique. Je me trompais ?

Paul et William m'étudient en silence. Je ne veux surtout pas foutre en l'air ma seule façon d'atteindre l'indépendance financière.

— Bien sûr que non. Je vais assister aux réunions avec

William — enfin, quand je ne serai pas en train d'interviewer les dizaines de strip-teaseuses et gardes du corps que vous m'avez envoyés. Parce que c'est mon rôle, non ? Le recrutement ? Oh, attendez. Je suis le directeur de l'hôtellerie, pas des ressources humaines.

Paul sourit en pinçant les lèvres.

— Fais gaffe, Cade. T'as intérêt à être fiable.

Il y a à peine un quart d'heure, j'exhortais Hayden à garder son calme, et voilà que je menace foutre en l'air une opportunité en or.

— Comptez sur moi. Je m'en occupe.

Paul et William sortent, et je réévalue mes priorités. Séduire Hayden n'en est pas une. Même si ça n'a pas semblé m'arrêter dans la salle de réunion. Je ne sais pas ce que c'était. Trop d'abstinence, peut-être. Jaeger a raison ; je ne suis pas moi-même en sa présence, ce qui signifie que je dois rester loin d'elle.

Je joue un jeu dangereux avec Hayden, et je commence tout juste à le réaliser. Elle est différente des autres femmes – et l'effet qu'elle me fait est différent aussi. Je dois me focaliser sur la raison pour laquelle je suis au Blue Casino. À la base, c'était pour faire plaisir au paternel. Maintenant, c'est pour me libérer de la boîte familiale et de l'argent dont je dépends depuis trop longtemps.

J'ouvre mon agenda et je regarde les entretiens que Bridget a fixés pour la semaine prochaine. Il y a un conflit d'horaire avec la réunion que Paul et William ont prévu avec les danseuses burlesques. Au lieu d'envoyer un mail à Bridget, je marche jusqu'à son bureau, à côté du mien, pour lui signaler le problème. Je lui demanderai en même temps si elle tient le coup.

Mais quand j'arrive, une foule d'hommes autour d'elle m'empêche de la voir.

Je frappe fort à la porte ouverte.

— Il y a un problème ? je demande, ma patience ne tenant déjà plus qu'à un fil.

Entre perdre la tête, manquer d'embrasser Hayden, et au boulot, en plus, et me faire passer un savon par mes enfoirés de collègues aujourd'hui, je ne suis pas d'humeur à endurer ces conneries, quelles qu'elles soient.

La tête de Bridget émerge des hommes penchés sur son bureau qui semblent en train d'écrire des notes sur leur carte de visite.

— Non, Adam. Tout va bien, sourit-elle, une pointe de nervosité dans le regard.

J'entre, fusillant du regard l'un des hommes, qui comprend le message et détale.

— Qu'est-ce qui se passe ?

Plusieurs autres remarquent mon air courroucé et tendent vite leur carte à Bridget.

— Oh, ce n'est rien. Je voulais seulement m'assurer d'avoir les coordonnées de tout le monde.

Bridget n'a pas d'expérience en gestion administrative, mais je croyais qu'elle saurait au moins comment fonctionne un bureau.

— Vous avez leurs coordonnées. Elles se trouvent dans l'annuaire de l'entreprise et dans votre compte e-mail.

Elle contourne son bureau et les hommes restants, sauf un, sortent de la pièce.

— Oh, bien sûr, mais c'est leur numéro de portable. En cas d'urgence.

— Exact, dit Paul qui traîne près de son bureau.

Il a dû venir directement ici en sortant du mien.

— S'il y a quoi que ce soit, surtout en rapport avec notre business, on veut que tout le monde soit joignable. Bridget s'assure qu'on peut être contactés à toute heure du jour ou de la nuit. N'est-ce pas, Bridget ?

Elle sourit et baisse les yeux.

— Oui, absolument.

— Même les ingénieurs ? je demande, sceptique.

— Surtout les ingénieurs. Les suites Bliss sont high-tech.

Paul me claque l'épaule et sort du bureau de Bridget nonchalamment.

Je le regarde partir, puis me retourne vers Bridget, qui s'est rassise derrière son ordinateur.

— Est-ce qu'ils vous embêtent ? Parce que si c'est le cas…

— Oh, non, dit-elle en relevant prestement la tête, l'air sincère. Tout va bien. Ils ont été d'un grand soutien.

Elle sourit et empile les cartes de visite que les hommes lui ont tendues, avant de les ranger dans une boîte en plastique.

Peut-être que ma réaction est démesurée. En fait, je n'ai pas beaucoup de tact aujourd'hui. Je suis plutôt primitif, instinctif.

— Faites-le-moi savoir si ça change.

— J'en doute. Tout le monde est très accueillant.

Trop accueillant. C'est presque comme si tous les mecs du bureau savaient que Bridget est une ancienne strip-teaseuse.

Qu'est-ce que ça peut me faire ?

Je retourne dans mon bureau, mais m'arrête dans l'encadrement de la porte. Il n'est pas encore dix-sept heures, mais je tourne les talons et me dirige vers la sortie. Je n'ai pas toute ma tête en ce moment. Mieux vaut partir plus tôt et revenir demain matin quand je me serai ressaisi.

Je ralentis le pas en approchant du bureau de Hayden. J'envisage de m'excuser pour ce qui s'est passé plus tôt.

Mais je n'ai jamais été du genre à avoir des regrets. Inutile de commencer maintenant.

Chapitre Treize

Le lendemain, Bridget, Paul, William et moi nous rendons aux fameuses suites Bliss, qui sont encore en travaux.

Le couloir est rempli d'ouvriers en train de faire les finitions, mais je ne reconnais pas le logo sur leur t-shirt.

— On ne fait pas appel à Sallee Construction ? je demande. Je pensais qu'on avait un contrat avec eux.

Paul ouvre une large porte double.

— Ils n'étaient pas disponibles.

Ça me paraît bizarre. L'entreprise de construction de Lewis a une relation de longue date avec le Blue Casino. Je me note de lui en parler plus tard.

Ce qui me frappe le plus quand j'entre dans la suite, c'est son gigantisme. J'ai vu le plan d'architecte, mais rien n'aurait pu me préparer à voir la suite en personne. La salle principale fait au moins trois fois la taille d'une suite de luxe du Blue.

Des canapés modernes cramoisis et des fauteuils couverts d'un plastique épais font office de sièges. Les planchers sont en bois d'ébène foncé, et des tapis décoratifs blancs sont roulés contre les murs. Une table à manger pour dix personnes, oblongue, en verre noir avec une base blanche et des chaises en acrylique se trouvent à l'arrière de la pièce. Les luminaires en verre et en chrome sont encore dans leur emballage plastique, et les murs sont faits du même bois d'ébène que les planchers, conférant à l'ensemble une atmosphère de repaire.

Je n'ai jamais rien vu de comparable au Blue. Une seule suite du Club Tahoe, le complexe de mon père, rivalise avec celle-ci au point de vue du luxe et de la taille : la suite présidentielle. Mais sa construction n'a pas engendré de folles dépenses. Et elle coûte plusieurs milliers de dollars par nuit.

Quelque chose me tracasse avec cette histoire de Bliss. D'abord, pourquoi tous ces secrets ? À l'évidence, les suites sont presque terminées, et le casino n'en a pas fait la moindre mention au public. Le coût des travaux doit être astronomique. N'importe quelle entreprise à la tête d'un projet d'une telle envergure le crierait sur les toits.

— À quoi vont servir ces suites ? je demande à voix basse, mais les yeux de Paul trouvent les miens, confirmant qu'il m'a entendu.

— Bridget, dit-il. Va voir Eve. Elle te mettra au courant de ce qu'il nous manque pour les chambres.

Bridget hoche la tête avant de se diriger vers Eve, qui parle à un entrepreneur. Après avoir échangé quelques mots, Eve l'entraîne vers l'une des chambres.

— Alors ? je demande une fois que les femmes sont hors de portée de voix.

Paul regarde William et pointe du menton le chef de chantier. William se dirige vers ce dernier et prend le relais d'Eve.

— Les suites Bliss sont exclusives, me répond enfin Paul.

J'observe les ouvriers, mais toute mon attention se porte sur le manager roublard qui distribue des miettes d'informations sur une entreprise sur laquelle je commence à m'interroger.

— C'est-à-dire ? Les suites sont immenses et bien aménagées. Mais comment t'as l'intention de les remplir ?

— Chaque client qui veut faire partie du projet paiera une prime pour devenir copropriétaire des suites Bliss. Ta famille est propriétaire du Club Tahoe. Vois-le un peu comme un abonnement à un club de golf.

— Nos membres dépensent un quart de million de dollars pour l'accès au club et au terrain de golf, en plus de frais annuels.

Paul regarde autour de nous, l'air sérieux.

— Précisément.

— Pourquoi quelqu'un paierait un quart de million de dollars pour un penthouse qu'il peut louer pour seulement quelques milliers par nuit ?

— Bliss n'est pas seulement une suite, c'est une expérience. Une expérience de première qualité pour les hédonistes de haut vol. Il va y avoir des femmes, comme celles du spectacle burlesque, pour… eh bien, que nos membres puissent pleinement jouir de leur expérience au Bliss, si je peux dire. On veut offrir tout ce que les membres peuvent désirer. Au prix fort, bien sûr. Tous les clients du Bliss doivent avoir dix-huit ans et plus, et être consentants. C'est dans le contrat qu'ils signeront.

Je pense à cette ville : le jeu, la drogue, les salopards friqués et débauchés avec qui j'ai grandi au Club Tahoe. J'ai perdu ma virginité avec la femme d'un milliardaire. Elle avait trente-cinq ans, j'étais ado. Le lac Tahoe fait dans la débauche, et la drogue est le moindre des péchés qui se commettent par ici.

Je regarde autour de nous.

— Quoi d'autre à part l'accès au jeu et aux prostituées ?

— En gros, c'est ça. T'inquiète. C'est sans danger, en partie parce que tout se fait en interne. C'est la beauté de Bliss. L'adhésion est uniquement sur invitation, et cent pour cent confidentielle. C'était une exigence des membres fondateurs.

Il indique les hautes fenêtres du menton. À un mètre quatre-vingt-sept, même moi, je devrais sauter pour pouvoir regarder dehors.

— Les stars ne veulent pas que les paparazzis découvrent leur cachette secrète. On va avoir des gardes du corps. J'imagine que le recrutement va bon train.

— J'ai parlé à deux hommes sur la liste que tu m'as envoyée. Ni l'un ni l'autre n'a fini le lycée, mais ils ont tous les deux beaucoup d'expérience comme garde du corps privé. L'un des candidats est un ancien officier de la marine.

Paul hoche la tête.

— Les gardes du corps sont une précaution nécessaire. Et on en a mis beaucoup en place, dit-il en pointant du pouce un côté de la pièce, derrière les ouvriers et les meubles emballés. Derrière une de ces portes, il y a un ascenseur qui peut emmener les gens aux étages publics du casino, et au rez-de-chaussée en cas d'urgence. Il faut un mot de passe pour l'utiliser. Un membre a fait une crise cardiaque dans une des premières suites de luxe qu'on avait conçues. Ça a été galère de l'emmener dans une chambre normale avant l'arrivée de l'ambulance.

Je cille.

— Tu déconnes. T'as risqué la vie de ce pauvre type pour cacher sa maîtresse ?

Paul hausse les épaules.

Il a payé le prix fort pour cette intimité. Il a survécu.

De justesse. Et pour info, ce type a été le premier à s'inscrire à Bliss 2.0. Si on n'avait pas aussi bien géré la situation, il ne serait pas revenu.

— Il y a des gens masochistes ; ils ne savent pas ce qui est bon pour eux.

Paul se dirige vers l'une des chambres. Je lui emboîte le pas. Nous entrons et il ferme la porte derrière nous.

— Ce n'est pas le rôle du casino de se soucier de ce qui est bon pour ses clients. Je pensais que t'étais partant, Cade. Qu'est-ce que tu veux, les primes et le prestige, ou bien te trouver un autre job ? Parce que si tu crois que tu peux parler de Bliss, tu te fourres le doigt dans l'œil. Le Blue va te crucifier pour diffamation.

Je crispe la mâchoire à sa menace directe. Il fourre les mains dans ses poches, les épaules tendues.

— Écoute, n'essaie pas de te frotter à Blackwell. Tu ne sais pas les contacts qu'il a. Il va te détruire, et ça, c'est s'il est d'humeur généreuse. Si tu vois ce que je veux dire.

— Je ne crois pas, non. Tu me fais des menaces de mort ?

Je soutiens son regard d'un air si redoutable qu'il tique.

Il lève les mains et son sourire factice revient.

— Pas moi. Et ça n'est pas obligé d'en arriver là, pourvu que tu saches la fermer. Mais j'ai besoin de savoir que t'es partant à cent pour cent.

Il soupire.

— Allez, Adam, on t'a choisi parce que tu ne craques pas sous la pression. Personne ne sait qui tu es vraiment derrière ta façade toujours cool. C'est le genre de discrétion qu'on cherche. T'as le bon tempérament pour le projet Bliss.

Je regarde enfin autour de moi. La chambre n'est pas très meublée, mais il y a une barre de strip-tease au pied d'un matelas ovale. La salle de bains adjacente révèle un jacuzzi assez grand pour six personnes et des miroirs sur tous les murs.

— C'est absolument consensuel ? Personne ne sera blessé ?

— Pas à moins de le vouloir, dit Paul en croisant les bras sur la poitrine. Parole de scout. Et aucun mineur.

Je l'ai entendu la première fois. Le fait qu'il sente le besoin de le répéter ne me rassure pas.

Je renverse la tête en arrière et regarde le plafond. Il y a un miroir là-haut aussi et celui-là arbore le logo du Bliss.

Du sexe, du jeu, de l'alcool et qui sait quoi d'autre ? Mais qu'est-ce que ça peut me faire ? Au moins, dans cet environnement contrôlé, on peut s'assurer que rien ne dégénère.

Quiconque débourse un quart de million pour adhérer à ce club sait déjà dans quoi il ou elle s'embarque. J'espère seulement que Blackwell a trouvé un vide juridique pour s'assurer que tout soit en règle.

Je regretterai peut-être cette décision, mais pour l'instant…

—Je suis partant.

———

JE ME FROTTE les yeux sous mes lunettes de lecture, les mots sur l'écran devant moi se brouillant, mais pas parce que je suis fatigué. Je n'arrête pas de penser à la menace flagrante que Paul m'a faite lorsqu'il a cru que j'allais me retirer du projet. Je le réduirais en bouillie s'il essayait de se frotter à moi, et il le sait. Ce n'était pas de lui que venait la menace. Il m'avertissait simplement au sujet de Blackwell et ses contacts.

Une voix féminine toussote, et je lève la tête. Hayden est debout dans l'encadrement de ma porte et, comme par magie, mon inquiétude s'envole et une nouvelle tension la remplace.

Je me lève, contourne mon bureau, puis m'appuie dessus en croisant les bras.

— Que me vaut l'honneur ?

En temps normal, c'est moi qui pourchasse Hayden. Pour des raisons liées au travail. Et pour jubiler. Ou l'enquiquiner. Mais au moins, elle reste alerte grâce à moi. Je ne voudrais quand même pas qu'elle s'endorme au taf.

Elle fixe mes montures noires.

— Je voulais seulement… Depuis quand tu portes des lunettes ?

Je les ôte et les balance sur mon bureau.

— Depuis toujours. Je ne les porte pas souvent.

Elle soupire.

— Génial, marmonne-t-elle.

— Excuse-moi ?

Cette fois, je ne l'ai pas délibérément irritée, alors je me demande comment j'ai pu accomplir cet exploit aussi facilement.

Elle affiche un sourire tendu.

— Oublie. Je voulais seulement savoir si tu avais entendu parler des danseuses burlesques. Est-ce que William a choisi une compagnie ?

Je l'observe alors qu'elle essaie tant bien que mal de paraître indifférente. Puis, malgré moi, je la regarde de la tête aux pieds. Elle porte une jupe bleu marine à pois blancs et un chemisier transparent au travers duquel je pourrais voir sans ce maudit débardeur qui fait écran. Hayden n'est pas petite, et avec ses talons nude, le haut de son crâne m'arrive au niveau des yeux. Quand je remarque que ses talons ont une bride sexy autour de la cheville, je m'imagine soudain en train de la ligoter, alors que ça ne me branche même pas habituellement.

Avec Hayden, tout ce qui est habituel chez moi se volatilise. Je me vois faire des choses que je ne ferais pas en temps normal, juste pour l'exciter, ou encore… *merde*, la rendre heureuse.

D'où ça sort, tout ça ?

Je me racle la gorge.

— Hayden, est-ce que t'essaies de fouiner ?

Elle s'avance dans mon bureau en fermant la porte derrière elle.

Mon pouls s'accélère à l'idée qu'on se retrouve seuls ensemble, surtout que des images d'elle nue flottent encore dans ma tête. Je lève un sourcil.

— On a besoin d'intimité ?

— Ne sois pas chiant. C'est une question très simple. Je veux seulement savoir quelle compagnie William a choisie.

Elle se rapproche et appuie la hanche sur le bord de mon bureau comme pour imiter ma position. Sauf que son corps est une œuvre d'art. Distraitement, elle tend la main vers mes lunettes.

Je la regarde faire.

— Tu as un penchant pour les lunettes ? Je serais ravi de les remettre.

Elle retire prestement la main.

— Quoi ? Non !

On toque à la porte, puis Bridget passe une tête. Ses yeux trouvent Hayden, qui rougit, puis moi.

— Oh, pardon. Je ne savais pas que vous étiez en réunion. Je reviens plus tard ?

— Ça va, Bridget. Qu'est-ce que je peux faire pour vous ?

Elle ouvre en grand et s'avance, tenant son sac à main et une feuille de papier.

— Je vais faire des courses. Eve veut que j'aille chercher des choses chez… mon ancien employeur. Dans la boutique de cadeaux, dit-elle prudemment.

Étant donné que Bridget est une ancienne strip-teaseuse, je me pince l'arête du nez, car j'imagine exactement ce qu'Eve a en tête.

— Oh ! Ne vous inquiétez pas, s'empresse d'ajouter Bridget. Eve a commandé la plupart des articles dont elle a besoin en ligne. Seulement, mon ancien employeur… se spécialisait dans certains trucs. Des produits que j'ai recommandés.

Je jette un coup d'œil à Hayden, qui a les sourcils froncés.

— Oui. Très bien, Bridget. Vous ferez une note de frais.

Bridget sort et Hayden plisse les yeux.

— C'était quoi, ça ?

— Rien.

Sa mâchoire délicate se crispe.

— Pourquoi faut-il que tu sois aussi pénible ? J'essaie d'être courtoise.

— Courtoise ? je répète.

— Oui. Courtoise. On est copains de boulot, n'est-ce pas ?

Elle semble presque désireuse, ce qui est nouveau chez elle. Hayden n'a jamais prétendu vouloir être mon amie, que ce soit pour le boulot ou autre.

— Ah bon ? Je l'ignorais.

— Laisse tomber.

Elle se retourne pour partir, mais je lui attrape la main. Elle se fige, gardant ses distances. C'était prévisible. Elle veut quelque chose, et ce n'est pas de l'amitié.

Je la relâche.

— Je suis désolé. J'ai la fâcheuse habitude de me chamailler avec toi.

Je me penche en arrière et m'agrippe au bord du bureau pour m'empêcher de la toucher de nouveau.

— Oui, on est copains de boulot, j'ajoute. Et non, je ne sais pas quelle compagnie William a l'intention d'embaucher pour le spectacle burlesque, mais j'ai une réunion avec lui la semaine prochaine. Je suppose que la décision se prendra à ce moment-là.

Elle sourit, mais je n'y crois pas. Les sourires de Hayden sont rares, et ne paraissent jamais sincères quand ils me sont adressés.

— Voilà. C'était si difficile que ça ?

Je tambourine des doigts sur le bureau.

— C'est tout, ou bien tu veux que je remette mes lunettes ?

Elle rougit et déglutit.

— Non. Je dois y aller.

Elle tourne les talons, et je mate ses hanches qui se balancent alors qu'elle se précipite hors de mon bureau.

Comme ça, Hayden a un faible pour les intellos à lunettes. Ça n'a rien de surprenant, vu son côté rat de bibliothèque.

Je retourne à mon ordinateur. Il est tard, mais j'ai une grosse semaine devant moi. Je veux que les entretiens se déroulent bien. Je les apprécie autant que j'aime les dîners avec mon père, c'est-à-dire pas du tout. Plus vite seront embauchés les gardes du corps et les danseuses burlesques et plus vite je pourrai empêcher Hayden de fourrer son nez dans mes affaires au Blue.

Vivement le jour où Bridget bossera ici depuis deux semaines et où je gagnerai mon pari.

Chapitre Quatorze

HAYDEN

Mes espionnes (à savoir Mira et Nessa) m'ont dit qu'Adam enchaîne les entretiens depuis deux jours. Ils ont lieu dans la salle de conférence, qui est complètement insonorisée, merde. Je suis quand même passée devant plus d'une fois pour m'en assurer : rien ne filtre.

C'est l'heure de rendre visite à la nouvelle assistante d'Adam. Je suis une cadre. Elle ne peut pas refuser mes demandes. À moins que Blackwell l'ait découragée de s'approcher de moi, comme avec les Blue Stars… Je croise les doigts pour qu'il ait fait ce qu'il fait toujours avec les secrétaires et les assistants : les laisser se démerder tous seuls.

Aussi pénible qu'il soit, Adam n'obéit pas à notre cher PDG au doigt et à l'œil comme le reste du troupeau de petits chefs. Ce qui explique pourquoi il m'adresse encore la parole. Alors, je ne crois pas qu'il aurait interdit à Bridget de me parler.

Je descends le reste de mon demi-litre de super expresso latte, envoie un dernier email au gestionnaire des données responsable de mettre à jour le système des

RH, puis je secoue ma jupe à plis. Cet endroit est un véritable frigo avec l'air conditionné dans toutes les pièces, mais avec la boisson chaude et l'agitation due au fait que j'effectue des missions de reconnaissance pendant qu'Adam est en réunion, je suis rouge comme une tomate.

Je prends un calepin et je sors de mon bureau avant de perdre ma volonté, et Mira me fonce dedans.

— Recule, recule, *rentre* ! dit-elle en me repoussant dans mon bureau. Tu ne peux pas fouiner maintenant.

— Pourquoi pas ? Tu viens de m'envoyer un message disant que la voie est libre.

— Oui, mais ton père vient juste de se pointer, dit-elle les yeux ronds.

— Hein ? Pourquoi ? je demande, à moi-même surtout.

Ma famille a déménagé à Reno après l'incident du lycée. Ils me rendent visite, mais jamais à l'improviste.

Mira lève les mains, exaspérée.

— C'est à moi que tu poses la question ? D'ailleurs, il y a plus pressant : il est en train de discuter avec Adam.

— Je croyais que tu avais dit qu'il faisait passer des entretiens ?

— Ben, non. Il parle à ton père, là.

L'anxiété me serre la poitrine.

— Ça doit s'arrêter. Genre, tout de suite. Je ne veux pas qu'Adam devienne pote avec mon père. Qu'est-ce qu'il fabrique, bon sang ?

Mira m'empoigne par l'épaule, me fait pivoter sur moi-même, puis me pousse hors de mon bureau.

— Va lui demander, parce qu'Adam m'a l'air un peu trop à l'aise avec ton père, et si tu veux étouffer ça dans l'œuf, c'est maintenant.

Aussi menue soit-elle, Mira a une poigne de fer. Je me

rattrape à l'encadrement de la porte avant de trébucher aves mes talons et tomber face contre terre.

Je jette un coup d'œil dans le couloir, et comme elle l'a dit, mon père et Adam sont en pleine conversation à quelques portes de la mienne. Même que ce dernier vient de dire un truc qui fait éclater de rire mon père.

Adam lève la tête et m'aperçoit, esquissant un sourire complice.

Qu'est-ce qui se passe ? C'est ma mission de reconnaissance, pas la journée où Adam s'infiltre dans ma vie familiale. Je fonce vers lui, et il mate mes hanches alors que ses lèvres se retroussent. Je m'arrête devant lui et je le fusille du regard.

Mon père se tourne vers moi, l'air perplexe. Je suis d'ordinaire plus polie que ça, mais mon cher paternel n'a pas idée à quel point Adam me tape sur les nerfs en ce moment.

— Hayden, dit Adam. Je ne savais pas que ton père était fan des Warriors.

Je cille. Personne n'en a rien à cirer que mon père soit fan des Warriors.

Mais apparemment ça botte Adam, parce que mon père affiche un large sourire, avant de balancer le slogan de l'équipe :

— Allez les Dubs !

Je lâche un soupir frustré.

— Papa, qu'est-ce que tu fais ici ? Est-ce qu'on avait rendez-vous ? Tu n'es pas sur mon agenda.

— Eh bien, non. J'étais dans le coin, alors je suis passé te voir.

— Oh.

J'ai l'air déçue. Mince. Évidemment que j'ai envie de voir mon père. Seulement, j'étais un peu trop emballée à l'idée de recueillir des informations pendant qu'Adam était censé être ailleurs.

Je m'immisce discrètement entre mon père et Adam pour exclure ce dernier de la conversation. Mais à ma grande frustration, il ne bouge pas d'un poil.

— C'est super, papa. Tu veux qu'on dîne ensemble ? Je finis de bosser dans deux heures.

— En fait, ma chérie, Adam ici présent vient de me proposer une visite guidée.

Je jette un coup d'œil irrité à l'intéressé, qui sourit de toutes ses dents.

— Mais papa, je t'ai fait une visite guidée au dernier casino où je bossais. Tu t'en souviens ?

— Bien sûr, ma chérie. Mais c'est le Blue Casino. J'ai toujours été curieux de voir cet endroit. Tu sais, de savoir comment fonctionnent les coulisses des casinos de luxe.

Il sourit, presque effrontément.

Adam est donc la personne tout indiquée pour une visite. Il est derrière toutes les magouilles, lui et les maudites Blue Stars de Blackwell.

— Désolée, papa. Je ne savais pas que ça t'intéressait. Je te fais visiter volontiers.

Il me presse le bras et pose un baiser sur ma joue.

— Non, non, retourne travailler. Adam va s'occuper de moi, puis je reviendrai te chercher plus tard. Que dis-tu de dix-sept heures trente ?

Je ne peux pas cacher l'hostilité qui me balaie par vagues alors que je foudroie Adam des yeux. Pourquoi se lie-t-il d'amitié avec mon père ? Et comment a-t-il pu le séduire aussi rapidement ?

— Tu nous accordes une seconde, papa ?

Sans attendre sa réponse, j'attire Adam dans la pièce vide la plus proche, qui se trouve à être le bureau du directeur des installations.

Je ferme la porte et je me retourne vers lui.

— Qu'est-ce que tu fabriques, bon sang ?

— J'emmène ton père faire une visite guidée ? répond l'abruti, l'air innocent.

— Je ne crois pas.

— Ah non ? pouffe-t-il, comme si la situation le faisait marrer.

— Tu manigances quelque chose, dis-je en plissant les yeux. Tu crois que tu vas échapper à notre pari comme ça ?

Il fait un pas vers moi.

— Pourquoi je voudrais y échapper ? J'ai hâte de fêter ma victoire.

Pendant une fraction de seconde, je suis troublée par sa proximité et son ton suggestif, une amélioration, considérant à quel point sa présence me désarçonne.

— Laisse mon père en dehors de tout ça.

Adam retrouve son sérieux et sa voix s'adoucit.

— Hayden, il était perdu et je l'ai aidé à retrouver son chemin. Quand j'ai appris que c'était ton père, on a commencé à discuter. C'est tout. Je lui ai offert une visite guidée parce qu'il a dit que c'était sa première fois ici. Honnêtement, je n'arrive pas à croire que tu bosses au Blue depuis près d'un an et que tu ne lui en as jamais offert une.

Très bien, je suis une fille ingrate. Mais pour ma défense, j'ignorais totalement que mon père était intéressé par le Blue. Il ne m'en avait jamais parlé.

— Une visite et c'est tout ?

— Je te l'aurai rendu bien à temps pour votre dîner en famille. Promis.

Il recule légèrement, me donnant assez d'espace pour le contourner et sortir de la pièce, mais je réalise soudain où nous sommes : dans le bureau du directeur des installations — le type qui a justement accès à toutes les pièces du casino.

Adam m'étudie.

— Je n'aime pas ton air comploteur… à quoi tu songes ?

Pourquoi n'y ai-je pas pensé plus tôt ? Ce n'est pas sur Adam et son assistante que je dois focaliser ma mission. Il y a des gens avec des renseignements à portée de main qui me seront plus utiles. Et ils ne font même pas partie des Blue Stars.

— Hayden, tu m'as entendue ?

Je me dirige vers la porte.

— Dépêche-toi, Adam. Mon père t'attend.

Il m'ouvre, les sourcils toujours froncés, et je sors, mais je sens son regard me transpercer le dos.

Je souris à mon père.

— Tout est nickel, papa. Adam va te faire visiter les lieux.

Il arque un sourcil.

— Ah bon ? ironise-t-il. Eh bien, content d'avoir *ta* permission.

Je le serre dans mes bras. Bon, le fait que j'aie entraîné Adam dans une pièce à part pour lui parler est suspect. Mais mon père n'a pas la moindre idée de ce qui se trame au Blue, et c'est mieux ainsi. Il s'inquiéterait, et le but de mon retour en ville n'était pas de donner une autre raison à mes parents de se faire du mouron. C'était de leur montrer ainsi qu'au reste du monde que j'avais surmonté mon passé.

Je lance un regard noir à Adam.

— Occupe-toi bien de lui.

Adam répond à mon avertissement par un sourire charmeur qui a sans doute persuadé des centaines de parents innocents de mettre leur précieuse fille sous sa bonne garde. Je serais inquiète si je ne savais pas que mon père est débrouillard.

Je regagne mon bureau. Oh, pas pour longtemps. J'ai bien l'intention de revenir au bureau du directeur des installations. Dès que j'aurai confirmé avec Mira qu'il sera vide pendant au moins une demi-heure.

———

JE JETTE un coup d'œil dans le couloir pour m'assurer que personne ne m'a vue, puis je me faufile dans le bureau du directeur des installations, fermant la porte derrière moi. Mira m'a dit que j'avais quarante-cinq minutes avant qu'il revienne.

Je me précipite vers le bureau bordé de ces figurines à tête branlante et j'examine la paperasse qui s'y trouve. Il me faudrait juste un indice de l'emplacement de la suite secrète, une sorte de plan d'architecte — c'est tout ce dont j'ai besoin.

Les papiers sur le bureau concernent un contrat pour un fournisseur et un plan d'efficacité énergétique — rien qui ne m'intéresse.

J'ouvre les tiroirs et je fouille dans les dossiers sur les services de la sécurité, du parking…

Allez, mon pote, où est-ce que tu ranges les informations sur les suites secrètes ?

Le directeur des installations est à coup sûr impliqué dans la planque de came que Mira et Tyler ont découverte. Il a accès à tout ce qui se passe dans le complexe. Je ferme le tiroir d'un coup, et toutes les figurines hochent la tête d'approbation. Ces satanés documents doivent être ailleurs.

Je balaie la pièce du regard, m'arrêtant sur une grande armoire dans un coin. L'un des tiroirs est fermé à clé, mais pas les autres. Je m'en approche et je les ouvre un par un. Bingo. C'est là-dedans que le directeur range les plans de l'immeuble ainsi que les documents portant sur les travaux de réfection. Je chauffe.

En fouillant dans les papiers, je ne trouve rien qui sorte de l'ordinaire, ce qui correspond à ce que j'ai trouvé jusqu'à maintenant. J'ai ratissé chaque étage du Blue et je n'ai pas encore trouvé une suite qui ne ressemble pas aux autres en tout point. Il y a un étage en construction depuis des mois, mais c'est le premier endroit où j'ai regardé. Il n'y a rien de suspect. Ces documents non plus.

Je ferme ce tiroir et je fixe celui du dessus, celui qui est verrouillé. Si quelqu'un voulait cacher quelque chose, il le mettrait sous clé.

Je me rue vers le bureau de nouveau et me mets à chercher la clé. Le temps file, et le directeur des installations doit bien avoir deux cents clés sur son trousseau. Seules quelques-unes semblent assez petites pour déverrouiller le tiroir. Je les isole des autres, retourne vers l'armoire, et je les essaie une par une. Pas de bol.

Merde. Je regarde autour de moi de nouveau. Le bureau est simple : un poste de travail avec un fauteuil, et une tonne de figurines. La plupart sont des stars de foot, mais quelques-unes sont cocasses, comme un pirate squelette avec un coffre aux trésors…

Un coffre aux trésors qui semble pouvoir s'ouvrir.

Je remets le trousseau dans le tiroir et je fixe le coffre au trésor de M. Pirate. Je tends la main et j'ouvre le couvercle.

Une petite clé se trouve à l'intérieur.

Oh la vache.

Je prends la clé et je retourne vers le tiroir, les mains tremblantes. Je glisse la clé dans la serrure, qui clique, et le tiroir s'ouvre.

Les armoires verrouillées sont louches, mais ce n'est pas

pourquoi mon pouls me défonce les tympans ; la rangée de dossiers étiquetés « *Bliss* » à l'intérieur en est la raison. Tout ce que j'ai trouvé jusqu'ici, j'en ai déjà entendu parler au casino, mais Bliss, non. Je n'ai jamais eu vent de ce projet, et en tant que cadre, j'aurais dû.

Je sors une poignée de chemises du tiroir et je me tourne vers le bureau pour les étaler devant moi.

L'aile penthouse est en chantier depuis des mois. Blackwell nous a dit il y a un moment que le casino procédait à sa réfection, et c'est là où j'ai fouiné en premier après que Mira et Tyler aient trouvé la suite secrète. Je n'ai rien trouvé de suspect dans les suites penthouse à l'époque, mais selon ces documents Bliss, la moitié de l'étage est complètement différente de l'autre, dont elle est séparée par une véranda. Et l'accès à cette portion de l'étage a été bloqué aux employés depuis qu'elle est en chantier, c'est-à-dire des mois.

Toujours selon ces documents, il y a quatre suites, chacune aménagée de la même façon. Et elles sont si gigantesques que c'en est presque indécent. Nous avons des clients aisés qui louent nos suites penthouse normales, à deux mille dollars la nuit. Elles sont en général réservées pour des événements spéciaux, et je n'ai jamais entendu quiconque s'en plaindre. Le casino les modernise régulièrement pour rester au goût du jour. Mais peut-être y avait-il une autre raison derrière le timing de cette rénovation.

Les quatre suites Bliss qui occupent la deuxième moitié de l'étage sont d'un luxe extravagant, avec un bar, un salon, leur propre ascenseur et… presque aucune fenêtre ? *Étrange.* Les suites penthouse sont connues pour leurs vastes balcons avec une vue imprenable sur le lac et les montagnes.

Tout ce temps, j'avais cru que Blackwell avait délocalisé ses activités illicites. Mais si au lieu d'essayer de faire ses combines dans les coulisses du Blue, il leur avait carrément créé un nouvel espace ? Un qui colle si bien avec le style de l'étage penthouse qu'elle se fait au grand jour ?

Techniquement, personne n'a eu le droit de voir cette section du casino. Envoyer un employé non autorisé sur un chantier constitue un risque pour le casino. Seul le bruit des travaux nous a obligés à restreindre l'accès à l'étage inférieur pour assurer aux clients de l'hôtel un séjour de qualité. Mais à bien y penser, limiter l'accès à ces étages donne également à Blackwell et son équipe la liberté de faire ce qu'ils veulent là-haut.

Les suites Bliss sont gigantesques, leur disposition est étrange, et en regardant les plans, je ne vois pas pourquoi elles ne joueraient pas le même rôle que la suite que Mira et Tyler ont découverte. J'ai certainement mis le doigt sur quelque chose.

Des voix d'hommes résonnent dans le couloir, de l'autre côté de la porte.

Je lève la tête, puis je regarde les dossiers éparpillés sur le bureau.

— Merde.

Je les referme à toute vitesse, puis me précipite vers l'armoire, où je les fourre dans le tiroir, que je verrouille. Je pourrais prétendre que je laissais une note pour le directeur. Ce qui veut dire que je dois en créer une, bordel.

Je retourne vers le bureau et gribouille une note disant au directeur de passer me voir. Je penserai à la raison plus tard. Je fonce vers la porte, mais je me fige à mi-chemin.

La clé.

Je tourne sur mes talons, je me dirige vers la figurine du pirate squelette et son coffre aux trésors, mais mon talon aiguille se coince dans la moquette. Je trébuche, et la clé s'envole. J'attrape le bord du bureau avant de faire un vol plané, mais je ne vois la clé nulle part.

Merde, merde.

Je m'abaisse et me mets à ramper, fouillant sous le bureau. Après un moment à balayer en panique les mains sur la moquette sans trouver la clé, un frisson glacial me traverse l'échine.

Le grincement de la porte s'ouvrant, puis se refermant derrière moi me coupe le souffle.

– Hayden ? Qu'est-ce que tu fabriques ?

Ouf, c'est seulement Adam. Je peux me sortir de ce pétrin.

J'expire profondément, puis je recule de sous le bureau. Ce faisant, je repère la clé près de la patte de table. Je regarde derrière mon épaule et tente de captiver son attention.

— Comment t'as su que c'était moi ? je demande en m'emparant de la clé alors qu'il m'étudie.

Il mate mon cul et sourit mollement.

— C'est du harcèlement sexuel, tu sais.

Je me redresse sur mes talons vertigineux, regrettant de ne pas avoir choisi des chaussures plus pratiques aujourd'-hui, le poing bien serré autour de la clé.

Adam contourne le bureau, et j'en profite pour remettre la clé dans le coffre au trésor de M. Pirate lorsqu'il a le dos tourné.

— Oh, allez. Ce n'est pas du harcèlement sexuel de reconnaître quelqu'un par… derrière, dit-il en se retournant vers moi, remuant les sourcils de façon suggestive.

Je fais la moue.

— Très drôle.

Il fait un signe de tête en direction du sol.

— Qu'est-ce que tu faisais par terre ? Et ne me dis pas que tu avais laissé tomber quelque chose. Ton air coupable en dit long.

— Très bien, je ne te dirai pas que j'ai laissé tomber quelque chose, je réponds en m'éloignant. Bye, Adam.

Il m'attrape par la main et m'attire vers lui, mon épaule lui percutant légèrement la poitrine.

— Ne fais pas ça.

Pour une fois, son regard est sincère.

Mon sourire en coin s'estompe.

— Faire quoi ?

— Ne t'en mêle pas, Hayden.

— Qu'est-ce que ça peut te faire, l'homme des glaces ?

C'est sans doute parce qu'il ne veut pas se faire prendre, lui et les autres cadres du casino, quand j'aurai découvert ce qu'ils manigancent.

— Je préfère homme des cavernes.

Il repousse une mèche de cheveux derrière mon oreille et ses yeux trouvent ma bouche, son expression s'emplissant d'une inquiétude qui se transforme lentement en quelque chose de plus… chaud. Son regard est brûlant.

J'ai la tête qui tourne. Sa main est chaude autour de la mienne. Son torse large et protecteur m'effleure le sein gauche. Ses actions ne me paraissent soudain plus égoïstes.

J'expire, le souffle court. Je déteste l'effet physique qu'il a sur moi. Ça me trouble. Adam est coupable. Impliqué dans cette affaire avec Blackwell et les autres. Je le sais, mais je ne peux pas détourner le regard de sa bouche.

Ses lèvres sont d'une teinte plus foncée que sa peau légèrement hâlée, sa lèvre inférieure plus charnue que la supérieure. Je veux qu'il les presse contre les miennes et me serre contre lui, qu'il me dise que tout ira bien. Parce qu'Adam *est* le roi des glaces. Rien ne l'atteint. Et même s'il fait bon ménage avec l'ennemi, je pourrais faire appel à sa force. Il faut être solide comme un roc pour garder son sang-froid et ne jamais montrer de signe de faiblesse. J'aimerais être aussi forte que lui. J'ignore si je devrais l'admirer ou le mépriser, mais mon corps penche vers l'admiration. L'admiration totale.

Il déglutit et fait un pas en arrière. Ses yeux ont changé, l'intensité qui y brûle n'est plus chargée de désir.

— Bon sang, Hayden, reste en dehors de tout ça.

Il me dépasse et sort du bureau en trombe.

Je fléchis, comme si je tenais jusque-là par une corde invisible qui vient d'être rompue.

J'ai jaugé Adam dès mon premier jour au boulot, quand il ne m'a pas reconnue, et je ne veux pas avoir eu tort. C'est censé être un connard égoïste.

Mais les connards égoïstes ne se donnent pas la peine de prévenir les filles d'un danger. Et en ce moment, j'ignore si c'est sa peau qu'il essaie de sauver, ou bien la mienne.

Chapitre Quinze

Mon père se sert une louche de riz au jasmin, avec du poulet au curry jaune et des nouilles pad Thaï. Nous avons opté pour notre restaurant thaï préféré après qu'il soit passé me chercher au bureau pour notre dîner en tête à tête.

— Dis donc, ma visite guidée du casino avec Adam a été brève.

Il me lance un regard de reproche comme si c'était ma faute.

— Je suis sûre qu'il était très occupé, dis-je distraitement.

Je ne me suis pas remise de l'air fâché d'Adam quand il m'a quittée cet après-midi. Ce qui devrait me déranger, c'est qu'il a eu l'air d'être à deux doigts de m'embrasser à un moment donné, mais non. C'est sa colère qui m'a déplu.

Mon père me passe les nouilles.

—J'ai eu l'impression que c'était tendu entre vous.

C'est peu dire.

— Adam et moi, on est tout le temps à couteaux tirés. On ne s'entend pas.

Inutile qu'il connaisse toutes les sources de frustration entre Adam et moi.

Papa se fourre une fourchette pleine dans la bouche, et plisse le front d'un air pensif. Il avale avant de parler.

— Ce n'est pas ce que j'ai perçu. Pendant la visite, on aurait dit qu'il voulait revenir te voir. Fais attention. Les liaisons au bureau peuvent être compliquées.

— Papa, il n'y a rien entre nous.

Comment expliquer l'attitude d'Adam à mon père ?

— S'il voulait me voir, c'était sûrement pour m'engueuler.

— Ah bon ? Il voulait te voir pour te passer un savon ?

Adam m'a surprise en train de fouiner et m'a mise en garde, donc…

— Oui.

Mon père se verse du thé dans la tasse minuscule du restaurant, puis boit une gorgée.

— Il n'est pas ton patron, si ?

— Non, dis-je avant d'avaler ma bouchée. Mais je suis sûre qu'il aimerait l'être pour pouvoir me commander.

Il pose sa tasse.

— Je n'aime pas ce que j'entends. Il m'a paru être un type bien quand on a parlé dans le couloir et pendant la visite. Je l'ai sans doute mal cerné.

Je pourrais laisser mon père penser cela, et il y a quelques semaines, je l'aurais fait. Mais je ne peux pas ignorer ce que j'ai entrevu de bien chez Adam.

— Tu l'as bien cerné. Ce n'est pas un sale type. On est juste… en désaccord.

Mon père prend une autre bouchée et étudie mon visage.

— C'est tout ? Rien d'autre ne te chagrine ? Tu

semblais perturbée la dernière fois que t'as appelé à la maison. Ta mère m'a envoyé vérifier que tu allais bien. Tu te fais des amis en ville ?

J'ai beau être adulte, mes parents s'inquiéteront toujours pour moi.

— Ouais, tout va bien. C'est juste des soucis de boulot.

— Tu veux m'en parler ?

Mon père flipperait si je lui disais que je soupçonne le Blue d'avoir des activités illégales derrière les portes closes. Alors je ne dis rien.

— Nan.

Son regard m'indique que ça n'apaise pas son inquiétude.

— Papa, j'ai vingt-sept ans. Je peux me débrouiller seule.

Il esquisse un sourire et me tapote la main.

— L'âge ne change rien. Tu es toujours ma fille.

— Je sais. Parent un jour, parent toujours. Mais mange. Maman est sûrement impatiente de savoir comment s'est passé notre dîner.

Depuis que ma mère a été nommée directrice adjointe d'un collège à Reno, elle travaille jusqu'à plus d'heures. Elle ne vient pas ici aussi souvent que mon père, mais ça ne veut pas dire qu'elle ne se tient pas au courant.

Il sourit.

— T'as raison. Je suis sûr qu'elle va m'appeler sur la route. Alors j'ai intérêt à obtenir des infos ou je n'ai pas fini d'en entendre parler, s'esclaffe-t-il avant de boire une gorgée de thé. Alors, à propos de cet Adam. Pourquoi vous ne vous entendez pas ?

— Papa, sérieusement ?

Il arque un sourcil, me défiant de nier qu'il n'y a rien de louche dans ma relation avec Adam. Je soupire.

— C'est compliqué.

— Adam m'a semblé être professionnel, un beau mec en plus, et il s'intéresse à toi. Je ne trouve pas très malin de sortir avec un collègue, mais si tu dis que c'est un type bien, alors…

Il hausse les épaules d'un air interrogateur.

— Quoi ? *Non.* Ça n'arrivera jamais, je proteste en secouant la tête. Adam…

J'allais dire *me déteste*, mais je me ravise. Parce que c'est faux. J'en ai appris assez ces deux dernières semaines pour savoir qu'il ne me déteste pas. Il me rend dingue, mais il ne me déteste pas.

— Il n'est pas intéressé par une histoire sérieuse, je finis par dire.

Non pas qu'Adam ait manifesté de l'intérêt pour moi, mais au moins, ça fera taire mon père sans que je doive expliquer mon passé compliqué avec Adam.

— Hum, marmonne mon père, la bouche tordue.

Je n'aime pas son air sceptique.

— Qu'est-ce que ça veut dire, *hum* ?

— Juste que la plupart des hommes n'ont pas envie de se caser… jusqu'à ce qu'ils le fassent.

— C'est quoi cette logique masculine à deux balles ? Qu'est-ce que ça veut dire ?

Il me lance un bonbon à la menthe et pose des billets au bord de la table.

— Seulement qu'on ne sait jamais laquelle d'entre vous va nous mettre hors-jeu. Définitivement.

— Donc, tu dis qu'il n'y a aucun mec bien. Que tous les hommes sont des dragueurs jusqu'à ce qu'ils trouvent la femme de leur vie ?

— Il y a des mecs bien. Mais même eux se prennent le ciel sur la tête quand ils trouvent *la* femme de leur vie.

Mon visage s'échauffe.

— Super conversation, papa. Contente de savoir que t'étais un dragueur avant de rencontrer maman. Il faudra que j'efface cette image de ma tête plus tard. Pour le moment, tu crois que t'as le temps de venir à la maison nettoyer les gouttières ?

Chapitre Seize

Adam m'a évitée toute la semaine. Comment je le sais ? Parce que je ne l'ai pas vu. Ce qui prouve que toutes les fois où nous nous sommes croisés et avons été forcés de nous asseoir à proximité en réunion étaient orchestrées pour *emmerder Hayden*. Mais je n'aime pas l'alternative, car j'ai besoin de rester proche d'Adam. Le bureau du directeur des installations m'a permis de faire un pas de géant. Je sais ce que je cherche désormais. Mais si je veux en apprendre plus sur le dossier Bliss, il me faut quelqu'un qui participe au projet de l'intérieur.

J'ai essayé de retourner dans le bureau du directeur des installations, armée de mon téléphone pour prendre des photos, mais il était fermé à clé. Il en aurait fallu plus pour me dissuader d'entrer. Cependant, quand j'ai réussi à déverrouiller la porte avec l'aide de ma précieuse assistante Mira-la-serrurière, j'ai découvert que l'armoire qui contenait les dossiers Bliss avait disparu. Déménagée de ce satané bureau.

C'est sûrement la faute d'Adam. Il est sur mon dos, et il a dû donner l'ordre au directeur des installations de virer l'armoire. Ce n'est pas ça qui va m'arrêter. Je suis au courant de Bliss maintenant, et de son emplacement. Et je mettrais ma main à couper que c'est là que Blackwell a déménagé ses affaires illégales.

Bridget range son dossier après la réunion marketing sur le spectacle burlesque que nous venons de terminer.

— Vous avez une minute ? je lui demande.

— Bien sûr.

Elle sourit, puis se mord le coin de la lèvre.

— Ça vous ennuierait de m'accompagner jusqu'à mon bureau ? J'ai un e-mail urgent à envoyer.

Je lui dis que c'est d'accord et je la suis dans le couloir. Adam et Blackwell m'ont avertie de ne pas aborder la nouvelle assistante d'Adam en tant que directrice des RH, mais ça ne m'empêche pas de lui parler en tant que collègue, hein ?

Bridget et moi discutons de la réunion, quand Mark, du service informatique, nous tombe dessus, le visage brillant et un peu rouge.

— Salut, Bridget, dit-il doucement.

Je suis impressionnée. D'habitude, Mark évite tout contact visuel.

Bridget le salue, moi aussi, et nous reprenons notre discussion sur la promo de l'événement.

À peine deux secondes plus tard, un autre employé passe, un regard tout aussi énamouré.

— Bonjour, Bridget.

Cette fois, c'est un des ingénieurs du bâtiment. Un homme à la timidité maladive. S'il m'a déjà adressé la parole, c'est parce que je signe ses chèques de salaire.

C'est quoi ce bordel ? Je n'en reviens pas.

— On dirait que vous avez des fans, dis-je en souriant.

Si Bridget fait sortir les employés de leur coquille, tant mieux.

— Oh oui. Tout le monde est si gentil avec moi.

Elle le dit avec modestie, et je réalise que j'aime bien Bridget. Elle est jolie, alors je comprends qu'elle plaise aux hommes, mais elle est tout aussi avenante avec les femmes d'après ce que j'ai vu. Et Adam n'a pas fait un seul reproche sur son travail. Je vais finir par croire que c'est parce qu'il est content d'elle et non parce qu'il me ment sur ses compétences juste pour gagner notre pari.

Merde. Je n'arrive pas à croire qu'Adam va gagner. J'étais sûre qu'il serait incapable d'engager une candidate convenable. Ça va me compliquer la tâche pour en apprendre plus sur les autres personnes qu'il recrute. J'ai promis de ne pas me mêler de ses embauches s'il gagne. Évidemment, je fourrerai toujours le nez dans ses affaires, mais je vais devoir être plus discrète maintenant.

Nous entrons dans le bureau de Bridget et je ferme la porte.

— On n'a pas eu l'occasion de parler ensemble, et je voulais m'assurer que vous étiez bien installée. Voir si vous avez besoin d'un coup de pouce des RH ?

J'enfreins totalement la règle de ne pas m'adresser à Bridget au titre des RH, mais j'ai besoin d'un prétexte pour lui parler, et c'est une règle débile de toute façon. Elle pourrait avoir besoin d'un service de la part des ressources humaines et comment suis-je censée l'aider si je n'ai pas le droit de lui parler ? En plus, il me faut une raison de lui poser des questions sur Adam. Il m'évite. Les temps sont durs.

Elle hausse les épaules joyeusement.

— Tout va bien. Toutefois, j'ai une question sur les prestations de santé. Vous pouvez attendre une seconde que j'envoie mon e-mail ?

— Bien sûr. À moins que vous ne préfériez venir dans mon bureau quand vous aurez terminé ?

— Oh non. Ça ne me prendra qu'un instant.

Bridget charge ses nouveaux messages et clique rapidement sur l'écran. Elle lève les yeux et sourit nerveusement. Je me rends compte que je la fixe, alors je jette un coup d'œil dans la pièce pour lui laisser de l'intimité.

— Voilà, dit-elle en réduisant la fenêtre. C'est réglé.

Bridget me pose quelques questions sur les prestations de santé de l'entreprise. Des informations que Mira et moi aurions passées en revue avec elle si Adam m'avait laissée la briefer quand elle a commencé, mais je suis heureuse de l'aider maintenant.

— Merci beaucoup pour ces infos, dit-elle. J'ai tout compris maintenant.

Je me lève pour partir.

— Tant mieux. Passez me voir quand vous voulez si vous avez d'autres questions.

Je ne devrais peut-être pas lui dire ça, mais je veux être disponible pour tous les employés ; j'emmerde Adam et Blackwell.

Bridget me fait un grand sourire et je sais que discuter avec elle était la bonne décision. Oui, j'avais des motifs cachés, mais c'est une employée et elle mérite de bénéficier du service des ressources humaines.

Ça va craindre quand ses deux semaines seront terminées. Adam et moi devrons établir des limites autour de cette règle de « pas de questions aux nouvelles recrues », car il est évident que les employés qu'il embauche auront des questions auxquelles il ne saura pas répondre. Enfin je pense, à moins que Blackwell ne les externalise. Bridget n'est pas une employée intérim, mais j'ignore ce qu'il a prévu pour les autres.

Je m'arrête près de la porte.

— Avant que je parte, comment va Adam ? Je ne l'ai pas vu aux réunions dernièrement.

J'espère que ma curiosité n'est pas suspecte, mais mince, Adam est porté disparu et je suis si proche de comprendre ce truc de Bliss.

— Il est occupé avec les nouvelles suites. Blackwell l'oblige à travailler jusqu'à plus d'heures pour être sûr que tout soit prêt à temps pour le spectacle burlesque. C'est top secret, mais juste pour vous rassurer, tout se passe *très bien*. Vous devriez voir ce que j'ai acheté pour les chambres. Ces suites vont être d'enfer.

Je n'ai rien entendu de particulier sur la rénovation des suites, sinon que c'est un chantier en cours. Je n'ai pas non plus réalisé que Blackwell les voulait prêtes pour le spectacle burlesque. Les commentaires de Bridget confirment que les nouvelles suites sont plus que ce que le casino laisse croire au public et au reste des employés, et qu'elle et Adam sont impliqués. Pas étonnant qu'il ne veuille pas que je m'approche d'elle.

— Quel genre de choses avez-vous ache…

— Tu interroges mes employés ?

Je me retourne, mon cœur bat la chamade. Adam se tient dans l'embrasure de la porte, l'air énervé.

Il n'est pas question que je me laisse intimider.

— Je fais juste connaissance avec ta nouvelle assistante. Elle avait des questions sur les prestations de santé. Bridget, dis-je en la regardant, je vous laisse travailler. N'oubliez pas que vous pouvez venir me voir quand vous voulez.

Elle sourit. Je m'avance vers Adam et m'arrête face à lui.

— Je peux te parler dans mon bureau ?

Il s'écarte pour me laisser passer. Une fois que nous sommes sortis du bureau et hors de portée de voix de Bridget, il me rattrape.

— Blackwell t'a donné l'ordre explicite de ne pas te mêler de l'embauche de mon assistante.

Sa voix n'a pas son charme habituel ; elle est tranchante comme une lame.

C'est vrai, je suis coupable parce que j'ai posé à Bridget des questions dont je savais qu'Adam ne voulait pas que je connaisse les réponses, mais il se passe quelque chose dans ce complexe et je vais découvrir de quoi il s'agit.

Je le foudroie du regard.

— Blackwell n'a rien dit sur le fait de parler aux employés une fois qu'ils sont engagés. Ton assistante avait des questions spécifiques sur ses avantages sociaux. Je doute fort que tu aies su y répondre sans venir me voir.

— Tu l'interrogeais sur mon travail.

J'entre dans mon bureau et Adam ferme la porte derrière lui.

— Ce n'est pas un crime. Quels que soient les projets hôteliers en cours, tous les membres de la direction devraient les connaître, dis-je mielleusement.

Il pousse un soupir de frustration.

— Hayden, il reste quoi, un jour ou deux avant que Bridget entame sa troisième semaine ici ? Notre pari est quasiment terminé. Et je sais que tu n'es pas quelqu'un qui se rétracte sur un pari. Admets que tu as perdu pour qu'on puisse passer à autre chose.

— Non. Mais même si je perds, on doit établir des règles. Le deal, c'était que je reste en dehors du processus de recrutement. Tu ne peux pas décemment t'attendre à ce que je ne m'adresse jamais aux nouveaux employés. Je dois les voir pour les avantages sociaux et les autres questions concernant les RH.

Au lieu de s'asseoir sur la chaise réservée aux visiteurs, Adam se dirige vers le côté de mon bureau, la main dans la poche de son pantalon. Il regarde par la fenêtre.

— Les autres sont embauchés en tant que contractuels.

Pas d'avantages sociaux. Ils peuvent venir me voir s'ils ont des questions, dit-il sèchement.

Blackwell a dit lors de notre dernière réunion que les danseuses burlesques seraient embauchées comme sous-traitantes via un compte spécial. Je ne suis pas surprise qu'Adam engage des employés par un processus similaire. Mais ça m'énerve. C'est nul. Les ressources humaines sont conçues pour protéger l'entreprise et ses employés. Mais on ne peut pas le faire s'ils ne nous utilisent pas — s'ils sortent des limites de notre juridiction.

Et je ne sais pas comment les en empêcher.

Je croise les bras sur ma poitrine.

— C'est une perte de temps ridicule pour tout le monde. Tu veux vraiment jouer les intermédiaires ?

Il me regarde, agacé.

— Si c'est nécessaire.

D'accord, je ne facilite pas les choses, mais c'est pour une bonne raison.

Je scrute les angles durs de son beau visage.

— Pourquoi tout est si secret ?

Ma voix est pleine de reproches. Je veux que M. Iceberg admette ce que nous savons tous les deux : le Blue Casino a des activités illégales.

Son regard se rétrécit. Il ouvre la bouche pour dire quelque chose, mais mon téléphone vibre. Une demi-seconde plus tard, le portable d'Adam vibre aussi.

Il rompt le contact visuel et fouille dans sa poche. J'attrape mon sac à main et je prends mon téléphone, car si nous recevons tous les deux un texto, c'est probablement important.

C'est un message de Bridget, accompagné d'une série de photos. Pendant un moment, je ne comprends pas ce que je vois.

— C'est un concombre… dans sa… ? Oh. *Ohhh !*

— Putain. De. Merde.

Adam enfonce son portable dans sa poche et sort en trombe de mon bureau.

Putain de merde. Bridget a dit qu'elle avait un e-mail urgent à envoyer. Elle avait l'air nerveuse quand elle a vu que je regardais par-dessus son épaule. Mais il s'est passé une demi-heure depuis. Peut-être que ce qu'elle envoyait est lié à ça ?

Je pose les mains sur le bureau, clignant les yeux d'hallucination. Pourquoi aurait-elle… ? Peu importe. Ce qui est fait est fait.

Je regarde à nouveau le texto. Elle l'a envoyé à tout le monde. Toute la direction. Mais aucun client, Dieu merci. On peut étouffer le scandale.

Je décroche mon téléphone fixe et appelle le service informatique.

— Supprimez l'image du serveur. Tout de suite !

— On est déjà dessus, dit le technicien d'une voix angoissée.

J'appelle ensuite la sécurité.

— C'est Hayden Tate des ressources humaines. J'ai besoin que vous escortiez une employée dehors. Oui, elle est virée.

Ou du moins elle va l'être. Je suppose qu'Adam s'en occupe déjà.

Ce que Bridget a fait, même si c'était une erreur, c'est *non*. Totalement déplacé. Et un cas flagrant de comportement sexuel répréhensible. Ce n'est pas une bêtise où on se fait juste taper sur les doigts. Surtout si tôt après les accusations d'agression sexuelle au sein même de l'entreprise par une ex-employée. Les actions de Bridget exigent un licenciement immédiat.

Je me dirige vers son bureau et j'entends la voix d'Adam du bout du couloir.

— Qu'est-ce qui vous a pris ?

Son ton est calme. Froid. Pas la voix dure qu'il a utilisée avec moi plus tôt, que j'ai interprétée comme une pure frustration envers moi. Cette voix est plus effrayante par sa froideur.

Adam ne ferait jamais de mal à Bridget, mais je me précipite dans le couloir.

— Je suis désolée, tremblote la voix de Bridget alors que j'entre dans son bureau. C'était un accident. C'était seulement destiné à quelques personnes.

Bridget se tient devant son bureau, le visage blême, tapotant désespérément sur son téléphone.

— J'ai dû taper un mauvais nom et le correcteur a envoyé automatiquement à tout le groupe. J'arrive pas à croire que j'ai fait ça.

— Pourquoi envoyez-vous des photos pornographiques aux employés ?

Bridget garde les lèvres scellées.

— Répondez-moi ! s'énerve Adam.

Elle se tasse sur son siège et regarde ailleurs.

— C'est une activité secondaire.

Oh. Soudain je comprends l'attention que Bridget reçoit de la part des employés masculins du Blue, même les plus timides. Et moi qui pensais qu'ils la trouvaient juste sympa.

Tu m'étonnes qu'ils la trouvent sympa. Tellement sympa qu'elle leur envoie des photos cochonnes d'elle.

— Ce n'est pas un club de strip-tease. Aviez-vous compris la conduite que j'attendais de vous ?

— Oui.

Elle a l'air désespérée, se tord les mains.

— C'était une erreur, Adam. Ça ne se reproduira pas. Les autres directeurs, ils étaient favorables à ça. Enfin, tant que je restais discrète…

Oh, je suis sûre que les managers du Blue Casino étaient favorables à son activité secondaire. Gros dégueulasses. J'ai de la peine pour elle, mais merde, ce n'est pas un truc qu'on peut balayer sous le tapis.

— Remballez vos affaires. Vous êtes virée.

Adam tourne les talons et me frôle en passant, tellement furieux qu'il ne me regarde même pas.

Bridget me jette un regard suppliant.

— Est-ce que vous pouvez lui parler ? Je ne veux pas perdre mon travail. Je pensais vraiment que c'était bon… tant que ce genre d'incident n'arrivait pas.

Elle baisse les yeux, le visage triste.

Je secoue la tête. J'aime bien Bridget, mais il n'y a aucun moyen de sauver sa tête.

— Ce que vous faites sur votre temps libre vous regarde, mais Adam a raison. Vous êtes au travail. Peu importe que vous ayez envoyé les photos à des hommes qui… les voulaient, ce genre de chose n'est pas autorisé pendant les heures de travail. Vous le comprenez, n'est-ce pas ?

Elle ferme les yeux, puis ramasse son sac à main. Elle regarde son bureau, attrape une boîte en plastique et prend les cartes de visite qui s'y trouvent.

— Je prends juste ça.

Elle fourre les cartes dans son sac et regarde par-dessus mon épaule.

— Vous avez appelé la sécurité ?

Je me retourne et vois un vigile sur le pas de la porte.

— Je dois faire signer des formulaires à Bridget, lui dis-je. Ensuite, j'aimerais que vous l'escortiez dehors.

— Je ne suis pas une menace, murmure Bridget.

— Non, bien sûr que non, dis-je d'un ton doux, sincère. C'est la procédure normale dans ces situations.

Quoique, en y réfléchissant, ça m'étonnerait que le Blue Casino ait déjà viré quelqu'un pour selfies coquins.

Bridget baisse la tête, me suit dans mon bureau, et remplit les papiers que je lui tends. C'est la paperasse classique pour un licenciement, et même si Adam était responsable de son embauche et de son renvoi, je doute que Blackwell ait envie de risquer un vice de forme administratif. Elle a été engagée comme une employée normale, après tout.

Ce que je préfère dans mon travail, c'est d'offrir un poste à un candidat enthousiaste et méritant. Ce que je déteste, c'est de licencier quelqu'un. J'aimerais être sûre que Bridget va s'en sortir. Je voudrais lui demander si elle peut reprendre son ancien job, mais ça ne ferait que lui ouvrir une fenêtre pour négocier son retour, et ce n'est pas une chose que l'entreprise peut se permettre. Alors je ne dis rien, et mon ventre se noue tandis qu'elle suit l'agent de sécurité hors de mon bureau.

C'est peut-être mieux pour elle. Elle était plus ou moins impliquée dans les suites Bliss, et elle ne sera plus là quand l'activité illégale tombera.

J'apporte le solde de tout compte de Bridget à la comptabilité, et je me dirige vers le bureau d'Adam. Sa porte est toujours ouverte en général, mais pas aujourd'hui.

Je frappe deux fois, si fort que je me fais mal aux articulations.

— Entrez, aboie-t-il.

Il me tourne le dos quand j'entre, ses larges épaules et ses jambes fines se profilent contre la fenêtre.

— T'es venue pour jubiler, Hayden ?

— Espèce de salaud.

Il se retourne lentement.

— Pardon ?

— Je déteste licencier des employés. C'est ta faute si j'ai dû renvoyer cette pauvre fille chez elle.

Sa bouche se tord en un sourire narquois.

— Cette pauvre fille a envoyé des photos porno à toute l'équipe de direction. Et tu ne l'as pas licenciée, je l'ai fait.

— Peut-être, mais t'as pas vu comment ses mains tremblaient quand elle a rempli les papiers de licenciement, et tu ne l'as pas vue partir, les coudes serrés contre les côtes, escortée par la sécurité. Je ne cautionne pas ce qu'elle a fait, Adam. Bien sûr que non. Mais tu l'as fait venir au Blue. C'était ton rôle de l'encadrer et de la coacher. Comment t'as pu la laisser faire ça ?

C'est sans doute injuste, mais je ne peux pas m'empêcher de diriger ma colère contre lui. Adam sait ce qui se passe au Blue, et il laisse faire. On dirait que certains membres de la direction ont même soutenu l'activité de Bridget, jusqu'à ce qu'elle se fasse prendre. Adam ne porte peut-être pas la chevalière des Blue Stars, mais il est impliqué. Il est responsable de ce merdier.

Il laisse échapper un soupir et s'appuie sur le rebord de la fenêtre, les doigts pressés contre son front.

— La journée a été longue. On peut en parler plus tard ?

J'aimerais savoir exactement ce qu'il a fait et pourquoi il a l'air si épuisé, mais je sais aussi qu'Adam est déterminé à tout garder secret. Au point de parier avec moi pour m'empêcher de découvrir la vérité. J'ai deux fois plus d'informations sur les suites qu'hier, et je ne tarderai pas à découvrir le reste.

— J'attends de toi que tu calmes le jeu avec Blackwell, dis-je enfin.

Il baisse la main d'un air las.

— C'est déjà fait. « Il n'y a pas mort d'homme », il m'a répondu texto.

— Comment peut-il… Oh, laisse tomber, dis-je énervée avant de me retourner pour partir.

—Je sais ce que tu penses, dit-il dans mon dos.

Je regarde par-dessus mon épaule.

— Tu te trompes, continue-t-il en regardant par la fenêtre. Blackwell se fiche peut-être de ce qui s'est passé aujourd'hui parce que ça n'a pas d'incidence sur le casino, mais pas moi. J'assume l'entière responsabilité du licenciement de Bridget, qu'elle ait eu tort ou non.

C'est plus que ce que j'attendais de la part d'Adam. Je pensais qu'il allait balayer l'incident d'un revers de main comme il le fait pour tout ce qui concerne Blackwell.

Son regard se pose sur moi, sombre et fixe.

—Je viendrai chez toi samedi pour honorer notre pari. Tiens-toi prête.

Chapitre Dix-Sept

ADAM

— T'as une sale tête, dit Jaeger.

Il se tient dans la porte de son atelier de menuiserie que je rejoins par le chemin pavé en desserrant ma cravate. S'il ne s'était pas blessé au genou il y a des années, Jaeg serait un athlète de haut niveau aujourd'hui. Au lieu de cela, il fait de la sculpture sur bois. Je l'ai chambré sur son choix de profession, mais je dois admettre qu'il est doué, ce salaud. Quand j'essaie de faire quelque chose avec mes mains, je vais chez Jaeg pour scier des planches. Ça me détend. Mais ce soir, j'ai juste besoin de ses outils.

— Impossible. Je suis toujours beau.

Il ricane et se dirige vers le banc de scie. Il porte des gants et il a de la sciure dans les cheveux. Je l'ai visiblement interrompu en plein milieu d'un projet.

— Qu'est-ce qui t'amène ? demande-t-il en soufflant la sciure sur la table. T'as besoin d'une planche et d'une scie pour te défouler ?

— Non, j'ai pas le temps. Je dois retourner au boulot.

Je suis venu t'emprunter quelques outils, dis-je en regardant autour de moi.

J'ignore ce que Hayden veut que je lui fabrique ce week-end, mais j'ai profité d'une pause pour passer m'équiper. J'ai l'outillage de base à la maison, mais Jaeg a investi dans du matériel de pointe. Je fais joujou avec son matos dès que j'en ai l'occasion.

Bricoler avec des outils électriques me vide la tête et me détend. C'est pourquoi, malgré la charge de travail que j'ai au Blue, ça ne me dérange pas d'honorer mon pari ce week-end. En fait, paradoxalement, j'ai hâte d'y être.

— Je commence à me demander si j'aurais dû prendre ce poste au Blue. Je devrais peut-être démissionner et réduire mes dépenses.

La pression au travail continue de monter. Je connaissais le passé de Bridget. J'aurais pu lui donner des directives plus claires en l'embauchant, comme l'a fait remarquer Hayden. Mais je ne l'ai pas fait. J'ai supposé qu'elle comprendrait que vendre des photos d'elle dans des positions scabreuses à des collègues solitaires était inacceptable. Ingénieux, parce qu'elle a manifestement conquis une belle audience, mais inapproprié.

De toute évidence, certaines personnes ont besoin qu'on leur mette les points sur les i.

J'ai interrogé les gars autour de moi. Paul a avoué qu'il savait ce que Bridget trafiquait. Il pensait que ça ne faisait de mal à personne, alors il n'a rien dit. Je soupçonne qu'il recevait aussi les photos, vu que je l'ai surpris dans son bureau en train de donner sa carte de visite comme tous les crétins avec qui on bosse. Je ne serais pas surpris que Paul ait reçu un pot-de-vin pour garder le silence, ce sale bâtard.

D'après Paul, les gars du bureau étaient ravis de débourser de l'argent pour les photos de Bridget nue, alors qu'ils auraient pu facilement voir ce genre de clichés gratuitement en ligne. Bridget, dans sa tenue de secrétaire durant la journée, leur envoyant des selfies lubriques après les heures de travail… trop tentant pour refuser.

Jaeg pose un mètre, le sourcil froncé.

— Réduire tes dépenses ? Qu'est-ce que tu racontes ? Tu n'abandonnes jamais. À moins qu'il ne s'agisse de femmes — là, tout est possible.

Je me laisse choir sur le canapé en cuir de son atelier et pose les coudes sur mes genoux, la tête dans mes mains.

— Je devrais peut-être changer de philosophie. Il y a des individus au Blue qui font passer les milliardaires dépravés du Club Tahoe pour des citoyens honnêtes.

— C'est ça un casino, à quoi tu t'attendais ?

— Je sais, je ne suis pas un saint.

Jaeg fait un bruit de gorge et je lui lance un regard blasé.

— C'est plus grave que ça. Je n'ai pas confiance en ces gars, et c'est chiant, car je veux pouvoir faire mon travail. Mon père m'a mis la pression pour que j'accepte ce poste, comme à son habitude, mais c'est calculé, tu sais ? Je peux avoir un bel avenir au Blue. Surtout maintenant qu'il n'y a plus de conflit avec le Club Tahoe. Mon vieux a changé radicalement de comportement avec moi. Il a même exprimé des remords pour avoir agité la menace de me couper les fonds toutes ces années si je me barrais du Club.

Jaeg se retourne et me dévisage.

— T'es sérieux ?

Il a passé du temps avec mon père. Il connaît le bonhomme.

— Sans faire une phrase aussi longue, mais il a admis m'avoir retenu.

Je ricane.

— Il a appelé mes frères aussi. J'aurais aimé être une

souris pour entendre les conversations. Le vieux doit faire un genre de crise de la cinquantaine. Reconnaître qu'il a eu tort avec moi est une chose, mais le mot *tension* est faible pour décrire le passif qu'il a avec mes frangins.

Jaeg s'appuie contre la table, il penche la tête.

— Je me souviens.

Mes amis ont été témoins de nombreuses engueulades entre mes frères et mon père quand nous étions ados. Ces conflits conduisaient généralement Hunt, Bran, Wes, Levi ou une combinaison des quatre à sortir en trombe de la maison et à ne pas revenir pendant plusieurs jours.

— Levi prétend que les appels étaient si gênants qu'il se sentait mal pour le vieux, dis-je en secouant la tête. Mais ce n'est pas le sujet. Je vais trouver quoi faire à propos du Blue. En attendant, j'ai perdu un pari. Je dois fabriquer un truc pour Hayden ce week-end. Ça t'ennuie si je t'emprunte du matos ? j'ajoute en louchant sur le mur d'outils.

Jaeg se gratte la mâchoire en me regardant dans les yeux.

— Pourquoi tu fais des paris avec Hayden ?

J'ai fait ce pari pour protéger Hayden et l'éloigner des enfoirés du Blue avec qui on travaille. Le reproche dans le ton de Jaeg ne me plaît pas.

— C'est quoi le problème ? Tu joues encore au grand frère ? Ou tu n'aimes pas que je passe du temps avec elle pour une autre raison ?

Il serre la mâchoire.

— Je n'aime pas ton sous-entendu. Tu as eu une journée difficile, donc je vais laisser pisser. Mais juste au cas où ce ne serait pas clair, Cali est la femme de ma vie. Hayden est une amie et quelqu'un que je ne veux pas voir souffrir.

Je me frotte le visage et secoue la tête.

— Pardon. Je ne voulais pas dire ça. T'as raison ; j'ai

passé une sale journée. Je sais ce que Cali représente à tes yeux.

Jaeger se tourne et ramasse un chiffon sur la table.

— Oublie. Je ne demanderai pas quelles sont tes intentions envers Hayden, car je l'ai déjà fait. Laisse-moi seulement dire que tu ferais mieux de ne pas la blesser.

Il me regarde en biais.

— Et si tu crois que je te préviens que je pourrais te casser la gueule, tu te trompes. C'est une possibilité, mais c'est surtout de Cali que tu devrais avoir peur. Mira et Nessa l'ont mise au courant de toutes les saloperies que Hayden endure au Blue. Ajoute à ça ce qui est arrivé à Hayden au lycée, et Cali te castrera si elle pense que tu l'as blessée.

Cali est une lionne, et Jaeg a raison. C'est des filles dont je dois m'inquiéter.

— C'est noté. Mais je n'ai aucune intention de blesser Hayden. Crois-moi, je reste loin d'elle.

Je me lève et traverse l'atelier en direction des étagères d'outils et autres équipements.

— On ne dirait pas, grommelle-t-il en jetant un coup d'œil à l'outil que j'ai pris.

Je regarde le niveau à bulle hyper sophistiqué dans ma main.

— Ouais, ben, c'est pour le pari que j'ai perdu. Sinon, je ne m'approcherais pas de chez elle. T'es pas la seule personne à figurer sur sa liste noire. Je ne veux pas me mettre Hayden à dos. Ça me donne des complexes qu'une jolie fille me déteste.

— Ça ne t'a jamais dérangé avant, dit-il avec un sourire ironique.

Je lui lance un regard agacé. Je n'ai pas besoin que Jaeg me dise que je suis différent avec Hayden. Je l'ai déjà entendu, et j'en ai bien conscience. Mais ce n'est pas facile de rester loin d'elle quand on travaille ensemble. Je n'y peux rien. Sa présence est enivrante et elle entraîne mon cerveau en territoire interdit. Mais j'ai la situation bien en main. J'irai chez elle samedi, je bricolerai ce qu'elle veut, et ce sera de l'histoire ancienne.

Jaeg examine la scie sauteuse que j'ai prise distraitement.

— Qu'est-ce que tu vas lui fabriquer ?

— Aucune idée.

Je me frotte les tempes pour chasser le mal de crâne qui monte.

Il se penche la table et me jette une paire de lunettes de protection et un masque.

— Tu devrais te protéger, dit-il en arquant un sourcil.

— Ah ah.

Ma voix est neutre, mais je suis content que Jaeg plaisante sur ma relation — putain, mon *amitié* — avec Hayden. Ça me rassure sur le fait qu'il n'y a rien qui renaît entre eux. Ils l'ont démenti tous les deux et je les crois, mais bizarrement, je suis hypersensible quand il s'agit de Hayden.

Elle est d'une beauté à tomber par terre et à vous rendre débile, et je ne parle que de son physique, sur lequel je pourrais facilement écrire une ode. Mais elle est aussi intelligente, avec des avis tranchés sur tout, et elle mettrait n'importe quel mec au pas. Je sais que Jaeg est amoureux de Cali, mais c'est bon de savoir qu'il est aussi accro à elle que je le suis à…

Personne. Je ne suis accro à personne.

Hayden est belle, c'est tout. Je suis crevé et je délire.

Je montre mon butin à Jaeger.

— Merci pour le matos. J'y retourne. J'ai encore du boulot.

Il me salue d'un signe de la main.

— Ouaip. Appelle-moi si t'as besoin d'autre chose quand Hayden t'aura fait sa liste de corvées.

Il ricane.

— Crétin.

Je sors les bras chargés et dépose le matériel à l'arrière de la XKR.

Le coffre de mon bolide est trop petit et trop propre pour tout contenir, en plus de ma caisse à outils de la maison. Je changerai de voiture en rentrant du boulot. À minuit. Bon sang. J'ai trop hâte que les suites Bliss soient terminées et tournent. Une galère de moins à gérer.

Je retourne au bureau, l'endroit est presque désert. Seuls le personnel de sécurité et une équipe réduite circulent à l'étage de la direction le soir. J'ai croisé Hayden tard plusieurs fois, mais pas ce soir. Tant mieux. Je n'aime pas l'idée qu'elle travaille seule ici si tard.

J'envoie quelques messages sur les équipements de luxe que Blackwell veut installer à titre gracieux dans les suites Bliss. J'ai engagé trois personnes sur sa liste d'une douzaine de gardes du corps potentiels. Maintenant, comme je gère tous les aspects des recrutements, je travaille aussi avec l'équipe juridique sur des contrats très douteux, si vous voulez mon avis, où c'est une société extérieure qui est censée embaucher les nouveaux employés.

Sur cette pensée préoccupante, je pose ma tête contre le dossier de mon fauteuil et je regarde l'heure à l'horloge murale. Il est déjà onze heures du soir.

Je dois prendre rendez-vous avec Hayden pour samedi. Je pourrais lui envoyer un message demain, mais j'ai des réunions toute la journée, et bizarrement, je ressens le besoin de la contacter maintenant. C'est peut-être à cause de ma conversation avec Jaeg, ou de mon désir troublant de parler avec elle, même si c'est pour nous bouffer le nez. Bref, je lui envoie un texto.

Adam : *Je serai chez toi samedi à 10 h.*

Je pose mon téléphone. Il vibre moins d'une seconde plus tard.

Hayden: *Prépare-toi à salir tes jolies mains manucurées.*

Je souris. Sans réfléchir, je balance une réponse.

Adam : *Pour toi, je suis toujours prêt à me salir les mains.*

Un peu suggestif, mais peu importe. J'ai passé une journée horrible et je préfère flirter avec Hayden que virer des gens et m'attirer ses foudres. Le badinage est purement pour mon plaisir. Parce que je suis crevé et j'ai besoin de l'insolence de Hayden qui ensoleille mes journées.

Hayden : *Stop. Tu ne penses pas que suffisamment de limites ont été franchies après le texto illustré de Bridget ?*

Adam : *Touché. JÀ samedi. Va te coucher, Hayden. Tu dois bosser demain.*

Hayden : *Rentre chez toi, Adam. T'es encore au Blue. Mes espions me l'ont dit.*

Merde.

Blackwell a beau la tenir à l'écart, Hayden en sait plus sur ce qui se passe ici que la plupart d'entre nous. Ce qui est problématique. Blackwell est idiot de ne pas l'utiliser — elle est plus douée que la moitié de son équipe —, mais je m'inquiète de la raison de son animosité envers elle. Si je savais pourquoi il la traite si mal, ça m'aiderait. Comme je l'ignore, je préfère qu'elle passe sous son radar.

J'ai le cœur léger alors que je range mes affaires pour partir. Je préfère ne pas penser à la raison. Jaeg avait raison de s'inquiéter, même si je ne voulais pas l'admettre. Je dois être prudent quand il s'agit de Hayden. Même si on se prend la tête, je sens que l'attirance est mutuelle. Je sens aussi sa vulnérabilité. Et je sais de quoi je suis capable.

Faire plaisir à une femme ? Bien sûr.

Aimer une femme ? Pas possible.

Chapitre Dix-Huit

Je range le coussin du canapé que j'utilisais pour surélever mon ordinateur portable quand le bruit d'une voiture attire mon regard vers la fenêtre. J'écarte le rideau en lin et avise le pick-up rouge qui se gare à côté de mon SUV compact vieux de sept ans. Cette guimbarde pourrie fait passer mon véhicule d'occase pour une belle bagnole.

Adam a précisé qu'il arriverait vers dix heures, et c'est l'heure dite, mais aucune chance que ce soit lui. D'abord, ce tas de ferraille n'est pas digne de lui. Il est arrivé au dîner de Zach dans un bolide de sport valant des milliards. Il aime le luxe. Ensuite, le conducteur du pick-up porte une casquette de baseball.

Adam avec une casquette de baseball ? Impossible.

Mais j'ai les poils des bras au garde à vous, réaction instinctive de mon corps en présence d'Adam, or si je ne peux plus me fier à mon instinct…

L'homme sort du pick-up, retire sa casquette et la jette à l'intérieur. Et je dois féliciter mon corps. Il a détecté

Adam sans le voir, à des dizaines de mètres de distance, et à travers une vitre. Et il est… *waouh*.

Je suis dans la mouise.

Adam porte un jean élimé qui moule son cul sublime que je n'entrevois normalement que lorsqu'il tombe la veste, ce qui n'arrive *jamais*. Il porte un t-shirt bleu marine bien tendu au niveau des épaules et des bras, et des chaussures de chantier. Bref, un homme des montagnes qui me fait saliver et me laisse pantelante.

Merde alors ! Comment ose-t-il venir chez moi dans cette tenue ? Adam en costume Armani fait bouillir mes ovaires, mais habillé en bûcheron sexy ? Inacceptable.

Il se penche dans la cabine et en sort une caisse à outils. Son t-shirt remonte et expose une bande de ventre plat et le muscle épais au-dessus du bassin, spectacle qui me laisse bouche bée. Il ne s'est pas peigné et ses cheveux sont ébouriffés et légèrement ondulés. Des mèches sauvages tombent sur ses tempes et j'ai envie de les empoigner et de lui demander ce qu'il essaie de me faire exactement.

Bon sang. Cette version désinvolte et sans chichis d'Adam me déstabilise complètement. Et il s'avance vers la porte.

— *Merde.*

Je me tourne à gauche, à droite, à la recherche de… quoi, je n'en ai aucune idée.

Ressaisis-toi.

Je calme ma respiration, me précipite vers la porte et me cogne le petit orteil sur le pied du canapé.

— Ahh !

Je sautille en grimaçant de douleur, éructant mentalement un chapelet d'injures.

Je repose le pied par terre et examine mon petit orteil tout rouge. Il n'est pas tordu. La douleur diminue. C'est juste un coup.

— Ça va là-dedans ?

La voix grave d'Adam filtre à travers la porte, avec une pointe d'humour.

Il se moque de moi en plus ?

Je vais ouvrir en boitillant. Et j'avale ma salive. Regarde son oreille au lieu de ses yeux. Et inspire à fond.

Voilà. C'est mieux. *Ne regarde pas dans l'œil du cyclone et tout ira bien.*

— Oui, ça va. Je me suis cogné l'orteil.

Il y a un silence, et je finis par le regarder en face parce que ça devient bizarre de ne pas le faire. Il sourit et, oh mon Dieu, il a une fossette sur la joue que je n'ai jamais remarquée. Elle est discrète, mais associée aux cheveux en bataille et au t-shirt moulant son torse large et musclé, elle m'étourdit.

Ses sourcils se froncent et son air s'assombrit alors qu'il examine mon visage.

— T'es sûre que ça va ? Je peux revenir à un autre moment.

Je lui fais signe d'entrer.

— Non, je vais bien.

Je ne vais pas bien du tout.

Il passe devant moi en tenant sa caisse à outils métallique d'une main.

— Tu veux boire quelque chose ? je demande.

Il regarde autour de lui, découvrant mon intérieur.

— Merci, ça va. C'est chez toi ?

— Non, c'est chez un inconnu. J'ai emprunté sa maison pour la matinée.

Son regard glisse vers moi, sourcil arqué, lèvre retroussée.

— Tu vas être comme ça toute la journée ?

Je pousse un soupir.

— Évidemment, c'est chez moi.

Je boitille jusqu'au salon. Mon orteil va mieux, mais il me lance encore.

Adam m'a ébranlée. Je ne peux pas le regarder. Ça me rend vulnérable. Et par vulnérable, je veux dire que j'ai envie de lui sauter dessus.

— Alors, dit-il en reprenant son examen des lieux. Ce sera quoi ? T'as besoin de changer une ampoule ?

— Haha, t'es hilarant. Je croyais que le gage était que tu me *fabriques* un truc. J'ai vu que t'as apporté tes outils, dis-je en louchant sur la caisse métallique.

— Ouais, je suis un mec bien *outillé*.

Je lui lance un regard, exprimant sans doute une peur panique. S'il commence à flirter avec moi comme l'autre soir avec ce texto coquin, je suis foutue.

— Hayden ? dit-il, l'humour ayant disparu de ses yeux. Y a-t-il moyen de t'empêcher de te mêler de mes recrutements pendant les prochaines semaines ?

Un instant, je suis prête à céder. À lui dire qu'il peut faire ce qu'il veut. Parce que son regard est si franc et sincère que toutes mes barrières tombent. Mais je me suis promis de trouver et de prouver les activités clandestines du Blue. Je ne vais pas faire marche arrière maintenant.

— Navrée, j'ai prévu de me mêler de tes affaires. En ce qui concerne les RH, bien sûr. En quoi est-ce un problème que je sache qui tu embauches ?

Il regarde ailleurs.

— C'est comme ça.

Je soupire et tente une autre approche.

— Ce qui s'est passé avec Bridget aurait pu être évité. Si tu m'avais donné l'opportunité de lui expliquer le règlement du Blue Casino, elle aurait peut-être réfléchi à deux fois avant de lancer son activité secondaire. Ce qui soulève un autre point. Ses « clients » en interne n'ont jamais été réprimandés. Comment se fait-il que Bridget soit virée, mais que les gars qui achètent des photos de cul pendant les heures de travail n'aient pas de comptes à rendre ?

— On a vérifié. La plupart d'entre eux ont réalisé la transaction financière après les heures de bureau. Et si on les réprimande tous, ça va concerner l'ensemble du personnel masculin.

— Tu te fous de moi ?

— Quelques-uns n'ont pas participé, comme moi, mais tous les autres…

— Parce que t'étais pas au courant, je grommelle.

Il me regarde droit dans les yeux.

— Je n'aurais pas participé même si j'avais su.

J'humidifie mes lèvres en étudiant ses yeux bleus, qui semblent me dire quelque chose que ses mots n'expriment pas. Sa présence me déstabilise, me rend folle, mais la façon dont il me regarde maintenant accélère les battements de mon cœur.

Il louche sur ma bouche, où la salive laissée par ma langue s'évapore. Il détourne son regard.

— Qu'est-ce que tu veux que je te fabrique ? dit-il d'un ton bourru.

Je m'éclaircis la voix.

— Par ici.

J'entraîne Adam dans le couloir, encore troublée par ce qui vient de passer entre nous, et je montre la porte d'un placard qui partage un pan de mur avec ma chambre.

— Je veux que tu condamnes la porte côté couloir et que tu l'ouvres dans ma chambre. Oh, et des éléments encastrés. J'aimerais des étagères pour mes chaussures.

Il fixe la porte et se tourne vers moi.

— Tu plaisantes, hein ? Tu veux que je te fabrique un dressing ?

D'accord, c'est plus que du bricolage, mais bon, il a accepté.

— Je suis très sérieuse.

Il rit et gratte sa mâchoire rugueuse.

— Hayden, ce n'est pas du tout ce que j'avais en tête. À l'origine, le pari était que je répare un truc.

— Oh non, c'est ce que *toi* tu as dit. Mais j'ai demandé que tu me *fabriques* quelque chose. Et j'adorerais avoir un dressing à cet endroit.

Je montre fièrement le placard du couloir.

Il penche la tête pour jeter un coup d'œil dans ma chambre.

— Qu'est-ce qui ne va pas avec celui que tu as ?

J'adore ma chambre. Elle est grise et violette avec un lit moderne que j'ai acheté quand j'ai emménagé. Le mobilier du salon est vieux et date de l'époque où mes parents vivaient ici, mais les meubles de la chambre sont neufs. Le salon fera partie de la phase deux de la rénovation de la maison.

— Il est trop petit. Mes chaussures ne tiennent pas dedans.

Il entre dans la chambre et ouvre les portes du placard en accordéon. Les vêtements d'été et d'hiver sont suspendus à une tringle unique et les boîtes s'empilent au bas du placard.

— Si tu déplaces ces boîtes, tu auras de la place pour tes chaussures. En fait, tu n'as pas beaucoup de vêtements.

C'est vrai, j'arrive à limiter ma garde-robe en donnant régulièrement les fringues que je ne mets plus ou qui sont démodées. Les boîtes contiennent les gros manteaux et les bottes de neige, ainsi que des pulls chauds.

— En fait, les chaussures ne tiendront pas, dis-je. Même si je mets les boîtes de vêtements d'hiver au grenier.

Il hausse un sourcil et inspecte le placard.

— Où *sont* tes chaussures ?

Je souris.

— Tu vois, tu commences à comprendre. C'est pour ça que j'ai besoin d'un dressing.

Je retourne dans le couloir et ouvre le placard, allume la lampe intérieure.

Adam regarde les étagères et pose lentement sa caisse à outils. Il siffle.

— Je ne savais pas que tu accumulais pathologiquement les chaussures.

Mes joues s'échauffent. Je n'avais pas perçu la dimension personnelle du projet.

— Je suis un peu obsédée par les chaussures. Mais je ne suis pas une accumulatrice. Je suis une *collectionneuse*.

Il attrape une paire de Mary Janes à talons épais sur l'étagère du haut.

— Elles te vont encore ?

— Je les portais tous les jours en terminale. Ce sont mes préférées. Et oui, elles me vont.

Il me regarde comme si j'étais cinglée.

— Hayden, si tu te débarrasses de certaines paires, le reste rentrera dans le placard de ta chambre.

Je lui arrache mes Mary Janes des mains et les astique nerveusement avec la manche de mon t-shirt.

— Et tu n'auras rien à faire ? Pas question. En plus, je veux un dressing. Avec un mur d'étagères consacrées à ces beautés, dis-je d'une voix rêveuse.

Je serre les chaussures contre ma poitrine et il se cache la bouche d'une main, sans doute pour dissimuler un sourire.

Je me reprends et range les chaussures à leur place sur l'étagère du haut.

— Tu devrais te mettre au travail, non ? C'est un gros chantier.

Le placard du couloir est large et profond. Il peut faire un super dressing.

Il secoue la tête et ramasse sa caisse à outils.

— Tout de suite, Mme Marcos.

— Imelda Marcos ? La veuve du dictateur philippin aux trois mille paires de chaussures ? C'est mignon. Très drôle, dis-je sèchement.

— N'est-ce pas ?

Il sourit de toutes ses dents.

Je fais la moue. *Il se moque de moi…* Je peux le supporter. Du moment qu'il me fabrique un dressing d'enfer pour mes petites beautés.

Adam me doit bien ça. C'est sa punition pour son arrogance des derniers mois qui a culminé, c'était le pompon, quand il a présumé que n'importe qui pouvait faire mon travail et engager des employées compétentes. De celles qui *ne vendent pas des photos de cul* à toute la boîte.

Adam aurait supervisé les recrutements pour son service de toute façon, mais chaque candidat serait passé au crible de la vérification approfondie des ressources humaines. C'est cette partie qu'il a sautée, et je suis déterminée à découvrir pourquoi lui et Blackwell ont estimé qu'il fallait court-circuiter les RH.

Je me laisse choir sur mon lit et je regarde Adam vider toutes les affaires du placard de l'entrée. Et mon Dieu, c'est un spectacle enchanteur. Le gonflement de ses biceps quand il prend une boîte en hauteur, son cul musclé quand il se penche pour la poser sur le sol. Sincèrement, il n'aurait qu'à déplacer des objets chez moi pendant des heures, et je lui dirais qu'on est quittes. Parce que cette vue…

Et si je le filmais ?

Non, c'est du harcèlement.

Je ne harcèle pas Adam Cade. Le désirer de loin… absolument. Mais le harceler, non. Pourquoi je ferais ça alors que je suis obligée de supporter son arrogance tous les jours au travail ? Mais cet Adam sexy et décontracté qui utilise ses muscles pour me fabriquer des meubles ? Je pourrais m'y habituer.

— Besoin d'aide ?

Il pose une autre boîte et appuie son bras contre le cadre de la porte de ma chambre ; son biceps est bandé.

— C'est bon. Mais j'accepterai bien un verre maintenant. De l'eau, ce sera parfait.

J'arrache mes yeux de son corps pour regarder son visage, ce qui n'arrange rien, car l'Adam aux cheveux en bataille est tout aussi désirable.

C'était une mauvaise idée de le faire venir chez moi.

— Bien sûr.

Je me lève et traverse la pièce en passant prudemment près de lui. Bon d'accord, j'inspire une bouffée à sa hauteur. Il sent bon, le bougre. Une odeur savonneuse de garçon tout juste douché.

Dans la cuisine, j'aspire une bouffée d'air sans Adam et je me frappe la tête contre le frigo plusieurs fois pour y remettre du bon sens. Je remplis un verre d'eau et me retourne… vers Adam qui se tient au bout de la cuisine en longueur.

— Pas mal à la tête ? dit-il avec un petit sourire en coin.

— Non, je grommelle.

Mon cerveau est embrumé à cause de cet *abruti*.

— Tu faisais quoi exactement ?

Je lui tends le verre d'eau.

— Rien. T'as besoin d'autre chose ?

Il secoue la tête, en regardant la cuisine rénovée.

— T'es la propriétaire des lieux ?

Je jette un coup d'œil à l'espace que j'ai amoureusement rénové. Avant que j'achète la maison, la cuisine était jaune comme dans les années 1970. Maintenant, elle a des placards blancs et des plans de travail en pierre.

— Je l'ai achetée dès que je suis revenue en ville.

Adam boit l'eau, les yeux posés sur moi.

— Tu ne voulais pas louer avant d'acheter ? Pour être sûre que t'allais rester ici à long terme ? T'es partie longtemps.

Je remplis un autre verre et avale une gorgée.

— C'est compliqué. J'ai acheté la maison à mes parents. Ils n'ont pas pu la vendre quand on a quitté la ville. Ils l'ont louée après notre départ, mais j'ai toujours pensé que je le leur devais, quelque part.

Il regarde encore autour de lui, comme s'il la voyait d'un autre œil.

— C'est petit, mais je ne vois pas pourquoi tes parents n'auraient pas pu la vendre. Beaucoup de gens cherchent des chalets comme résidences secondaires.

Je pose le verre sur le comptoir et lui fais face.

— Ce n'était pas la surface ou l'état. Tu étais là, Adam. Tu as vu comment les gens m'ont traitée… comment toi tu m'as traitée…

Son visage se crispe.

— Je n'étais pas cruel avec toi.

— Ah bon ?

Il s'étire le cou et regarde ailleurs.

— J'ai dit à Jaeg de rompre avec toi…

— Ouais, je m'en souviens.

— Parce que, dit-il avec emphase en me fixant, je ne voulais pas qu'il sorte avec toi.

Les yeux d'Adam ne sont pas cyniques ou sournois. Ils sont plissés et concentrés.

— Tu ne voulais pas que je sorte avec Jaeg… et ça n'était pas à cause de la rumeur ?

Il secoue lentement la tête.

— Alors pourquoi ?

Il baisse le menton, et soudain ma gorge s'assèche.

Évidemment, des hommes m'ont désirée, mais aucun de ceux qui consument mes pensées. Et que je fantasme de le tuer ou de l'embrasser, Adam occupe mes pensées depuis qu'il a commencé à travailler au Blue.

Qu'est-ce qui se passe ? Adam flirte avec moi. Il me cherche. Mais montrer un véritable intérêt ? Ce dont il parle remonte à loin… onze ans. Ce n'est pas un simple flirt avec un collègue, c'est… autre chose.

— J'avais seize ans et j'étais idiot, mais je n'aurais pas dû le faire, dit-il. Je sais que je me suis déjà excusé, mais je suis sincèrement désolé.

Il détourne le regard et se passe une main dans les cheveux, les ébouriffant encore plus. Il repose le verre et son expression s'adoucit.

— Je retourne bosser. Ça va prendre du temps de te construire un placard à chaussures.

Sa bouche se tord ironiquement, mais je suis restée bloquée sur son aveu.

Je ne comprends pas Adam. Pas du tout.

J'ai envie de lui. Il flirte parce que c'est sa nature, c'est un tombeur. Mais ce qu'il a sous-entendu… Jamais je n'aurais imaginé qu'il puisse être jaloux de Jaeg et moi. Il a fait allusion à une autre raison justifiant son coup bas au lycée, à la soirée tacos, mais j'ai supposé qu'il pensait que je n'étais pas assez bien pour Jaeger.

J'étais maigrichonne, intello… d'accord, je suis toujours intello, et impopulaire. Il ne pouvait pas y avoir d'autres raisons le poussant à vouloir que Jaeger me largue. Surtout avec les rumeurs et tout ce qui se passait.

À moins qu'il ait voulu que Jaeger rompe avec moi *avant* que la rumeur n'éclate. Je ne sais pas quoi faire de cette hypothèse.

Adam traverse le salon et me jette un coup d'œil.

— Tu devrais rester là. Je vais casser des trucs.

Je suis encore sous le choc – jusqu'à ce que je pige.

— Attends ! Qu'est-ce que tu veux dire ?

Je lui cours après dans le couloir. Toutes les chaussures et les boîtes sont sorties du placard et Adam se tient à l'intérieur, des lunettes de protection sur le visage, et un gros marteau levé au-dessus de sa tête.

— Adam. Pose. Ce. Marteau. Qu'est-ce que tu fais ?

Il sourit malicieusement.

— Ce que t'as demandé.

Bam. Il donne un gros coup de masse dans le mur, puis il utilise le côté plus fin pour dégager un morceau de plâtre.

Je regarde le trou, bouche bée. Puis lui. Puis le trou.

— T'es sûr de toi ?

Je pensais qu'il aurait déjà fait marche arrière et admis que ce n'était pas un travail pour lui. Je devrais faire appel à un artisan qualifié pour construire mon dressing, pas à Adam Cade.

Il brosse la poudre blanche sur son t-shirt et regarde par le trou, fronce les sourcils.

— T'as dit que tu voulais un dressing. Pour tes *chaussures*.

Bam. Il abat la masse, détruisant un autre bout du mur qui sépare le placard de ma chambre.

— Et si c'est le cas, alors tu vas avoir besoin d'une ouverture de l'autre côté.

De l'isolant et du plâtre flottent dans l'air, créant un nuage de poussière et de saletés.

— Je ne peux pas regarder, je murmure en repartant dans le salon.

Je m'assieds sur le canapé les jambes croisées et sursaute chaque fois qu'Adam frappe mon mur. Il avait raison. C'est un gros chantier. Qu'est-ce qui m'a pris ?

Je sais ce qui m'a pris. Je voulais le punir. Sauf que c'est moi qui vais être punie quand j'aurai un dressing mal fichu et non fonctionnel.

C'est ma faute. J'ai péché par orgueil. D'accord, j'avais raison sur Bridget. Mais pourquoi j'ai parié avec Adam ? Rien de bon ne sort d'un pari avec un homme qui vous rend folle de frustration à un moment, et folle de désir l'instant d'après.

Au bout d'une heure de vacarme et de coups violents, Adam m'appelle dans la chambre. Il a une scie électrique à la main et il a bâché le sol et les meubles.

— Qu'est-ce que tu vas faire avec ça ? je glapis d'une voix aigüe.

Il tapote les doigts sur les boiseries.

— J'ai besoin de faire un trou à l'endroit du nouveau placard. J'ai mesuré, mais je voulais juste m'assurer que tu veux mettre une porte standard avant de découper.

— Je t'interdis de découper mes murs.

Il baisse la scie.

— Hayden, comment veux-tu utiliser un dressing sans ouverture pour entrer à l'intérieur ? T'as dit que tu voulais la porte du côté de ta chambre.

Je jette les mains en l'air.

— J'en sais rien. Mais ce sont mes jolis murs, dis-je en m'approchant pour caresser le bois. Et si tu les saccages ?

Il soupire.

— Tu me fais confiance ?

— Bien sûr que non. T'es un beau gosse qui ne devrait pas manier d'outils électriques.

Il s'avance vers moi en secouant la tête. Il me lève le menton du bout d'un doigt calleux, qui ne devrait pas être calleux dans mon stéréotype du fils à papa.

— Tu penses vraiment ça de moi ?

Son regard est déterminé. Il me force à avouer ce que j'ai toujours refusé d'admettre.

À un moment donné, j'ai cessé de voir Adam comme un gosse de riche pourri gâté. C'est un gros bosseur que je respecte plus que je veux bien le dire. Il me lance des défis. Mais plus important encore, il m'a toujours traitée comme une égale. Il n'est pas comme ces hommes de Cro-Magnon avec qui on travaille. Et je le soupçonne même d'être un grand sensible.

— Non, je ne pense pas ça de toi, finis-je par admettre.

Il baisse sa main, mais c'est pour prendre la mienne et entrelacer nos doigts. Mon cœur s'emballe. Il place nos mains jointes contre mon ventre et s'avance, m'obligeant à reculer d'un pas. Puis d'un autre, jusqu'à ce que je sois dans le couloir.

Il retire sa main de la mienne, m'envoyant des décharges électriques dans le bras, et me regarde d'un air entendu.

— Reste ici, c'est plus sûr.

Il s'avance vers le mur de lambris, baisse les lunettes de protection sur ses yeux, et allume la scie.

Je me bouche les oreilles quand elle s'enfonce dans le bois et cours me mettre à l'abri au salon.

Étonnamment, j'ai confiance dans les talents de bricoleur d'Adam, ce qui en dit long, car j'ai mis toutes mes économies dans l'achat de cette maison à mes parents.

Les heures passent ; j'essaie de travailler sans bondir chaque fois qu'Adam fait un bruit violent. Finalement, il entre dans le salon, sa caisse à outils à la main.

Je balance mes pieds par terre et me lève du canapé.

— Tout va bien ? je demande en jetant un coup d'œil vers le couloir. C'était rapide. C'est fini ?

Il range un mètre dans sa poche arrière.

— Loin de là. Je reviendrai demain. Un peu plus tard

qu'aujourd'hui, plutôt vers treize heures. J'ai des trucs à faire avant pour le boulot. Je viendrai après.

Il se frotte le menton, déposant un peu de poussière grise assortie aux cernes sous ses yeux.

— Tu travailles un dimanche ? je m'étonne.

Il lorgne mon ordinateur portable et arque un sourcil.

— Ouais. C'est vrai que le casino ne ferme jamais.

— Voilà.

J'hésite un instant. Je me demande pourquoi il a l'air si épuisé, la raison des cernes sombres sous ses yeux, mais en même temps, j'ai très envie de savoir quel genre de travail il fait pour le Blue un dimanche.

— Et tu dois t'occuper de… ?

Il me fait un sourire entendu. J'imagine que ma pêche aux infos est évidente.

— De trucs, il répond.

— Ouais, de trucs.

J'ai beau avoir gagné notre pari, Adam ne me rencardera pas sur ses activités officieuses.

Je le raccompagne à la porte, la culpabilité l'emportant sur mon désir de le garder ici comme homme à tout faire, même si ce serait génial de pouvoir le faire.

— Merci pour le placard. Je sais que j'ai un peu abusé. On peut dire qu'on est quittes.

Il me regarde d'un air sceptique.

— Avec un trou dans le mur et ta collection de chaussures qui se retrouve SDF ? Tu te raviseras sans doute quand t'auras vu ta chambre.

Génial. Maintenant je flippe, mais j'ai toujours l'impression d'avoir profité de lui.

— Je peux engager quelqu'un. T'as fait le trou. C'est déjà bien.

— Tu ne me fais toujours pas confiance ?

Un petit sourire passe sur son visage, mais il a l'air blessé.

— Non, c'est pas ça, je m'empresse de dire – mon Dieu, pourquoi il complique tout ? Je reconnais juste que c'était ridicule de te demander de fabriquer un dressing.

— Ça ne me dérange pas, dit-il en se dirigeant vers son camion. J'aime travailler avec mes mains.

Et c'est ça qui me sidère le plus. Adam n'est pas le type lisse et coincé que je croyais. Il peut rendre des services utiles dans une maison.

Mais ce n'est peut-être pas si étonnant.

Parce qu'il y a des chances que je ne le connaisse pas vraiment.

Chapitre Dix-Neuf

ADAM

Si j'avais su que Hayden avait l'intention de me faire construire un placard, je serais allé chercher du matos chez Lewis plutôt que chez Jaeg. Lewis est l'entrepreneur de la bande. Jaeg est juste l'artiste ébéniste. J'ai démoli ce que je pouvais hier, pris les mesures, et acheté du placo et du bois pour la structure. Mais aujourd'hui, je préfère parler à un professionnel avant de faire des conneries.

— Lewis, c'est Adam. T'as une minute ? dis-je en laçant mes bottillons de chantier.

Je lui pose quelques questions pour m'assurer que je construis correctement le placard de Hayden. Jaeg et moi avons aidé Lewis à construire sa maison il y a quelques années. C'est comme ça que j'ai appris à bricoler. Je connais les bases, mais je préfère vérifier que ma méthode est la bonne.

Il me donne des conseils pour condamner la porte du couloir, et c'est vers la fin de la conversation que je me souviens d'un truc.

— Avant de raccrocher, je voulais te demander ce qui s'est passé pour la rénovation des suites du Blue. J'étais là-haut l'autre jour et j'ai remarqué qu'une autre entreprise s'occupait du chantier. Pourquoi ce ne sont pas tes gars qui bossent ? Je croyais que Sallee Construction avait un contrat avec le Blue pour les travaux.

— Bonne question. On a un accord informel avec le Blue, mais ils ont prétendu que même avec la remise qu'on leur octroyait, ils avaient trouvé une meilleure offre. C'est la première fois que ça arrive.

— Donc ta boîte n'avait pas trop de boulot pour le faire ?

— On a toujours du boulot, mais on prend une équipe en renfort pour les gros chantiers comme le Blue. Notre carnet de commandes n'a jamais été un problème. Pourquoi, c'est ce qu'on t'a dit ?

— Plus ou moins. Tu penses que ça peut avoir un rapport avec le manager qui a attaqué Gen ?

Je n'étais pas là, mais j'ai entendu dire que Jaeg et Zach ont passé toute une nuit à convaincre Lewis de ne pas tuer ce type.

— Si tu ne tiens pas rancune au casino de ce que Drake Peterson a fait, je ne vois pas pourquoi Blackwell aurait un problème à continuer de vous faire travailler.

— Personne ne connaît les raisons de ton PDG, dit Lewis, mais je peux te dire une chose : le père de Gen, Jeb Kendrick, n'a pas arrêté de s'intéresser au Blue avec l'arrestation de Peterson. Et d'après ce que je sais, ta grande copine fouine aussi.

– Hayden ?

Ouais, j'ai tiqué sur son allusion à ma *grande copine*, mais merde, c'est la vérité. Et j'ai plus envie de savoir ce qu'il veut dire que de me défendre.

— Hayden cherche des preuves à présenter à la police, explique Lewis. Si elle trouve quelque chose, les hommes de Jeb seront sur le coup. Il travaille avec la police et des détectives privés.

Pas étonnant que Hayden soit si curieuse.

— Merde, Lewis. Hayden est toujours sur mon dos au Blue. Vous devriez la laisser en dehors de tout ça.

Lewis rigole.

— Bien tenté. Tu crois que j'ai mon mot à dire dans ce genre de choses ?

— Tu m'étonnes, je concède à contrecœur. Vous avez mis sur le coup le père de Gen. Jeb Kendrick, c'est pas l'ancienne star du foot ?

— Le seul et l'unique, ouais. Et il a des relations.

Paul et William sont des crétins, mais ils ne sont pas de la trempe de Drake Peterson. Quoique, vu la cocaïne et les prostituées que Paul a envoyées chez moi et la façon dont il a proféré des menaces, il est peut-être temps de prendre ça au sérieux.

— Tu penses que je peux avoir le numéro de Jeb ? Juste au cas où.

Lewis me donne les coordonnées du père de Gen et nous raccrochons. Je pose le téléphone au bord du lit, et je me penche en avant, les coudes sur les genoux. Pourquoi le Blue n'aurait pas utilisé les services de Sallee Construction pour les suites Bliss ? C'est bizarre, mais je ne saute pas encore aux conclusions.

Évidemment, Hayden est incapable de lâcher des méchants qu'elle pourrait envoyer derrière des barreaux. À cause de quoi ? Une intuition ? Je secoue la tête. Je ne veux même pas réfléchir à comment je vais pouvoir l'éloigner de Paul et William, et j'imagine de Blackwell, comme il est le grand chef, mais je dois trouver une solution. Je n'ai pas envie de faire condamner le Blue Casino (cet endroit est mon gagne-pain, après tout), mais je n'aime pas la façon dont Paul m'a mis la pression et menacé ouvertement si je parlais de Bliss. J'ai un mauvais pressentiment sur ce projet et je ne veux pas que Hayden s'approche de ce merdier.

Je vérifie mes emails de travail une dernière fois. Paul a envoyé un message au sujet du lancement de Bliss. On a suffisamment de gardes du corps maintenant, et il a un plan B pour les danseuses, alors je peux arrêter d'embaucher. On est dans les temps pour le week-end de la vente aux enchères et du spectacle burlesque.

Je ferme mon ordinateur portable et je me passe la main dans les cheveux pour les discipliner. Je me suis douché il y a plusieurs heures, quand j'ai commencé à travailler de la maison, mais le peigne et le rasoir ne sont pas au programme du week-end. On est dimanche et je n'ai réussi à dormir que quelques heures ces dernières nuits. Je suis sur les rotules ; les cheveux hirsutes sont le cadet de mes soucis.

Après avoir fait des courses pour le placard de Hayden hier après-midi, je suis allé au bureau et j'y suis resté jusqu'au petit matin, à remplir des papiers comme ces deux dernières nuits. Je n'ai aucune raison logique d'honorer mon pari perdu ce week-end, en plus de tout le reste. Le moment est mal choisi et je suis sûr que Hayden accepterait d'attendre une semaine ou deux. Mais je ne veux pas repousser. Ça ne m'est pas arrivé depuis longtemps de passer des moments aussi agréables. Je ne sais pas encore si c'est parce que je travaille sur autre chose que le Blue, ce qui me vide la tête, ou si c'est elle. Mais je n'ai pas trop envie de répondre à cette question. Pas alors que je n'arrive même pas à protester quand Lewis insinue qu'elle est ma grande copine.

Je prends mes clés et me dirige vers la Chevrolet que j'ai achetée au jardinier du Club Tahoe il y a dix ans. Mes frères et moi nous en servons pour traîner en ville. C'est un tas de ferraille, mais elle est pratique et je ne peux pas me résoudre à la remplacer.

Peu de temps après, je me gare devant chez Hayden et je coupe le moteur. Ma montre a beau indiquer le début de l'après-midi, j'ai du mal à bouger mon cul. Je m'étire le cou et sors du pick-up, inspirant une bouffée d'air frais aux senteurs de pin qui dissipe la brume de mon cerveau. Je prends dans la cabine le matériel que j'ai apporté aujourd'hui.

La maison de Hayden est petite, mais chaque centimètre carré est charmant, de la porte et des volets en bois avec un Z jusqu'à sa chambre de fille mauve. Rien à voir avec la maison dans laquelle j'ai grandi ni celle que je loue. Pourtant, elle est dix fois plus confortable que n'importe quel endroit où j'ai vécu.

Je gratte à la porte. Au bout d'un moment, ans bruit de chute cette fois, Hayden ouvre. Elle porte un jean et un t-shirt qui épouse ses formes, les cheveux tirés en queue de cheval.

Mon rythme cardiaque s'envole. Voir Hayden en dehors du travail accélère toujours les battements de mon cœur. Elle me fait palpiter au travail aussi, mais à l'extérieur du Blue, les contraintes sont levées. J'adore la voir en tenue décontractée.

Une mèche blond sable lui caresse la joue, échappée de la frange qu'elle a balayée sur le côté.

— Encore du matos ?

Elle louche sur les seaux et le matériel que je porte.

— Et d'autres encore à venir.

Je pose tout sur le porche et retourne au pick-up où je prends une grande plaque de placoplâtre. Je la balance sur mon épaule et mon crâne, et la transporte jusqu'à la maison, où je l'appuie contre la partie inutilisée du couloir.

— C'est bon ici ?

Hayden acquiesce en regardant la plaque avec méfiance.

— Ne t'inquiète pas, je n'en utilise qu'une partie. Le magasin de bricolage ne vend qu'une seule taille de placo. J'ai dû acheter toute la plaque.

Heureusement, le couloir de Hayden n'est pas lambrissé de bois comme sa chambre et le salon. Je n'ai besoin que de plaques de plâtre pour fermer le placard, de bandes, de mastic et de peinture.

— Je vais te rembourser le matériel et te payer pour ton travail, dit-elle.

Je balaie sa proposition d'un geste de la main. Comme si j'avais besoin de son argent. Ouais, j'ai perdu le pari, mais je fais son dressing parce que je le veux, point barre.

Hayden me tend une bière, que j'accepte volontiers, et s'assied par terre, les jambes croisées, en me regardant pendant que je m'installe pour condamner le trou géant qu'était le placard du couloir. Je la regarde furtivement. Elle attire toujours mon regard au boulot, mais avec ses cheveux lâchés, ou plutôt attachés, j'ai du mal à détacher mes yeux d'elle. Elle ressemble à l'adolescente qui me fascinait au lycée.

J'ai gardé mes distances avec Hayden la semaine dernière, car j'étais occupé par les entretiens d'embauche, mais ce n'est pas la seule raison. J'étais à un cheveu de l'embrasser après l'avoir surprise en train de fouiner dans le bureau du directeur des installations. Je ne sais pas ce qui m'a pris. Je le mets sur le compte de l'épuisement. Et de l'abstinence. Et de Hayden. Elle me provoque d'une manière qui libère mes instincts les plus primaires, ceux de la convoitise et de la fornication. Mais d'autres instincts aussi, comme celui de la protéger et de prendre soin d'elle…–d'où ça vient, putain ?

J'aime les choses simples. Paisibles. Et mes émotions dès qu'il s'agit de Hayden sont tout sauf paisibles.

Blackwell prend des raccourcis pour que Bliss soit opérationnel. Il n'a pas besoin d'externaliser des emplois et de contourner son propre service des ressources humaines, mais il le fait, et je n'ai pas compris pourquoi. Mon instinct protecteur me pousse à empêcher Hayden de s'approcher du projet Bliss et des personnes qui y sont impliquées, mais je ne suis pas si altruiste. J'ai besoin de ce business tout autant que Blackwell. Mais je vais être prudent à partir de maintenant. Je vais contacter Jeb Kendrick.

— Tu ne m'as pas dit au final pourquoi tes parents n'ont pas pu vendre leur maison, dis-je pour oublier mes sentiments pour elle auxquels je ne veux pas penser, et à quel point elle est mignonne avec son menton posé sur sa main.

Son visage se fronce.

— Je ne te l'ai pas dit ?

Je fais une pause le temps de mesurer le placo, le découper et le fixer. Puis je reprends le fil de la conversation.

— Tu as dit que personne n'achèterait la maison. Tu pensais que c'était à cause de la rumeur.

Elle se penche en arrière et étire ses jambes galbées.

— C'était le cas. Les gens n'avaient pas envie de verser de l'argent aux parents de la fille qui avait séduit leur professeur bien-aimé et l'avait chassé de la ville.

Le genou au sol, la bande à la main, mon geste se fige. C'est tellement exaspérant de voir à quel point les gens sont moralisateurs et cruels.

— Je n'avais pas réalisé que toute la ville était au courant. T'es sûre que la maison ne s'est pas vendue à cause de la crise économique plutôt ?

Elle secoue la tête, le coussin soyeux de sa joue tourné

vers le bas tandis qu'elle décolle méticuleusement l'étiquette de sa bouteille de bière.

— La rumeur est partie de l'école, mais elle s'est répandue dans toute la ville.

J'avais entendu la rumeur, comme tout le monde, mais jamais la version de Hayden.

— Que s'est-il passé ?

Elle ramasse un morceau de ficelle rouge sur le sol et le fait tourner entre son pouce et son index, me rappelant l'aiguille de pin avec laquelle elle jouait autour du brasero chez Zach et Nessa.

— C'était comme une ondulation sur le lac le premier jour. Un frémissement, tu sais ? Mais l'ondulation n'a pas cessé d'enfler. L'après-midi, une fille m'a poussée contre une table de pique-nique et m'a fêlé une côte. Je suis restée à la maison pendant quelques jours pour me faire oublier.

Elle lève les yeux.

— J'avais entendu ce qu'ils disaient, mais je ne comprenais pas pourquoi quelqu'un croirait un truc aussi absurde. Enfin quoi, c'était moi, tu vois ? Je n'étais pas une fille sexy et sûre d'elle.

Je ne suis pas d'accord. Hayden était une intello discrète et sexy. Elle ne le savait pas, c'est tout.

Elle boit une gorgée de bière et fixe la ficelle rouge.

— Bref, je suis retournée au lycée en pensant que la rumeur avait disparu. Mais ce n'était pas le cas. C'était pire. Ils étaient tellement en colère, Adam.

Sa main tombe sur ses genoux et elle ferme les yeux.

— Toute l'école, pas seulement les élèves.

L'envie de la prendre dans mes bras me submerge. Je me contente de poser la main sur son genou.

— Je m'en souviens. Tu as choisi le mauvais prof pour avoir une liaison, dis-je pour essayer de détendre l'atmosphère.

Elle laisse échapper un long soupir qui se termine en rire nerveux. Nos regards se croisent, ses beaux yeux noisette sont humides et tristes.

— M. Miller était canon, hein ?

Ça me tue de la voir si chagrine. Je hausse les épaules.

— Si t'aimes les hommes grands et athlétiques.

Ses lèvres s'adoucissent. Pas vraiment un sourire, mais on s'en approche.

— Toutes les filles étaient amoureuses de lui. Et les mecs voulaient *être* lui. Même les fumeurs écoutaient le cours tellement il était inspirant. Et le lycée l'a forcé à partir à cause de moi.

Sa voix se brise.

Merde. Pourquoi j'ai parlé de ça ?

— Ce n'était pas ta faute.

— Tout le monde pensait le contraire. *Mon Dieu.*

Elle s'essuie les yeux et expire un souffle tremblant.

— J'arrive pas à croire que ça me touche encore. C'était tellement humiliant. Je me sentais impuissante. Et le pauvre M. Miller… La seule chose bien dans l'histoire, c'est qu'il n'a pas été accusé. Tout le monde m'a montrée du doigt. Il a nié la liaison, bien sûr, et le lycée a décidé de ne pas engager de poursuites, car toute l'affaire ne reposait que sur l'appel anonyme qui a prévenu l'école. Ce n'était pas assez pour la police. J'ai entendu dire que M. Miller avait retrouvé un poste dans un autre État.

Je fixe le sol.

— Je suis désolé que vous ayez vécu un enfer tous les deux, et je suis surtout désolé de t'avoir causé encore plus de peine à ce moment-là… avec ce que j'ai dit à Jaeg.

Elle secoue la tête.

— Me faire larguer par mon petit ami, eh bien, ouais, ça craignait. Mais ce n'était pas mon plus gros problème. Les rumeurs étaient très convaincantes, tu sais ? Je ne pouvais pas vraiment en vouloir aux gens de les croire. La personne qui a prévenu l'école a dit que j'avais retrouvé le prof sur le campus après mon travail un soir, et j'étais *effectivement* sur le campus ce soir-là. Les caméras de sécurité m'ont filmée. J'étais allée chercher un livre dont j'avais besoin. Personne n'aurait pu connaître ce détail sauf…

— L'ex de Jaeg, je grommelle en me passant la main dans les cheveux. Jaeg a fini par lui faire quitter la ville, mais c'était une sacrée garce.

— Le plus drôle, dit Hayden, c'est que je ne l'ai jamais soupçonnée, même si on travaillait ensemble chez le marchand de glace. Elle savait que je retournais au campus chercher un livre ce soir-là. Je n'ai fait le rapprochement qu'après, et c'était trop tard. Je n'aurais jamais pensé que quelqu'un ferait une chose aussi terrible juste pour me piquer mon petit ami.

— Si ça peut te consoler, elle lui en a fait voir de toutes les couleurs.

Elle fixe ses mains.

— Ça ne me console pas. Ça me rend triste. Je suis contente qu'il ait trouvé Cali.

Je laisse échapper un soupir.

— Jaeg a survécu, mais toi ? Tu as parlé à l'école ?

— Après avoir plaidé auprès du proviseur et du directeur que les rumeurs étaient fausses et qu'ils ne m'ont pas crue, ça n'aurait servi à rien. J'avais l'impression de me battre contre le monde entier. Et mes parents, ma mère… elle était enseignante au primaire.

L'expression de Hayden se durcit.

— Ils ne pouvaient pas la virer, mais tout le monde à l'école lui a fait comprendre qu'elle n'était plus la bienvenue. Et les élèves du lycée m'ont fait comprendre la même chose *dans la douleur.*

Je n'aime pas le sous-entendu.

— Mes parents ont décidé de prendre un nouveau départ loin du lac Tahoe. On a essayé de vendre la maison, mais personne n'est venu la visiter. Un jeune couple de Carson s'est finalement montré intéressé, mais quand ils ont cherché une école pour leur petit garçon, ils ont entendu la rumeur sur les propriétaires et ils se sont rétractés. Mes parents ne voulaient pas baisser le prix sous la valeur du marché. Ils l'ont louée à des touristes, des gens qui se fichaient des potins locaux, et on a déménagé à Reno.

C'est fou de voir avec quelle facilité un mensonge peut détruire une famille. Si une telle rumeur avait entaché un Cade, nos avocats et nos relations l'auraient étouffée avant qu'elle ne se propage. Mais Hayden vient d'une famille de classe moyenne américaine qui a souffert injustement. Parce qu'ils n'avaient pas le pouvoir d'agir pour arrêter la rumeur.

Quelque part, je comprends que Hayden se méfie des activités obscures du Blue Casino et veuille s'assurer qu'il ne se passe rien d'illégal. Elle essaie de protéger les autres, parce que c'est Hayden. Je pense aussi que ça a quelque chose à voir avec le fait que personne ne l'a défendue quand elle en avait besoin.

Un maelstrom d'émotions m'envahit. Colère, frustration, ce besoin étrange de la réconforter… et la culpabilité, car je n'ai rien fait pour aider Hayden au lycée. En fait, j'ai aggravé la situation en persuadant son petit copain de la larguer parce que je ne voulais pas la voir avec un mec. Et surtout pas avec mon meilleur pote. Oh, ce n'est pas ce que je me suis dit sur le moment. L'enfoiré que j'étais s'est convaincu que c'était mieux pour Jaeg.

Hayden était une fille trop bien pour moi à l'époque, et c'est encore plus vrai aujourd'hui.

Je chasse cette idée et je commence à fixer la cloison, ignorant le serrement dans ma poitrine.

— Tu n'aurais aucun problème à vendre cette maison aujourd'hui.

— Non, confirme-t-elle, mais je ne l'ai pas achetée pour ça.

Elle abandonne la ficelle et s'attaque de nouveau à l'étiquette de la bière.

— Ça semble fou, mais quand on est partis, ma vie était complètement en vrac. Personne, à part mes parents, ne me croyait au sujet du prof. Pas même mon petit ami...

Son regard vacille, puis elle se reprend.

Une bouffée de culpabilité me consume.

— Je suis désolé, Hayden. Pour ma part, je me fichais des rumeurs. Je ne les ai jamais crues.

— Vraiment ?

— Bien sûr que non. Il suffisait de te voir avec Jaeg pour savoir que tu étais amoureuse. Tu ne l'aurais jamais trompé.

Elle déglutit et m'étudie, sa main enserrant la bouteille.

— Et tu le sais parce que tu m'observais ? avance-t-elle prudemment.

Je ne la regarde pas.

— Oui. J'aurais dû dire quelque chose. J'aurais dû empêcher le drame.

Il ne faisait aucun doute pour moi que la rumeur était fausse. Je n'avais aucune raison de croire autre chose que tout le monde, sauf que j'avais beaucoup observé Hayden. Elle n'avait pas de liaison. Je l'aurais vue avec M. Miller, j'aurais remarqué que ses yeux se portaient sur lui... parce que je m'intéressais à elle à ce point.

Je savais qu'elle ne l'avait pas fait et je n'ai pas dit un seul mot pour la défendre.

— Je ne pense pas que les dires d'une seule personne

auraient changé grand-chose, dit-elle. C'était comme un train fou, rien ne pouvait arrêter la rumeur une fois qu'elle était lancée. Un simple soupçon leur suffisait.

Elle a peut-être raison, mais je ne me sens pas mieux pour autant.

Son expression devient pensive.

— Adam, je peux te demander quelque chose ?

J'opine.

— Pourquoi tu ne m'as pas reconnue quand tu as commencé à travailler au Blue ? Si tu me connaissais si bien au lycée…

Je secoue la tête.

— *Connaître* est un grand mot. Je t'observais. Et je ne sais pas pourquoi je ne t'ai pas reconnue tout de suite. Tu as changé de nom, ça n'aide pas. Je ne t'avais pas vue depuis onze ans, et je ne m'attendais pas à te trouver au Blue Casino. Et tu avais l'air… différente, dis-je en la matant. Style vestimentaire différent. Tu ne portais plus de lunettes. Et tu as pris des formes.

Un petit sourire m'étire les lèvres et je m'autorise à loucher sur sa poitrine.

Elle fronce les sourcils.

— Abruti. Je ne te crois pas. J'ai peut-être changé, mais pas à ce point.

— Pour ma défense, quand je t'ai vue au Blue la première fois, c'était de dos si tu te souviens. Je ne voyais pas ton visage.

Je pouffe en me rappelant la vision cocasse de Hayden marchant à quatre pattes dans son bureau, son petit cul en l'air. Pas bien différent de la posture où je l'ai trouvée dans le bureau du directeur des installations.

Elle me jette l'étiquette de bière à la tête.

— Je te jure, t'es la seule personne qui me surprend

dans ces positions scabreuses. Pour ton info, je cherchais mon stylo préféré.

Je lui lance un sourire charmeur.

— Je suis un chanceux.

Elle secoue la tête en signe d'exaspération, mais elle sourit.

— Je dois avouer, dis-je, que ton visage, aussi joli soit-il, n'est pas ce qui attirait mon attention à ce moment-là.

Elle lève les mains.

— Et plus tard ? Après les présentations officielles ?

— Ouais, je ne sais pas comment l'expliquer. Tu n'es plus la fille réservée, cachée dans un coin, que tu étais avant. Tu as l'air d'une autre personne, mais je t'ai *vraiment* remarquée. Il y a toujours eu quelque chose chez toi qui m'attire.

Elle se rapproche de moi et je pense qu'elle doit sentir la tension qui a envahi le couloir, faisant monter la température de plusieurs degrés.

Elle est là depuis le début, cette tension, et si je n'avais pas refoulé mes sentiments pour la jeune fille timide il y a des années, j'aurais pu reconnaître Hayden au Blue, malgré le changement de nom. J'aurais pu partir à sa recherche il y a longtemps.

Bizarrement, ça fait du bien d'admettre qu'elle me fait de l'effet, m'en a toujours fait. De réaliser que je ne suis pas aussi insensible que je le pensais.

— J'ai acheté cette maison, dit-elle pour changer de sujet ou revenir à la discussion initiale, pour prouver quelque chose.

Elle regarde autour d'elle.

— Prouver quoi ?

Son regard se pose sur moi.

— Que peu importe ce qu'on me fait ou dit sur moi, je me relèverai toujours.

Son expression est noble et belle, et pendant un instant, mon souffle se bloque dans mes poumons.

J'ai envie de l'embrasser.

Et je me retiens de toutes mes forces.

Cette envie de l'embrasser est devenue incontrôlable.

Travailler au Blue Casino avec Paul et William, sous les ordres de Blackwell, n'est pas très différent de travailler pour mon père, et pourtant, ça l'est. Parce que mon père ne fait pas la loi. Aussi je comprends le besoin de Hayden de prouver sa valeur. Elle a été victime d'une injustice à l'adolescence. C'est sa rédemption. Et je veux qu'elle l'accomplisse. Tant qu'elle ne se met pas en danger.

Elle baisse les yeux et un sourire se dessine sur ses lèvres.

— Ça paraît idiot. Peut-être que je suis tarée d'avoir acheté cet endroit. Je voulais me faire pardonner auprès de mes parents. Ils ont tout sacrifié pour moi.

— C'est ce que font les bons parents.

Je pense à ma mère qui a sacrifié sa vie pour donner naissance à mon plus jeune frère, et la migraine qui menace d'éclater depuis ces derniers jours revient. Je me comprime le crâne, puis ramasse les trucs dont j'ai besoin pour préparer le mortier.

Hayden est plus forte que toutes les femmes que je connais, à l'exception de ma mère. La lumière et la force qui émanent d'elle m'attirent. Plus je la connais, plus cette envie de me rapprocher monte en puissance. Je veux tout d'elle.

— On a le même âge, non ? je demande de but en blanc.

Je ne sais pas d'où ça vient, sinon que je me suis posé la question. Elle doit avoir mon âge, mais sa détermination et ses décisions la font paraître bien plus mûre.

Ses jolies lèvres couleur pétale se pincent.

— Un vrai gentleman ne demande pas l'âge d'une dame.

Elle ne me laisse jamais rien passer. La vache, j'adore ça.

— C'est discourtois après quarante ans, pas avant.

— Je pense que tu veux dire après trente ans, mais juste pour te montrer que j'ai confiance en ma féminité, il se trouve que j'ai vingt-sept ans.

Même âge que moi.

— T'es née quel jour ?

— Trente-et-un août. J'aurai vingt-huit ans dans quelques mois.

Je hoche la tête.

— Vierge.

— Comment tu le sais ?

Elle mate la poudre que je verse dans un seau. Cette merde fait des saletés. Je devrais préparer le mélange dehors.

— J'ai quatre frères. À nous cinq, on remplit la moitié du zodiaque.

La mâchoire de Hayden se décroche.

— *Quatre* frères ? Vous êtes cinq comme toi dans la nature ?

Ça fait flipper, mais c'est la vie.

Elle a les yeux dans le vide, comme si elle était sonnée. Je montre le seau du doigt.

— Ça va faire des saletés. Il y a un endroit dans le jardin où je peux faire le mélange ? J'ai besoin d'une prise électrique.

Ses yeux se recentrent et elle se lève.

— Oui, bien sûr. Suis-moi.

Elle tapote l'arrière de son jean pour l'épousseter, mais il est propre. Ça ne m'empêche pas de mater son popotin.

Je la suis en la reluquant sans me gêner, parce que c'est

ce que je fais en présence de Hayden, bien que je n'aie pas de passé d'obsédé sexuel. En fait, je ne me souviens pas de la dernière fois que j'ai maté une fille. Il semble que je réserve exclusivement ce traitement à ma fougueuse collègue.

— Et quelle est la date de *ton* anniversaire ? me demande-t-elle en se dirigeant vers la porte de derrière.

Nous sortons sur une petite terrasse. Une table en métal ornée d'une plante à fleurs jaunes sépare deux chaises longues. C'est charmant, comme le reste de la maison de Hayden.

— Quinze février. Même âge que toi.

Sa petite main me tapote l'épaule.

— Pas tout à fait. J'ai quelques mois de plus que toi.

Le ridicule de son affirmation me fait rire.

— Tu n'as que cinq mois et demi de plus que moi.

— Et ne l'oublie pas, dit-elle avec un sourire machiavélique tandis que nous descendons le quelques marches vers le jardin clôturé.

C'est ainsi que les heures suivantes se déroulent : je fais de l'enduit pour joints, puis je construis le nouveau châssis de la porte dans sa chambre pendant que les joints du placo sèchent, en prenant des pauses pour boire une bière avec Hayden ou manger les hamburgers qu'elle a achetés à la boutique située à quelques rues de là, et nous badinons. Les heures passent et ce n'est qu'à vingt-deux heures que je me rends compte qu'il est tard.

Hayden est dans la cuisine à bidouiller des trucs. Je ne sais pas ce qu'elle fait, car j'étais dans la chambre en train de monter le mur. Je range mes outils et vais chercher l'aspirateur que j'ai apporté de chez moi. Je n'ai pas pu éviter de faire de la poussière. J'ai apporté des bâches et on a recouvert les meubles et le lit, mais c'est un travail salissant. Il y a de la poussière partout.

J'aspire les débris sur le sol et je range mes outils dans le pick-up. J'ai terminé, à l'exception du ponçage, de la peinture et des étagères, mais ça devra attendre que les joints soient secs.

Je regarde autour de moi pour m'assurer d'avoir tout pris. La maison de Hayden est propre et ordonnée, tout le contraire de son bureau, ce qui me surprend. Sa chambre est décorée dans des tons doux et apaisants. J'ai eu une semaine épuisante. Plus d'une fois, j'ai regardé son lit avec envie. La migraine qui s'est formée ces deux derniers jours par poussée est en train de prendre toute son ampleur, et j'ai l'impression que mes tempes vont exploser.

Je m'arrête dans la porte de sa chambre et ferme les yeux, me frottant le front.

— Ça va ?

Ce putain de mal de crâne m'a assourdi. Je ne l'ai pas entendue approcher, mais Hayden se tient à un mètre de moi. Elle a dû se changer à un moment donné, car elle est en pantalon de pyjama et débardeur. Ma tête me fait un mal de chien, mais je suis assez lucide pour remarquer qu'elle porte un soutif, à mon grand regret.

— Migraine. Ça m'arrive par moments. Je ne peux pas en faire plus aujourd'hui, dis-je en faisant un geste vers la chambre. Je reviendrai demain après le boulot. Ou le week-end prochain si c'est bon pour toi ?

Elle se mordille la lèvre.

— Bien sûr, mais ça ne te dérange pas ? Tu as fait tellement d'heures. Je l'ai dit hier et je le répète, on est quittes. Tu ne me dois rien.

— C'était amusant, ça ne me dérange pas.

J'essaie de sourire, mais c'est une grimace qui sort. Le mal de tête me fait larmoyer. Avant que je comprenne ce qui m'arrive, Hayden me tire par le bras vers son lit. Elle retire avec précaution la bâche de protection et m'appuie sur les épaules.

— Assieds-toi.

J'obéis, car je suis trop fatigué pour protester. Et puis, ça me plaît. Quel homme normal refuserait qu'une belle femme l'attire dans son lit ?

Elle se glisse derrière moi, et si je ne souffrais pas autant, je réfléchirais à un moyen de profiter de la situation. Mais tout ce que j'arrive à penser, c'est que je dois encore me lever, marcher jusqu'à ma voiture, et ramener ma pauvre carcasse à la maison. J'aurais dû prendre des antalgiques il y a des heures, mais j'étais concentré. Je le paie maintenant.

Des petites mains chaudes s'aplatissent sur le haut de ma tête, et évacuent littéralement la douleur de mon crâne.

Mes épaules se détendent, et mes paupières se ferment. Les doigts de Hayden glissent vers mes tempes, qu'elle masse doucement en cercles concentriques. Je pose les avant-bras sur mes genoux et laisse tomber ma tête. Je sens qu'elle se rapproche pour atteindre mon front. Je ne devrais pas me pencher aussi loin en avant, mais c'est si bon que j'ai du mal à me tenir droit. Une de ses mains glisse vers mon cou. Elle se met à me masser la tête d'une main et le cou de l'autre.

Je suis au paradis. C'est tellement bon…

Je devrais lui dire qu'elle n'a pas besoin de faire ça, mais Hayden a posé volontairement les mains sur moi. Je ne suis pas idiot, alors je la boucle. Et c'est là que je perds la notion du temps, parce que tout disparaît.

Les tensions causées par le Blue Casino.

Les barrières entre Hayden et moi.

Jusqu'à ce que je rêve que plus rien ne nous sépare…

Chapitre Vingt

Je n'ai jamais vu Adam aussi épuisé. Quand je suis allée le voir dans la chambre, il vacillait dans l'embrasure de la porte en comprimant la tête entre ses mains. Je n'ai pas réfléchi ; je l'ai simplement entraîné vers le lit pour l'aider à soulager sa douleur évidente.

Il a soupiré de soulagement dès que j'ai posé les mains sur sa tête. Il est silencieux depuis plusieurs minutes maintenant. Pas de badinage, pas de vacherie. Ça ne lui ressemble pas.

Après cinq autres minutes de massage en admirant mon dressing d'enfer qui va être génial et qui va réaliser mes rêves de collectionneuse de chaussures, je remarque un truc bizarre. Non seulement Adam ne me parle pas, mais il ne bouge pas non plus.

J'immobilise mes doigts.

— Adam ?

Rien.

Je me penche vers lui. Sa respiration est régulière — profonde, même — et il a les yeux fermés. Un léger ronflement se fait entendre.

Il s'est endormi ?

Adam avait l'air crevé ces derniers jours. Il a travaillé tard au Blue tous les soirs, mes collègues espionnes me l'ont dit, et en plus, je le fais bosser tout le week-end. J'ai honte. Je n'aurais pas dû l'écouter quand il m'a affirmé que construire le dressing ne le dérangeait pas.

Je m'assieds sur mes mains, indécise. Dois-je le réveiller ? Le laisser dormir un peu, puis le réveiller ?

Je penche la tête et étudie sa posture. Il a l'air mal à l'aise, courbé sur lui-même.

Je tends le bras et pousse doucement son épaule sur le côté, juste pour voir ce qui se passe. Je m'attends à ce qu'il se réveille.

Il ne se réveille pas. Au lieu de cela, il bascule sur le dos, une main tombant sur sa poitrine.

Adam Cade est endormi sur mon lit. Et il a l'air adorable, les traits détendus et juvéniles. Mais quand même, c'est bizarre.

Est-il malade ? Je place le dos de ma main sur son front. Il va bien. En fait, il lève la main et recouvre la mienne de sa grande paume puissante, et mon cœur fait des tonneaux dans ma poitrine. Sa paume est chaude et calleuse, comme je l'imaginais. Et maintenant, j'ai Adam sur mon lit et ma main coincée sous la sienne.

En quoi est-ce un problème ? Adam est S.E.X.Y., et le héros de beaucoup de mes fantasmes, quand j'ai envie de me torturer. Mais je ne peux pas rester assise comme ça toute la nuit.

Je pourrais le réveiller. Ce serait la chose normale à faire. Mais je ne veux pas. Tout d'abord, il est épuisé, raison pour laquelle il s'est écroulé pendant que je lui massais la tête. Ce serait méchant de le forcer à se lever. Ensuite, et j'ai conscience que c'est une raison égoïste, je ne veux pas qu'il parte.

J'ai beaucoup aimé avoir Adam à la maison, qui bricolait dans ma chambre, aussi choquant que ce soit de l'admettre. Parfois, je restais à côté de lui, car c'était incroyablement sexy de le regarder utiliser ses mains habiles, et parce que j'appréciais sa compagnie. On se parlait comme si on était amis depuis toujours. Il ne m'a jamais fait me sentir mal au sujet du passé. En réalité, je me suis sentie *mieux* après lui en avoir parlé. À d'autres moments, je travaillais dans une autre pièce. Mais surtout, Adam rend cette maison dans laquelle j'ai grandi plus chaleureuse. Ce qui est absurde.

Je retire doucement ma main et il roule sur le côté, un léger ronflement grondant dans sa poitrine. Je me lève, le contourne, et soulève ses jambes pour les allonger sur le lit. Au lieu de se réveiller, il se blottit dans la couette. Je lui retire délicatement ses bottes. D'accord, je fais super doucement pour ne pas le réveiller, mais quand même, la plupart des gens à ce stade se réveilleraient en sursaut. Peut-être qu'il a le sommeil très lourd ?

Adam ne va pas dormir indéfiniment. Il va se réveiller dans une heure et se demander ce qui s'est passé. Puis il rentrera chez lui. Ça ne me gêne pas, et c'est plus humain que de le secouer pour le réveiller alors qu'il est crevé.

Ma décision prise, je sors de la chambre et ferme la porte à moitié. Je range la cuisine, regarde le dernier journal télévisé de la soirée, et plie du linge. À tout moment, je m'attends à ce qu'Adam se réveille, dans le gaz, et me demande ce qui s'est passé.

Mais non.

J'enlève mon pantalon de pyjama et le remplace par un short de pyjama, car il fait chaud la nuit, puis je me brosse les dents. La deuxième chambre est un bureau et une pièce de rangement, et il n'y a pas de lit, alors je retourne dans ma chambre et me glisse discrètement sous la couette. Je pourrais dormir sur le canapé, mais en vérité, je préfère être avec Adam.

Je fouille dans la table de nuit pour trouver le dernier roman érotique que j'ai emprunté à Mira (qui les pique dans le stock de Gen) et j'essaie de garder les yeux ouverts. Après avoir relu trois fois la même page, j'abandonne et éteins la lumière.

Je suis recroquevillée en haut du lit, alors qu'Adam occupe le bas. L'un de nous va finir par changer de position et se réveiller, puis Adam rentrera chez lui. Pas de problème. Pour l'instant, je ferme les yeux.

———

ADAM

LES IMAGES de mon rêve s'estompent : je conduisais la XKR sur une route de montagne, avec Hayden à côté de moi, en mini-short, et je ne pouvais pas m'empêcher de regarder ses jambes. Ce qui arriverait aussi dans la vraie vie. Hayden a des jambes sublimes.

Je me frotte les yeux et regarde autour de moi. Mon dos se raidit.

Ce n'est pas ma chambre. Ce n'est pas mon lit.

Puis je reconnais les magnifiques jambes de mon rêve à quelques centimètres de mon visage. Ou plutôt, une jambe. L'autre est sous la couette. Mais celle qui est au-dessus sort d'un mini-short de pyjama. Le bout de fesse rebondi qu'il découvre fait immédiatement affluer le sang dans la moitié inférieure de mon corps.

Que s'est-il passé hier soir ?

Je me redresse sur mon coude et vois la fille magnifique en haut du lit. Puis je me souviens. J'allais partir, mais une saleté de migraine me vrillait la tête. Hayden m'a massé le crâne et j'ai dû m'écrouler de fatigue. Vu l'aube dorée qui entre par la fenêtre, j'ai dû dormir toute la nuit.

Mince. Je ne me souviens pas m'être écroulé comme ça un jour, même pas pendant mes études où je descendais de la bière bon marché. Je suis sûr que c'est à cause du massage de Hayden.

À quand remonte la dernière fois qu'une femme m'a touché de cette façon ? Pas des préliminaires, juste des caresses pleines de douceur ? Merde, quelqu'un d'autre que ma mère m'a-t-il déjà procuré ce genre d'attention ?

Je me frotte le front, certain que la réponse est non. Et pas parce que je ne suis pas sorti avec des filles douces. Seulement je ne *voulais* jamais qu'on me touche de manière attentionnée. Jusqu'à hier soir. Avec Hayden. Elle a posé ses jolies petites mains sur moi, et je suis arrivé au paradis. Tout le reste est flou.

Je me suis réveillé avec un sentiment de panique aussi. Pendant une seconde, j'ai cru que j'étais dans le lit d'une autre femme. J'ai eu peur d'avoir fait la plus grosse erreur de ma vie. Car le seul lit où je veux me retrouver est celui de Hayden.

Ce n'est pas une attirance pour une collègue. Ça n'a jamais été aussi simple.

Un léger grincement se fait entendre ; Hayden étire ses bras au-dessus de sa tête, son débardeur se tend contre les seins les plus incroyables que j'ai jamais vus. Pas de soutien-gorge cette fois.

Je gémis. Elle me tue.

Hayden me jette un coup d'œil et s'assied, l'air perplexe quand elle regarde autour d'elle.

— C'est le matin ?

— On dirait bien.

Je m'assieds d'un mouvement lent et me passe la main dans les cheveux, que je sens hérissés.

— Désolé pour hier soir. C'était… sans précédent. Je n'ai pas l'habitude de m'endormir dans le lit d'une femme. En général, je suis trop occupé.

Je lui fais un sourire en coin.

Elle roule des yeux et sourit timidement. Bon sang, elle est belle comme dans un rêve. Je suis toujours sorti avec des femmes séduisantes, mais aucune d'elles n'éblouissait comme un soleil à son réveil. Oh, ses cheveux sont en pagaille, et elle a des marques de drap le long d'une joue, mais ne vous y trompez pas. Elle. Est. Sublime. Sa beauté rayonne de l'intérieur.

Trente petits centimètres nous séparent et un débat fait rage en moi. C'est la même fille qui me fascinait pour des raisons que mon cerveau abêti par la puberté ne comprenait pas. C'est aussi la femme que j'ai envie de toucher et de tenir. Mais Hayden ne me fait pas confiance et je sens que ce n'est pas seulement à cause du passé.

— Je ferais mieux d'y aller, je marmonne.

Si je reste, je vais l'embrasser et je ne suis pas sûr qu'elle le veuille. Je n'ai pas envie de foutre en l'air notre entente actuelle.

— T'as soif ?

Elle balance ses longues jambes au bord du lit, et bien sûr, je mate. Parce que *ses jambes*…

— Du jus de pomme, c'est bon ?

J'opine, subjugué, et je la suis. Elle a un petit débardeur rose et un mini-short qui m'empêchent de réfléchir.

Hayden entre dans la cuisine et ouvre le frigo. Elle sort le jus de fruits et prend des verres dans un placard. J'observe les mouvements gracieux et désinvoltes qui la rendent si fascinante. Et sexy. Elle est en pyjama, les cheveux ébouriffés et tout ce qu'elle fait, le son de sa voix, sa façon de se mouvoir, m'interpellent.

Elle sert deux verres et m'en donne un. J'en bois la

moitié en une seule gorgée, la saveur fruitée et mûre exacerbant mes sens, comme s'ils n'étaient pas déjà en émoi.

Hayden prend son verre et me rejoint au bout de la cuisine. Elle saute sur un rebord du comptoir qui est plus bas que le reste et soutenu par des étagères. Ses jambes se balancent d'avant en arrière, ses chevilles sont accrochées l'une à l'autre. Elle sourit au-dessus de son verre de jus de fruits. Un sourire secret, privé. Et c'est tout.

Je pose mon verre, sans la quitter des yeux, et je m'approche.

Son sourire s'efface et ses yeux s'écarquillent. Elle pose son verre sur le côté.

Je me penche et place mes mains de chaque côté de ses hanches.

— On arrête de faire ça ?

— Faire quoi ? dit-elle la voix un peu essoufflée, un peu rauque comme ce matin.

Ses grands yeux dorés fixent ma bouche, son pouls palpite dans sa gorge.

—Jouer.

Je plante ma bouche sur la sienne.

Pendant un instant, je la sens stupéfaite, comme si ce n'était pas le point culminant de la tension sexuelle extrême accumulée depuis le jour où je suis arrivé au Blue Casino et l'ai surprise les fesses en l'air. Puis ses chevilles se décroisent et elle me prend par les épaules, m'attirant contre elle.

C'est parti.

Je tire ses hanches au bord du comptoir et me glisse entre ses cuisses soyeuses – exactement là où je rêve d'être depuis des mois. Je ne suis pas un saint, mais je suis fidèle, peu importe ce qu'en disent mes ex. Et, apparemment, plein d'espoir. Parce que c'est la raison de ma longue abstinence, même si je ne m'en suis pas rendu compte. J'attendais Hayden.

Je l'entoure de mes bras et la pousse jusqu'à ce qu'elle soit collée contre mon torse. Je sens son cœur battre. Ou peut-être que c'est le mien. Quoi qu'il en soit, nous nous imbriquons à la perfection.

Hayden enroule ses jambes derrière les miennes et je presse mon entrejambe contre le point sensible entre ses cuisses. J'arrête de respirer au moment précis où un gémissement s'échappe de sa gorge. La mélodie de ce chant de sirène me fait perdre le contrôle.

Je la soulève et la porte dans la chambre, sa peau et son odeur me consumant les sens. Je la pose sur son lit et la recouvre immédiatement de mon corps. Elle passe les bras autour de mon cou et plonge les doigts dans mes cheveux.

J'embrasse l'endroit tout doux derrière son oreille et je passe mon bras sur le côté de sa jambe nue, la serrant contre mon corps. J'effleure du bout des doigts son mollet jusqu'à la douce sphère qui m'a aguiché dès que j'ai ouvert les yeux ce matin, et je pétris son cul rond. Elle gémit à nouveau et se cambre contre l'érection dure comme fer dans mon jean.

– Hayden…

En deux secondes, je pourrais la déshabiller et m'enfouir en elle. Mon Dieu, cette fille me fait perdre la raison…

Je cligne des yeux pour chasser le putain de brouillard qui obscurcit toutes mes pensées sauf ma volonté de lui donner du plaisir, et je la regarde.

— Hayden, c'est ce que tu veux ?

Elle est déjà en action, m'a rattrapé et dépassé, m'embrasse le menton, la gorge. Je déglutis, essaie de garder le contrôle alors que j'ai juste envie de m'abandonner à ses baisers.

– Hayden ?

Cette fois, mon ton interrogatif attire son attention.

Elle s'écarte et me dévisage, la respiration aussi haletante et laborieuse que la mienne. Mais il y a une fraction de seconde d'hésitation dans ses yeux — il ne m'en faut pas plus.

Je me redresse et me pince l'arête du nez. Je veux lui faire l'amour plus que tout au monde, posséder son corps et surtout son cœur. Et parce que je veux cette autre partie d'elle que je n'ai jamais voulu posséder chez une autre femme, je ne veux rien faire sans qu'elle soit prête à tout me donner.

Je me lève brusquement.

— Je dois y aller.

Elle s'assied et attrape mon bras.

— Adam ?

Ses yeux me scrutent.

Elle ne comprend pas. Mon Dieu, je ne comprends pas moi-même.

Je me baisse, glisse la main dans une mèche de cheveux ensoleillés qui lui tombe dans les yeux. Je caresse sa mâchoire, approche son visage du mien. Je l'embrasse doucement sur la bouche et pose le front contre le sien, le souffle court.

— On se voit au bureau.

Chapitre Vingt-Et-Un

Je suis sur les nerfs depuis qu'Adam m'a quittée ce matin. Comment a-t-il pu oser me planter dans un tel émoi hormonal ?

Son baiser. *Ses baisers*. Et ses mains. Sa façon de me regarder. À la fois chaleureuse et affamée. S'il ne s'était pas dégonflé, j'aurais fait tout ce qu'il voulait. Parce que j'avais envie de lui aussi. Mais il s'est ravisé, et maintenant je suis perplexe.

Tout semblait normal. Notre complicité des deux derniers jours quand il a bricolé chez moi. Et même avant, en y repensant. Quand on ne se chamaillait pas, bien sûr. Mon attirance physique pour Adam s'est intensifiée et ça me perturbe.

Je *tiens à lui*.

Je me tape la tête sur le bureau plusieurs fois.

— Tu vas te faire un traumatisme crânien si tu continues comme ça, dit Mira d'une voix haut perchée.

— Ça t'arrive de frapper ? je grogne.

— Pourquoi je ferais ça ?

Elle s'avance et s'assied en face de moi. Elle fronce les sourcils et incline le menton.

— T'as le teint rose. Et t'es bizarre. Hayden, qu'est-ce que t'as fait ? Tu n'as pas… T'as couché avec un mec ? Je sais qu'on est des copines de boulot, mais je pensais que tu me confierais ce genre de détails croustillants.

Je lève les yeux au ciel. Comment fait-elle pour me cerner si bien ? Ah, c'est vrai, Adam a dit que toutes mes émotions se lisaient sur mon visage. Je dois travailler là-dessus.

— On est plus que des copines de boulot, Mira. T'es une de mes meilleures amies en ville.

— C'est bien vrai, alors raconte-moi tout.

Je me lève et traverse la pièce pour passer la tête dans le couloir afin de m'assurer que personne ne l'a entendue. Je ferme la porte et me retourne.

— Parle moins fort, bon sang, je chuchote un peu fort. Et je n'ai rien à raconter.

— Je ne te crois pas. C'est qui ?

Je m'affaisse sur ma chaise. Puis je me tape la tête contre le bureau.

— Tu ne veux pas le savoir.

— Oh, que si.

Je lève les yeux. Elle est penchée vers moi.

— Je craque pour un mec et je ne devrais pas.

Ses yeux s'illuminent.

— Il n'y a rien de mieux.

Je secoue la tête et soupire.

— Non, vraiment pas.

Le regard brun chaud de Mira, un peu plus sombre que le mien, dérive sur le côté.

— Hayden, Adam n'est pas venu chez toi ce week-end pour honorer son pari ?

Je ne réponds pas.

— Putain de merde, glapit-elle. C'est *Adam* ? Je t'ai dit de te rapprocher de lui, mais je ne pensais pas à *ça*.

Je me lève et fais le tour du bureau pour aller m'asseoir à côté d'elle. Je jette des regards nerveux vers la porte.

— Baisse d'un ton, dis-je en observant son expression. Tu sais, je ne crois pas t'avoir déjà vue étonnée avant. C'est vraiment si incroyable ?

— Adam et toi ? Euh… ouais. Enfin, je pensais que vous finiriez par le faire, mais comme des bonobos et que tu n'y penserais plus. Je n'imaginais pas que tu tomberais amoureuse.

— Euh, *quoi ?* Pourquoi tu dis ça ?

Ignorant ma question, elle continue.

— Adam travaille pour les méchants, Hayden. Qu'est-ce qui t'a pris ?

Pendant le week-end, je n'ai pas pensé une seule fois aux Blue Stars et au rôle que pourrait jouer Adam dans leurs malversations. Je me mords la lèvre.

— Ah bon ? Je me goure peut-être. Je ne suis plus sûre de rien.

Mira secoue lentement la tête comme si elle n'en croyait pas ses oreilles. Je ne lui en veux pas.

— Ne laisse pas ton vagin parler pour toi.

Je lui lance un regard incrédule.

— Laisse mon vagin en dehors de ça. Il n'a pas été aussi actif que tu l'imagines.

Enfin, il *aurait été actif* si Adam ne l'avait pas débranché ce matin, mais Mira ne le sait pas. Elle reste silencieuse, puis elle demande :

— Tu l'aimes vraiment beaucoup ?

J'opine, les lèvres pincées.

— Oui, vraiment.

ADAM

QUAND JE LE rejoins en fin de matinée, Paul se trouve au milieu de la troisième suite Bliss. Elle est identique à la première que j'ai visitée l'autre jour, sauf qu'elle est entièrement meublée. Elles le sont toutes maintenant. Les seuls qui s'affairent encore sur le chantier sont la décoratrice et son assistant. Les entrepreneurs sont partis.

Et l'endroit est spectaculaire.

Je ne comprends toujours pas pourquoi les membres paieraient un quart de million de dollars plus les cotisations annuelles du Bliss, mais ils auront accès à un salon et à une suite dignes des stars quand ils viendront.

— Tu t'es enfin décidé à venir ? dit Paul.

Il est vrai que je suis arrivé légèrement en retard au travail après ma soirée pyjama improvisée. La meilleure nuit de ma vie, et sans même sexe.

Je n'imagine pas de façon plus agréable de se réveiller qu'aux côtés de Hayden chaque matin, et penser cela ne me met pas du tout mal à l'aise. C'est ce que j'ai réalisé une fois rentré chez moi. Je veux que cette histoire fonctionne. C'est pourquoi je suis parti quand j'ai senti son hésitation. Hayden est importante pour moi et je ne veux pas tout gâcher.

— Qu'est-ce que tu voulais me montrer ? je demande.

— C'est tout ce que tu trouves à dire ? Il écarte les bras.

— Alors ? T'en penses quoi ?

— C'est fantastique. Les clients vont adorer.

— Tu n'as pas vu le plus beau.

Paul entre dans l'une des chambres et je le suis. Il y a un lit king size aux draps de soie rouge, avec un couvre-lit violet plié au bout. Des rideaux de théâtre en satin rouge drapent le mur derrière le lit. En face du lit, d'autres rideaux entourent une scène carrelée ovale. Il n'y a pas de barre de pole dance, mais c'est la même idée. Celui qui est sur le lit a droit à un spectacle.

Paul me voit fixer la scène.

— C'est pas tout. **Regarde ça.**

Il traverse la pièce en direction de la salle de bains.

Elle est aussi luxueuse que celle que j'ai aperçue l'autre jour, mais il n'y a pas de jacuzzi. Celle-ci contient des chaises imperméables et des buses de douche murales partout, et ça stimule mon imagination. Cela fait seulement deux heures que j'ai quitté Hayden et mon sang est encore chaud.

— Sympa.

— Tu n'as pas vu la pièce de résistance.

Pierre ouvre la deuxième porte et c'est là que mon imagination s'arrête net.

— Eh bien ? dit-il.

Je le regarde, son menton pointu qui semble occuper la moitié de son visage, les cheveux gominés qu'il peigne avec une légère ondulation pour cacher une calvitie naissante. Son costume bleu marine est un peu ennuyeux à mon goût, mais il lui donne un air professionnel. Sauf au beau milieu d'une pièce **BDSM**.

Ou peut-être que si. Peut-être que c'est ici que les riches et les puissants satisfont leurs plaisirs excentriques à l'abri des regards du public.

—Je pense que tu t'adresses à une certaine clientèle.

Il pouffe.

— Tu n'imagines même pas. Nos membres ont demandé le donjon. On leur en a procuré un avant-goût avec Bliss 1.0, mais ils en voulaient plus. Ils ne sont pas tous branchés BDSM, mais on a équipé toutes les suites Bliss d'une chambre de dominatrice.

Je contemple la pièce, qui fait la taille de la luxueuse salle de bains. Il y a une sorte de gibet et un banc en cuir. Une douzaine de fouets, des chaînes et d'autres accessoires de bondage et d'ustensiles de flagellation, sans compter une élégante commode noire qui doit contenir des sex-toys de toutes les formes.

— Comment vous faites pour l'hygiène ?

Paul rit.

— Tu vois la salle de jeu, et c'est la première chose à laquelle tu penses ?

Je jette un nouveau coup d'œil.

— Je ne suis pas fan des IST.

Il me tape l'épaule puis la serre. Je regarde sa main, puis de nouveau son visage d'un œil noir. Il retire sa main et se racle la gorge.

— J'imagine qu'on sait quel rôle tu jouerais.

Ouais, je saisis l'allusion. Ça ne m'amuse pas.

Il ferme la porte et sort de la suite, parlant tout en marchant.

— Nos membres paient une fortune. On leur fournit leur équipement personnel, et on installe la salle de jeu avant leur arrivée, avec leurs spécifications. Il y a un catalogue de call-girls et de maîtresses femmes à choisir.

— Maîtresses femmes ?

Paul s'arrête et se gratte le menton.

— Tu n'es vraiment jamais allé chez une dominatrice ?

Je lui lance un regard expressif.

— Chacun son truc. Tu n'es pas obligé d'aimer ça, ce sont nos clients qui l'aiment.

— William et toi, vous semblez vous occuper des membres. En tant que directeur de l'hôtellerie, je suppose qu'on attend de moi que j'assure le bon fonctionnement du donjon SM haut de gamme. Alors qu'est-ce que je dois savoir d'autre ?

Ma voix est teintée d'irritation.

— Bliss n'est pas un donjon SM. Ce serait banal, dit Paul en secouant la tête. J'oublie toujours que tu viens d'arriver dans l'aventure.

Il se dirige vers le bar, prend un verre et le remplit de tequila Gran Patrón. Ça doit être sa marque préférée, car il l'avait choisie aussi le soir de ma promotion au Farley.

Il m'en propose, mais je secoue la tête. Paul tapote le saphir bleu de sa chevalière contre le verre – une de ses manies exaspérantes – et contemple la tequila comme s'il réfléchissait.

— Bliss est censé exaucer les moindres désirs de nos clients.

Il boit une longue gorgée en m'étudiant.

— Viens. La meilleure façon de l'expliquer est de te montrer le reste.

Il se dirige vers une porte sur le côté et l'ouvre.

— Cuisine gastronomique. Il y aura un chef cuisinier et du personnel en service vingt-quatre heures sur vingt-quatre.

Et d'après ce que j'en vois, la cuisine est entièrement équipée et prête à fonctionner.

Paul referme la porte et s'approche de l'endroit qu'il a appelé l'autre fois la conciergerie, avec une vitre opaque pour préserver l'intimité.

— C'est le cerveau de l'opération. Chaque suite aura une concierge Bliss, mais en réalité, c'est la directrice des plaisirs. Tu encadreras les concierges Bliss, mais elles s'occuperont des services aux clients. Chaque concierge notera les préférences des membres et leur fournira tout ce qu'ils désirent.

Je tique.

— Leur fournira ?

Paul tape un code sur la porte vitrée et se dirige vers un

ordinateur, où il passe plusieurs secondes à entrer des mots de passe. Un écran s'affiche enfin.

— Bienvenue dans la base de données Bliss.

Il clique sur des photos de jolies filles. Des dizaines.

— Voici les call-girls. Comme je te l'ai dit il y a une semaine, tu n'as pas besoin de chercher d'autres danseuses. Celles que tu as engagées sont géniales et on s'est occupé des call-girls. L'idée à l'origine était de voir si l'une des danseuses était prête à fournir un service de call-girl, mais on a trouvé une meilleure solution grâce aux relations de Blackwell. On a plus de filles qu'on en a besoin et tu vas baver quand tu les verras.

J'en doute fort, mais je me prête au jeu de Paul.

— Quoi d'autre ?

Il ouvre un tableur.

— C'est la liste du matériel qu'on fournit.

Qui se compose des articles que j'ai entrevus dans le donjon SM, ainsi que des préservatifs, lubrifiants et autres crèmes corporelles. Je montre du doigt une autre liste.

— Et ça, c'est quoi ?

— Des faux noms qu'on a trouvés pour les drogues que nos membres pourraient vouloir se procurer durant leur séjour. On a appris de Bliss 1.0 qu'avoir des stocks sur place pouvait être problématique, alors nos call-girls les livrent à leur arrivée.

— Ce qui incite aussi les membres à utiliser le service d'une call-girl s'ils veulent de la drogue.

Et putain, ça fait porter la responsabilité criminelle sur la pauvre fille qui les livre.

Paul sourit.

— Exactement. Ils paient pour les deux. Et une fois que la fille arrive, je ne vois pas pourquoi ils la laisseraient repartir, dit-il avec un rictus lubrique. Au fait, comment t'as trouvé le produit que je t'ai envoyé chez toi ? T'as pas tout consommé, j'espère ? C'était du haut de gamme. Ça nous coûte une fortune, mais on a un contact en interne.

Les prostituées et la cocaïne que Paul a envoyées chez moi n'étaient pas seulement un test de ma loyauté ; c'était un échantillon de l'offre Bliss. Merveilleux.

Je savais que le Bliss n'était pas seulement des suites de luxe à la façon dont Paul et William agissaient, mais je ne voyais pas le problème. Tant que Blackwell fait un business légal, c'est bon, me disais-je. D'ailleurs, il y a toujours de la drogue qui circule au casino, apportée par les clients eux-mêmes. Et ce que j'ai vu ce matin n'est pas forcément illégal au Nevada. Mais c'est suffisant pour m'alarmer.

Le casino reste dans les limites de la légalité, mais à peine. Qu'est-ce qui les empêche de franchir la ligne de temps en temps si ça leur rapporte du cash ? C'est le but de Blackwell. De l'argent. En grande quantité.

J'étais égoïste, car je ne voulais pas perdre une source de revenus. Je voulais le fric autant que Blackwell et les autres, mais ma conscience morale vacille maintenant. Je suis un peu moins laxiste et plus méfiant, car j'ai plus à perdre. Je ne veux pas d'un style de vie qui exclut Hayden, et je ne veux surtout pas qu'elle soit mêlée à cette histoire. Je suis certain que je ne sais pas tout.

Paul et William ont insisté sur *la discrétion*. J'ai pensé que les membres Bliss ne voulaient pas qu'on soit au courant de leur vie sexuelle ou de leur consommation personnelle de drogue. Mais pourquoi Paul me menace-rait-il pour que le projet Bliss reste secret ? Pourquoi ne pas communiquer sur les suites Bliss auprès du public ?

Quelque chose ne colle pas.

Paul termine la visite complète de la suite Bliss et je retourne à mon bureau. Les nuages brumeux de l'été peignent le lac en gris bleu sous ma fenêtre. Paul a été clair sur le fait qu'il serait imprudent de parler du projet Bliss. Si

Blackwell travaille avec des trafiquants de drogue, de quels autres abus est-il capable pour que le Blue Casino reste rentable ?

Je sors mon téléphone et passe quelques appels, dont un à Jeb Kendrick, le père de Gen. Au diable la discrétion et la confidentialité. Je parle de Bliss à Jeb, et nous discutons des pistes à suivre pour identifier les dealers.

Paul m'a dévoilé des détails sur Bliss au fur et à mesure de la visite. Je ne fais pas marche arrière, mais j'avance sur la pointe des pieds.

Je voulais tenir Hayden à l'écart du Bliss à cause des secrets et des comportements bizarres de Paul et William, et c'est pourquoi je lui ai proposé le pari. Les menaces ultérieures de Paul m'ont conforté dans l'idée de l'éloigner de ce nouveau business. Plus j'en apprends, plus j'aimerais que Hayden quitte la ville. Les call-girls, la drogue, sans parler de la chambre BDSM (pour laquelle je suis sûr que le casino n'a pas de licence), c'est le genre de climat à créer des emmerdes.

Hayden est revenue au lac Tahoe pour prouver qu'elle méritait sa place ici. Elle ne partirait pas même si je lui racontais tout ce que je sais. Au contraire, ça la stimulerait. Elle voudrait trouver des preuves à apporter à la police, comme l'a dit Lewis.

Blackwell ne veut pas que Hayden s'implique dans Bliss, et je suppose que c'est parce qu'il soupçonne qu'elle n'hésiterait pas à le dénoncer. Judicieux de sa part.

J'ignore comment gérer en parallèle ma relation avec Hayden et mon implication dans la nouvelle activité. J'aime mon boulot et je pense pouvoir assurer. Les suites Bliss peuvent cartonner, mais étant donné le comportement limite de mes collègues et de mon patron, je vais rester en contact avec Jeb, au cas où ça déraille.

Je devrais mettre un terme à mon histoire avec

Hayden. Si l'affaire Bliss se révèle être autre chose que ce qu'on veut bien me montrer, j'aurai des décisions à prendre qui peuvent être dangereuses. Sortir avec moi en ce moment n'est pas malin, si ça l'a jamais été.

Mais je suis un enfoiré d'égoïste. J'ai laissé Hayden disparaître de ma vie une fois. Je ne recommencerai pas.

Chapitre Vingt-Deux

HAYDEN

Le mode d'emploi du nouveau logiciel du service RH va me rendre dingue. Je vérifie une fois de plus le formulaire que le gestionnaire des données m'a envoyé, mais je n'y pige toujours rien. Je grogne de frustration. *Grrr !*

Je m'apprête à balancer mon clavier contre le mur quand Adam apparaît dans mon bureau et verrouille la porte derrière lui.

Je pivote dans ma chaise, mon pouls s'accélère. Ma frustration s'envole alors que je le regarde s'avancer vers moi. J'ai pensé à lui toute la journée, en me demandant si j'ai imaginé la matinée et notre chimie de ce week-end. Tout est différent. J'essaie de ne pas penser que Mira m'a demandé si j'étais amoureuse de lui. Je n'aime *pas* Adam.

Je l'aime *bien*. Genre, beaucoup beaucoup.

Fidèle à lui-même, Adam a les cheveux peignés et arbore son costume griffé — rien à voir avec l'homme que j'ai vu ces deux derniers jours. Mais son regard sombre et déterminé est le même que d'habitude, quelle que soit son apparence. C'est le regard qui m'a rendue folle de désir ce matin.

Je me lève. J'ignore pourquoi, mais je le fais. Puis ses bras me happent comme la marée.

— Tu m'as manqué, murmure-t-il avant de m'embrasser.

J'enroule les bras autour de ses épaules et je glisse les doigts dans ses cheveux. Je les ébouriffe et je m'en moque. Il est raffiné et séduisant, mais c'est aussi le gentil garçon qui s'est endormi sur mon lit hier soir. Et il m'embrasse de nouveau, alors que je n'étais pas sûre qu'il le ferait.

Adam me pousse contre mon bureau et presse son corps contre le mien.

—J'ai une question pour toi.

— Hum ? je marmonne en lui embrassant le coin de la bouche, puis le cou.

Mon Dieu, ce qu'il sent bon. Je devrais embouteiller son odeur pour en prendre une bouffée quand j'ai besoin d'un remontant.

— Je ne veux pas attendre d'avoir fini ton dressing pour te revoir.

Je souris contre son cou.

— D'accord.

Je suis hors d'haleine. Et oui, j'ai l'air d'une lycéenne entichée, mais je m'en fiche. Je craignais ce matin qu'il mette les freins, parce qu'il avait des doutes. Mais à en croire la bosse délicieuse contre mon ventre, il est content de me voir.

— Sors avec moi demain soir, dit-il. À un cocktail. Sois mon rencard.

Je me recule et je sonde ses yeux. Il y brille un soupçon de nervosité, mais aussi d'excitation, si je ne m'abuse.

— C'est une invitation, ou un ordre ?

— Une invitation.

Je me hisse sur les orteils et j'embrasse son menton.

— Alors, oui.

———

— T'ES la première fille que j'invite ici, dit Adam alors que nous roulons vers le Club Tahoe.

Il tient le volant d'une main, le corps décontracté mais l'air déconcerté, comme s'il se surprenait lui-même.

Adam est beau à tomber dans son blazer, sa chemise à col impeccable et sa cravate à motif. La vitesse à laquelle il passe d'homme des montagnes sexy à homme d'affaires sexy me donne le tournis, mais je ne me plains pas. Je préfère son côté sauvage à son côté soigné, mais je me contenterai amplement de ce dernier ce soir.

Je jette un coup d'œil à l'entrée et je vois le voiturier qui se précipite vers nous, l'air enthousiaste, comme s'il connaissait bien Adam.

— Tu n'as jamais invité de nana ici ? je m'étonne.

— Non.

Il coupe le moteur.

Le voiturier ouvre la portière d'Adam et le salue par son nom. Un autre ouvre la mienne et m'aide à sortir. Je porte une robe corail à encolure en V, cintrée à la taille, qui m'arrive juste au-dessus des genoux. L'air est frais, et je n'ai pas apporté de châle avant de partir. Mais je me suis dit que nous ne passerions pas beaucoup de temps à l'extérieur.

— Pourquoi pas ? je demande de l'autre côté du capot, qu'Adam contourne vers moi.

Il pose la main au creux de mes reins et me guide vers l'entrée.

— Le Club Tahoe ne me représente pas vraiment, finit-il par répondre.

Un portier nous ouvre l'une des deux portes faites de rondins et de fer forgé. Je devrais regarder devant moi, mais mon regard est fixé sur le lustre au-dessus de nos têtes. C'est une merveille, avec ses morceaux de verre opaque beige, ses éléments en fer forgé qui s'harmonisent aux portes et ses ampoules qui font sans doute la taille de ma main. J'ai la mâchoire décrochée, et nous ne sommes même pas encore entrés.

Adam me fait avancer, et je réalise pourquoi le designer a mis autant d'efforts sur la façade. À l'intérieur, le Club Tahoe est comme une cabane en rondins — enfin, une cabane en rondins gigantesque sur laquelle on a dépensé des dizaines de millions de dollars rien qu'en déco.

Plus de lustres en fer forgé pendent du plafond. Les murs sont faits de lambris de bois sombre et texturé, et des arches en pierre rustique font office d'embrasures de porte. Des tapis persans moelleux parsèment les planchers de bois, et des poufs de cuir patiné sont posés devant des canapés de velours décorés de coussins en soie. Et c'est ce que je vois d'un seul coup d'œil.

Je recule et j'étudie Adam, maintenant que j'ai fait un tour d'horizon. Avec son costume italien fait sur mesure, son visage sublime et son air sûr de lui, il a l'air dans son élément. Puis je pense au type qui aime les ailes de poulet épicées et passe ses week-ends à construire un dressing pour une fille parce qu'il a perdu un pari. Et je pense à sa façon d'embrasser, avec un mélange d'attention et de passion.

— Non, dis-je. Tu n'as rien à voir avec cet endroit. C'est chic et prétentieux, et tu es bien plus que ça.

Son regard s'assombrit. Il se penche et m'embrasse, son souffle caressant mon menton alors que sa bouche s'éternise devant la mienne un moment, puis il relève la tête. Une lueur espiègle brille dans son regard.

— Prête à jouer le jeu ?

— De la jolie fille insouciante au bras du riche fils à papa ?

Adam lève les yeux au ciel et passe le bras derrière moi pour me pincer les fesses. Fort.

— *Aïe* !

— Suis-moi, Mlle Marcos. Joue la princesse pour ton prince. Encore mieux, sois toi-même. Mon père s'attend à ce que j'épouse une femme de la haute société. J'aimerais lui montrer que j'ai trouvé beaucoup mieux.

Je le regarde du coin de l'œil, parce qu'il vient de parler de noces et de moi dans la même phrase. Il plaisante, mais j'ai l'impression qu'on vient de lâcher une nuée de papillons dans ma poitrine. Même si Adam n'est pas sérieux à propos du mariage, c'est la chose la plus mignonne qu'un type m'ait dite de toute ma vie.

Je dois arrêter de le sous-estimer. Si on sort ensemble, et il est juste de dire que c'est le cas, je vais devoir m'habituer à l'idée qu'il n'est pas qui je croyais. Je le pensais incapable de se soucier d'autrui, or Adam surpasse les attentes que j'avais envers les hommes en général.

Nous traversons le grand hall et empruntons un couloir bordé de consoles en bois antiques sur lesquelles sont allumés des agencements de bougies illuminant de magnifiques peintures à l'huile de paysages montagneux, chacune surplombée d'une arche en pierre rustique.

Nous tournons un coin et il ouvre une porte en rondins et fer forgé.

Une autre pièce spectaculaire nous attend de l'autre côté, où une fête bat son plein. Un bar encadre l'un des murs, et une petite piste de danse s'étend devant une imposante fenêtre triangulaire donnant sur le lac. Dans un autre coin de la salle, plus de fenêtres révèlent une partie du grand hall d'entrée et ce qui, même si je n'en crois pas mes yeux, m'a l'air d'être une rivière intérieure.

— C'est incroyable.

Adam me regarde.

— Tu n'es jamais venue ici ? Pas même avec tes parents quand tu étais gamine ?

J'éclate de rire.

— J'espère que tu sais que le complexe de ton père coûte la peau des fesses pour le commun des mortels.

Il regarde autour de lui. À ses yeux, l'endroit n'a sans doute rien de spécial.

— On loue le club pour des fêtes et des bals de fin d'année, dit-il. Je croyais que tu étais déjà venue.

— J'étais seulement en seconde quand je suis partie. Je suis allée au bal de fin d'année de mon autre lycée. Remarque, je doute que quelqu'un dans cette ville ait voulu de moi comme cavalière…

Il fronce les sourcils et me serre la taille.

— Eh bien, faisons semblant que c'est ton bal du lac Tahoe, dit-il en souriant en coin et m'entraînant vers le bar. Je t'offre à boire, et on verra si je peux te corrompre.

— T'étais comme ça au lycée ?

Je ne plaisante qu'à moitié, parce que c'est exactement l'impression que j'avais de lui à l'époque.

Il sourit de toutes ses dents.

— Seulement avec les filles qui voulaient volontiers être corrompues.

Je feins l'indignation.

— Et j'ai l'air de ce genre de fille ?

Il passe la commande, puis me regarde de nouveau, l'air soudain sérieux.

— Tu ne ressembles à personne d'autre, Hayden.

Il lève mon menton et m'embrasse doucement, son bras protecteur m'enserrant la taille.

Je fixe ses yeux bleus sublimes, cherchant toutes sortes de sens cachés derrière ses mots, lorsqu'une large paire d'épaules s'insère à côté de nous.

Adam se retourne et un sourire lui fend le visage.

— Levi. Qu'est-ce que tu fabriques ici ?

Le dénommé Levi porte un blazer semblable à celui d'Adam, et sa chemise est bleu pâle, comme ses yeux.

Les yeux d'Adam ont la couleur de l'océan, ceints d'un vert grisâtre. Ouaip, je les connais bien. Surtout depuis qu'on s'est rapprochés et que les yeux d'Adam ont imprimé leur marque hypnotique en m'attirant pour un baiser. OK, d'accord, il n'y avait pas vraiment besoin de me leurrer.

En plus du blazer et du pantalon, l'une des jambes de Levi est plâtrée du genou au pied.

— T'as enfin décidé de te pointer ?

Adam pouffe.

— Moi ? Je suis surpris de voir que t'es sorti de ta tanière.

Levi soupire profondément, secouant la tête.

— Le vieux a dû m'appeler une demi-douzaine de fois. J'ai préféré me ramener plutôt que d'endurer un autre appel.

— Futé, dit-il en se tournant vers moi, la main au creux de mes reins. Hayden, je te présente mon grand frère, Levi.

— Enchantée, dis-je, remarquant leur ressemblance.

Ils font la même taille et ils sont séduisants, mais les cheveux d'Adam sont plus foncés et plus longs sur le dessus. Adam colle bien au décor du Club Tahoe, mais Levi semble mal à l'aise dans son blazer, comme s'il avait envie d'être n'importe où sauf ici.

— Tout le plaisir est pour moi, même si je me demande pourquoi une demoiselle aussi sophistiquée perd son temps avec ce pauvre type qu'est mon frangin.

— Il m'a promis une cuite, je réponds pince-sans-rire, car j'ai l'impression que le sens de l'humour d'Adam est celui des Cade.

Levi regarde son frère en secouant la tête, visiblement amusé.

— Classe, Adam. T'as recours aux tactiques de play-boys, dit-il en me regardant de nouveau. Je serai au bar si t'as besoin de moi. Sauver les demoiselles en détresse, c'est mon domaine d'excellence.

— Elle a déjà un héros, et c'est moi, dit Adam en me tendant un verre de Chardonnay.

Levi fait mine de ne pas en croire ses oreilles, mais il sourit. Il pointe un coin de la salle du menton.

— Les autres sont là-bas.

Adam écarquille les yeux en suivant le regard de Levi.

— Tout le monde est là ?

— *Tout le monde*, confirme Levi, qui retourne lentement vers un tabouret vide, qu'il occupait sans doute avant notre arrivée.

Adam boit une gorgée de son cocktail d'un air discret — un gin-tonic, d'après le quartier de citron vert.

— Tout va bien ? je demande.

Il pose un baiser sur mon front. J'adore l'affection qu'il me témoigne ouvertement maintenant qu'on en est à s'embrasser.

— Oui. Je ne m'attendais juste pas à ce que tous mes frères soient là. D'habitude, je suis le seul présent à ces soirées.

— Tu es déçu qu'ils soient là ?

— Pas du tout. Seulement… surpris.

Je jette un œil à Levi, assis au bar quelques tabourets plus loin, tourné vers le barman et non vers la foule.

— Pourquoi Levi n'est pas avec eux ?

Adam coince une mèche derrière mon oreille.

— Levi en a pas mal bavé ces derniers mois. Et lui et mon plus jeune frère, Hunter, ne s'entendent pas. Du tout.

— Dommage. J'ai toujours envié les gens qui ont des frères et sœurs.

Il me tapote l'épaule.

— Tu te raviseras peut-être après avoir rencontré mes frangins.

— J'en sais rien…ils sont aussi mignons que Levi ?

Adam sourcille, et je pouffe.

— Je t'ai eu !

Il pose son verre sur le bar, puis le mien, m'enserre la taille et m'attire contre sa poitrine.

— Tu me fais marcher ? dit-il en secouant la tête. Avec mes frères, en plus ? Je te montrerai tout à l'heure pourquoi je suis le meilleur des frères Cade.

Je pouffe alors qu'il me mordille le cou, son sourire contre ma peau.

— Arrête. Comment je suis censée avoir l'air respectable avec un suçon ?

— *Mmm*, un suçon, murmure-t-il. Bonne idée.

Je m'éloigne sous la menace qu'il fait peser sur mon cou immaculé, mais il reprend nos verres, plaisantant de toute évidence. Dieu merci. J'imagine déjà Mira qui ne me lâchera pas la grappe si j'arrive au boulot avec un suçon géant.

Nous nous dirigeons vers la fratrie d'Adam, mais même si le frère aîné ne nous les avait pas indiqués, j'aurais facilement pu les repérer parmi la foule. Parce que bon sang ! Je ne plaisantais pas à propos de Levi. Cet homme est d'une beauté sauvage, et les trois autres Cade sont à mi-chemin entre Levi et Adam. De beaux grands gaillards aux épaules larges et à la mâchoire carrée. Chacun avec les yeux d'une nuance de bleu et les cheveux d'une nuance de brun.

— Nom d'une pipe. Comment c'est possible que tes frères soient célibataires ?

Aucun d'entre eux n'a de fille à son bras.

— Nom d'une pipe ? répète Adam en arquant le sourcil.

— Ben quoi ? Je lisais *Tintin.* Maintenant, explique-moi avant qu'on s'approche.

Adam baisse la tête vers moi, tandis que ses frères nous étudient ouvertement.

— Le célibat est une tradition chez les Cade.

— Alors, qu'est-ce que je fais ici ?

— Tu ne comptes pas, répond-il.

Ma poitrine se serre et mon visage se déconfit. Je suis sortie avec des mecs, j'ai même eu des copains sympas, mais je ne semble jamais échapper à mon passé. Adam m'a invitée ici ce soir, et il m'a embrassée comme on ne m'a jamais embrassée avant. C'était réel. Je n'ai plus seize ans. Quand même, je ne peux pas m'empêcher de poser la question.

— Pourquoi je ne compte pas ?

Il me regarde. Il me regarde *vraiment.*

— Parce que tu es spéciale, dit-il. Quand ils feront ta connaissance, ils le sauront aussi, comme Levi l'a su.

Je déglutis. Et une seconde fois ensuite. *Doux Jésus.* Quand Adam Cade déploie son charme, il le fait de façon spectaculaire.

Sa main chaude dans mon dos, l'intensité dans son regard et dans ses paroles — tout cela venant d'un homme à qui le sarcasme va comme un gant. Sauf qu'il ne l'a pas porté depuis des semaines. En fait, je ne me rappelle pas l'avoir vu porter autre chose que l'humour et l'affection récemment. Ce qui me fait tourner la tête.

Il s'arrête devant ses frères, qui ont tous le sourire aux

lèvres et me reluquent, certains plus discrètement que d'autres.

— Hayden, voici Wes, Bran et Hunter, dit Adam.

Nous nous présentons et Hunter me fait un sourire canaille.

— Est-ce que la charmante Hayden m'accorde une danse ?

— Non, répond Adam automatiquement.

Les autres éclatent de rire, mais il y a de la tension dans l'air.

Mes joues s'échauffent et Adam secoue la tête.

— Ignore-le. C'est une crapule.

Hunter descend son verre.

— Eh bien, Hayden, quand t'en auras marre des contrefaçons, tu sais où trouver le vrai Cade.

Je jette un coup d'œil à Adam.

— C'est une tradition familiale de voler le rencard de l'autre ?

Je plaisante, mais quand Adam lance un regard noir à Hunter, j'ai des doutes.

— T'en fais pas, dit-il en me serrant contre lui. Ils aimeraient avoir une copine aussi belle et intelligente que toi. Ils sont jaloux, tous autant qu'ils sont.

Wes lève son verre.

— T'as raison, mon pote !

— Ah, vous voilà tous.

Adam et moi nous retournons. Un homme âgé s'approche de nous. Sa voix grave, semblable à celle d'Adam, exsude la richesse et la culture.

— Où est ton frère ? demande-t-il en regardant derrière nous.

— Levi est au bar, répond Adam. Sa jambe…

— Ah oui, opine l'homme. Eh bien, vous être ici tous les quatre, au moins.

Wes et Bran échangent un regard gêné.

— Papa, dit Adam. Voici Hayden. Hayden, je te présente mon père, Ethan Cade.

Le père d'Adam m'examine comme si j'étais un insecte.

— Et comment vous vous connaissez ?

La vache, tu parles d'un accueil chaleureux.

— On travaille ensemble, répond Adam, légèrement contrarié. Mais Hayden est aussi ma copine.

Je lui presse la main malgré moi et lui lance un regard nerveux. Qu'est-ce qu'il raconte ?

— Ta copine ? répète son père. C'est bien la *première fois* que j'entends ça.

Mes sourcils se rejoignent. Pourquoi toutes ces premières fois ce soir ? Adam a déjà eu des copines. J'en ai entendu parler. Enfin, par-ci par-là. D'après Mira et Cali, il n'était pas le petit copain le plus dévoué, mais l'Adam qu'elles m'ont décrit n'est pas l'Adam que j'ai appris à connaître.

— Hayden, vous permettez que je vous vole Adam un instant ? dit son père. J'aimerais parler à mes fils.

— Non, dit Adam avant que je puisse répondre.

Il boit une gorgée de son cocktail, la main dans sa poche, mais sa mâchoire est tendue.

— Hayden est ma cavalière. Je ne vais pas la laisser toute seule.

Les frères d'Adam regardent tour à tour leur frère, leur père, puis moi.

— Ça ne prendra qu'un instant, dit leur père. Puis tu pourras retrouver ta… copine.

Adam s'étire le cou tandis que Wes se glisse discrètement entre M. Cade et lui.

— Qu'est-ce que c'est censé vouloir dire ?

— Excuse-moi ?

Le ton du patriarche est menaçant.

— Ouh là, dit Bran. Du calme, vous deux. Vous êtes les seuls qui vous entendez.

Il sourit, mais c'est forcé.

Ethan Cade inspire profondément. Son regard s'enflamme un moment.

— Je ne t'ai pas invité ici pour me disputer avec toi.

— Adam, intervins-je. Je vais au bar.

Je presse sa main avant de me tirer. Quand je regarde derrière moi, Adam a les sourcils froncés et me regarde m'éloigner, la main de son frère Wes sur son épaule. Je lui souris en continuant mon chemin. Car il se passe quelque chose de sérieux, et j'ai l'impression qu'Adam a besoin d'être avec sa famille, même s'il n'y croit pas.

Chapitre Vingt-Trois

ADAM

—Tu n'as jamais mentionné une réunion privée, je grogne à mon père. J'ai invité Hayden ce soir. Je ne vais pas l'ignorer comme tu ignores tout le monde autour de toi. Elle mérite d'avoir mon attention.

Mon père gonfle la poitrine, son visage s'empourprant.

— Elle m'a l'air d'être une grande fille. Je suis sûr qu'elle peut se débrouiller.

— Là n'est pas la question. C'est impoli, et je ne veux pas la laisser toute seule.

Il plisse les yeux.

— Depuis quand tu te soucies de traiter tes petites amies avec autant de courtoisie ?

Je me passe les doigts dans les cheveux en me tournant vers mes frères, qui n'ont pas du tout l'intention de s'en mêler.

—J'ai toujours traité les femmes avec courtoisie.

— Peut-être, mais certainement pas avec bienveillance.

Ça me reste en travers de la gorge. Le vrai Roi des glaces vient de me remettre à ma place.

— Écoutez-moi bien, parce que je ne vais pas me répéter, dis-je en regardant mon père, puis mes frères un par un. Hayden mérite le respect de chacun d'entre vous.

Mes frères et moi nous sommes toujours pris la tête, mais ce soir, leur façon de faire du gringue à ma copine me met en rogne encore plus que d'habitude.

Je m'adresse ensuite à mon père.

— Si tu veux passer du temps avec moi, tu as intérêt à l'inclure.

J'ignore où je veux en venir, ou pourquoi j'ai appelé Hayden ma copine devant toute ma famille, mais je suis en paix avec ma décision. C'est ainsi que je la vois. Et pas seulement depuis qu'on s'est embrassés, *bordel de merde*. Hayden est spéciale à mes yeux depuis longtemps.

C'est pourquoi je n'ai été avec aucune autre femme.

Et pourquoi je suis aussi protecteur avec elle.

Je secoue la tête en me frottant les tempes. Je suis dans le pétrin avec cette fille. Plus que je ne l'ai jamais été.

— Très bien, Adam. Je vois que tu fais preuve d'indépendance depuis que tu as commencé à travailler au Blue.

Le ton de mon père est condescendant, mais il a l'habitude de me parler ainsi, alors je laisse couler.

Hunt bâille comme une carpe ; il s'ennuie ferme maintenant que la dispute entre mon père et moi est terminée.

— Pourquoi on est là ? demande-t-il. Tu sais qu'on n'aime pas venir ici.

Mon père regarde autour de lui d'un air hésitant, ce qui ne lui ressemble pas.

— J'ai cru qu'il serait bien de passer du temps ensemble.

Nous restons silencieux, à fixer un homme qui a manifestement perdu la tête.

Bran prend la parole le premier.

— On passe du temps ensemble.

Le sens tacite de ses mots, plus précisément du mot *on*, exclut notre géniteur.

— Je vois, dit ce dernier. Eh bien, j'espérais arrondir les angles et passer plus de temps en famille.

Mes frères échangent des regards entre eux, et je sais qu'ils pensent tous la même chose que moi : qui a mis cette drôle d'idée dans la tête du vieux ?

— Pourquoi ? demande Levi.

Mon père se tourne et remarque Levi. Il a dû quitter le bar en voyant Hayden y apparaître.

— Parce qu'on est une famille, et on n'a que nous.

Trop sonné pour parler, je reste muet.

Levi descend son verre.

— Parle pour toi. T'aurais dû y penser avant de faire de cet endroit ta priorité.

Il tourne les talons et sort en trombe, enfin, aussi vite que son plâtre lui permet de le faire, quittant la fête censée être le trentième anniversaire du Club Tahoe. Bien que nous nous en moquions tous.

— J'ai un truc de prévu ce soir, dit Bran en regardant Wes, qui décode le message caché dans ses yeux.

— Je t'accompagne.

— Je vois quelqu'un au bar que j'ai bien l'intention de ramener chez moi, dit Hunt en se levant, mais je l'attrape par l'épaule et il me fusille du regard. Pas Hayden, jappe-t-il. Je ne suis pas le salaud pour qui vous me prenez tous.

Il se défait de mon emprise et file vers le bar, où il fait signe à la serveuse.

Mon père arque le sourcil, mais ne dit rien. Il regarde mes frères s'éloigner ou, dans le cas de Hunt, s'installer au bar, une pointe de nostalgie dans les yeux. Et je me retrouve encore une fois seul avec lui. Sauf que cette fois, je n'ai pas non plus envie d'être là.

Je jette un œil à Hayden. Elle est assise au bar le dos droit, et regarde autour d'elle.

— Bon, on a fini ?

Mon père soupire. Il a cinquante-huit ans, mais il en fait soudain dix de plus.

— Pas tout à fait. J'espérais pouvoir me racheter auprès de tes frères. Je sais que je suis la cause de notre brouille, mais j'ignore quoi faire.

— Tu me demandes conseil ? je m'étonne.

— Oui.

Je secoue la tête.

— Bien, pour commencer, tu pourrais leur dire exactement ce que tu viens de me dire. Dis-leur que tu fais des efforts au lieu de nous convoquer à une fête et t'attendre à ce qu'on s'amuse après des années passées à nous prendre la tête.

Il esquisse un rictus, sa façon à lui de sourire

— On s'est disputés, tes frères et moi. Tu as toujours été le plus sensible. Jusqu'à ce que…

Il ne finit pas sa phrase, et je ne sais pas de quoi il parle. Je suis le plus insensible du groupe, c'est pourquoi j'arrive à supporter cet homme. J'arrive à l'ignorer.

— Je n'ai jamais été doué avec les gens en dehors des affaires, poursuit-il. Sauf avec ta mère. Quoi qu'il en soit, je ne sais pas comment réparer ce que j'ai brisé. Tu es le seul qu'il me reste.

Je jette un coup d'œil à Hayden et j'aperçois un vautour en costard-cravate qui tourne autour d'elle.

— Ça ne s'est peut-être pas bien passé ce soir, mais tu as le temps d'arranger les choses. La prochaine fois, ne sois pas aussi autoritaire. Tu sais à quel point mes frères détestent se faire donner des ordres.

Mon père baisse les yeux et rit tout bas.

— Tout comme moi.

— Papa, je dois retourner à mon rencard. On a fini ?

Il relève la tête. Pour la première fois depuis… toujours, il affiche un air tendre.

— Ta petite amie ?

J'opine de la tête. J'ai pris la décision sur l'impulsion du moment, mais c'était la façon la plus efficace d'expliquer ce qu'elle signifie à mes yeux. Je n'ai pas manqué son air interrogateur, par contre. Je suis prêt à en payer les frais plus tard.

— Avant de partir, dit-il, j'ai quelque chose à te dire.

Je jette un œil au bar. M. Complet-cravate n'est plus qu'à deux tabourets de Hayden, et il la lorgne avec convoitise, essayant d'attirer son attention.

— Ça peut attendre ?

— Non. Je crois que tu mérites de l'entendre, surtout à cause de Hayden.

Ma tension monte d'un cran.

— Ne t'avise pas de dire du mal de Hayden. Elle vaut mieux que toi, moi, et toute la ville réunie…

Il lève une main.

— Ce n'est pas ce que je voulais dire, m'interrompt-il avant d'indiquer la fenêtre surplombant le lac. C'est plus tranquille par ici, si tu veux bien me suivre.

J'obéis, à contrecœur.

— Ta mère était une femme extraordinaire, dit-il après un moment à regarder le lac par la fenêtre.

Ma frustration monte. Combien de temps va-t-il me retenir encore ? J'aurais dû filer en même temps que mes frères.

— À vous quatre, avant l'arrivée de Hunter, vous l'avez pratiquement rendue folle, mais elle vous aimait plus que tout au monde.

Je fixe son profil. C'est pénible d'entendre parler de ma mère, mais je l'écoute, car c'est le seul moyen pour que la conversation ne s'éternise pas. Et parce que mon père ne parle jamais d'elle.

— Elle n'aurait rien changé à sa vie, sauf le fait de pouvoir vous voir grandir, bien sûr. C'est une chose avec laquelle elle n'a pas pu faire la paix durant les derniers mois de sa vie. Le fait qu'elle ne serait pas là pour prendre soin de vous.

Sa voix se brise, et mes yeux s'arrondissent.

Je n'ai jamais vu mon père pleurer. Pas même après la mort de ma mère.

— J'ai essayé de la rassurer, de lui dire que j'allais subvenir à vos besoins, dit-il après s'être raclé la gorge. Mais elle était inconsolable. La seule chose…

Il déglutit, puis tousse dans son poing.

— La seule chose qui la réconfortait, c'était toi.

— Qu'est-ce que tu racontes ?

Il se tourne vers moi. Et son expression est sincère.

— Je te trouvais étendu à ses côtés dans son lit, après le départ des infirmières. Elle fondait à vue d'œil, mais elle souriait toujours lorsque tu lui caressais les cheveux et lui embrassais le front.

J'expire, le souffle tremblant. Putain de merde. Je n'en savais rien. Je n'ai pas le moindre souvenir de ma mère malade, seulement des fragments de l'époque où elle était en bonne santé. Et je me rappelle son amour profond. Si profond. J'ai aimé cette femme plus que j'ai aimé quiconque dans ma vie.

Je lève les yeux et cligne pour refouler la brûlure, ma poitrine serrée. Pourquoi aborde-t-il le sujet maintenant ?

Quand je me tourne, mon père me fixe.

— Ta mère vous aimait tous les cinq, mais elle et toi aviez un lien spécial. Je ne sais pas si tu t'en souviens. Tu avais quoi, cinq, six ans ? Mais je voulais que tu saches à quel point elle tenait à toi. Adam, tu peux aimer une femme…

— Ouh là, dis-je en reculant et fourrant les mains dans mes poches. Ça suffit. Pas besoin de parler de ça.

— Mais si, dit-il en regardant vers le bar. Je t'ai vu construire des murs autour de toi après la mort de ta mère. Tu ne croyais pas que je remarquais ces choses-là. Ni toi ni tes frères. Mais ma faiblesse est la communication, pas l'observation. Je n'ai jamais su comment régler le problème de communication dans cette famille.

Il étudie Hayden, qui m'attend toujours.

— Tu tiens à cette fille ?

— Comme je l'ai dit.

— Alors, ne laisse pas la perte de ta mère t'empêcher de laisser entrer une autre femme dans ton cœur. Crois-moi. J'ai toute une vie d'expérience.

Je fixe mon père, en me disant qu'il a vraiment perdu la boule, mais il soutient mon regard avec tant d'affection et de bienveillance que je suis presque hypnotisé.

Je secoue la tête.

— Je ne sais pas ce qui te prend ces derniers temps. Merci pour les trucs que tu m'as dits sur maman. Mais bon, je n'ai pas l'habitude de parler de sentiments avec toi.

Ou avec quiconque.

— Très bien, dit-il. Je voulais simplement m'assurer que ce soit dit.

Chapitre Vingt-Quatre

— Ça va ?

Adam m'a à peine dit deux mots en me rejoignant au bar avant de m'annoncer que nous partions. Il semblait contrarié, et je n'ai pas posé de questions. Mais j'en pose maintenant.

— Je vais bien, m'assure-t-il tandis que nous longeons la route sinueuse du Club Tahoe menant à l'autoroute. Ça t'embête si on va chez toi ?

— Bien sûr que non. Mais si t'as l'intention de défoncer des murs pour défouler ta colère, on devrait peut-être aller chez toi. Il ne m'en reste plus beaucoup depuis que t'as commencé à travailler sur le dressing, et je veux garder ceux que j'ai.

Il sourit en coin.

— Je me disais qu'on pourrait acheter à manger en route. Et traîner ensemble.

— Bonne idée.

Il prend ma main dans la sienne et entrelace nos doigts. Qui aurait cru qu'Adam était un type câlin ?

En chemin vers chez moi, nous nous arrêtons dans une

petite taqueria. En tenue de soirée. Et c'est intéressant. Et aussi la chose la plus naturelle du monde.

— Deux burritos au poulet, dit Adam en se tournant vers moi. Sauce piquante ?

Je secoue la tête.

— Avec de la sauce piquante sur un seulement. Indiquez-le bien.

— Et un churro, j'ajoute.

Je lui donne un coup de coude dans les côtes pour m'assurer qu'il le commande. Je meurs de faim. Et je suis pompette depuis mon deuxième verre de vin, que j'ai bu le ventre vide en attendant qu'Adam finisse de parler à son père.

— Deux churros, dit-il au type.

Adam paie notre dîner, et nous nous asseyons à l'une des deux seules tables du restau, observant les gens et mangeant chacun notre churro en attendant le reste de la commande. Il prend des serviettes en papier et m'en tend une, puis essuie le sucre au bord de sa bouche. Les clients qui passent nous dévisagent, certains ouvertement, mais ça m'est égal. Il y a un bail que je me suis pas autant amusée. À bien y penser, je ne m'ennuie jamais avec Adam, même au taf quand il me rend dingue. Je ne l'avais juste pas réalisé avant maintenant.

— *Aloooors…* comme ça, je suis ta petite amie ? je demande lorsqu'on a fini nos churros.

Pas question que je laisse couler le commentaire qu'il a fait à son père.

Adam arque le sourcil comme pour me mettre au défi.

Il va vraiment la jouer comme ça ? Il ne va même pas en parler ?

— J'imagine que tu vas renoncer aux femmes à partir de maintenant ?

Je plaisante, mais sans rire, s'il croit qu'il peut m'appeler sa copine et continuer de courir les jupons, il se fourre le doigt dans l'œil. Je préfère y aller lentement plutôt que de définir la relation avant qu'il y ait un engagement sérieux.

Adam traverse la pièce et remplit deux gobelets en papier à la fontaine. Il revient et m'en tend un.

— Je n'ai pas eu de rencard depuis près d'un an, avoue-t-il.

J'écarquille les yeux.

— Peut-être pas de rencards formels, mais d'autres types de… relations intimes ? je demande et mon visage s'échauffe. Tu vois ce que je veux dire.

Bon sang, j'ai l'impression de parler comme un politicien.

— Nan.

Il boit son eau, écrase le gobelet dans sa main, et lance la boule de papier dans la poubelle, en plein dans le mille.

— Rien de tout ça non plus.

— *Sans blague ?*

— Sans blague. Toi ?

— J'ai été occupée.

Il passe le bras autour de ma taille, m'attrape la hanche et me tire vers lui.

— Occupée à faire quoi ?

Il y a une insinuation dans son ton.

Je ris nerveusement

— Pas ce que tu crois. Occupée au boulot.

Il se penche et ses lèvres m'effleurent l'oreille.

— Alors, tu ne vois personne ? À part moi, bien sûr.

Je me recule et l'observe. Je me rappelle quand il m'a demandé si je sortais avec quelqu'un à la fête chez Zach et Nessa. Il avait essayé de me tirer les vers du nez, mais je ne lui avais pas donné satisfaction. Surtout que la vérité n'était pas très excitante. Mais maintenant, ça m'est égal qu'il le sache. En fait, je veux qu'il le sache, après tous ces baisers qui ont failli mener à plus que des baisers…

— Personne, je réponds. Je ne me rappelle même pas mon dernier rencard, mais je ne dirais pas qu'il remonte à aussi loin qu'un an. Six mois, peut-être.

Il fixe le plancher un moment, l'air pensif.

— Je t'ai présentée comme ma copine parce qu'aucune autre appellation ne colle, dit-il en relevant la tête. Tu es plus qu'une amie ou une collègue. Plus spéciale que n'importe qui. Ça semble peut-être rapide, mais pas quand on considère que… je n'ai pas cessé de *penser* à toi depuis que j'ai commencé à travailler au Blue. Et honnêtement, sans doute aussi de façon inconsciente depuis que j'ai seize ans, quand j'ai convaincu Jaeg de rompre avec toi pour ne pas te voir dans les bras d'un autre. Disons qu'il y a longtemps que je pense à toi.

— Tu sais, t'es vraiment un ami pourri, dis-je sur le ton de l'humour. J'arrive pas à croire que t'as saboté le couple de ton meilleur pote pour arriver à tes fins.

Il se penche et m'embrasse le cou, son souffle chaud me chatouillant la peau et me faisant me tortiller sur place.

— S'il t'avait vraiment aimée comme il aurait dû, il ne serait pas tombé dans le panneau. Je t'ai rendu service. Et à Jaeg aussi, parce qu'il a trouvé Cali.

Je lui lance un regard noir alors qu'il essaie de m'embrasser de nouveau.

— J'adore la manière dont tu te justifies. C'est très malin.

Il se redresse, l'air sérieux.

— C'était un coup de pute, mais j'ai beaucoup mûri en onze ans. Je ne suis pas parfait, mais je veux que ça marche entre nous.

Une lueur de vulnérabilité brille dans ses yeux. Si je ne le connaissais pas, je ne l'aurais peut-être pas perçue.

— Alors, qu'est-ce que t'en penses ? Tu veux être ma petite amie ?

— Oh, c'est maintenant que tu me le demandes ? j'ironise.

Il sourit de toutes ses dents et m'attire contre sa poitrine.

— Tu ne vas jamais me laisser tranquille avec ça, hein ?

Je hume son blazer.

— Jamais.

— Si tu me renifles, j'imagine que c'est oui ?

— Oui. Et je veux la permission de te renifler quand je veux, parce que tu sens vraiment bon.

— Je suis d'accord avec cette condition, mais seulement si elle est réciproque.

— D'accord.

Je me réchauffe les mains en les enroulant autour de sa taille, la tête contre son torse.

— J'aime bien l'idée d'être exclusifs et de voir où le vent nous mène — d'y aller lentement.

C'est moi où ça tourne toujours mal quand les gens disent ça ?

———

Nous avons à peine mis les pieds chez moi qu'Adam se met à m'embrasser et je peine à desserrer sa cravate. Je veux l'embrasser dans le cou. Évidemment, il fallait que mon cher copain porte une cravate alors que ses frangins se sont tous contentés d'un blazer. Chicos.

— Je déteste ce truc.

L'article qui devrait pourtant être si facile à enlever est devenu le plus difficile, et j'ignore comment, mais j'ai transformé son nœud de cravate en triple nœud coulant.

Adam fait glisser les bretelles de ma robe sur mes épaules, me compliquant la tâche davantage.

— Arghh !

Il recule et baisse les yeux. Il tripatouille sa cravate un instant, puis se dirige vers la cuisine.

— Hé, qu'est-ce que tu fabriques ?

Je reste plantée là, perplexe, les bras ballants.

J'entends du grabuge provenant d'un tiroir, puis il revient, une boule de tissu à la main. Il me la passe avant de se remettre à m'embrasser le cou, puis la poitrine. Je regarde la boule de tissu : c'est sa cravate. Coupée en deux.

Sexy.

J'envoie valser mes escarpins avant de lui descendre son blazer sur les épaules. Il sort les bras des manches et le vêtement tombe, puis il commence à déboutonner sa chemise. Un bouton saute et me frôle la tête, manquant de me crever un œil, mais je reste concentrée. Puis une brise fraîche me traverse le dos et j'inspire profondément. Adam a dézippé ma robe, qui est maintenant en tas à mes pieds.

Et c'est parti.

Je ne suis plus qu'en petite culotte, et le soutien-gorge sans bretelles qui m'étrangle la poitrine pour mettre mon pare-choc en valeur. Je supplierais bien Adam de me l'ôter pour me laisser respirer, mais ce n'est pas la peine. En un claquement de doigts, c'est déjà fait, et ses mains chaudes sur mes seins y font affluer le sang.

Adam passe les pouces sur mes mamelons et je couine.

Il recule, sourcil arqué.

— Sensible ?

— Peut-être ?

Il se remet à me couvrir de baisers et se penche, faisant glisser ses paumes sur mes jambes nues et l'arrière de mes cuisses. Des frissons me secouent le corps. Puis il m'encercle de ses bras et me soulève, et ses bras et sa poitrine sont brûlants contre ma peau, même s'il porte encore son foutu maillot de corps.

Sa bouche leste séduit la mienne alors qu'il me porte jusqu'à ma chambre. Mes mollets touchent le matelas, puis je tombe à la renverse, suivie d'Adam dans la foulée. Il soutient le haut de son corps avec ses bras, alors que le bas presse délicieusement contre le mien.

J'arrache ma bouche de la sienne.

— Vire ton t-shirt. Tout de suite.

Il s'assied sur les talons, les genoux de chaque côté de mes hanches, et obéit en passant son t-shirt par la tête. Il essaie de revenir vers moi, mais c'est trop tard. J'ai vu son torse nu.

— Wouah, wouah, *wouah*. Minute, papillon.

Je le repousse par les épaules jusqu'à ce qu'il se redresse de nouveau, ses cuisses musclées étirant son pantalon, sa ceinture reposant en-dessous d'une épaisse couche de muscles abdominaux

Je passe les mains sur son torse, traçant des doigts le sillon des muscles au-dessus de sa ceinture.

Sa respiration s'accélère, sa bouche se crispe.

— T'as fini ?

Je n'ai pas le temps de répondre, car il est de nouveau sur moi, à m'embrasser avec une intensité telle que j'ai la tête qui tourne.

— Hayden, souffle-t-il.

Je n'ai jamais entendu autant de passion dans sa voix. Ses doigts me caressent la mâchoire en me contemplant. Ses yeux sont presque noirs dans la pénombre, mais si chaleureux que j'ignore comment j'ai fait pour le croire glacial.

Je pousse un soupir et j'enroule les bras autour de ses épaules, m'ancrant à lui. Quand Adam est-il devenu l'élément essentiel d'une journée réussie ? Avant, c'était le contraire. Mais à un moment donné, ça a changé. Son musc m'enivre, son contact m'allume, sa voix m'envoûte. Et ses yeux… j'y vois tout ce que j'ai raté. Adam n'est pas l'opportuniste friqué que je croyais. C'est un chic type.

J'attrape sa ceinture contre laquelle je me bats, m'écriant presque de triomphe quand j'arrive à la détacher, puis je m'attaque à la braguette de son pantalon. Il trace un chemin de baisers et de coups de langue vers mes seins, me compliquant la tâche sans toutefois la rendre impossible. Avec les orteils, je baisse son futal et ce que mon cerveau embrumé identifie comme un caleçon, puis il remonte en m'embrassant et presse son érection contre ma culotte. Une décharge de plaisir me foudroie le corps et nous gémissons en même temps.

L'instant d'après, ma culotte fond — ou bien Adam me l'enlève, qui sait ? Tout ce qui compte, c'est qu'elle a disparu. Adam vire le caleçon qui lui pend encore à la cheville d'un coup de pied, puis nous sommes nus comme des vers à rouler l'un sur l'autre et c'est torride.

Adam m'embrasse le cou de plus belle en me caressant les seins, ses poils de jambes chatouillant les miennes. Il passe la langue sur un téton et je couine.

Bon sang que c'est gênant.

Je lève la tête pour voir s'il a remarqué. Il est tout sourire.

— Sensible, dit-il, en passant doucement le pouce sur l'autre.

Je gémis en enroulant les jambes autour de lui. Mes yeux se révulsent alors que ses hanches se cambrent sur moi. Les muscles puissants de ses bras m'effleurent le côté des seins alors que son érection glisse sur l'autre partie la plus sensible de mon corps, une partie qui, malgré moi, vibre de désir pour cet homme depuis des mois.

Et ça doit être bon pour lui aussi, parce qu'il lève la tête d'un coup.

— Capotes ?

Capotes ? je songe, étourdie. *Est-ce que j'ai des capotes ?* Bon sang, mais où sont les capotes que j'ai achetées ?

La panique m'extirpe de mon ivresse amoureuse.

— La table de chevet ! je m'écrie quand le sang me remonte à la tête.

Adam se penche pour ouvrir le tiroir, appuyant contre moi dans le mouvement la base de son érection, là où elle est la plus épaisse, de façon à me faire révulser les yeux de nouveau. J'enroule les jambes autour de lui et j'arcboute mon bassin contre le sien.

Le bruit d'Adam ouvrant le tiroir, fouillant dedans, puis le refermant d'un coup emplit la pièce. Il déchire l'emballage de la capote avec les dents, puis se penche sur le côté pour l'enfiler. Je le regarde faire et mes yeux s'arrondissent. En sentant à quel point il me désirait, j'ai deviné qu'il était plus gros que la moyenne, mais *putain,* mon image mentale ne lui rendait pas justice. La réalité est bien meilleure.

Sa bouche retrouve vite la mienne, tandis que ses mains explorent mon corps, jusqu'à ce qu'il s'arrête entre mes cuisses, à l'endroit où je mouille et palpite de désir pour lui. Son doigt glisse de haut en bas sur ce bouton sensible, plongeant là où j'aimerais bien sentir une autre partie de lui. Ses doigts me torturent, et il se penche et se met à sucer mes tétons.

Je crois que je vais jouir.

Je me mords la lèvre. Et j'expire lentement.

Puis je le dirige vers mon ouverture et je l'exhorte, en le tirant vers moi et le caressant, à *s'activer enfin.*

Il pige le message. Il avance le bassin et je me contracte autour de lui. Mais il ne s'arrête pas. Il remue les hanches encore et encore, chaque coup de reins l'enfonçant plus profondément en moi. Et c'est divin. Je tremble, et nos lèvres s'effleurent. D'une main, il entrelace nos doigts et de l'autre tient ma tête en coupe.

Des spasmes précurseurs me secouent alors que l'orgasme monte. Adam glisse tendrement en moi et je n'ai jamais rien ressenti de tel. L'adrénaline me parcourt les veines et avant de pouvoir penser à autre chose, j'explose. Le plaisir déferle en moi par vagues, j'ai l'impression de flotter en apesanteur. Je gémis, la tête renversée dans l'oreiller.

Adam accélère la cadence en saupoudrant mon visage de doux baisers. Puis il relève la tête et son corps se tend, et le grognement le plus sexy du monde s'échappe du fond de sa gorge.

Il m'embrasse le front, les paupières et la bouche en ralentissant son va-et-vient, des frissons de plaisir lui parcourant encore la colonne. Il s'étend sur moi, s'assurant de ne pas m'écraser, et blottit la tête dans mon cou, le souffle haché.

— Je sais qu'on avait décidé d'y aller lentement, mais lentement ça craint, je souffle, étourdie. C'était beaucoup mieux comme ça.

Il m'empoigne une fesse. Ce que je prends comme un signe d'approbation. Je ne lui ai pas vraiment donné le temps de récupérer.

Je passe un doigt sur ses épaules larges.

— J'arrive pas à croire que tu caches tout ce bazar sous un costume. Ça te dirait de faire le friday wear au Blue, où tu portes ton t-shirt, ton jean et tes bottes?

— Je parie que ça cartonnerait, ironise-t-il.

Sa voix est rauque, et ô combien sexy.

— N'est-ce pas ?

Il pouffe avant d'ôter la capote et de la balancer dans la

corbeille à papier près de mon lit. Puis il me serre contre lui. Je sens sa respiration se calmer.

— Excuse-moi, dis-je, recevant un grommellement pour seule réponse. Je réalise que c'est le moment typique où vous vous endormez, vous les hommes des cavernes, mais t'as un devoir à remplir. Ta copine a faim.

Il appuie la tête sur une main et me sourit.

— J'aime t'entendre dire que t'es ma copine. Et je croyais que j'avais déjà rempli mon devoir.

Je pince ses abdos de roc, puis j'aplatis la paume dessus et je la promène sur son torse. Pourquoi passer à côté d'une occasion de peloter Adam ?

— C'était un de tes devoirs. Il y a d'autres tâches sur ta liste de corvées.

Adam roule sur le dos en m'entraînant avec lui.

— T'es la deuxième personne qui me parle d'une liste de corvées. Jaeg m'a dit ça l'autre jour. Qu'est-ce que j'ai à faire d'autre ?

Il me lance un regard espiègle, m'empoignant de nouveau les fesses et laissant ses mains s'aventurer derrière mes cuisses, rallumant le feu que je croyais éteint.

Évidemment, je sais ce que *lui* ajouterait à la liste — et ce n'est pas une corvée.

— Eh bien, dis-je en traçant son mamelon du doigt, voyant son muscle pectoral se contracter à mon contact. D'abord, tu dois t'assurer que ta femme des cavernes a le ventre plein. Tu m'as aguichée avec ces burritos, et on ne les a pas encore mangés. J'espère que tu ne me prends pas pour une de ces nanas qui ont un appétit d'oiseau. Parce que je t'assure que ce churro ne m'a pas rassasiée. Et puis… ben, c'est tout. De la bouffe, et des bisous. Ouaip, je pourrais me contenter de ces deux choses-là.

Il me roule sur le dos jusqu'à ce qu'il se retrouve sur moi.

— Tu ne veux rien ajouter à cette liste ?

Il remue des hanches. Comme si je ne savais pas qu'il avait l'esprit mal tourné.

— Hum, à bien y penser, j'aimerais bien que tu finisses mon dressing. Et quand tu auras fini avec ça…

Adam se met à me mordiller le cou tout en plantant les doigts dans mes côtes.

— Vilaine fille. Tu sais ce que je veux ajouter à la liste.

Je ris en essayant en vain de repousser ses mains.

— Mais c'est ma liste de corvées !

Il arrête de me chatouiller, un sourire lui balafrant le visage.

— Alors, j'ai intérêt à faire la mienne, dit-il en remuant les sourcils.

— Tu ne penses qu'à ça, tu le sais ?

Il me soulève avec lui et attrape son caleçon.

— Eh bien, que ça te serve de leçon. La bouffe d'abord, parce que *ma* femme des cavernes a les crocs. Puis on reviendra à la liste, à laquelle j'ajoute mentalement des idées. Des scénarios où on est à poil, ou à moitié à poil, pour être créatif.

Je secoue la tête comme s'il m'exaspérait. Mais secrètement, j'adore ça. J'adore le moment que nous avons partagé, et être ici avec lui. J'adore tout.

Chapitre Vingt-Cinq

ADAM

Je m'assieds en face de Hayden à sa petite table à manger, séparé d'elle par des fleurs sauvages dans un pot en verre, et je la regarde dévorer son burrito. Je devrais penser au sexe divin qu'on vient d'avoir... Qu'est-ce que je raconte ? Bien sûr que je pense à ça. Mais je songe aussi à combien cette fille me plaît. J'aime tout d'elle — le goût qu'elle a, la sensation de sa peau contre la mienne, son obsession ridicule pour les chaussures, que je trouve adorable. Pour une fois, dire qu'une fille me *plaît* ne suffit pas.

Hayden est charmante, intelligente, gentille, et elle a tellement d'intégrité. Je la vois, en entier, et je ne peux pas détacher les yeux d'elle. Je ne plaisantais pas quand je lui ai dit que j'aimais l'entendre affirmer qu'elle était à moi. Je la considère comme mienne, ce que je n'ai jamais fait avec une autre fille. Je n'ai *jamais* voulu plus que le plaisir et la compagnie. Mais en ce moment, je ne pense qu'à l'envie de me réveiller à côté de Hayden chaque matin. De lui faire l'amour tous les soirs et m'endormir dans ses bras...

Coucher avec elle a déréglé quelque chose dans mon cerveau.

Ça ne me ressemble pas. Dans quelques heures, je serai de retour à la normale. Je ne ressentirai plus le besoin pressant de la serrer contre moi et ne jamais la lâcher.

Je fourre la dernière bouchée de burrito au poulet dans ma bouche et l'observe alors qu'elle remballe la moitié du sien, qu'elle va ranger dans le frigo. Elle se penche en avant pour en étudier le contenu, le front plissé par la concentration. Son joli cul relevé me donne des idées lubriques. Avant que je puisse assouvir mes fantasmes de domination, elle referme le frigo, se dirige vers une armoire et tend le bras vers la tablette du haut. Je suis sur le point de m'approcher et l'aider, mais j'interromprais sa fascinante recherche de nourriture et le spectacle qu'elle me procure. Son bras levé fait remonter son débardeur, exposant sa petite culotte et le plus beau corps féminin qui m'ait été donné de voir.

Je ne m'en mêle pas. La vue est trop belle. *Hayden* est trop belle. Physiquement, et encore plus à l'intérieur.

Elle a une conscience. Certes, elle est ultra-pénible au boulot, mais c'est parce qu'elle se bat pour sa bonne cause. Je devrais suivre son exemple.

Je froisse l'emballage du burrito d'une main, puis je le lance dans la poubelle au bout du comptoir. Hayden revient vers moi avec un morceau de chocolat noir qu'elle a dû trouver dans l'armoire. Elle le lorgne avec envie.

— Pourquoi t'es partie ? je demande lorsqu'elle s'assied.

Tout d'elle me fascine, et je veux savoir ce que j'ai manqué.

Elle en a bavé quand la rumeur a éclaté au lycée, mais Hayden est forte. La plupart des gens auraient flippé, mais justement, elle n'est pas comme la plupart des gens. Elle est têtue et culottée.

Elle prend une bouchée de chocolat, les yeux sur la table. Puis elle hausse les épaules légèrement.

— Ils m'ont lapidée.

Pendant un instant, une image me vient à l'esprit, celle de femmes lapidées dans des pays où elles n'ont pas le droit de montrer leur peau, ou d'être vues en train de marcher avec un homme qui n'est pas de leur famille. Mais ça ne peut pas être ce qu'elle a voulu dire.

— Pardon ?

Elle ramasse des miettes sur la table avec le tranchant de la main et jette le petit tas dans la poubelle. Je n'arrive toujours pas à croire à quel point sa maison est rangée comparée à son bureau. Pas que j'en aie quelque chose à cirer. Mais je me demande pourquoi.

— Mes parents ne pouvaient pas me prêter la voiture, alors je suis rentrée à la maison à pied. Les gens à l'école parlaient dans mon dos. Quelqu'un m'avait plaquée contre le mur ce jour-là. Des trucs typiques depuis que la rumeur s'était répandue.

Elle relève la tête, l'air nerveuse, et j'ignore si c'est parce qu'elle parle d'un truc qui la met mal à l'aise ou si c'est parce que j'ai sans doute l'air de vouloir commettre un meurtre.

— Je n'étais pas loin de l'école. Je venais de tourner sur une rue résidentielle. Il n'y avait presque pas de voitures dans les parages. Je me souviens que j'étais méfiante, mais je devais rentrer chez moi, et ça aurait été idiot de revenir sur mes pas, dit-elle avant de soupirer profondément. Une voiture a ralenti à côté de moi et on m'a lancé une canette de soda sur la tête.

Putain de merde.

— J'ai entendu des éclats de rire et j'ai pris mes jambes

à mon cou, continue-t-elle. Puis on m'a lancé un sac en papier avec de la nourriture dedans. J'ai couru plus vite. J'ai entendu les portières claquer, puis des pas résonner derrière moi.

Sa respiration s'accélère, comme si elle revivait le moment. Je prends sa main et la presse si fort que je dois me faire violence pour desserrer ma poigne.

— Une pluie de pierres s'est abattue dans mon dos, poursuit-elle. L'une d'elles était tellement grosse qu'elle m'a laissé une ecchymose sur l'omoplate. J'ai chancelé, mais je ne me suis pas arrêtée. En fait, j'étais de plus en plus agitée, et cette maudite rue était tellement longue. J'étais à bout de souffle et je criais à l'aide. Puis une pierre de la taille d'un poing m'a frappé à l'arrière du crâne.

Je me touche distraitement l'arrière de la tête avec ma main qui ne tient pas la sienne.

— Quand je me suis réveillée, j'étais par terre. Ils étaient partis, et je saignais.

Je me penche en avant.

— T'es sérieuse ?

Dire que je suis *hors de moi* est un euphémisme. Car la femme… *à qui je tiens*… me raconte que des salauds auraient pu la tuer.

Elle sourit faiblement.

— Si ça change quelque chose, je ne crois pas qu'ils avaient prévu de me lancer des pierres. Je les fuyais… c'est arrivé dans le feu de l'action. J'ai appelé mes parents et ils m'ont trouvée. Ils m'ont emmenée à l'hôpital. J'avais besoin de quelques points de suture, mais sinon j'allais bien. Mais c'est la goutte qui a fait déborder le vase. Ils ont décidé de déménager, et je n'ai pas protesté parce que je ne voulais plus qu'ils se fassent du mouron pour moi.

Son expression montre un mélange de culpabilité et de nervosité, ce que je ne comprends pas.

— Pourquoi ça te dérange ? Tu n'avais pas le choix. C'était dangereux de rester.

Elle enroule les bras autour d'elle et frotte sa peau constellée de chair de poule.

— Je ne suis pas coupable de ce qu'on m'a accusée, pourtant j'ai laissé les gens m'abattre. Ça me fout en rogne, *encore* aujourd'hui.

Je me lève et me dirige vers elle. Je prends sa main, la fait lever, puis m'assieds sur sa chaise avant de l'abaisser doucement sur mes genoux. J'écarte ses cheveux, à l'endroit où je l'ai vue discrètement toucher sa tête. Comme je m'y attendais, je trouve une petite cicatrice en demi-cercle.

Je l'enveloppe dans mes bras et appuie sa joue contre ma poitrine, là où elle est en sécurité. J'ai sérieusement envie de frapper quelqu'un — de préférence les salauds qui l'ont attaquée.

— Pourquoi les flics n'ont rien fait ?

— Ils ont essayé, mais c'est arrivé si vite que je n'ai pas vu les agresseurs. J'étais trop occupée à sauver ma peau. La bagnole que j'ai décrite correspondait à la moitié des bagnoles sur le parking du lycée. D'ailleurs je ne sais même pas s'ils venaient de mon lycée. Car la rumeur n'est pas restée contenue. Elle s'est répandue dans la ville.

Hayden et ses parents n'avaient pas les ressources financières de ma famille. Elle n'aurait pas pu subir un tel scandale sans encaisser d'autres coups bas du genre.

— Trop de gens dans cette ville croient que c'est leur devoir moral de juger les autres ; ça et profiter de leurs problèmes de jeu et d'alcool, je maugrée.

Elle pose la tête sur mon épaule.

— Je suis revenue, c'est tout ce qui compte. J'ai cessé de fuir.

Je la regarde dans les yeux un instant, puis je pose un baiser sur son front.

— Tu n'auras plus jamais besoin de t'enfuir.

Parce que pour ma part, je vais faire tout en mon pouvoir pour la protéger.

———

HAYDEN

ADAM ME PORTE jusqu'à mon lit, où il me dépouille du peu de vêtements que je porte, puis il m'enveloppe dans ses bras. C'est chaud et douillet, et je suis sûre qu'il essaie seulement de me réconforter, mais nos corps ne peuvent pas rester aussi près l'un de l'autre sans que nos mains se mettent à explorer et que la passion enflamme nos baisers.

Le corps encore vibrant d'extase après nos ébats, je pose la tête sur sa poitrine, une jambe glissée entre les siennes. Il prend une mèche de mes cheveux et l'observe à la lueur de mon réveille-matin. Qui affiche deux heures. Je bosse demain, mais peu importe. Je suis aux anges.

— Pourquoi tes cheveux sentent si bon ? demande-t-il. Une odeur de pomme et de cannelle. J'ai envie de les manger.

— Ne mange pas mes cheveux, s'il te plaît. J'en ai besoin pour avoir chaud au crâne.

Il en respire une grande bouffée, puis relâche la mèche.

— Ne trouve pas ça bizarre si je renifle tes cheveux de temps en temps. C'est ta faute s'ils sentent si bon.

— Alors, ne trouve pas ça bizarre si je renifle ton cou.

Il pouffe.

— Pourquoi mon cou ?

— Parce que *tu* sens bon.

Il serre le bras autour de moi.

— Tu peux me renifler. Et me toucher. En fait, il y a un

truc en particulier que tu peux toucher en ce moment. Je crois qu'il serait content.

Je lui tape la poitrine et il pouffe.

— J'arrive pas à croire que t'as assez d'énergie pour ça. *Encore* !

Adam bâille.

— *Moi*, non, mais mon petit soldat est prêt vingt-quatre heures sur vingt-quatre. Il se met au garde-à-vous dès que t'es dans les parages.

— C'est bon à savoir si j'ai envie de profiter de toi.

— Vingt-quatre heures sur vingt-quatre, il répète la voix dans le coaltar, comme s'il s'endormait.

Quelques secondes s'écoulent et je me demande s'il est toujours éveillé. Mon esprit retourne à notre conversation de tout à l'heure. Me faire lapider par des gens de mon lycée, ou du moins c'est ce que je crois, a été l'une des expériences les plus humiliantes de ma vie. Je me suis sentie tellement impuissante, mais étrangement, le raconter à Adam m'a délesté la poitrine.

Plus sûre de moi que je l'ai été depuis une éternité, je pose à Adam la question qui m'a trotté dans la tête toute la soirée.

— Adam, je chuchote.

— Mmm ?

— Où est ta mère ?

Sa respiration s'arrête. Puis il soupire profondément et me serre contre lui.

— Elle est morte d'un cancer quand j'avais six ans.

Je serre la main sur sa poitrine, choquée par sa confession.

— Je suis désolée.

Il se frotte le bras.

— C'était il y a longtemps.

— Et ton père ? Vous êtes proches ?

Je ne sais toujours pas de quoi son père voulait lui parler ce soir, mais il m'a clairement fait comprendre que je n'étais pas la bienvenue dans la conversation. J'ai du mal à croire que le père d'Adam est au courant de la rumeur avec le professeur. Je doute que ce qui le tracassait ait un rapport avec moi.

— Je suis plus proche de lui que mes frères, même si ça ne veut pas dire grand-chose.

— Comment six hommes qui ont perdu la femme la plus importante de leur vie peuvent-ils être aussi distants les uns des autres ?

Je veux le comprendre. Et le réconforter. Et pour le faire, je dois en savoir plus sur lui.

Il reste silencieux un moment, puis il répond.

— Après la mort de ma mère, mon père s'est carrément désintéressé de nous. D'une certaine façon, on les a perdus tous les deux ce jour-là : le cancer a pris ma mère, et le Club Tahoe a pris mon père, car c'est là qu'il a investi toute son énergie. La seule différence entre mes frères et moi, c'est que j'ai essayé de rester proche de lui. J'ai adopté son mode de vie, j'ai travaillé pour lui — j'ai fait tout ce qu'il m'a demandé. Depuis que j'ai quitté le Club Tahoe pour aller bosser au Blue, j'ai réalisé que ces choix ne nous ont jamais réellement rapprochés. Et ils ne m'ont jamais rendu heureux.

Son corps est tendu ; une guerre d'émotions se livre en lui et se lit sur son visage — un visage sublime qui ne trahit que rarement ses sentiments, toujours cachés derrière un masque séduisant et imperturbable. Mais je ne vois plus cet Adam. Je vois derrière sa façade l'homme attentionné, intelligent et tourmenté qu'il est.

— Qu'est-ce qui te rend heureux ?

Il hausse une épaule.

— Mes frères ont renoncé à leur fonds de placement

pour vivre leur vie comme bon leur semblait. Je ne croyais pas pouvoir me passer de l'argent, dit-il en baissant les yeux, et son regard s'attendrit. Mais me voilà. Avec toi. Et je n'imagine pas une vie meilleure que celle-ci, avec des pots de fleurs sauvages et une fille magnifique qui se promène en sous-vêtements en mangeant du chocolat.

Je souris, et il me serre contre lui.

— Quand mon père est venu nous voir mes frères et moi ce soir, j'ai réalisé que ce n'était pas son style de vie que je voulais ; c'était son temps. Obéir à ses ordres me permettait de rester près de lui, d'une certaine façon, mais ça n'a jamais suffi.

Je grimpe sur Adam, alignant mon corps avec le sien, et je blottis le visage dans son cou, glissant les mains sous sa tête. Je ne veux pas qu'il se sente seul. Jamais.

— Qu'est-ce que ton père t'a dit ce soir ?

Adam aplatit les paumes au creux de mes reins.

— Qu'il aimerait qu'on passe plus de temps en famille, répond-il avant d'inspirer profondément. Je ne peux même pas te dire à quel point ça paraît ridicule après tout ce temps. Il m'a offert ce que je veux le plus depuis la mort de ma mère, et je n'ai pas pu le prendre au sérieux.

Je relève la tête pour le regarder.

— Peut-être que tu devrais. Les gens changent.

Il secoue la tête.

— Mon père est le genre d'homme à claquer des doigts et s'attendre à ce qu'on lui obéisse. Je comprends pourquoi mes frangins et lui se prennent la tête. Il ne sait pas comment…

— Comment vous aimer ? je hasarde.

Adam baisse les yeux, pose un baiser sur mon front.

— Je ne sais pas trop ce que j'essaie de dire. C'est la première fois qu'il fait ça, nous convoquer pour « passer du temps en famille ». C'est trop bizarre. *Il* est bizarre ces temps-ci.

Il pouffe.

— Et sa suggestion a eu un effet prévisible : Levi, Wes, Bran et Hunter sont sortis en trombe.

— Peut-être qu'au fil du temps, tu finiras par y arriver. S'il n'a pas l'habitude de montrer ses sentiments, ça n'a pas dû être évident pour lui de vous dire ça, et il avait sans doute du mal à s'exprimer.

— Peut-être bien, dit-il en m'attirant vers lui et alignant nos bouches.

La douleur s'éternise un moment dans son regard, remplacée graduellement par une lueur espiègle que je commence à reconnaître.

— Assez parlé de ça. On a encore quelques heures avant le boulot. Qu'est-ce que tu veux en faire ? demande-t-il, les yeux scintillants alors qu'ils admirent ma bouche, puis mes seins pressés contre son torse. Et si on s'occupait de *ma* liste de corvées ?

— Tu essaies d'éviter le sujet de ton père ?

— Je ne fais qu'optimiser notre temps.

— Je vais être endolorie demain, je réplique en poussant un soupir résigné, mais entièrement factice.

— Pas si j'utilise ma bouche.

Il hausse les sourcils et mon cœur s'emballe.

Chapitre Vingt-Six

HAYDEN

Dans l'esprit *allons-y lentement*, Adam n'a passé que quatre nuits chez moi la semaine dernière. OK, ce n'est pas vraiment lent. Je voulais le voir et il s'est montré particulièrement ardent dans ses attentions. Qui aurait cru qu'on s'entendrait si bien ?

Hayden, t'as vu ma cravate ? demande-t-il de la chambre.

— Laquelle ? je lui réponds de la salle de bains. T'en as environ cinq cents.

— La tissée bleu marine.

Adam se tient devant le dressing qu'il m'a fabriqué, en pantalon de costard, la chemise déboutonnée. Je le rejoins, jette un coup d'œil à l'intérieur, et un chœur d'anges chante dans ma tête — pas en vrai, mais mon dressing est tellement beau que je pourrais pleurer. Adam l'a terminé il y a deux jours.

Deux des trois murs sont tapissés d'étagères étroites pour maximiser la capacité de stockage des chaussures. Je n'ai autorisé la tringle que sur un seul mur, avec une étagère sur le dessus, sur son insistance. Vous savez, au cas où j'achèterais de nouvelles chaussures. Et naturellement, quelques fringues d'Adam sont arrivées sur la tringle.

Si je suis une folle de chaussures, cet homme est un porte-manteau ambulant.

— Elle n'est pas là ? je m'étonne. T'es sûr de l'avoir apportée hier ?

Son regard se promène sur mon kimono en soie noire. Il enroule un bras autour de ma taille et me tire vers lui.

— Je ne vois rien avec toutes les chaussures qui remplissent l'espace. Tu ne devais pas en donner un peu ?

— Je l'ai fait.

Une paire. Et ça m'a fendu le cœur.

Il m'embrasse le cou et tire sur le col de mon kimono. Je lui gifle la main et me libère de son étreinte. Puis je me mets à quatre pattes et j'attrape un bout de tissu au fond du placard, coincé sous une paire de bottines Gucci en daim.

Je l'entends respirer plus fort.

— Si tu ne veux pas que je te touche pendant que tu te prépares, cette position n'est pas recommandée. Tu sais l'effet que ça me fait.

Je regarde derrière mon épaule et lui tends la cravate en souriant, mais il reluque mon cul.

— Tu vas être en retard, Adam.

Il secoue la tête et prend la cravate distraitement, la passant autour de son cou.

— Je sais, je sais.

Il boutonne sa chemise et attrape sa veste et son portefeuille, ses souliers à la main.

Adam ne marche pas en chaussures dans la maison. Il dit qu'il ne veut pas salir. Je trouve ça adorable, mais je pense surtout que c'est un maniaque de la propreté. Sauf au lit. Là, c'est un gros cochon.

Il se tourne vers moi et me déshabille littéralement du regard.

— La journée va être très longue après le spectacle que tu viens de m'offrir.

Je me relève, me hisse sur la pointe des pieds et lui attrape la nuque. Puis je l'embrasse, et pas qu'un peu. Un long baiser brûlant de désir, parce que même si c'est agréable de le voir au bureau, ça craint. On a décidé de cacher notre liaison aux employés. Mira et Nessa le savent, bien sûr, mais à part nos copines et leurs mecs, on garde le secret.

Je veux savoir si notre romance d'une semaine est durable. Mon instinct me dit que oui, ce qui est bizarre et une première pour moi. Mais une petite voix me dit aussi : *allô, c'est Adam.*

Je n'ai jamais pensé qu'on s'embrasserait, et encore moins qu'on transformerait notre relation professionnelle en relation amoureuse. Mais on l'a fait et j'ai besoin de temps pour anticiper la suite. Adam est intraitable sur le fait de ne pas le dire à nos collègues pour des raisons qu'il refuse d'expliquer. Il ne veut surtout pas que Blackwell le sache. Je me dis que ça n'a rien à voir avec le fait que le PDG me déteste. Ce n'est pas comme si Blackwell pouvait nous dicter nos fréquentations. Mais ces Blue Stars sont soudés, et Adam travaille avec eux comme s'il en était un. Sauf qu'il n'a pas la bague en saphir, heureusement.

Je pourrais demander à Adam ce qui se passe au Blue. Le plan était de me rapprocher de lui pour le découvrir, mais ça me semble dégueulasse maintenant. Comme si je l'avais utilisé. Ce que nous vivons n'a rien à voir avec le Blue Casino. C'est notre histoire. Et puis, moins j'arrive à trouver des preuves sur la suite illégale, plus je me demande si elle existe encore.

J'ai mis la main sur les plans du Bliss. Et alors ? Ça ne

prouve en rien l'existence d'une activité illégale. J'ai parlé à Mira des nouvelles suites, et elle pense que ça pourrait être ce qu'on cherche, mais j'ai des doutes. Et tant que ces doutes existeront, j'entretiendrai l'idée que les suites Bliss ne sont rien de plus que des chambres de grand luxe.

———

ADAM

Si je pensais aimer mon travail avant, maintenant que Hayden et moi sommes ensemble, ma vie frise la perfection. À l'exception du projet Bliss.

Il nous reste trois semaines avant l'inauguration, qui coïncide avec la vente aux enchères et le spectacle burlesque. Ces événements donnent aux gens une raison de venir au casino, et au casino une raison de montrer à la clientèle fortunée – sur invitation seulement – les suites Bliss exclusives.

Dans mon bureau, l'organisatrice de la réception me dresse la liste des plats pour l'inauguration de Bliss.

— Beignets de chou-fleur et caviar, tartelettes au roquefort et poire, et bœuf de Kobe en entrée.

Elle tapote son bloc-notes avec un stylet, ses cheveux bruns relevés en chignon sur le dessus de la tête, si serré qu'il lui bride les yeux.

— Une coupe de Dom Pérignon sera offerte pour ouvrir la réception juste après le spectacle burlesque. Les grands vins de la cave du Blue seront proposés toute la soirée, jusqu'à l'aube, ainsi qu'un open-bar.

William se penche en avant sur son siège, agitant les sourcils avec enthousiasme.

— Trois ou quatre des danseuses burlesques qui se produisent ce soir-là se mêleront aux invités.

L'organisatrice coche des éléments de sa liste.

— Et le célèbre DJ de Los Angeles ?

— J'ai déjà passé un contrat avec lui, dis-je. Les ingénieurs travaillent avec l'assistant du DJ sur les installations à l'intérieur de la suite.

Elle coche de nouveaux éléments.

— Tous les invités devront porter un pin's platine et saphir pour célébrer l'événement et aider les employés à identifier les membres potentiels de Bliss lorsqu'ils se déplaceront dans le casino et l'hôtel.

— Et les chambres pour les invités ? demande Paul en s'adressant à moi.

— On a réservé la moitié des suites penthouse et l'étage en dessous. Toutes les chambres seront équipées du linge et des produits de soins de la gamme Bliss.

Paul jette un œil à son téléphone et fait un signe de tête à l'organisatrice.

— On dirait que tout est prêt, alors.

Il se lève et elle l'imite, jonglant avec son bloc-notes et son énorme sacoche remplic des dépliants et brochures que nous avons utilisés ces deux derniers mois pour passer les commandes pour l'événement.

Paul lui serre la main.

— Merci pour tout le boulot fourni, dit-il en la regardant à peine.

Elle n'est pas ni tape-à-l'œil ni jolie, et j'ai l'impression que Paul n'accorde pas beaucoup d'attention aux femmes comme elle.

— Merci pour votre confiance, dit-elle.

Paul la raccompagne à la porte et referme derrière elle. Il s'assied à côté de William et croise les jambes.

— On a cent vingt places de membres à part entière disponibles, dont trente-sept sont déjà réservées. Blackwell veut proposer une formule moins chère pour les membres moins assidus qui ont l'intention d'utiliser Bliss de temps en temps seulement. Cela leur coûtera moins cher au total, mais plus cher par jour, et cela nous permet d'augmenter le réservoir de membres sans diminuer le nombre de membres à part entière. Tu sais ce que ça signifie, n'est-ce pas ?

Je classe la paperasse que l'organisatrice m'a donnée.

— Le Blue va gagner le pactole.

— Et nous aussi.

Il sourit à William, qui lui renvoie son rictus.

Je traverse le bureau jusqu'au coffre-fort que j'ai installé et tape le code, ignorant leur enthousiasme.

— Pourquoi tu gardes ça ici ? demande Paul en montrant les dossiers. Blackwell veut que tous les documents concernant le Bliss soient dans le cloud ou stockés dans un coffre-fort hors site. La confidentialité est critique pour cette activité. C'est pour ça qu'on a investi dans ce foutu système de cryptage de niveau militaire.

— C'est un coffre-fort anti-feu et hyper-sécurisé qui pèse cent cinquante kilos. Et je garde les infos ici jusqu'à la fin de l'événement au cas où il arriverait une merde. En tant que directeur de l'hôtellerie, je suis en première ligne si l'événement capote à cause des défaillances d'un sous-traitant.

Je range le dossier dans le coffre-fort au moment où on toque à ma porte. Hayden se glisse dans le bureau, un grand sourire sur le visage… jusqu'à ce qu'elle aperçoive Paul et William.

Mes épaules se tendent. Je ferme le coffre et retourne à mon bureau en lui lançant un regard d'avertissement quand Paul et William ne me voient pas. On ne doit pas être vus ensemble en dehors des réunions, surtout pas en présence de ces deux-là. Le patron a ordonné à Hayden de ne pas se mêler de l'activité Bliss. Je ne veux pas qu'ils pensent qu'elle désobéit.

— Oh, excuse-moi, dit-elle. Je… suis venue te donner la liste des candidats.

Elle regarde mes deux compères en traversant la pièce.

Paul la déshabille du regard, mate son cul. J'ai envie de le frapper.

— Pourquoi tu travailles avec elle ? balance-t-il d'un ton sec.

Il s'est enhardi ces derniers mois. Le pouvoir que Blackwell lui donne lui est monté à la tête.

Je prends le dossier des mains de Hayden et lui fais un sourire courtois. Elle me questionne du regard, mais je tourne la tête et réponds à Paul tout en parcourant les noms et CV des candidats dans le dossier.

— Je travaille avec Hayden parce que j'ai besoin d'une assistante. Ça pose un problème ?

Je lui lance un regard perçant, m'appuie contre mon bureau et croise les jambes.

Le visage de Paul s'empourpre.

— Oui. Tu ne dois pas travailler avec elle.

Il se lève et fait signe à Hayden de dégager. Je serre les poings.

— C'est une réunion privée, lui dit-il. Et je serais heureux d'expliquer à Blackwell que tu as désobéi à ses ordres directs et que tu te mêles de ce qui ne te regarde pas.

Hayden ne se laisse pas impressionner. Sa poitrine se gonfle et son expression se durcit.

— Si j'avais été impliquée dans le recrutement dès le début, le problème avec l'assistante d'Adam ne serait jamais arrivé. Vous saviez qu'elle travaillait dans un club de strip-tease ?

Paul se frotte le menton.

— Ah bon ? J'savais pas.

Il ment. C'est Paul qui m'a dit d'engager une strip-teaseuse. Mais son culot m'inquiète. Il n'essaie même pas d'être discret. Il semble prendre plaisir à faire savoir à Hayden qu'on la laisse volontairement hors du coup.

Elle pince les lèvres.

— Je ne sais pas ce que vous trafiquez, mais si vous ne voulez pas que la police vous tombe dessus, je vous conseille de travailler avec le service des RH dont la mission est de protéger l'entreprise.

Paul s'avance vers elle.

— C'est une menace ? siffle-t-il.

Je me lève brusquement et le repousse d'un coup sur la poitrine. Il a perdu la tête ou quoi ? Il consomme sans doute trop de la drogue à laquelle il a accès au casino.

Il recule en vacillant.

— Qu'est-ce qui te prend ?

— Recule, je lui ordonne sèchement. J'avais besoin de quelqu'un pour remplacer Bridget hier. J'ai demandé un coup de main à Hayden ; elle ne vient pas fouiner. Si ça pose un problème, j'en parlerai à Blackwell.

Paul jette un œil noir à Hayden, puis me regarde.

— L'assistante du directeur de l'hôtellerie joue un rôle *important*.

Il veut dire par rapport à Bliss.

— Je comprends, mais il faut faire preuve de souplesse. On trouvera une solution.

Paul devra s'accommoder du fait que mon assistante ne peut pas coordonner les concierges du Bliss comme il le souhaitait.

— En attendant, j'ajoute, je vais m'occuper de la communication à laquelle tu fais allusion.

Paul replace soigneusement ses cheveux sur son front dégarni, la mâchoire crispée.

— On en parlera plus tard.

Il se dirige vers la porte et lance à Hayden un regard assassin qu'elle ne voit pas, avant de sortir, William sur ses talons.

Hayden n'a pas vu la menace dans les yeux de Paul, car elle était trop occupée à me regarder.

— Qu'est-ce qui se passe ? dit-elle.

Je fais le tour de mon bureau et pose le dossier des candidats sur mon bureau.

— Rien. Paul est un sale con, tu le sais. Mais il est inoffensif.

— Vraiment ? ironise-t-elle d'une voix lourde d'insinuation.

Je lève les yeux.

— S'il te plaît, ne t'en mêle pas, Hayden. Reste loin de Paul. Et de William.

William a les mains baladeuses. Et d'ailleurs, je n'ai pas aimé la façon dont Paul a regardé Hayden quand elle est entrée. Il n'appréciait pas seulement sa beauté. Il la lorgnait d'un air calculateur. Je ne sais pas s'il pourrait passer à l'acte, mais je préfère qu'elle garde ses distances.

— On se verra plus tard.

Je jette un coup d'œil vers la porte, lui indiquant en silence que ce n'est pas le moment de parler de ça.

— J'ai des projets pour ce soir. J'ai rendez-vous avec Mira.

Je hausse un sourcil.

— Tu me laisses tomber ?

Elle tente de masquer un sourire.

— Non, mais… on a dormi ensemble hier. On ne peut pas se voir tous les soirs.

Pour ma part, je ne vois pas pourquoi, mais elle a sans doute raison.

— Très bien. On se parlera plus tard.

Elle se dirige vers la porte.

Je me lève et la suis.

— Hayden.

Elle se tourne, et je tends le bras par-dessus son épaule pour fermer la porte afin que personne ne nous voie.

— J'espère que je ne vais pas trop te manquer.

Je m'incline et l'embrasse doucement.

Ses yeux à demi fermés fixent ma bouche.

— Tu peux enfreindre les règles, mais pas moi ?

— Si nécessaire. Et j'avais vraiment besoin de t'embrasser.

Elle sourit et ouvre la porte.

— Je m'en souviendrai la prochaine fois que *moi* j'aurai besoin de quelque chose.

Chapitre Vingt-Sept

HAYDEN

Je suis allée au ciné avec Mira hier soir. On a vu une comédie romantique que les mecs qualifieraient de film de gonzesses, mais que j'ai trouvée géniale. Paul m'a sidérée hier. C'était quoi son problème ? Il ne m'a pas rassurée sur les affaires du Blue. Au contraire, notre rencontre dans le bureau d'Adam a fait monter mon stress d'un cran. J'ai sans doute conclu un peu trop vite qu'Adam n'était pas impliqué dans les activités sordides du Blue Casino, ce qui m'inquiète vu que c'est mon petit ami maintenant.

Nous sommes au Beacon Bar & Grill et Mira et Nessa sirotent un Rum Runner. Après le cinéma hier soir, Mira et moi avions prévu de retrouver Nessa ici cet après-midi. Le travail et, pour être honnête, Adam ont monopolisé mon temps cette semaine, et je voulais sortir avec les filles.

— Donc Adam et toi ? s'étonne Mira. Et ça va ? Vous vous entendez bien ?

Je prie le ciel qu'il ne soit pas impliqué dans le projet douteux de Paul.

— Vous seriez surprises de voir à quel point on s'entend bien.

Mira regarde Nessa, qui hausse les épaules.

— C'est si difficile à croire ?

Mira contemple son verre avant de répondre.

— Votre chimie n'est pas difficile à croire. Elle était évidente dès le début. Mais ouais, je n'ai jamais vu Adam fréquenter sérieusement quiconque. Ni toi, d'ailleurs. Le boulot est toujours passé en premier.

C'est vrai, mais Adam est devenu aussi une sorte de priorité pour moi maintenant.

— Je ne peux pas l'expliquer. Ça roule avec lui, c'est tout.

Nessa sourit.

— Je comprends. Parfois, l'am… euh, la *complicité* vous prend par surprise.

— C'est ça, dis-je en souriant.

Mira grimace comme si elle était sceptique.

— Et le Blue ? Avec tout le temps que t'as passé avec Adam, t'as appris quelque chose ?

— Non, mais il s'est passé un truc bizarre avec Paul hier. Il est devenu super nerveux quand il a appris que je travaillais avec Adam pour remplacer son assistante.

Mira hausse les sourcils.

— T'as demandé pourquoi à Adam ?

— On était au boulot.

— Et après ?

— Je suis allée au ciné avec toi. Je n'ai pas eu l'occasion de lui parler.

Elle bat ses longs cils noirs plusieurs fois, en plissant ses yeux caramel.

— Hayden, ne me dis pas que tu renonces à découvrir le pot aux roses à cause d'un mec.

— Non, je suspends juste mon jugement jusqu'à ce que j'aie des preuves.

Elle repose son Rum Runner et se penche en avant.

— Mais tu en cherches, j'espère ?

— Oui, j'ai fouiné et je vais continuer. La construction des suites dont je vous ai parlé est terminée, mais Blackwell a posté des gardes à l'entrée qui ne me laisseront pas passer.

— Et ça ne te met pas la puce à l'oreille ?

— Bien sûr que si. Mais tout ce que ça m'enseigne, c'est que Blackwell ne laisse pas entrer d'employés dans les suites. J'avance en terrain miné avec le PDG. Il ne fera certainement pas une exception pour moi. Si vous avez une idée de génie sur la façon dont je pourrais y entrer, je suis preneuse.

Mira pince ses lèvres en forme de cœur et les tord sur le côté. Elle se tourne vers Nessa.

— Qu'est-ce que t'en penses ?

Nessa a une expression songeuse.

— Maintenant que tu en parles, j'ai peut-être une piste. J'ai reçu un appel au service marketing il y a quelques jours d'une fournisseuse qui avait perdu les coordonnées de son contact au Blue. Elle cherchait quelqu'un à qui envoyer ses serviettes de table personnalisées pour une réception que le casino est censé organiser le soir du spectacle burlesque et de la vente aux enchères. Je lui ai demandé de quelle réception il s'agissait, et elle m'a répondu que c'était pour une inauguration. Quand je lui ai dit que je n'étais pas au courant d'une inauguration, elle a balbutié et raccroché brutalement. Si les travaux sont terminés, poursuit-elle lentement, et que le spectacle burlesque et la vente aux enchères ont lieu le même soir, vous pensez que la réception pourrait être pour l'inauguration des nouvelles suites ? Je veux dire, si le service marketing était chargé de la promotion des suites, ce qui n'est pas le cas, et c'est bizarre, on les montrerait aux clients fortunés qui viennent en ville. Organiser l'inauguration des suites pendant le week-end burlesque est logique.

— Très logique, confirme Mira. Ils se servent de l'événement du casino pour présenter les nouveaux nids d'amour aux clients friqués.

J'arrive à faire le rapprochement comme elles, mais j'aimerais que ce soit une simple coïncidence. Je tourne mon regard vers le lac.

— Si je n'arrive pas à entrer dans les suites avant, je dois m'incruster dans cette réception.

— L'une de nous doit y aller, dit Mira.

Je secoue la tête.

— Tu ne peux pas. T'as oublié ? Tu dînes avec l'éditeur de Tyler ce soir-là.

Mira jure.

Nessa tambourine sur la table.

—Je serai dans le coin, mais j'aide ma boss à distribuer des cadeaux aux invités dans le night-club. Je ne pourrai pas m'éclipser.

— Mais moi je peux, dis-je.

Mira me lance un regard d'avertissement.

— Hayden, tu viens de dire qu'ils ne te laisseront pas entrer dans les suites. Dès que Blackwell découvrira que tu es là, il te fera jeter dehors.

— Pas s'il ne sait pas que c'est moi. Tu as dit qu'il y avait de la drogue dans la suite que tu as vue. J'ai juste besoin d'entrer et de prendre quelques photos. Je pourrais m'habiller en serveuse.

— Mais tout le monde te reconnaîtra en tenue de serveuse. Tu es connue comme le loup blanc ici. Et si

Blackwell est au courant que tu as essayé d'entrer dans les suites, il a sûrement prévenu son staff.

— Le staff recruté par Adam, dis-je en réfléchissant tout haut. Adam ne voulait pas que je sois impliquée dans les nouvelles embauches, et il a un coffre-fort dans son bureau où il range ses dossiers. Je l'ai vu hier. Qui garde des CV dans un coffre-fort ?

Mes mains deviennent moites. J'ai envie de faire confiance à Adam, mais Mira a raison. Je ne peux pas faire l'autruche sous prétexte que je tiens à lui. Pas dans une affaire de cette envergure.

Mira secoue la tête.

— N'imagine même pas que tu vas ouvrir le coffre-fort. Les effractions et cambriolages, c'est fini pour toi, dit-elle en fronçant les sourcils. Admets-le. Tu es nulle.

— OK, je me suis fait prendre dans le bureau du directeur des installations. De toute façon, je ne veux pas mentir à Adam. Fouiner dans son bureau serait malhonnête. Et ça ferait de moi une petite amie flippante.

Les yeux de Mira s'écarquillent.

— T'es sa petite amie maintenant ?

Merde. Je coince une mèche derrière mon oreille.

— On ne voit personne d'autre, et ouais, il m'a présentée à sa famille comme sa petite amie.

La voix de Mira monte d'une octave.

— T'as rencontré sa famille ?

— Brièvement. Ce n'est pas ce que tu crois.

Je ne sais pas pourquoi je me défends. Être avec Adam ne constitue pas un crime.

Mira sourit.

— Hayden, c'est bon. Je peux te dire qu'Adam t'aime beaucoup. Je trouve ça mignon.

Ses sourcils forment un V.

— Et si au lieu d'agir derrière son dos, tu lui parlais ? Questionne-le sur les suites Bliss.

J'aurais pu parler à Adam depuis longtemps. Je n'ai pas voulu pour ne pas gâcher notre histoire. À ce moment-là, je n'avais aucune preuve que les suites Bliss avaient un rapport avec la suite secrète trouvée par Mira et Tyler. Mais après avoir assisté à la réunion entre Adam, Paul et William hier, et maintenant avec cette révélation sur l'inauguration… j'ai la trouille.

— Et si je lui demande et qu'il me dit qu'il sait tout et que c'est aussi terrible qu'on le pense ? Ou s'il me dit qu'il n'est pas impliqué alors qu'en fait, il est dedans jusqu'au cou ?

Nessa tend le bras au-dessus de la table et me presse la main.

— Il tient à toi, Hayden. Donne-lui une chance.

Je me prends la tête dans les mains.

— Mon Dieu, tu as raison. On est ensemble depuis une semaine et je fais déjà tout foirer. Il n'a rien fait pour mériter ma méfiance.

Mira se lève et met sa main en visière pour observer le lac.

— Eh bien… Voilà l'occasion de lui demander.

— Qu'est-ce que tu racontes ?

Je regarde dans la même direction. Vers le ponton du Beacon. Et je vois Adam, Zach et Tyler qui descendent d'un hors-bord.

— Qu'est-ce qu'ils fichent ici ? dis-je d'une voix chevrotante.

D'accord, je panique. Je ne suis pas prête à confronter Adam, pour dire la vérité. J'ai envie de courir et de le prendre dans mes bras, pas de l'accuser d'être complice des malversations du Blue Casino.

Cette fois, c'est au tour de Mira d'avoir l'air coupable.

— Eh bien, je les ai plus ou moins invités. Tyler voulait qu'on se voie aujourd'hui et j'avais rendez-vous avec vous, les filles. Il m'a peut-être, disons… *convaincue* de divulguer l'endroit où on serait, grâce à des tactiques habiles.

Nessa fait la grimace.

— Pas de détails, merci.

Mira fronce les sourcils.

— Il a de quoi être persuasif ! Je veux dire, merde, regardez-le.

Ce que nous faisons. Nous regardons les trois hommes qui remontent la plage, comme tout le monde dans les environs. Parce qu'ils sont sublimes. Adam est en short de surf et t-shirt moulant, sa casquette de baseball tournée à l'envers. Il a la peau dorée par le soleil et des jambes incroyablement sexy dans lesquelles j'ai eu le plaisir de m'emmêler. Il porte des lunettes Aviator, un sourire qui tue, et je bave littéralement.

Quand j'arrache les yeux de mon mec beau comme un dieu, un examen rapide de Tyler et Zach me confirme qu'ils sont, eux aussi, des bombes. Pas aussi beaux qu'Adam, mais en même temps, personne ne l'égale.

La meilleure partie de la traversée de la plage par cette brochette de beaux gosses, c'est qu'Adam me regarde droit dans les yeux. Il ne semble pas remarquer que toutes les filles le matent, ou bien il s'en moque.

Adam arrive sur la terrasse où Mira, Nessa et moi nous trouvons et me prend dans ses bras.

— Salut, ma beauté. Je t'ai manqué ?

Mon visage atteint la température d'un four. J'ai pensé à lui non-stop depuis que je l'ai quitté, même pendant ce satané film de gonzesses, et il le sait.

— Peut-être.

— Je vais devoir te rappeler pourquoi tu m'aimes tant. Plus tard. Au lit.

Il me chuchote à l'oreille la dernière partie, ce qui fait frissonner ma peau dénudée par le débardeur.

Le plus drôle, c'est que coucher avec Adam n'est même pas ce que je préfère. Nos rires à table, nos câlins au lit ou nos discussions sur les expériences humiliantes de la vie et le voir s'indigner en mon nom… ce sont les moments que je préfère. Le sexe incroyable n'est qu'une énorme cerise sur le gâteau, tout comme son physique de rêve.

Adam me repose par terre et je vois que tout le monde nous mate. Mira sourit, enlaçant Tyler d'un bras, qui regarde Adam comme s'il ne l'avait jamais vu alors qu'ils se connaissent depuis au moins dix ans. Zach et Nessa jettent des regards furtifs dans notre direction, mais ils ont la politesse de ne pas nous dévisager.

Zach tire la chaise de Nessa et avale une grande gorgée de son Rum Runner pendant qu'elle s'assied.

Tyler fait signe à la serveuse, et ils commandent tous les trois à boire et à manger.

— Alors, mesdames, qu'en pensez-vous ?

Adam étale son bras sur le dossier de ma chaise, sa jambe chaude et musclée touche la mienne de temps en temps. Ça m'a manqué. On ne peut pas flirter au boulot, et le jeu de séduction d'Adam est aussi excitant que ses mains sur mon corps. OK, pas tout à fait.

Il me regarde langoureusement.

— Vous voulez venir faire un tour en bateau avec nous ?

Je lui jette un regard en coin.

— J'ignorais que tu possédais un bateau.

Il sourit.

— Tu n'as pas posé la question.

— C'est vrai, c'est tout à fait le genre de sujet qu'on aborde dans les conversations de tous les jours.

Il rigole.

— Alors ? Vous êtes partantes ?

Je balaie la table des yeux. Mira et Nessa hochent vigoureusement la tête.

— D'accord. On dirait que notre déjeuner entre filles s'est transformé en sortie de groupe.

Chapitre Vingt-Huit

ADAM

Nous quittons le Beacon et je traîne mon butin de pirate, à savoir ma sublime copine, dans mon hors-bord avec les mecs et leurs copines.

Quand Zach a suggéré de faire une virée au chalet en bateau, je ne me suis pas fait prier. Le ciel était d'un bleu azur et il faisait vingt-sept degrés. Je saute sur toute occasion de naviguer sur le lac, surtout les jours d'été comme celui-ci. Et quand il a suggéré qu'on aille chercher nos copines aussi, j'ai littéralement laissé tomber ce que je faisais et je me suis précipité chez lui. Sans vouloir être cucul la praline, Hayden m'a manqué à mort hier soir.

Nous avons dormi séparément quelques nuits depuis que j'ai commencé à travailler sur son dressing il y a plus d'une semaine, et je dois avouer que je ne suis pas fan. Je veux passer tout mon temps libre avec Hayden, mais je devrais peut-être mettre la pédale douce. Notre relation est encore jeune, et je ne veux pas la faire flipper. Côté relation, je ne suis pas dans mon élément.

J'ai fini par traîner avec Wes hier soir, puisque Hayden sortait avec Mira. Nous avons frappé des balles de golf au stand de tir nocturne en buvant des bières. J'ai passé du bon temps avec mon frangin, comme d'habitude, mais quand j'ai repéré Hayden sur la terrasse du Beacon, mon cœur s'est emballé comme si j'étais dans le sprint final d'un marathon.

Je savais qu'elle serait là ; c'est pourquoi nous sommes venus aujourd'hui. Mais la façon dont son visage s'est illuminé quand elle m'a vu a rempli un vide en moi. Car son sourire est pur et véritable. Dans le milieu de mon père, il n'y a que des gens hypocrites et motivés par l'appât du gain. Mais Hayden est authentique, sans artifice. Et c'est pourquoi je sais que je peux lui faire confiance.

Mira et Tyler s'installent confortablement à l'avant du bateau tandis que Zach et Nessa s'étalent sur la banquette arrière. Hayden s'assied à côté de moi, vêtue d'un short et d'un débardeur vert pâle ample. Elle relève ses lunettes fumées sur la tête et sourit en me regardant démarrer le moteur, puis saluer de la main le préposé sur le ponton du Beacon.

— Ils te laissent t'amarrer ici quand tu veux ? demande-t-elle.

— Ouais.

Je recule le bateau, puis le manœuvre doucement hors de la zone de baignade.

Zach éclate de rire derrière nous.

— Cade a le droit de s'amarrer sur n'importe quel ponton sur ce lac.

Je pivote la tête vers lui et le fusille du regard.

— Quoi ? C'est vrai, dit-il en haussant les épaules.

Hayden ôte ses tongs et s'adosse à la banquette.

— Qu'est-ce que ça veut dire ?

— Rien.

— Ne sois pas modeste, dit Zach derrière nous. Ça veut dire, Hayden, que parce que ton mec est un friqué de fils à papa, et que tout le monde connaît Ethan Cade, il peut aller où il veut.

— C'est pas vrai, je réplique. Le Hyatt déteste quand je m'amarre à leur quai sur la côte nord.

Zach pouffe.

— C'est parce que t'as foncé dans leur party yacht l'été après la dernière année du lycée.

— Je l'ai juste frôlé, je m'irrite. Et le capitaine du yacht était défoncé.

Nessa étend ses petites jambes sur les cuisses charnues de Zach et lève le visage vers le soleil. Il pose la main sur sa jambe.

Ignorant mon regard noir, il continue.

— Eh ben, selon la rumeur, le type du Hyatt a dit que *tu* étais bourré.

Je regarde Hayden et secoue la tête.

— Je ne navigue jamais en état d'ébriété.

Elle jette un coup d'œil à la glacière remplie de bière dans laquelle Tyler fouille justement.

— Jamais ?

— Enfin, je *fournis* de l'alcool, mais non, je n'en bois jamais sur le bateau. On nous a inculqué la crainte de mourir quand on apprenait la sécurité nautique, mes frères et moi. Le type qui nous a appris était un gardien du Club Tahoe et ex-soldat de la marine, je pouffe. Il nous a d'abord fait subir la torture d'un boot-camp avant de nous laisser nous approcher de l'eau. Hunt est le plus maniaque de la sécurité nautique, mais on l'est tous.

Hayden regarde au loin, les mains croisées sur les genoux, et sourit en voyant un kayakiste passer. Elle semble heureuse et détendue.

— On devrait sortir le bateau juste toi et moi de temps en temps, sans la bande, lui dis-je tout bas pour que les autres ne m'entendent pas, et elle me regarde. Pas que je veuille changer notre décor habituel. Parce que j'aime ta maison.

Nous n'avons jamais passé la nuit à mon chalet, et l'endroit ne me manque pas. Mais mon bateau oui.

— Ça me plairait, dit-elle, et ma poitrine s'emplit de chaleur.

Je suis sur le lac avec ma copine, et je n'ai jamais été aussi heureux.

———

HAYDEN

LES FILLES moi sirotons les margaritas en canette que Tyler a eu la gentillesse d'apporter en plus des bières alors que le hors-bord ancré au milieu d'Emerald Bay ballotte tout doucement, le soleil nous dorant la peau. Les mecs ont ôté leur t-shirt et la vue est spectaculaire à bord.

Le pied posé sur la glacière, Adam me mate, un sourire aux lèvres. Comment vais-je arriver à lui parler du Blue s'il me regarde toujours comme ça ? Je tiens à lui, et je ne veux pas que quelque chose se mette en travers de la relation que nous construisons.

Son sourire disparaît tranquillement, comme s'il sentait mon tracas. Il se penche en avant et ouvre la bouche pour parler, mais avant de pouvoir dire quoi que ce soit, un bruit d'éclaboussement attire notre attention.

Nessa est penchée sur le garde-corps et s'apprête à asperger Zach d'eau. Il est déjà mouillé ; sans aucun doute le bruit que nous avons entendu il y a une seconde.

Zach secoue la tête comme un chien, l'aspergeant d'eau à son tour, et elle éclate de rire.

Nessa se retourne vers nous, tout sourire.

— Ça vous dit de vous baigner ?

— T'as même pas ton maillot de bain, lui fait remarquer Zach.

— J'ai des sous-vêtements costauds.

Il fronce les sourcils.

— Tes sous-vêtements sont tous en dentelle — pas que je m'en plaigne, dit-il avec un sourire espiègle.

— J'ai ma nouvelle culotte boxer. C'est comme un maillot de bain, mais en coton.

Il arque le sourcil.

— Je suis partant, dit-il en regardant Adam et Tyler. Et vous ?

Tyler répond en se levant et s'étirant. Il enjambe la rambarde avant de plonger par-dessus bord.

— Bon, j'imagine qu'on y va aussi.

Mira commence à gonfler un flotteur de la taille d'un frisbee.

— C'est quoi ? je demande.

Elle referme le bouchon et insère sa canette de margarita au centre.

— Un porte-bière flottant.

Elle le dépose sur l'eau, puis ôte son t-shirt, révélant un débardeur moulant en dessous. Elle baisse ensuite son short et plonge derrière Tyler.

Sa tête mouillée ressurgit de l'eau une seconde plus tard.

— La vache ! C'est vachement froid, jure-t-elle en nageant rapidement sur place, sans doute pour se réchauffer. Tyler, rapplique-toi. J'ai besoin de chaleur corporelle.

Tyler nage vers Mira et enroule les bras autour d'elle, la regardant claquer des dents d'un air amusé. Elle est accrochée à lui comme un koala.

Mira est une Washoe, une des tribus amérindiennes du lac Tahoe, alors je trouve plutôt marrant qu'elle soit aussi mauviette dans l'eau.

— Mira, où est passé ton sang indigène ?

— Fous-moi la paix avec ça, grogne-t-elle. Ramène-toi ici et tu verras qu'on pèle !

Adam me jette un coup d'œil et arque le sourcil.

— Je ne peux pas, je murmure.

— T'as la trouille ? dit-il tout bas.

— Non. C'est juste… je porte des sous-vêtements inappropriés, je marmonne.

Mon visage se réchauffe et je frétille dans mon siège.

Il se penche en avant, l'air soudain intéressé.

— Qu'est-ce que tu portes là-dessous ? demande-t-il en me balayant du regard comme pour voir au travers de mes vêtements.

Je ne devrais pas avoir honte. Il a vu ce qu'il y avait là-dessous plus d'une fois, puisque nous avons été… *actifs* cette semaine.

Je soulève mon débardeur ample, rapidement, pour lui donner un aperçu.

Son sourire disparaît et ses yeux trouvent les miens en s'enflammant. Il inspire profondément en se frottant la bouche.

— Fichons le camp d'ici. Je les aurai ramenés chez eux en dix minutes, quinze au maximum.

Je pouffe.

— Adam, on ne peut pas.

Il tend la main et m'attire sur ses genoux, m'embrassant dans le cou, puis tirant sur la bretelle de mon débardeur pour avoir accès au soutien-gorge que je viens de lui montrer.

— Pourquoi pas ? On s'en fout d'eux, non ?

— Euh, non ! Parce que ce sont tes amis.

— S'ils étaient à ma place, ils me jetteraient chez moi à la vitesse de la lumière.

Je glousse en tapant sa main baladeuse. Sa paume

remonte le long de ma jambe, et l'autre revient à la charge en me pelotant le sein sous mon débardeur.

— Tu es vilain.

— Tu t'exhibes et tu t'attends à ce que je reste sage ?

— Tu insistais pour savoir pourquoi je ne pouvais pas me baigner.

Il sourcille.

— Et maintenant, je ne peux plus me sortir cette image de la tête.

— Hé ! hèle Mira. Qu'est-ce qui se passe là-haut ? Vous venez ou quoi ?

— Non ! crie Adam, au même moment où je crie : « Peut-être ! »

Il secoue la tête.

— Pas. Question, murmure-t-il à mon oreille. Ton soutien-gorge est transparent.

— Eh ben, j'ai pensé à toi.

Je gigote pour déloger sa main, qui s'est enhardie de plus en plus ces dernières secondes. Ses doigts sont dans mon soutien-gorge et font des trucs à mon mamelon qui me mettent dans tous mes états.

— Je me suis dit que tu viendrais chez moi plus tard, du coup je me suis habillée pour l'occasion.

— Et je t'en suis reconnaissant. Mais il n'est pas question que mes potes puissent lorgner sur tes seins magnifiques.

La main que j'ai réussi à chasser de mon soutif m'enserre la taille.

— Alors, j'y vais tout habillée ?

Il regarde dans le vide un instant, l'air pensif.

— Ta culotte est assortie ?

Je souris, et il secoue la tête en grognant.

— Tu vas me tuer. Tu le sais, j'espère ?

Je voulais le tuer avec ma lingerie sexy *ce soir*, pas en présence de nos amis.

— J'ai une solution.

Adam prend son t-shirt qu'il a balancé sur la banquette d'en face et me le passe par la tête. Je me lève et me regarde ; il me descend jusqu'aux genoux.

À l'intérieur du t-shirt, je me tortille hors de mon débardeur, puis de mon short.

— C'est mieux comme ça ?

En guise de réponse, Adam me soulève dans ses bras et saute par-dessus bord.

— Bombe !

En remontant à la surface, je reprends mon souffle, toussant et riant à la fois, et je lui frappe la poitrine.

— Espèce de cinglé !

Il sourit et s'éloigne à la nage, plongeant sous l'eau d'un bleu outremer. Puis sa tête réapparaît non loin de moi.

Mira se bidonne, alors je l'asperge d'eau, et elle me rend la pareille. Et pas qu'un peu ; un déluge m'inonde le nez, les yeux et la bouche.

Je plonge sous l'eau pour m'éloigner. Quand je remonte, Nessa bat des jambes pour arroser Mira en souriant malicieusement.

Tyler regarde Nessa en secouant la tête.

— Là, t'es allée trop loin.

Mira a l'air plus déterminée que jamais. Je connais bien ce regard, alors comme toute personne sainc d'esprit, je m'éloigne.

Mira déchaîne ses mains torrentielles sur Zach et Nessa, leur mettant la misère. Je regarde la scène de loin, me félicitant intérieurement de m'être écartée du chemin à temps, lorsqu'un truc se glisse sous mon t-shirt et m'empoigne les fesses.

— Ahh !

Adam émerge et secoue les cheveux d'un côté, un sourire niais aux lèvres.

J'enroule les bras autour de ses épaules, car Mira avait raison : on se les gèle.

— Tu m'as foutu la trouille.

Il me soulève et je pose un baiser sur sa joue, qui est fraîche et rugueuse, mais je l'aime…

Oh mon Dieu. Mon sourire disparaît.

— Qu'est-ce qu'il y a ? demande-t-il.

Je souris prestement pour le rassurer.

— Rien.

Je passe les doigts dans ses cheveux, ferme les yeux, et lui embrasse la tempe, laissant mes lèvres s'éterniser là un instant de trop, mais il se laisse faire. Même qu'il me serre plus fort contre lui.

J'avais un pressentiment, mais je pensais que nous allions rompre avant que ça soit du lourd entre nous, ou bien que ma première impression d'Adam se révèlerait vraie. Mais je ne vois plus cette version de lui. Tout ce que je vois, c'est le mec devant moi. Celui qui me serre dans ses bras, qui rit avec moi et qui m'aime comme personne ne m'a aimée auparavant. C'est chaud et intense entre nous, et pourtant si tendre. Je ne veux jamais que ça se termine.

Je dois lui parler du Blue. Parce que je l'aime.

Je commence à avoir l'impression qu'en ne parlant pas de ce qui me tracasse, je mens à Adam. Et je ne veux surtout pas lui mentir.

Chapitre Vingt-Neuf

ADAM

Nous déposons les copains et passons chez moi pour changer de fringues.

Hayden balaie le salon des yeux.

— Explique-moi encore pourquoi on ne reste jamais dans ton chalet chic au bord du lac ? Ma maison est un taudis comparé à cet endroit de rêve.

Je mate le plafond à poutres apparentes et la baie vitrée donnant sur le lac.

— C'est joli, mais impersonnel. Ta maison, c'est *toi*. Je veux être où tu es.

Elle me fixe et un sourire illumine son visage. Il me fait fondre, ce sourire.

— D'accord, dit-elle doucement.

Nous nous rendons chez Hayden dans la XKR, et pendant un moment, j'ai une impression de déjà-vu. J'ai rêvé cette scène : conduire sur les routes de montagne, incapable de détacher les yeux des jambes sublimes de Hayden, avec le sentiment de désirer quelque chose intensément et de savoir que je pouvais l'avoir. Qu'elle le désirait aussi. C'était le matin où je me suis endormi par mégarde dans le lit de Hayden. Et nous y voilà, presque deux semaines plus tard.

Je lui prends la main et la serre en lui jetant un coup d'œil. Dans mon rêve, elle était heureuse, pas soucieuse.

— Qu'est-ce qu'il y a ? Tu ne t'es pas amusée aujourd'hui ?

J'ai passé l'une des meilleures journées de ma vie, mais ça ne compte pas si elle n'est pas heureuse.

Elle me regarde, l'air toujours stressée.

— J'ai passé un super moment. Seulement, je dois te parler de quelque chose.

Mon cerveau s'emballe. *Oh merde. Elle ne veut pas qu'on soit ensemble. Elle a des doutes* Mais je dis à mon inconscient de fermer sa gueule.

— Tu peux tout me dire.

Elle soupire et ses épaules se détendent un peu.

— OK. Enfin, je sais que je peux tout te dire. Ou du moins, je le sens. C'est juste que… c'est lié au Blue. Et dès qu'il s'agit de boulot, on n'est pas toujours raccord.

Merde.

Elle a raison.

Il y a des sujets concernant mon travail dont je ne peux pas lui parler. Pas parce que je ne veux pas, mais parce que ça la mettrait en danger.

— Pourquoi tu ne me dis pas ce qui te tracasse et on verra bien ?

Elle me fait un sourire doux, puis détourne le regard et inspire à fond.

— Je dois te parler des Blue Stars.

— Paul et compagnie ? Ils ont fait quelque chose ?

L'idée me hérisse les poils de la nuque.

— Non… enfin, je ne sais pas.

Je garde les yeux sur la route, mais je vois du coin de l'œil qu'elle m'observe.

— Tu ne t'es jamais demandé ce qui leur vaut leurs privilèges ? poursuit-elle. Dans n'importe quelle autre entreprise, les employés bossent ensemble. Mais les Blue Stars sont sélectionnés personnellement par le PDG et ils semblent pouvoir faire ce qu'ils veulent, quel que soit leur poste.

Je me gare dans son allée et coupe le contact, puis je me tourne vers elle et lui prends la main.

— Je n'y ai jamais réfléchi. Le favoritisme existe dans toutes les boîtes. Je n'aime pas la façon dont Blackwell te traite. Ça me rend fou. Mais ne te laisse pas abattre. Tu es extrêmement compétente et utile dans ce que tu fais.

— Mais tu fais partie de l'équipe – les Blue Stars. Tu soutiens la façon dont ils nous traitent, moi et les autres.

— Je ne suis pas considéré comme un Blue Star. Je travaille avec eux. Ça fait partie de mon boulot.

Je regarde ailleurs, essayant de comprendre où elle veut en venir.

— Tu veux que je fasse passer un message en ton nom ? Je croyais que tu ne voulais pas que je te défende, mais…

Elle retire sa main de la mienne.

— Je suis capable de me défendre toute seule. Je le faisais bien avant ton arrivée.

— Tu as commencé à travailler au Blue juste quelques mois avant moi, je fais remarquer, ce qui semble l'agacer encore plus.

Ferme-la, mec.

— Quel est le rapport ? Ils m'ont engagée parce qu'ils pensaient pouvoir me manipuler.

Je secoue la tête.

— Hayden, tu tires des conclusions hâtives. Paul, William et les autres sont des abrutis. Ne les laisse pas te déstabiliser.

— Et Blackwell ? Tu le comptes parmi les abrutis ?

Je pose le poignet sur le volant. On entre dans le dur. Autant aller jusqu'au bout.

— Non. Je pense qu'il est puissant. À un niveau que ni toi ni moi ne pouvons imaginer.

Elle soupire.

— Tout à fait d'accord. C'est pour ça que j'en parle. Pas parce que j'ai besoin que tu voles à mon secours.

Elle est énervée, mais ma propre frustration augmente.

— Pourquoi tu ne me dis pas franchement ce qui te préoccupe ?

Elle croise les bras sur la poitrine, une lueur de défi dans les yeux. Je sais déjà que je ne vais pas aimer ce qui va sortir de sa bouche.

— Je crois que Blackwell utilise le Blue pour mener des activités illégales.

Nan, je n'aime pas du tout le tour que prend la discussion.

Hayden soupçonne quelque chose, sinon elle n'aurait pas fouiné dans le bureau du directeur des installations. *À la recherche de preuves*, a dit Lewis. Hayden essaie de rassembler les pièces du puzzle.

J'ignore de quoi Blackwell est capable, mais mon imagination remplit les blancs assez facilement étant donné les ressources considérables qu'il a investies dans les suites Bliss, l'équipe d'ex-militaires dont il s'entoure, et la source mystérieuse qui livre de la drogue au casino par le biais de call-girls. Si Hayden savait ça, elle tenterait de l'empêcher. Elle ne veut pas que je vole à son secours, mais je ne peux pas non plus lui donner les renseignements qu'elle cherche et qui feraient d'elle une cible facile.

Je dois étouffer l'affaire dans l'œuf et l'éloigner de cette histoire.

— Les soupçons ne constituent pas des preuves.

— Ça ne ressemble pas un déni de ta part, dit-elle. Qu'est-ce que tu me caches ?

Je pousse un soupir.

— Je sais ce que savent les autres managers.

C'est une réponse vague, mais c'est la vérité. Je connais juste quelques détails supplémentaires que les autres ignorent.

— Tous les managers ne sont pas au courant des suites Bliss.

Ma mâchoire se tend. Ces foutus plans dans le bureau du directeur des installations. Je savais qu'elle les avait trouvés.

— Je n'ai pas le droit d'en parler, dis-je à sa grande consternation. C'est mon boulot, Hayden. Ce serait mal de ma part de te demander des infos confidentielles sur les employés. S'il te plaît, ne me mets pas dans la même position.

Elle descend de voiture et je la suis sur le porche. Hayden insère la clé dans la serrure, ouvre la porte et reste sur le seuil.

— Ce qu'ils font est illégal. Mira et Tyler le savent. Lewis, Gen et les autres aussi. On a essayé de trouver des preuves à apporter à la police.

— Bon sang, Hayden, je m'écrie en me passant nerveusement la main dans les cheveux. N'utilise pas le Blue pour te venger du passé. Ça n'a rien à voir avec toi, et ce dont tu parles peut te causer de graves ennuis.

Elle laisse échapper un souffle tremblant.

— Je fais ce qui est juste. Et toi ?

— Comment sais-tu que ce que je fais est mal ? je rétorque.

— Tu ne travailles pas avec eux ?

— Si.

— Alors j'ai ma réponse.

Elle fait un geste pour fermer la porte et j'appuie la main sur le bois pour l'arrêter.

— Laisse-moi entrer. Parlons-en.

— Il n'y a rien à dire, dit-elle d'une voix chevrotante comme si elle allait pleurer.

Mon ventre se noue et ma poitrine se contracte. Je pousse la porte et essaie de la prendre dans mes bras, mais elle recule.

— Pars, s'il te plaît. J'ai besoin de temps pour réfléchir.

— Tu plaisantes ? Je ne suis pas le petit ami idéal, Hayden. J'ai foutu en l'air pas mal de relations. Mais je sais que la communication est essentielle. Ne me repousse pas, dis-je en caressant son doigt sur la porte. Parlons-en pour régler le problème.

— J'aimerais bien, dit-elle d'une voix fluette, ses yeux observant mon doigt qui trace des cercles sur le sien. Mais ce truc entre nous est arrivé trop vite. Et je soupçonne le Blue de choses terribles.

Son regard transperce le mien.

— C'est important, pas seulement pour moi, mais aussi pour nos amis et tous ceux qui ont été lésés par Blackwell et le casino. Je ne vais pas fermer les yeux comme la direction l'a fait quand Gen a déposé plainte contre Drake Peterson. C'est peut-être *ça* ma rédemption pour avoir laissé des brutes me chasser de la ville il y a des années, mais c'est surtout dangereux de prétendre qu'il ne se passe rien. Je ne peux pas laisser un accident arriver ou une personne souffrir si je suis capable de l'empêcher, tu comprends ?

Elle déglutit et avale une goulée d'air.

— Alors tu me dis ce qui se passe avec le Blue et cette histoire de Bliss ?

Je lève les yeux et grogne de frustration.

— Je ne peux pas.

Cette fois, ses yeux s'embuent et elle hoche la tête.

— Alors je ne peux pas être avec toi. Pas maintenant. Pas si tu soutiens Blackwell et ce que je soupçonne de se passer au casino.

— Attends, Hayden. Tu ne comprends pas. Et je ne peux pas te donner les réponses dont tu as besoin, mais si tu me laisses du temps, je le ferai.

— Quand ?

— Je ne sais pas.

— Tu te défiles encore, dit-elle. Tu n'as pas été généreux niveau information. Tout ce que j'ai découvert, je l'ai trouvé par moi-même.

— Et j'aimerais que tu arrêtes de chercher.

Je me défile, *effectivement* — pour son propre bien. Je ne veux pas qu'elle soit impliquée et je suis prêt à tout pour ça. Même à perdre ce qu'il y a entre nous, qui est la première belle relation depuis la mort de ma mère. Mais Hayden est plus précieuse que ça. Je ne veux pas qu'ils s'en prennent à elle.

— Au revoir, Adam.

Elle ferme la porte et je reste là, les mains tremblantes, la poitrine gonflée par l'adrénaline qui se déverse en moi.

J'abats mon poing sur le cadre de la porte, puis je rejoins ma voiture à grands pas.

Chapitre Trente

HAYDEN

J'ai pleuré toute la nuit avant-hier et toute la matinée d'hier, cloîtrée chez moi. Je suis déchirée — à la fois amoureuse d'Adam et si furieuse contre lui que j'ai envie de lui donner des coups de pied au cul. Mais je refuse de lui parler jusqu'à ce que je sache ce qui se passe. Adam pourrait facilement me séduire pour me faire oublier les suites Bliss. Le bonheur que je ressens avec lui est incroyablement puissant. J'ai envoyé bouler mes convictions ces deux dernières semaines. Je ne peux pas continuer à faire l'autruche maintenant que je sais qu'il me cache vraiment quelque chose.

Mira entre dans la salle de pause où je me tiens près de la machine à café, compensant mon manque de sommeil par la caféine.

— Salut.

Elle scrute mon visage et regarde mes mains.

— Tu trembles.

— Trop de café. Ça va aller.

Ces foutues larmes qui ne sont jamais loin affleurent.

— Mince, murmure-t-elle.

Elle m'entraîne de la salle de pause vers son bureau deux portes plus loin. Elle referme derrière nous.

— Qu'est-ce qui se passe ? Tout allait bien quand on s'est vues samedi.

Je pousse un gros soupir.

— J'ai rompu avec Adam.

Ses yeux s'écarquillent.

— Pourquoi t'as fait ça ?

Là, c'est moi qui suis étonnée.

— Je croyais que tu ne l'aimais pas ?

Elle s'assied sur son siège du bureau.

— Mais si, j'aime bien Adam. Je l'ai toujours bien aimé. J'ai juste toujours trouvé qu'il était salaud avec les nanas. Mais il n'est pas comme ça avec toi. Le mec est amoureux. Genre, *grave* amoureux, Hayden.

Je secoue la tête.

— Non, tu ne comprends pas. Il n'est pas amoureux de moi ; il fait des cachotteries – des mensonges par omission.

Je tape sur le bureau.

— Il est impliqué. Il est de mèche avec eux. Les suites Bliss. Blackwell et les Blue Stars. Il est au courant de tout ce qu'ils font, et il ne veut rien me dire.

Sa paume s'abat sur le bureau.

— Merde. Qu'est-ce qu'il a dit exactement ?

— Qu'il ne peut pas m'en parler. Il veut que je lui donne du temps.

Elle cligne des yeux à plusieurs reprises.

— Vraiment ? Combien de temps ?

Je la dévisage.

— Qu'est-ce que ça peut faire ? Il est impliqué.

Elle tambourine des doigts, le regard au loin.

— Peut-être. Ou peut-être qu'il a une bonne raison de vouloir plus de temps. Je détecte un sale type à des kilomètres, et Adam n'en est pas un.

Je grimace et ferme les yeux. Mira a grandi dans le vice et la corruption. Le fait qu'elle n'ait pas pris le même chemin que sa mère et ne soit pas morte d'une overdose comme elle témoigne de sa force.

— Je ne peux pas ignorer ce qu'il fait. S'il est impliqué, ça craint.

Elle fait le tour du bureau et s'assied sur l'accoudoir de ma chaise en métal, manquant de nous faire basculer. Elle me frotte les épaules.

— Tu lui fais confiance ?

Je secoue la tête ; mon désarroi a atteint des proportions épiques ces derniers temps.

— Mon cœur lui fait confiance. Mais ma tête… Quelle raison aurait-il de mentir à sa petite amie ?

Mira se lève et fait les cent pas.

— Je ne sais pas. Je tuerais Tyler s'il me mentait sur un sujet important.

— Exactement. Mentir est un motif de rupture, et Adam a reconnu qu'il était nul en relations amoureuses.

Je pose le front sur son bureau.

— Ça va aller. J'ai juste besoin de temps pour surmonter ma peine.

— C'est ça, ironise-t-elle. T'as l'air de quelqu'un qui va surmonter ça en deux coups de cuillère à pot.

Je roule des yeux à son sarcasme, mais elle ne me voit pas, car mon visage est contre le bureau. J'inspire à fond et essuie les larmes et les coulées de mascara sous mes yeux.

— Bon, je retourne bosser.

Mira me tend un mouchoir.

— Donne-lui une chance. Ça fait des mois qu'on essaie de savoir si oui ou non il se passe un truc louche. Adam est au courant des agressions qui ont eu lieu au casino comme tout le monde. Il sait que le Blue a eu des problèmes. Et c'est un pote de Jaeger. Je ne le vois pas soutenir un truc pareil.

Je souris amèrement.

— Et pourtant, il le fait. Sinon pourquoi il refuserait de me parler des suites ?

———

ADAM

HAYDEN NE PREND PAS mes appels, et je vais péter un câble. J'essaie de la protéger. Mais évidemment, je ne peux pas lui dire. Elle a failli m'arracher les yeux quand j'ai proposé d'intervenir en sa faveur auprès de Blackwell. J'ai peur de ce qu'elle ferait si je lui disais que je lui cache le Bliss pour qu'elle n'y soit pas liée. Elle a cette idée que c'est son devoir de protéger les employés puisque la direction du casino n'a pas protégé ses amies. Je sais que c'est plus compliqué que ça : elle a été marquée par le drame au lycée et veut se poser en défenseure des opprimés parce que personne ne l'a défendue. Mais je ne peux pas la laisser devenir une cible pour Blackwell. Pas quand j'ignore de quoi il est capable.

Paul et William entrent dans mon bureau et ferment la porte.

— Dix jours avant l'inauguration officielle. Combien se sont enregistrés à l'hôtel ?

Je m'étire le cou. Je n'ai vraiment pas envie de gérer Paul en ce moment. Il m'a emmerdé sans relâche pour des putain de détails sur la réception d'inauguration, me demandant dix fois les mêmes choses.

— Comme je te l'ai dit il y a une heure, on a cinquante membres potentiels enregistrés pour le week-end, et vingt de notre quarantaine de membres seront également en ville pour l'événement. Eve est en train de préparer une lettre et un panier cadeau pour chacune des chambres. Rien d'autre ?

— Et le DJ…

— Confirmé. Son assistant m'a envoyé son itinéraire de vol, que j'ai fait suivre à Eve, qui ira le chercher en personne à l'aéroport. Le traiteur est confirmé aussi, le menu est fixé. Et si tu veux des infos sur la vente aux enchères et le spectacle burlesque, demande à William.

Paul fourre sa main dans sa poche.

—Je sens de l'animosité de ta part.

— Tu sens mal.

Il sent *bien*, mais c'est mieux si Paul ne sait pas tout ce que je pense en ce moment.

William nous regarde Paul et moi, avec un sourire mal à l'aise. C'est le gars qui veut toujours faire plaisir à tout le monde.

— Eh bien, je peux vous dire que les enchères et nos magnifiques danseuses sont en place. Ces dames arrivent vendredi pour le spectacle de samedi. À partir de six heures du matin samedi, une équipe viendra décorer le club pour la soirée. Je travaille avec la sécurité pour fermer la zone pendant qu'on installe le matériel.

— On dirait que tout est prêt, dis-je. Si vous voulez bien m'excuser.

Je me lève pour partir. Je n'avais pas prévu de quitter mon bureau, mais je deviens claustrophobe ici. J'ai soudain besoin de prendre l'air.

Paul fait cliqueter des pièces dans sa poche.

— Je suppose qu'on est pratiquement prêts, alors. Blackwell exige que tout le monde participe à la réception après le spectacle pour vanter l'expérience Bliss. Prévois d'y passer la nuit. Je t'enverrai la liste des trucs à mettre en avant quand tu discuteras avec les prospects.

J'opine, bien que je n'aie pas l'intention de consulter sa liste.

— On a fini ?

Sans attendre la réponse, je les invite à sortir en premier.

Paul et William obtempèrent, mais Paul se retourne vers moi une fois dans le couloir. Il fait signe à William d'avancer.

— N'oublie pas, si tout se passe comme prévu le soir de l'inauguration, tu peux espérer toucher une grosse prime en fin d'année.Il plisse les yeux.

— Garde le cap, Adam, et tout ira bien.

Je le regarde s'éloigner d'un pas confiant. Il snobe le directeur des jeux qu'il croise dans le couloir, mais fait un clin d'œil à Eve. La différence de traitement envers les employés était évidente, mais je n'avais jamais réalisé à quel point c'était prononcé chez les Blue Stars. Jusqu'à ce que Hayden le fasse remarquer.

Je me dirige vers son bureau. Je l'ai laissée tranquille hier soir et la veille aussi, mais on doit discuter. Si Hayden était n'importe qui d'autre, j'aurais laissé tomber. Mais je ne peux pas avec elle. Je vais garder mes distances, si c'est son souhait, mais je ne partirai pas. Pas cette fois.

Je toque à l'épaisse porte en bois et entre sur son invitation.

Elle lève la tête et nos regards se croisent. Exactement comme il y a deux jours quand je l'ai aperçue sur la terrasse du Beacon, mon cœur se met à battre la chamade.

— Adam ?

Elle regarde derrière moi, mais je ferme la porte.

— Pourquoi es-tu là ?

— Parce que je travaille ici ?

— Tu m'as comprise.

— Je voulais te parler.

Elle laisse échapper un soupir triste.

— Est-ce que tu es venu me parler de ce que tu me caches au sujet des suite Bliss ?

— Hayden, dis-je d'une voix exaspérée. J'aime que tu sois forte et que tu ne renonces jamais, mais pour une fois, j'ai besoin que tu le fasses. J'ai envie de tout partager avec toi, mais je ne peux pas te parler de ça.

Elle comprime les paupières et secoue la tête, comme si elle luttait intérieurement.

— Si tu es impliqué dans une activité illégale, alors tu dois savoir que je ne lâcherai pas.

Elle lâche un souffle rauque.

— Je savais qu'on en arriverait là. Je le *savais*. Mais je ne pensais pas que ça ferait aussi mal.

Je contourne son bureau et la prends dans mes bras.

— Ne te fais pas du mal. Fais-moi confiance.

Je l'implore des yeux et son expression s'adoucit, mais je ne peux pas dire si je l'ai convaincue. Et mon Dieu, j'ai besoin de la convaincre.

— Mon cœur te fait confiance.

Sa voix est fluette, comme si la confession la troublait.

— J'aime ton cœur, dis-je avec une sincérité qui m'étonne moi-même.

Mes mots étaient destinés à l'inciter à me donner une chance, mais c'est plus que ça. J'aime Hayden. Pas de feu d'artifice, pas de révélation soudaine. Une simple vérité qui était là depuis le début.

— Je ne t'ai pas donné une seule raison de douter de moi depuis que j'ai commencé à travailler au Blue, n'est-ce pas ?

— Non, dit-elle en hésitant, car elle n'a aucune idée de la profondeur de mon propre aveu.

Sa bouche se tord.

— Non, sauf si on prend en compte les choses que tu me caches.

— Pour une bonne raison. Une raison dont je prévois de te parler dès que je le pourrai. Tout ce que je te demande, c'est un peu de temps. Je n'ai peut-être pas mérité ta confiance par le passé, mais aie foi en moi aujourd'hui. Je ne te décevrai pas.

Elle sonde mon regard en silence.

— Je pense que tes intentions sont bonnes, même si ça m'énerve que tu me caches des choses. Un peu de temps… soupire-t-elle. D'accord. Je peux t'accorder ça.

Je la serre contre ma poitrine, l'étreignant si fort que j'ai peur de l'écraser, mais elle s'accroche à moi, et je pense qu'elle a besoin de cette étreinte autant que moi. Nous avons eu une nuit horrible, une putain de nuit qui a débordé sur les deux derniers jours. Les pires de ma vie. J'ai cru que je l'avais perdue.

Je lui lève le menton.

— Je ne te donnerai jamais une seule raison de douter de moi.

Elle tend le cou et mon cœur se serre, mon sang s'échauffe. J'ai envie de la soulever et l'emporter comme l'homme des cavernes qu'elle croit que je suis. Mais on est au bureau et j'embrasse à regret le bout de son nez à la place de sa jolie bouche.

— On se voit ce soir ?

Elle acquiesce avec un sourire timide.

Oh oui ! j'exulte intérieurement à l'idée de passer la nuit avec Hayden, enlacé dans ses bras. Mais j'ai aussi simplement envie de passer du temps avec elle. Tant que je suis avec Hayden, je suis heureux. Je n'ai jamais connu un bonheur simple et authentique avant elle. Toute ma vie, les bonnes choses ont été assorties de conditions.

Chapitre Trente-Et-Un

HAYDEN

Mira passe la tête par ma porte.

— Réunion de gestion des risques dans cinq minutes.

— J'arrive, dis-je en finissant de taper un e-mail.

J'ai un sacré poids en moins depuis que j'ai décidé d'écouter mon cœur et de faire confiance à Adam. J'ignore encore où ça nous mène. Je ne lâcherai pas cette histoire de Bliss, mais je vais lui laisser du temps comme il l'a demandé. Il a raison. Il ne m'a donné aucune raison de douter de lui, donc je ne douterai pas.

J'ai cru que c'était fini entre nous ce week-end. J'ai paniqué quand il a dit qu'il ne pouvait pas me parler des suites Bliss, mais je peux faire confiance à Adam, même si je n'ai pas confiance en Blackwell et les autres. Les deux ne sont pas liés. Adam ne fait pas partie des Blue Stars.

Je me rends à la réunion de gestion des risques, et à peine cinq minutes plus tard, Eve entre dans la petite salle qui nous utilisons pour la formation, son tricot sans manches deux tailles trop petit au niveau du buste.

— Hayden, il y a une réunion de tous les managers dans la salle de conférence.

Je jette un coup d'œil à Mira. Elle connaît le programme de formation aussi bien que moi, mais elle est encore novice en matière d'animation.

— Vas-y, dit-elle. Je m'en charge.

C'est le moment idéal pour laisser Mira élargir son domaine de compétences. J'acquiesce de la tête et ramasse mes affaires, puis je suis Eve dans le couloir.

Elle tient une pile de dossiers. Sa chevalière bleue, légèrement plus fine que celle des hommes, scintille sous la lumière des appliques murales art déco. Elle est la seule femme Blue Star et je me suis souvent demandé pourquoi ils l'avaient choisie. Je pense que c'est parce qu'elle n'a aucun scrupule.

Depuis le peu de temps que je travaille au Blue, j'ai vu des employés se faire virer pour avoir commis l'erreur de se confier à Eve. Faire part d'un mécontentement à propos de Blackwell ou d'un membre des Blue Stars est une cause de licenciement, même si une autre raison est avancée chaque fois. C'est pourquoi je lui parle à peine, et reste silencieuse tandis que nous cheminons vers la salle de conférence.

Une fois à l'intérieur, Eve se dirige directement vers le siège voisin de Blackwell, mais je m'arrête sur le seuil. Tout le monde est présent. Le service de restauration a même dressé un buffet, ce qui ne se fait que pour une célébration ou un événement spécial.

Encore un truc dont Blackwell ne m'a pas informée ?

Adam est à sa place habituelle au bout de la table. Il me fait un sourire discret, et je me dirige vers lui. La place à côté de lui étant vide, je la prends et sens la chaleur de son corps dès que je m'assieds.

— Merci d'être venus aujourd'hui, dit Blackwell en ouverture de la réunion.

Mais je l'écoute à peine, car Adam presse sa jambe contre la mienne.

Depuis qu'il a quitté mon bureau il y a quelques heures, je ne pense qu'à être avec lui ce soir. Je craignais qu'Adam s'enfuie au premier petit problème entre nous. Il a avoué être le premier à partir quand une relation se complique. Mais notre désaccord sur les suites Bliss *est* un gros problème, et il n'a pas fui. Il est venu me voir aujourd'hui pour arranger les choses. Bliss me pose toujours problème, mais il a raison : nous séparer n'est pas la solution.

Sa main chaude me serre la taille sous la table et je souris.

— … heureux de compter Adam Cade parmi les Blue Stars.

Je lève brusquement la tête. Qu'est-ce que vient de dire Blackwell ?

La main d'Adam se fige sur ma taille, puis il la retire lentement, emportant toute la chaleur avec elle.

Je fixe le visage souriant de Blackwell.

— Adam ? dit-il. Tu veux bien te lever ?

Il sort un écrin noir.

Adam se lève et boutonne sa veste de costume, la mâchoire tendue. Évitant de regarder dans ma direction, il se dirige vers le bout de la table. À chacun de ses pas, je sens nos mondes s'éloigner l'un de l'autre.

Ne fais pas ça.

Adam serre la main de Blackwell.

— Merci. C'est un privilège et un honneur d'être un Blue Star. Je m'efforcerai d'être à la hauteur.

Ma mâchoire se décroche.

Adam sort la chevalière de l'écrin et la passe à son annulaire. La pierre précieuse reflète la lumière comme celle d'Eve l'a fait quelques minutes plus tôt dans le couloir.

Mon estomac se contracte et la pièce se met à tourner. J'ai envie de vomir.

Même si je ne savais pas tout ce qui se passait, je croyais qu'Adam ne soutiendrait pas Blackwell jusqu'au bout. Mais son soutien est infaillible. Adam est devenu un Blue Star.

Peut-être qu'il n'a pas le choix ?

Mais qui n'a pas le choix dans la vie ? Ne sommes-nous pas tous les créateurs de notre propre destin ?

Adam laisse cette ignominie se produire. Il cède aux exigences de Blackwell, fait ce que le patron demande pour garder son job comme il m'a dit de faire la dernière fois que nous nous sommes retrouvés dans cette salle de conférence et que j'ai voulu protester quand Blackwell a refilé mon travail à William.

Le volume sonore dans la salle augmente alors que les cadres se lèvent et se dirigent vers le buffet, ou vers Adam pour le féliciter. *C'est la fête.*

Je marche jusqu'à la porte dans le brouillard et me glisse dehors. Adam m'a demandé de lui laisser du temps, mais il semble seulement se rapprocher de Blackwell. S'il est avec lui, il ne peut pas être avec moi. Et je ne sais pas comment ça va finir.

Parce que je l'aime encore.

———

Adam a laissé un mot chez moi hier soir. On avait prévu de se voir, mais après la réunion, j'ai flippé comme une malade et je suis allée chez Zach et Nessa.

Puis toute la bande s'est pointée.

Mira était ulcérée pour moi, mais les gars n'ont rien dit. Adam est comme un frère pour eux, et bizarrement, j'ai l'impression de l'avoir trahi juste en relatant les faits.

C'est mon petit ami, ou du moins il *l'était*. Je ne sais plus où nous en sommes à l'heure actuelle. Ces derniers jours ont été éprouvants. Comment des moments si magiques par leur normalité, comme manger des churros en tenue de soirée et se rouler des pelles sur le comptoir de la cuisine, ont pu tourner si mal ?

J'enfile un sweat par la tête et me traîne pieds nus dans la cuisine. Je me suis fait porter pâle aujourd'hui et je travaille de la maison. C'est une réaction de poule mouillée, mais je ne peux pas voir Adam. Je dois être forte et toutes mes défenses s'effondrent quand je suis près de lui.

Je ne voulais pas qu'Adam soit mêlé aux histoires de Blackwell, mais d'une certaine manière, je pouvais le supporter tant qu'il n'était pas un Blue Star — cette frontière marquant son basculement du côté obscur. Si Bliss s'avère être ce que je pense, je devrai dénoncer Adam à la police avec le reste des Blue Stars…

Je me plie en deux et me tiens le ventre, transpercée par une douleur. *Merde.* L'idée de faire arrêter Adam me fait mal physiquement, mais je ne peux pas me dérober face à la justice. Pas cette fois.

La porte d'entrée s'ouvre et je sursaute, serrant toujours mon estomac.

Adam entre, me scrute. Ses sourcils se rapprochent et il ferme la porte.

— Ça va ? Tu n'étais pas au bureau.

— Ça t'arrive de frapper ?

Je ravale mon cœur, qui a bondi dans ma gorge au moment où il est entré dans la maison.

— Tu devrais verrouiller ta porte.

Il examine mon visage puis son regard se pose sur mon sweat sur un débardeur, sans soutien-gorge, et mon short de pyjama. Ouais, très élégant. Ça ne l'empêche pas de s'avancer vers moi.

— Tu es malade ?

Je recule et heurte le comptoir.

— J'avais besoin d'un jour de congé.

C'est impossible. Je ne peux pas être près de lui. J'ai envie d'enrouler les bras autour de son cou et de le tirer vers moi. Qu'est-ce qui ne va pas chez moi ?

Il enlève sa veste de costume, la plie et la pose sur le dossier du canapé. Il s'approche et lâche ses clés sur le comptoir.

— Tu n'as pas répondu à mes appels.

— Tu viens rompre avec moi ?

Je ne sais pas pourquoi je dis ça. Je suis presque sûre qu'on n'est plus ensemble, mais honnêtement, je n'arrive pas à suivre les rebondissements des derniers jours. Et j'ai besoin de savoir où on en est. Parce que je ne peux pas envisager un avenir heureux sans l'homme dont je n'aurais jamais pensé tomber amoureuse un jour, et pourtant il se pourrait que je doive vivre sans lui.

Adam place ses mains sur le comptoir de chaque côté de mes hanches, me surplombant d'une tête.

— Pourquoi je ferais un truc aussi débile ?

— Parce que tes potes disent que tu romps toujours avec les filles avant qu'elles te quittent.

Et j'ai besoin qu'il s'en tienne à ce schéma. J'ai rompu avec lui une fois. Je ne suis pas assez forte pour recommencer.

— Si tu te souviens, je n'ai pas eu de petite amie depuis un moment. Il y a une raison à cela.

Je cligne des yeux pour refouler mes larmes, parce que l'avoir si près de moi est brutal, la vache. J'ai envie de me coller contre lui et de l'embrasser. De renifler son cou.

Mais ce serait trahir les gens — ou moi-même. Ou lui ? Merde, je ne sais pas.

— Quelle raison ?

— Je vois mon avenir avec toi. Alors non, Hayden, je ne viens pas rompre. C'est la dernière chose que je ferais.

Je lève les yeux, et les foutues larmes rappliquent. Je ne peux pas m'en empêcher : je me colle contre sa poitrine et ses bras viennent immédiatement m'entourer.

— Je suis tellement en colère contre toi.

— Je sais. Mais tu dois me faire confiance.

Je saisis sa main, celle qui porte la bague, et je la brandis.

— Comment je peux te faire confiance alors que tu me caches ça ? Et si je prends une décision qui nous sépare ? Tu sais à quel point tu as tout compliqué en devenant un Blue Star ?

Ses bras se resserrent autour de moi.

— Hayden, pour l'amour du ciel, ne t'en mêle pas. Je sais que tu penses bien faire, mais une grande partie de la situation t'échappe.

Il recule et se passe les mains sur la figure.

— C'est dangereux. Je ne te parle pas de Bliss parce que plus tu en sais, plus c'est dangereux pour toi. Je ne fais pas confiance à Paul ou William, et je m'inquiète de ce dont Blackwell est capable.

— Alors pourquoi tu le soutiens ?

Il ne répond pas, regarde le sol.

— Je suis une grande fille. Je peux me défendre toute seule.

Il redresse la tête.

— Comme tu l'as fait au lycée ?

Je ne respire plus, mon visage s'échauffe.

Son regard dévie sur le côté, comme s'il regrettait ses mots. Il me prend la main.

— Je suis désolé. C'était déplacé. C'était pour te faire comprendre, pas pour que tu te sentes mal. Je te dirai tout ce que je sais dès qu'il n'y aura plus de danger.

— Comment te croire ?

Il lève la main que je tiens, celle avec la chevalière Blue Star, et m'embrasse les phalanges.

— Tu peux me botter le cul si je fais quoi que ce soit qui te blesse.

— Je ne te botterai pas le cul. Je te quitterai, c'est tout.

Un éclair de peur traverse ses yeux et il déglutit.

— Viens. Partons d'ici.

— On va où ?

— Dans un endroit spécial.

Je jette un coup d'œil à mon sweat-shirt et à mon short de pyjama.

— Tu peux rester habillée comme ça. Enfin, enfile peut-être un pantalon. Et un pull. Quelque chose de chaud. On sera dehors.

Chapitre Trente-Deux

Adam roule sur une longue route sinueuse qui traverse la forêt, sur le versant d'une montagne au sud-est du lac. Il tourne dans une allée ne semblant mener nulle part et s'arrête avant d'éteindre le moteur. Il fait sombre comme dans un tombeau ici, et les seules sources de lumière sont les étoiles et la lune en croissant au-dessus de nos têtes.

Je descends de voiture et Adam allume une lampe torche.

— À qui appartient ce terrain ? je demande.

— À Levi. Il habite dans la maison qu'on vient de passer.

Il sort une couverture du coffre, puis se dirige vers une tente devant une aire de feu de camp, et je le suis.

Je regarde à l'intérieur de la tente en demi-coupole.

— Il y a un matelas gonflable. Qu'est-ce que ton frère fabrique ici ?

Adam installe la couverture sur le matelas et sourit.

— Cochonne. Pas ce que tu crois… ou du moins, je ne crois pas. Je ne veux pas le savoir. Mes frères et moi on fait des feux de camp ici, et Levi vient parfois contempler les étoiles.

— Ça le dérange si on est là ?

— Nan. Je viens souvent. Je lui ai envoyé un message pour l'avertir.

Je m'assieds en tailleur au bord du matelas gonflable et je lève les yeux vers les étoiles, que je peux voir par la fenêtre dans la tente et l'ouverture dans la canopée.

— Est-ce que je t'ai dit à quel point j'apprécie Levi et cet endroit magnifique ? Tu crois qu'il me laisserait vivre ici ?

Adam drape son manteau sur mes genoux en s'accroupissant devant moi.

— Peut-être, mais ça ne me plairait pas du tout.

Je contiens un sourire.

— Ton frère a beau être séduisant, il ne t'arrive pas à la cheville, Adam Cade. Je n'ai jamais rencontré un homme aussi canon que toi. Ça m'énervait tellement quand t'as commencé à bosser au Blue. Je n'arrivais plus à me concentrer.

Ses mains me caressent les mollets.

— Et maintenant ?

— Maintenant, c'est dix fois pire, parce que je te connais.

Je parle d'une voix grave, ravalant la boule dans ma gorge. Adam m'a demandé de lui faire confiance, et c'est ce que je compte faire, mais j'ai peur.

Pendant un instant, il ne dit rien. Le son de ma respiration irrégulière emplit la tente. Puis ses mains tombent de chaque côté de moi, creusant deux fossettes dans le matelas gonflable alors qu'il se penche en avant. Je m'étends sur le dos et il suit mon mouvement.

Son corps s'abaisse lentement sur le mien, ses hanches s'installant entre mes cuisses, ses coudes se plantant de chaque côté de ma tête. Sa bouche trouve ma peau. D'abord un souffle sur ma mâchoire, un baiser sous mon oreille. Puis ses lèvres sont sur les miennes.

Je frissonne sous lui alors qu'il incline ma tête pour approfondir notre baiser, sa langue et ses lèvres ainsi que sa paume chaude contre ma peau apaisant la peur et la frustration qui bouillonnent en moi.

Adam s'appuie sur le coude et prend ma main, entrelaçant nos doigts au-dessus de ma tête. Il se recule et sonde mes yeux. Il devrait dire quelque chose, me rassurer, mais il ne le fait pas. Il replonge pour m'embrasser, me disant à quel point il tient à moi avec ses lèvres et le mouvement circulaire de son pouce dans ma paume.

Et ça continue comme ça jusqu'à ce que j'en aie le tournis.

Un frisson me secoue le corps.

— Tu as froid ? il demande, et j'opine.

C'est l'été, mais la température baisse considérablement dans la région la nuit, et je le sens malgré la chaleur corporelle d'Adam.

Il embrasse mes lèvres déjà attendries par ses baisers.

— Je reviens tout de suite.

Il se lève et étend son manteau sur moi, puis retrousse ses manches et ramasse la lampe torche. Il l'allume avant de s'éloigner et disparaître dans l'obscurité.

Une minute s'écoule et je ne l'entends pas ni ne vois de lumière.

— Adam ? T'es où ? j'appelle.

Un bruit sourd retentit à côté de moi et je sursaute.

— Putain de merde !

Je m'étreins la poitrine.

Adam pointe le faisceau de la lampe vers une pile de bois coupé. Puis il regarde dans la tente.

— Je t'allume un feu. Je crois que c'est sur la liste de corvées.

J'essaie de me calmer après avoir failli faire dans mon froc pour une brassée de bûches.

— Ouaip. Et je n'ai pas toute la soirée. D'ailleurs, tu veux bien bander les muscles pendant que tu y es ?

— Comme vous voudrez, mademoiselle.

Adam déboutonne sa chemise et la sort de son pantalon avant de l'enlever et la lancer sur le matelas. Puis il ramasse les morceaux de bois et se pavane jusqu'au trou entouré de pierres. Il y dispose les plus petites branches en forme de tipi. Il fait noir et on ne voit pas grand-chose, à ma grande déception, car c'est la corvée la plus virile que j'ai demandé à Adam de faire et je rate la moitié du spectacle. Puis les premières lueurs des flammes illuminent son corps et la pyramide de bois.

Une lumière dorée lèche la mâchoire carrée d'Adam, qui est accroupi devant le feu et continue de l'allumer à des endroits stratégiques. Ses larges cuisses étirent le tissu du pantalon qu'il porte depuis qu'il est sorti du taf. Ses biceps bandés menacent de faire sauter les coutures de son t-shirt…

Je me contente d'admirer la scène. C'est *exactement* ce que je voulais.

Adam se lève et écarte les bûches supplémentaires du chemin, puis s'essuie les mains en se dirigeant vers moi. Il entre sous la tente et s'assied à mes côtés, passant le bras autour de mes hanches et m'attirant contre lui.

— C'est mieux comme ça ?

La chaleur des flammes parvient jusqu'à moi, mais c'est loin d'être aussi chaud que sa présence.

— Beaucoup mieux.

Dans ce monde, où il n'y a qu'Adam et moi et

personne d'autre, tout est parfait. Mais ce n'est pas la vraie vie.

— Qu'est-ce qui va arriver demain ? je demande.

Nous nous sommes beaucoup embrassés, mais nous n'avons pas fait grand-chose d'autre. Pas que je m'en plaigne, car des paroles silencieuses ont été échangées durant ces baisers. Je les ai traduites ainsi : *Hayden, je suis désolé. Hayden, je t'aime. Hayden, tu es la plus belle femme du monde.* D'accord, j'exagère peut-être, mais c'est ce que j'ai ressenti.

Il pose les coudes sur les genoux et fixe le feu.

— On ira au turbin, et on fera notre boulot. Puis on rentrera à la maison.

Il me regarde.

— Chez *toi*. Et on s'embrassera.

Je baisse les yeux.

— Rien que s'embrasser ?

Je n'ai rien contre, mais je me demande pourquoi il ne veut pas aller plus loin. Adam est d'ordinaire beaucoup plus, disons, *insistant* à cet égard. Et d'accord, c'était tendu au début, mais nous nous sommes réconciliés en baisers et en communication silencieuse.

Il serre la mâchoire, puis lâche un soupir.

— Juste s'embrasser.

Ouh là, quoi ?

— Qu'est-ce que tu racontes ?

Il se tourne vers moi, l'avant-bras sur le genou.

— Il y a des trucs que je ne peux pas te révéler en ce moment, mais je veux être avec toi. En ce qui me concerne, tu es ma petite amie, mais tu as raison.

— Ah oui ?

À quel sujet ? Parce que je retrouvais justement l'appétit et j'avais hâte d'arriver au plat principal. Surtout après avoir vu le spectacle hyper viril d'Adam qui allumait un feu. Et il m'a manqué. Beaucoup. *À la folie.*

— Je ne peux pas te dire ce que tu veux savoir sur le Blue et le projet Bliss tout de suite. D'ici à ce que je puisse le faire, on ne devrait pas coucher ensemble.

— As-tu perdu la tête ?

Qu'est-ce qu'il me fait ? C'est à peine si on arrive à garder nos mains dans les poches au boulot, et maintenant il veut bannir le contact physique en dehors du travail ?

Sa bouche esquisse un rictus.

— Sans doute.

Il se penche et ses lèvres saisissent les miennes à la dérobée, me faisant perdre le fil de mes pensées et les arguments que j'étayais mentalement pour le convaincre de reconsidérer sa décision.

— J'ai envie de toi, souffle-t-il en se reculant. Mais je ne veux pas que tu doutes de mes sentiments pour toi et de la confiance que tu me voues.

Il se tourne vers le feu.

— Et je sens que c'est déjà le cas.

Eh ben, merde. Il a raison.

Et c'est logique. Même si ça ne me plaît pas. Du tout.

— Alors, pendant combien de temps on va devoir s'abstenir de dormir dans le même lit… et de se peloter ?

Il pousse un soupir de frustration et me regarde du coin de l'œil.

— Pas longtemps, j'espère.

Chapitre Trente-Trois

ADAM

Dieu merci, on est samedi. J'ai hâte d'en avoir fini avec les enchères, le spectacle burlesque et l'ouverture officielle de Bliss ce soir avant de perdre la tête. J'ai dormi chez Hayden toutes les nuits cette semaine. On a regardé des films, mangé du fast-food, et on s'est embrassés. Et pelotés. Je vais exploser. Et le pire, c'est que je ne sais même pas quand je vais mettre fin à cette abstinence que je me suis imposée à moi-même, car pour une raison idiote, je me suis mis dans la tête cette idée que je ne peux pas la toucher avant de pouvoir lui parler ouvertement du projet Bliss.

Ça me semble la bonne chose à faire. Je veux prendre du recul avant de pouvoir être parfaitement honnête avec elle. J'essaie d'être un type bien, pour une fois. Mais pour l'amour du ciel, c'est de la torture.

Je devrais démissionner. Mon père peut garder son fonds de placement. Je deviendrai l'homme à tout faire de Hayden. Je parie que sa liste de corvées ne fera que s'allonger. Elle aime me voir travailler avec mes mains.

Mes mains... sur son corps...

Je marmonne un juron au moment où ma nouvelle assistante entre.

— Pardon ? dit-elle.

Je m'éclaircis la gorge.

— Oh, rien, Diane. Que puis-je faire pour vous ?

— Oh.

Elle sourit et s'approche de mon bureau, ses lunettes de lectures en plastique pendant à son cou.

Diane est arrivée il y a quelques jours, et elle a énormément allégé mes tâches administratives. Après le désastre Bridget, Blackwell s'est radouci et a laissé Hayden me trouver une remplaçante. Elle a trouvé Diane, du coup ma nouvelle assistante est une secrétaire émérite. Lorsque c'est possible, je confierai volontiers à ma petite amie la tâche d'embaucher des gens compétents.

— J'ai confirmé qu'un certain M. Aldridge s'était enregistré au casino, dit Diane en me donnant son numéro de chambre.

— Merci. Je m'en occupe.

Je décroche mon téléphone et compose le poste d'Eve pendant que Diane sort de mon bureau.

Eve répond à la première sonnerie.

— Bonjour, Adam.

Sa voix sensuelle me fait mentalement lever les yeux au ciel. Eve est belle, mais elle ne m'a jamais attiré. Elle couche avec Blackwell, mais ce n'est pas la raison. Je l'ai vue mentir et manipuler des collègues à leur détriment. Travailler avec elle est un moyen de parvenir à mes fins. C'est une des cadres les plus importantes de Blackwell, et elle est impliquée dans Bliss jusqu'au cou.

— J'en ai un de plus pour ce soir. Un ex-quarterback et habitué du plateau ESPN. Il a réservé une suite sur le même étage que les autres, dis-je en lui donnant le numéro de chambre. Fais-lui livrer le panier de bienvenue et l'ordre du jour. Il est déjà arrivé.

— C'est une surprise, dit-elle, et je l'entends prendre des notes dans le combiné. Blackwell va être content. Rappelle-moi comment tu le connais ?

Je ne lui ai jamais dit. Eve essaie de me tirer les vers du nez parce qu'elle a du mal à attirer de nouveaux membres Bliss.

— C'est l'ami d'un ami, je lui dis.

L'avantage quand on vient d'une famille riche, c'est que personne ne remet en question comment on connaît d'autres friqués.

J'ai contacté Jeb cet après-midi et on a élaboré un plan pour s'assurer que tout est en règle avec Bliss. Les choses se passeront comme elles se passeront, mais au moins, j'ai fait tout ce que j'ai pu.

Je raccroche, puis je vérifie mon portable. Hayden m'a dit qu'elle partirait dans quelques minutes. Je boutonne ma veste et je sors dans le couloir, marchant d'un pas enthousiaste. Le simple fait de savoir que je m'apprête à voir Hayden fait monter ma température corporelle d'un cran.

Sa porte est ouverte ; j'entre, puis je la ferme douce-ment derrière moi avant de la verrouiller.

Hayden se lève lentement en me voyant, les mains appuyées sur les cuisses. Elle porte une jolie jupe rouge évasée à partir de la taille.

— C'est dangereux, dit-elle, sa respiration s'accélérant tandis que je m'approche d'elle.

— Ah oui ? je demande tout bonnement, mes yeux étudiant les siens, sa bouche, ses cheveux… puis descen-dant vers sa poitrine.

Elle s'appuie contre son bureau alors que je le contourne, et tortille son collier de perles d'une main.

— Tu as créé un baril de poudre, dit-elle, ses yeux trouvant ma bouche.

Je regarde son haut crème, qui met en valeur mes courbes préférées. Enfin, je les aime toutes. Le galbe de ses jambes, l'incurvation de sa taille, son sourire radieux. Tout ce qui se courbe sur elle. Je m'arrête à quelques centimètres de son visage.

— Ah bon ?

Je joue les innocents, mais je sais très bien ce que j'ai déclenché, et je ne peux pas revenir en arrière.

Sans plus tarder, je glisse une main sous sa jupe et j'effleure sa cuisse du bout des doigts. Elle pose ses mains tremblotantes sur mon torse, sans quitter mes lèvres des yeux.

— On ne peut pas continuer comme ça. Je me rends, dit-elle, et ses lèvres frôlent ma mâchoire. Tu peux garder tes secrets sur Bliss. Je n'en ai pas besoin.

Mes mains s'immobilisent sur ses fesses. Je la soulève et l'assieds sur le bureau avant de m'insérer entre ses jambes et de la serrer contre moi. Ma bouche se pose à la naissance de ses cheveux.

— Comment ça, tu n'as pas besoin de mes secrets sur Bliss ? je marmonne contre sa peau douce.

Elle pose les mains à plat sur ma poitrine, où elle a déboutonné ma veste et ma chemise, et ses paumes sont contre ma peau nue.

— Tu avais raison, dit-elle en touchant mes abdos. Je n'aurais pas dû te poser des questions sur un truc confidentiel.

J'empoigne ses fesses de nouveau et la serre contre moi. Elle gémit et je mordille le lobe de son oreille. Je ne réalise la gravité de la situation que maintenant que Hayden est d'accord avec moi. Là, je sais que quelque chose cloche sérieusement.

— Hayden. Qu'est-ce que tu ne me dis pas ?

Son corps se raidit et elle essaie de s'écarter, mais j'enroule ses bras autour de mon cou, où ils restent, même si je ne les retiens pas. Ses yeux de la couleur du miel se focalisent de nouveau sur les miens et elle soupire.

— Rien. Seulement que tu as tes secrets et que j'ai les miens.

— Des secrets, dis-je d'un ton neutre. Sur Bliss ?

Elle joue avec le col de ma chemise et se mord l'intérieur de la lèvre, évitant mon regard.

— Peut-être, répond-elle évasivement, s'empressant de poursuivre en me voyant froncer les sourcils. On a tous les deux des secrets par rapport aux suites, alors on peut oublier cette règle d'abstinence stupide.

Elle glisse la main vers le bas et l'aplatit contre mon érection.

Je lâche un grognement en me reculant et plantant les mains sur mes hanches, les rabats de ma veste derrière les bras. Mon corps est en feu, mais j'ai la tête sur les épaules pour une fois. Parce que ce qu'elle a dit a fait monter mon anxiété en flèche.

En fouillant dans les activités de Bliss, Hayden ne se fera pas seulement virer, elle pourrait être blessée. Ou pire encore. Blackwell a investi un montant indécent d'argent dans le projet. Jusqu'où serait-il prêt à aller pour la faire taire si elle trouvait des trucs incriminants ? Qu'est-ce les criminels aguerris et les ex-militaires qu'il m'a fait embaucher seraient prêts à faire ?

— J'ai suggéré qu'on y aille lentement, parce que je veux vivre quelque chose d'authentique avec toi, pas une histoire fondée sur le mensonge.

— Tu as raison, dit-elle, son regard errant d'un côté de la pièce. Je n'arrive pas à croire que t'as raison, mais c'est le cas. On n'a pas besoin de plus de secrets.

Elle pose les mains de chaque côté d'elle sur son bureau.

— Et puis, ce n'est pas vraiment un secret. Je suis sûr que t'as entendu dire que Mira et Tyler ont trouvé une planque de drogue dans une suite au Blue il y a quelques mois.

— *Quoi ?* Non. Tyler ne m'a jamais rien dit.

Paul avait parlé d'une version antérieure de Bliss. Sans doute la suite que Mira et Tyler ont trouvée.

Hayden étudie mon expression.

— Je suis désolée. Je croyais que Tyler te l'avait dit. J'aurais dû te le dire plus tôt. De quoi vous parlez quand vous traînez ensemble si ce n'est pas de ces trucs-là ?

De bière. De femmes. De sports.

— Rien d'important.

Elle pince les lèvres, l'air pensive.

— Tu sais, tu ne travaillais pas encore au Blue à l'époque. Sans doute que Tyler n'a pas pensé à te le dire. On ne savait pas trop ce qui se passait. On a un peu perdu la suite. Je la cherche depuis et c'est pourquoi Bliss m'intéresse. Tes amis et moi, on ne croit pas que tout s'est terminé quand Drake a été viré. Ces dossiers que tu as demandé au directeur des installations de changer de place, c'était ma première piste à apporter à la police.

Sa bouche se tord, comme si c'était ma faute si elle a perdu cette piste. Et ça l'est. J'ai demandé au directeur des installations de bouger les documents dans un endroit où Hayden ne pourrait pas les trouver, car c'est plus sûr si elle n'en apprend pas plus qu'elle en sait déjà sur Bliss.

— Chacun de nous a été touché d'une façon ou d'une autre par Blackwell et ses Blue Stars. Je n'ai pas été agressée, mais Blackwell m'a utilisée comme pion pendant qu'il escamotait le système. Il m'a critiquée, il a rabaissé mon poste devant nos pairs et m'a fait des menaces au cas où je me mêlerais de tes embauches. Il est horrible et il dirige cet endroit et les suites Bliss. Ils ne vont pas me laisser entrer pour y jeter un coup d'œil, mais je suis certaine que c'est là qu'ils ont relocalisé leur planque de came.

— Il t'a menacée ? je demande sombrement.

Elle balaie l'air d'un revers de la main.

— Seulement si je me mêlais de tes embauches. Il voulait que je reste en dehors de tout ça ; il a dit que je n'aimerais pas les conséquences si je ne l'écoutais pas.

Je lâche un soupir frustré.

— Alors, pourquoi tu lui désobéis ?

Elle rougit.

— Parce que c'est un tyran ! Je ne… Je *refuse* de me laisser faire de nouveau. Il n'a aucun droit de me contrôler ! Comment tu peux être impliqué dans Bliss en sachant ce qu'il veut en faire ?

— Je n'en savais rien avant d'avoir la promotion. Du moins, je ne savais pas tout.

— Mais maintenant, tu sais. Pourquoi tu ne fais rien ?

— Je n'ai jamais dit que je ne faisais rien. J'ai dit que c'était dangereux pour *toi* d'être impliquée.

— Mais ça ne l'est pas pour toi ?

Je ne réponds pas, car elle a raison. Ça l'est. Mais je suis impliqué et pas elle. À ce que Blackwell sache, Hayden n'est au courant de rien. Mais si elle commence à agir de façon étrange, il pigera bien assez tôt.

— Tu dois lâcher l'affaire, Hayden. Tu ne peux pas affronter notre PDG. J'ai côtoyé des hommes comme lui toute ma vie. Il est puissant.

Elle descend du bureau et croise les bras.

— Trouver des preuves de ce qu'il trafique est la bonne chose à faire. Je ne vais pas m'enfuir, cette fois.

Je pose les mains sur ses épaules.

— Il n'y a rien de mal à ça, si c'est pour ta sécurité.

Elle s'écarte et me fusille du regard.

— Mais si !

— Il ne s'agit plus de voyous qui te lancent tes pierres, je réplique, haussant le ton.

Ses yeux s'arrondissent comme si elle n'en croyait pas ses oreilles.

— Ces voyous ont failli me tuer.

Je me frotte le front.

— Je n'essaie pas de minimiser ce qui t'est arrivé. C'est juste… C'est différent. Si tu pousses le bouchon trop loin, ce ne sont pas des pierres que tu recevras, dis-je en radoucissant le ton, car j'ai besoin qu'elle m'écoute. Je ne sais pas ce que tu comptes faire, mais ne le fais pas. Donne-moi du temps, Hayden. Tu as dit que tu le ferais.

— Du temps pour quoi ? Pour finir en taule ? Je tiens à toi, réplique-t-elle d'une voix chevrotante, et ses yeux s'embuent. Mais si je trouve quelque chose, même si ça te concerne, je vais voir la police.

— Tu crois que je ferais partie de ce projet de mon plein gré ?

— N'est-ce pas le cas ? Tu as accepté la bague. Et tu es impliqué dans Bliss.

Elle s'avance et me cogne la poitrine avec le poing. Pas fort, mais je sens toute sa frustration.

— Pourquoi, Adam ? Pourquoi tu l'as fait ?

J'attrape son poing dans mes mains.

— Parce que mon père m'a ordonné de travailler au Blue. Le fait que Blackwell m'ait invité à faire partie de son… groupe exclusif… était une coïncidence. La bague ne veut rien dire.

— Elle est symbolique, dit-elle en secouant la tête. Tu fais tout ce que ton père te demande ?

— Historiquement ? Oui.

Son menton tremblote et sa voix s'adoucit.

— Eh bien, tu devrais peut-être arrêter. Tu *peux* démissionner, tu sais.

Je regarde par la fenêtre derrière elle, voyant à peine le lac et les montagnes.

— Non. Je ne peux pas, dis-je en la regardant de nouveau. Je suis sérieux. Reste en dehors de tout ça.

Elle s'éloigne et prend son sac à main.

— Où tu vas ?

— Je sors.

Elle ouvre la porte.

— Ne m'attends pas, dit-elle sans se retourner.

———

JE RETOURNE CHEZ MOI, et ma maison semble déserte et sinistre. Comment ai-je pu vivre ici aussi longtemps sans me sentir seul ?

Ah oui. C'est vrai. Je me sentais seul. Or je l'ignorais avant de rencontrer Hayden. Je comblais le vide avec des femmes, des voitures de luxe et des voyages à Ibiza. Maintenant, je me moque de tout ça. Je veux seulement que la soirée soit terminée pour pouvoir me racheter auprès de Hayden.

J'enfile un costume de soirée, puis je vérifie mon portable. J'ai envoyé un message à Jaeg il y a une heure pour lui dire de m'appeler dès qu'il pouvait, mais il n'y a aucun message ni appel manqué sur l'écran. J'appelle Tyler.

— C'est Adam, dis-je lorsqu'il répond. Est-ce que t'as… entendu parler de quelque chose ? Quelque chose qui pourrait se passer ce soir ? Hayden a quitté le boulot et j'ai eu l'impression qu'elle sortait ce soir, ou qu'elle avait un truc de prévu.

Il y a un moment de silence au bout de la ligne.

— Vous êtes en froid ?

— Non, on a juste eu un petit différend de rien du tout.

Tyler soupire.

— Je ne peux rien dire, sinon Mira va me tuer.

— Putain de merde, Morgan. T'as peur d'une meuf de quarante-cinq kilos ?

— Cinquante-cinq, me corrige-t-il, et oui, j'ai peur. Elle me tient par les couilles. Et n'ose surtout pas te moquer de moi. Je t'ai vu avec Hayden. T'es pareil.

Je me pince l'arête du nez.

— Je m'inquiète pour Hayden. Je crois qu'elle se mêle d'un truc qui pourrait faire d'elle une cible pour des gens dangereux. Elle m'en veut de lui cacher des choses, et j'ai peur qu'elle décide de faire des conneries.

Je me frotte les tempes pour diffuser la tension qui monte.

— L'idée qu'il lui arrive quelque chose va me rendre fou.

— Je suis désolé de te dire ça, Cade, mais t'as raison. Elle manigance un truc.

Je baisse le ton sinistrement.

— Espèce de salaud. S'il lui arrive quelque chose…

— Ouh là. Primo, je ne contrôle pas Mira ni Hayden. Elles sont farouches quand elles sont ensemble, et si ça fait de moi une mauviette, soit. Deuzio, à ce j'ai compris, ce… *truc* que Hayden va faire ce soir est inoffensif. Elle va se déguiser ou quoi. Mira est convaincue que c'est sans danger.

— Mira va être là aussi ?

— Ben… non. On dîne avec mon éditeur, qui est en ville pour le week-end.

— Alors, qui va veiller sur elle ? Jaeg ? Je n'arrive pas à le joindre.

— Euhhh, ben, c'est parce qu'il n'est pas en ville en ce moment. Ça a un rapport avec la mère de Cali.

— Putain de merde ! Alors qui s'occupe de Hayden ?

— Mec. C'est ton job.

— Sauf qu'elle ne me laisse pas faire ! Je ne sais pas ce qu'elle manigance, mais elle le fait dans mon dos ! Elle est fâchée contre moi en ce moment.

— Commence par te calmer, sinon tu vas la faire fuir.

— Fais chier, je marmonne. Je suis en train de devenir comme mon père.

Je me mets à faire les cent pas dans le salon.

— Alors ta copine est fâchée contre toi et tu ne peux pas la contrôler ? demande-t-il, pouffant lorsque je grogne pour seule réponse. Alors dans ce cas, bienvenue dans le club, vieux. Nos femmes sont intelligentes et impitoyables.

— Trop intelligentes. Et trop têtues.

— Ouaip. En gros. J'aimerais pouvoir t'aider, mec, mais Mira et moi on s'apprête à sortir. Hayden est partie il y a un moment. Mira va lui envoyer un message pour s'assurer que tout va bien, mais comme je l'ai dit, elle est en sécurité.

Pourquoi j'en doute ?

Chapitre Trente-Quatre

Le but de la vente aux enchères de ce soir n'est pas totalement philanthropique. Le spectacle burlesque attire les célébrités dans le club, et la vente aux enchères destinée à collecter des fonds pour le cancer leur donne une excuse légitime pour être là. Au final, le casino engrange une montagne de fric grâce aux clients fortunés qui se retrouvent aux tables de jeu après le spectacle, sans parler des bénéfices réalisés lorsqu'un groupe d'individus triés sur le volet visite les suites Bliss et signe en bas de la page.

Je ne sais pas combien de temps je vais pouvoir supporter ça. Et je ne parle pas du club, même si j'en ai marre du vacarme de la musique et des voix, tout ce brassage. Hayden est la seule avec qui j'ai envie de passer du temps. Et si ce n'est pas une preuve qu'il se passe un truc sérieux entre nous, je ne sais pas ce que c'est. Je ne voulais rien de sérieux, et me voilà dans la relation la plus sérieuse de ma vie, qui est à deux doigts de chavirer par-dessus bord parce que je ne peux pas dissocier mon ancienne vie de la nouvelle.

Hayden avait raison. J'aurais dû dire à mon père d'aller se faire voir quand il m'a demandé d'accepter le poste au Blue Casino. Mais je n'aurais peut-être pas croisé Hayden, et être avec elle m'a changé. J'étais déjà en train de changer avant d'arriver au Blue, écœuré par mon ancienne vie, mais elle m'a aidé à prendre un nouveau virage.

Je n'ai pas signé pour Bliss quand j'ai commencé à bosser au Blue. Maintenant que j'ai décroché un poste de direction et obtenu le titre convoité de Blue Star, j'aimerais me retirer. Parce que cette merde dans laquelle Blackwell est impliqué, c'est trop. Même pour un abruti blasé comme moi.

Je sais ce qui s'est passé avec la copine de Lewis et Cali lorsqu'elles travaillaient ici il y a quelques étés. C'était le fait d'un seul salopard et je pensais que ça s'arrêtait avec lui. Mais ça n'a pas été le cas. Blackwell, Paul, William, et même Eve : ils profitent des gens, riches ou pas. Ils dissimulent la vérité à travers des contrats de sous-traitance et des call-girls et un cloud crypté conçu pour détruire les preuves. J'en ai vu assez, et si Hayden ne travaillait pas encore au Blue, je démissionnerais, n'en déplaise à mon père. Mais Hayden est toujours là. En fait…

Je repère une paire de jambes sublimes au bar — une des pin-up qui ont débarqué pour la soirée. Celle-ci a des cheveux noirs. Mais le galbe des mollets, la courbe de son cul rebondi, ses hanches généreuses, sa taille fine…

Je ne la vois que de dos. Mais ça me suffit largement.

Bon sang.

Je me lève et desserre ma cravate.

— Excusez-moi, messieurs, dis-je à Paul et aux hommes autour de la table du bar lounge du club. J'ai vu quelque chose qui me plaît.

Ils rient grassement, ce qui est exactement le but

recherché. J'ai besoin qu'ils croient que je suis en train de lever une belle femme, et non pas que j'entraîne ma petite amie exaspérante hors des lieux.

Coiffée d'une perruque noire, Hayden est debout à côté d'un tabouret de bar et sirote une boisson limpide en regardant furtivement autour d'elle.

Je m'accoude au comptoir à côté d'elle. Elle se raidit.

— Qu'est-ce que tu fais ? je demande avec désinvolture en faisant tourner le gin tonic dans mon verre avant d'en boire une gorgée.

Elle tourne légèrement la tête.

— Comment tu m'as reconnue ? chuchote-t-elle, sa bouche remuant à peine.

J'observe les faux cils et le maquillage épais qui, je l'avoue, lui donne un air différent. Je n'ai peut-être pas reconnu en Hayden la fille timide avec laquelle j'allais au lycée quand j'ai commencé au Blue, mais je la connais maintenant. Je pourrais la repérer les yeux fermés en me basant sur la façon dont l'air change quand elle se trouve dans la pièce.

Je lui lance un regard irrité.

— à ta silhouette, ta façon d'agiter les pieds quand t'es nerveuse, ton odeur.

Elle inspire, sa poitrine se gonfle.

Elle se tourne dos au bar et redresse les épaules, fixant la foule qui circule dans le club.

—Je suis ici pour m'amuser. Et toi ?

Ne te fous pas de ma gueule, je lui exprime avec mon regard.

Son beau visage hyper maquillé qui rivalise avec n'importe quel poster de pin-up fait une moue sexy. Pendant une seconde, j'oublie où je suis.

Puis je m'en souviens et mon exaspération est décuplée.

— Tu ne devrais pas être ici. Et qu'est-ce que tu fiches dans cette tenue ? Tu cherches à attirer le danger ?

— Le danger ? En m'habillant comme toutes les filles ici ? Je ne pense pas. Paul m'a mis une main au cul tout à l'heure. Lui et les autres n'ont aucune idée que c'est moi.

Elle tapote sa grosse perruque ridicule des années 50.

— Une main au cul ? je grogne.

J'expire par le nez, irrité. Évidemment, Paul l'a pelotée.

Mon regard embrasse sa silhouette, ses yeux bruns irisés de soleil, et je me détourne.

— Tu as peut-être dupé Paul, mais tout le monde n'est pas si bête. *Je* savais que c'était toi.

J'affiche un sourire moqueur.

— Je te reconnaîtrais entre mille.

— Tu connais juste la taille de mes…

Je me rapproche jusqu'à ce que la manche de ma veste effleure la peau laiteuse de son épaule dénudée par la robe.

— Dis-le.

J'ai été en manque toute la semaine et ma patience a des limites. Il ne faudra pas m'en vouloir si je la jette sur mon épaule et l'emmène loin de cet endroit.

Elle me lance un regard noir.

— Mes atouts. C'est ce que tu fais, non ? Évaluer les atouts potentiels et décider si ça vaut un peu de ton temps. Et apparemment le Blue et les suites Bliss le valent, parce que tu es ici, à travailler pour le diable.

— Comme toi, je lui rappelle. Et si tu voulais parler de tes *atouts*, alors oui, je suis plutôt bon pour les évaluer.

Je reluque d'un air lubrique ses seins magnifiques qui débordent du décolleté, puis ses hanches et son cul rond. Elle claque des doigts devant mon visage et je lève les yeux.

— Mais tu te trompes si tu crois que je choisis mes amis en fonction de leurs atouts financiers.

— Jaeger, Lewis, énumère-t-elle. Et tu ne choisis pas des amis friqués ?

Je la dévisage, sidéré.

— Je pensais qu'on avait dépassé ce stade.

Elle cligne des yeux, le regard fuyant.

— Tu me connais, Hayden. Mes frères n'ont pas d'argent, et ils représentent une immense partie de ma vie. J'en ai rien à foutre de la valeur du portefeuille d'actions d'un gus.

— Tes frères ont accès à la fortune familiale s'ils le veulent. Et tu n'es pas obligé de travailler ici ni de lécher le cul de Blackwell, et pourtant tu le fais.

— Comme toi, je lui rappelle encore, m'énervant de plus en plus. Tu pouvais trouver un autre travail. La raison pour laquelle je reste est que je ne veux pas passer ma vie à dépendre de l'argent de mon père. Je veux bâtir ma propre richesse.

— Aux dépens des autres, siffle-t-elle en détournant obstinément le regard. Retourne auprès de Paul, Adam. Je ne voudrais pas entraver la croissance de ta fortune. En plus, tu n'es pas le seul à travailler.

Ma mâchoire se crispe.

— Tu ne bosses pas ce soir. Tu n'as aucune raison d'être ici. Blackwell t'a écartée de cet événement.

Elle se raidit.

— Et tu ne devrais pas être habillée comme ça. Ici. Ce soir.

La suspicion emplit son regard.

— Pourquoi pas ?

J'ai parlé trop vite.

Je ne peux pas lui dire que Paul, William et les autres responsables Bliss recrutent ce soir. Pas seulement de nouveaux membres Bliss, mais des call-girls aussi.

— Fais-moi confiance, d'accord ? Je veux que tu rentres chez toi. Je te retrouve dans trois heures maxi.

Elle se tourne vers moi, son corps frôle le mien, mais il n'est pas assez près.

— Eh bien, *je* veux que tu me dises ce qui se passe, mais tu ne le feras pas. Donc je reste.

Ma mâchoire se serre. Je vais péter les plombs. Hayden a le don de me faire enrager comme personne. Je m'avance jusqu'à ce que mes lèvres soient à quelques centimètres des siennes.

— Évite. Les. Ennuis.

Ses yeux passent de ma bouche à mon regard, puis se plissent.

— Ne t'avise pas de me menacer, Adam Cade. J'ai parfaitement le droit d'être ici.

— C'est pour ça que t'es déguisée ?

Ses lèvres s'ouvrent, puis se pincent.

— Rappelle-toi ce que j'ai dit.

Je m'éloigne d'elle à contrecœur et retourne à la table où mes collègues s'entretiennent avec quelques sportifs célèbres et un milliardaire qui possède une île — tous ici pour l'offre Bliss. Si Blackwell n'avait pas rendu notre présence obligatoire ce soir, je ne serais pas là. Mais j'ai bien fait de venir, car je n'aurais pas su que Hayden se trouvait là aussi.

Je me cale au fond du siège et pianote sur la table, faisant signe à la serveuse de m'apporter un verre. *Une tête de mule, cette fille.*

Toutes les dix secondes, je jette un coup d'œil vers le bar pour la surveiller. Pour une fois, j'aimerais qu'elle m'écoute. Mais je ne peux pas lui en vouloir. J'ai menti par omission. J'aurais fait comme elle.

L'attention de William se porte sur Hayden.

— Belle fille à qui tu parlais. Je ne l'ai pas vu sur scène, mais elle aurait dû participer au spectacle.

Il remue les sourcils.

— Une candidate Bliss ?

— Non, elle a un sale caractère, dis-je avant de descendre mon verre. Elle ne correspond pas à ce qu'on cherche.

William continue de la reluquer.

— T'es sûr ? Elle a peut-être seulement besoin d'être dressée.

Je broie mon verre vide et pose le coude sur le dossier du fauteuil club en velours.

— C'est une lesbienne.

La bouche de William se tord et il la mate à nouveau comme s'il était possible de voir ce genre de choses.

— Vraiment ? N'empêche…

Bon sang, qu'est-ce qu'il lui faut ?

— William, ça ne l'intéresse pas. Sa copine était juste à côté d'elle.

Il ouvre la bouche pour dire quelque chose, mais je lui coupe la parole.

— Non, elle ne fait pas de plans à trois.

Ses yeux s'illuminent.

— Avec toi, mais…

Pour l'amour du ciel.

— Tu crois que je ne sais pas convaincre une fille de coucher avec moi ?

J'esquisse un sourire lubrique.

Il fronce les sourcils.

— T'es un beau salaud. Je suppose qu'une fille te dit rarement non.

Sauf la fille qui préférerait me pendre par les couilles que de coucher avec moi en ce moment.

———

J'AI GARDÉ un œil sur la pin-up Hayden pendant les trente dernières minutes. Trois types différents l'ont approchée. Le duo actuel plane comme des vautours, au point que ses jolis sourcils se froncent. J'avais l'intention de rester au club jusqu'à la grande fête d'inauguration à minuit, mais je ne peux pas rester les bras ballants à regarder Hayden se faire harceler par des sales cons.

— Veuillez m'excuser, dis-je en me levant.

William lève les yeux, puis regarde Hayden. Il semble agacé.

— T'as pas dit qu'elle était lesbienne ?

— J'ai dû me tromper. Je vais aller vérifier.

Je fais un signe de tête aux autres.

— Messieurs ? Je vous retrouve directement à l'étage des suites.

William tique alors que je tourne les talons et m'éloigne, mais je me fiche de ce qu'il pense. Un des hommes près de Hayden lui caresse l'épaule de son doigt boudiné, que je vais bientôt lui arracher du corps.

J'approche du bar et j'enlace la taille de Hayden, la tirant vers moi.

— T'es prête ?

Elle me lance le même regard que William il y a une seconde. Toute protestation est inutile. Je ne la quitterai pas d'une semelle.

Elle doit le comprendre, car elle affiche un sourire faux.

— Ravie de vous avoir rencontrés, dit-elle aux deux hommes.

Celui qui a les cheveux longs et un foulard ridicule me fixe méchamment avant de s'adresser à Hayden.

— Tu ne peux pas partir. On vient à peine de faire connaissance. Je serais heureux de te ramener chez toi.

— Pas question, dis-je en m'éloignant, tirant Hayden par la main.

— T'étais obligé de faire ça ?

Elle sautille pour rester à ma hauteur tandis que je fonce vers la sortie du club.

— Oui.

Une fois à l'extérieur, Hayden s'arrête brutalement.

— Adam, tu te comportes en homme des cavernes. J'ai pas besoin que tu me protèges de ce genre d'abrutis. J'avais la situation en main.

— Ah ouais ? je siffle en me tournant vers elle. Parce que je ne te trouvais pas très à l'aise là-bas.

Elle fronce les sourcils.

— Eh bien, non, mais je contrôlais quand même la situation. C'est pas la première fois que je me fais draguer lourdement. Je n'avais pas besoin que tu voles à mon secours.

Je lève les yeux, exaspéré.

— Hayden, il ne s'agit pas seulement de ces deux types. Je ne peux pas t'exprimer à quel point j'ai besoin que tu restes en sécurité à la maison. William m'a posé des questions. Il ne sait pas que c'est toi, mais ça ne veut pas dire qu'il ne le découvrira pas. Tu vas t'attirer des ennuis en étant ici, dans cette tenue. *Je t'en prie*, rentre chez toi.

Elle scrute mon visage.

— Tu t'inquiètes vraiment pour moi ?

— Oui, je confirme avec force.

Elle croise les bras.

— Tu me gonfles, soupire-t-elle bruyamment. J'arrive pas à croire que tu vas me faire changer d'avis.

Elle me lance un regard brûlant — un regard que j'aimerais pouvoir qualifier de sexuel, mais c'est plutôt celui qu'une mante religieuse lance à son amant avant de lui arracher la tête.

— J'ai une bonne raison d'être ici ce soir, et tu gâches tout, ronchonne-t-elle.

— Je peux savoir laquelle ?

— Ça n'a rien à voir avec la drague, si c'est ce qui t'inquiète.

J'effleure du pouce sa mâchoire.

— Je ne pensais pas à ça. J'ai confiance en toi.

— Eh bien, dit-elle sèchement, j'aimerais pouvoir dire la même chose de toi.

Je lui prends les mains et les passe dans son dos, les maintenant en place au creux de ses reins, puis je la presse contre mon torse.

— Si tu n'avais pas confiance en moi, tu ne ferais pas ce que je demande.

Je l'embrasse doucement sur la bouche et libère ses mains.

Elle vacille sur ses talons et m'attrape les bras pour garder l'équilibre. Son regard passe de l'étourdissement à la colère en un éclair.

— Ne te sers pas de l'attirance que j'ai pour toi pour me faire faire ce que tu veux. Tu m'as sous-estimée tout à l'heure. Ton intervention était totalement superflue. Je ne suis pas fragile, Adam.

Je sourcille.

— Je ne pense pas que tu sois fragile. Ça ne m'empêche pas de vouloir te protéger. C'est un instinct dormant chez moi, mais il semble se réveiller et fonctionner à bloc quand tu es concernée.

Elle pousse un soupir exaspéré.

— Je te maudis. C'était la chose la plus gentille que tu aies jamais dite.

Elle se rapproche et lève les yeux.

— Quand tu rentreras, tu me raconteras tout ce qui se passe.

Je pensais que Hayden serait plus en sécurité en ne sachant rien sur Bliss. Que l'éloigner du radar de Blackwell et de Paul la protégerait des menaces que j'ai reçues. Mais j'ai sous-estimé sa capacité à s'attirer des ennuis. Il peut être plus dangereux pour elle de fouiner à l'aveugle.

Je l'embrasse à nouveau.

— Entendu. Tu veux que je te ramène ? Il me reste un peu de temps avant ma prochaine obligation.

— Non, dit-elle à contrecœur. J'ai ma voiture. Je n'ai bu qu'un verre, ça va aller. Retourne voir ces horribles bonshommes avec qui tu travailles.

Elle s'éloigne, mais je l'attrape par la main et la tire dans mes bras.

— Je te dirai *tout*.

Elle acquiesce, recule, et cette fois, je la laisse partir.

— Oh, je sais que tu le feras, dit-elle en s'éloignant. Sinon, tu vas le payer. Très cher.

Elle se déhanche en roulant du popotin et je suis incapable de regarder ailleurs. Elle porte une jupe fourreau moulante et des escarpins rouge bonbon, et c'est un supplice pour moi.

J'aimerais que toute cette histoire soit terminée pour pouvoir rentrer chez elle, mais j'ai encore quelques trucs à régler. Je vais retrouver les Blue Stars plus tôt que je ne le pensais, puisque Hayden n'a pas besoin d'un chauffeur.

Je compose le numéro de la sécurité.

— Une belle pin-up brune en talons rouges va sortir par l'entrée de service. Assurez-vous qu'elle arrive à sa voiture en toute sécurité.

Le Blue ou Hayden aura ma peau. Je parie sur Hayden.

Chapitre Trente-Cinq

William reste en arrière pour faire le point avec quelques danseuses du club, et tous les autres se dirigent vers l'étage Bliss pour la grande soirée d'inauguration organisée par le casino. Nous entrons dans la suite bondée, où plusieurs danseuses burlesques se mêlent déjà à la foule. Il y a aussi d'autres filles. Vu leur beauté et leur tenue sophistiquée mais sexy, je suppose que ce sont des escorts professionnelles. Elles ne semblent pas accompagner un homme en particulier, et sont toutes flanquées d'un des gardes du corps que j'ai embauchés.

Je prends une coupe de champagne et discute avec le PDG d'une chaîne d'hôtels populaire. Il a la cinquantaine et porte une alliance, mais son regard ne cesse de dévier vers une danseuse rousse.

— Alors j'ai dit au fils de mon associé, dit le PDG, que les prostituées sont interdites dans nos hôtels.

Il jette à nouveau un coup d'œil à la rousse et sourit.

— Je n'ai rien contre le fait de payer pour la beauté. Mais nos hôtels doivent maintenir leur réputation, et…

Il continue de parler, mais je n'y prête plus attention.

Parce que deux autres gardes du corps sortent de l'ascenseur de la suite, avec d'autres escorts.

Je trouve étrange qu'ils entrent par la sortie de secours. En fait, plus j'étudie les personnes dans la suite, plus ça me paraît bizarre. Les escorts sont assises sur des causeuses, ou debout sur le côté et discutent avec les invités, mais elles semblent réservées… presque nerveuses.

Je m'excuse auprès du PDG et m'approche de l'une d'entre elles. Elle est habillée comme les autres, très classe et jolie dans sa robe rouge décolletée, et il y a un garde du corps à quelques mètres. Je m'assieds sur sa causeuse, et elle se tend, jetant des regards autour d'elle.

Je ne me suis pas du tout occupé du recrutement des escorts pour Bliss. Paul a dit qu'il avait trouvé la solution et n'avait plus besoin de mon aide. Je n'ai pas trouvé cela bizarre à l'époque, d'autant que je ne voulais pas y participer. Je regrette maintenant de ne pas m'y être intéressé de plus près.

— Je m'appelle Adam, dis-je à la fille. Et vous êtes ?

— Victoria, elle répond avec un fort accent sud-américain si je ne me trompe pas.

— Ravi de vous rencontrer. Êtes-vous une cliente, ou…

— Je travaille, répond-elle timidement.

J'opine d'un air songeur.

— Cela fait longtemps que vous êtes au lac Tahoe ?

Elle jette un coup d'œil au garde du corps à quelques mètres de là, puis revient vers moi, mais sans me regarder dans les yeux.

— Non.

Je mate le garde que je me souviens vaguement avoir embauché. Il était l'un des dix gars recommandés par Blackwell.

— Vous comptez rester un peu ?

Elle se tord les mains.

— Euh, oui.

Elle n'a pas du tout confiance en elle. Et elle ne semble pas heureuse d'être ici.

— Quel âge avez-vous, Victoria ?

Elle hésite.

— Dix-huit.

Cette fois, elle baisse les yeux.

C'est difficile à dire, parce qu'elle est habillée comme une femme mûre et séduisante, mais elle ne donne pas l'impression d'être aguichante, ni sûre d'elle, ni d'avoir dix-huit ans.

— Vous avez visité la région ? Vu des choses inté-ressantes ?

Je parle pour maintenir son attention, car quelque chose ne va pas.

Elle hésite un moment, comme si elle traduisait mentalement ma question.

— Non, dit-elle en replaçant une mèche derrière son oreille, évitant le contact visuel.

— Vous n'êtes pas allée au lac ?

Le lac Tahoe est la raison pour laquelle les gens viennent du monde entier dans la région.

— Je pas rester long, dit-elle dans une langue approximative. Ici pour travail.

— Je vois.

Mais je ne vois rien du tout. Cette conversation devient de plus en plus bizarre.

— Dans quel coin de la ville vivez-vous ?

Le garde du corps s'avance vers nous.

— Très bien, Victoria, dit-il interrompant notre conversation. Donne aux autres dames une chance de parler à ces messieurs.

Il la saisit discrètement par le coude et l'entraîne vers l'ascenseur.

C'était quoi ce bordel ?

Je me penche en avant, les coudes sur les genoux, et j'étudie chacune des femmes dans la suite, y compris les nouvelles filles qui sont arrivées il y a quelques minutes. Deux d'entre elles semblent armées pour parler aux hommes dans la pièce, et les danseuses burlesques ont l'air totalement à l'aise, mais les autres paraissent tout aussi tendues et nerveuses que Victoria. Et elles semblent entrer et sortir par l'ascenseur plutôt que par la double porte de la suite.

Je repère Paul à l'autre bout de la pièce. Il parle à un invité — un jeune sportif retraité à ce qu'il me semble. Je me lève et m'approche.

— Pardon de vous interrompre, dis-je à l'invité, puis je me tourne vers Paul. Je peux te parler une minute ?

Paul hèle un serveur et prend un autre verre pour son client, puis il fait signe à une danseuse de rappliquer. Son interlocuteur semble ravi de le remplacer par la jolie fille. Nous nous installons dans un coin.

Je baisse la voix, garde un air détaché.

— Où as-tu trouvé les escorts ?

Paul salue de la tête un homme qui vient d'entrer.

— Magnifiques, n'est-ce pas ? Un peu novices, mais elles ne le resteront pas longtemps.

Je garde ma colère sous contrôle, mais après ce soir, c'est un défi.

— On peut le dire. Celle à qui j'ai parlé avait l'air effrayée.

Le sourire satisfait de Paul s'efface, et son regard glisse vers moi.

— Elles sont entraînées pour être avenantes. Laquelle c'était ?

— Entraînées ? On parle d'animaux ou de femmes ?

— Il y a une différence ?

À mon regard, Paul tire la manche de sa chemise sous sa veste.

— Ne sois pas si coincé, Cade. Ce sont des escorts professionnelles. Elles sont payées pour être agréables et avenantes.

J'indique d'un signe de tête le fond de la pièce.

— Pourquoi elles entrent par l'ascenseur de secours et pas par la porte ?

Il glousse.

— Tu sembles bien curieux. L'une d'elles t'intéresse ?

— Réponds à la question.

Cette fois, Paul se rembrunit.

— C'est plus sûr.

— En quoi des belles femmes qui traversent le casino comporteraient un risque pour la sécurité ? C'est plutôt une source d'attraction pour le casino.

Il hausse évasivement les épaules.

— On ne voudrait pas perdre l'une d'elles.

Nous observons la foule un moment, mon malaise grandissant. Je me frotte la mâchoire.

— J'aimerais te poser une question. Pourquoi a-t-on fait venir ces filles de l'étranger pour jouer les escorts ?

Paul sourit, me regarde.

— T'es un malin, Cade. C'est pour ça qu'on t'a intégré à l'équipe. T'as été dans le métier toute ta vie, tu sais comment ça marche.

Il se tourne vers moi et son expression passe de l'hôte charmant à l'homme d'affaires froid.

— Notre écurie d'escorts est…

Il incline la tête et lève les yeux au ciel, comme s'il réfléchissait.

— … exotique, en provenance du monde entier. Les filles voulaient entrer aux États-Unis, et on a exaucé leur rêve grâce aux relations de Blackwell. Ces dames vivent à quelques rues d'ici, hors du site, comme le voulait Black-well. Elles sont prises en charge et protégées vingt-quatre heures sur vingt-quatre.

Il glousse.

— C'est une putain de résidence étudiante remplie de magnifiques poupées sexy, t'imagines ? J'ai bien l'intention d'aller y faire un tour pour mater les batailles de polochons.

Son humour me laisse froid et ses paroles me tordent les boyaux.

— T'inquiète pas, continue Paul. On a les meilleurs gardes pour veiller sur elles, grâce à toi et Blackwell. Il suffit d'appeler la résidence, et une escort est envoyée où on veut.

J'opine lentement, comme si c'était bien, alors que c'est le contraire.

— Elles sont payées pour leurs services ?

Paul regarde sa montre, et je sens que je suis en train de le perdre.

Le type qui a amené les femmes leur fournit tout ce dont elles ont besoin, et elles travaillent pour lui. Gagnant-gagnant, elles sont à notre disposition pour deux ans. Si certaines d'entre elles nous plaisent, on peut les garder plus longtemps.

Les yeux de Paul se rétrécissent sur mon visage. J'ai envie de lui lancer un regard assassin.

— Ne te formalise pas. Ça arrive tout le temps. Ces filles *voulaient* quitter leur vie misérable. Vois ça comme une bonne œuvre.

— Pour devenir esclave sexuelle ?

Paul rit franchement.

— Oh, allons. Tout de suite les grands mots. Tu connais les femmes ; elles aiment les *belles choses*. Et on leur fournit des vêtements de créateur, on leur présente des hommes riches et influents. Je ne serais pas surpris qu'on en perde quelques-unes au profit de puissants membres de Bliss qui voudront un accès exclusif à leurs charmes.

Le feu de ma colère me brûle la nuque. Je détourne le regard avant de frapper Paul.

— Écoute, Cade. Je te l'ai déjà dit. Les amis du patron n'aiment pas les fouineurs. Arrête de poser des questions. Regarde-moi ces femmes, dit-il en balayant la salle de la main. Elles sont fabuleuses. Elles ont fait économiser au Bliss une tonne d'argent — du pognon qui tombera dans nos poches à la fin de l'année. Ne l'oublie pas.

— Tant que les résultats restent positifs.

— Exactement, dit Paul en loupant mon sarcasme.

Il lève la main pour me taper sur l'épaule, mais la baisse en voyant mon regard noir. Il jette un œil derrière mon épaule.

— Le quarterback que t'as invité à la dernière minute vient d'arriver. Fais-lui donc faire un tour. Présente-le à ces dames.

Gabe Aldridge m'aperçoit et se dirige vers moi. C'est un footballeur américain à la retraite, la cinquantaine, qui jouit d'une bonne réputation dans le milieu sportif.

— T'as raison. Ces femmes vont lui plaire.

— C'est l'esprit.

Paul s'éloigne et j'inspire à fond, parcourant la pièce du regard. Je ne sais pas comment j'ai pu ne pas le voir en arrivant, mais ça me saute aux yeux maintenant.

Mes mains tremblent de rage. Il n'y a rien qui va ici. C'est mal depuis le moment où j'ai accepté de jouer un rôle dans le projet Bliss. Hayden avait raison. Elle s'est méfiée de Blackwell depuis le début. Elle l'a défié. Je pensais qu'il était comme mon père, avide de pouvoir et désintéressé, contournant quelques lois à sa convenance. Mais Blackwell n'est pas du tout comme mon père. Ethan

Cade n'aurait jamais soutenu des activités illégales et barbares. Comme le trafic humain.

Je suis heureux d'avoir fait sortir Hayden du casino ce soir. Je ne veux pas être impliqué dans ce scandale, mais ce serait mille fois pire si elle était là.

Chapitre Trente-Six

HAYDEN

Je traverse le parking, mes talons cliquetant sur le béton. Je n'arrive pas à croire que je quitte le Blue. Mira a mis deux heures à me coiffer et me maquiller, et je n'ai même pas obtenu ce que je suis venue chercher. Mais bon sang, quand Adam m'a jeté cet air désespéré, je n'ai pas pu lui dire non. Il me croyait réellement en danger. J'ai eu peur que la veine sur son front explose. C'est ce qui m'a convaincue de partir. Ça ne m'empêche pas d'être encore furieuse contre lui.

Du coup, j'ai fait zéro progrès dans ma mission de découvrir la mystérieuse fête d'inauguration que la secrétaire d'un fournisseur a accidentellement mentionnée à Nessa au téléphone, même après avoir causé avec tout le monde au bar. Personne n'en avait entendu parler. Pourrait-elle avoir été annulée ?

Avant qu'Adam ne m'escorte en dehors du club, je comptais aller faire un tour aux suites Bliss. Je m'étais déguisée pour passer inaperçue. Techniquement, rien ne m'empêche d'y aller maintenant. Adam ne m'a pas donné l'ordre formel de me tenir loin des chambres d'hôtel ; il voulait que je quitte le night-club. Et bon, d'accord, je doute fortement qu'il veuille que je m'approche des suites, étant donné notre conflit au sujet de Bliss, mais il me met en porte-à-faux. J'ai dit à Mira que j'irais jeter un coup d'œil aux suites ce soir, et c'est sans doute ma seule chance de le faire sans me faire prendre.

Je m'arrête au milieu du parking et je regarde derrière moi. J'ai une perruque sur la tête, une quantité ridicule de maquillage sur la figure et des fringues sur le dos que je ne porterais jamais dans la vraie vie. Ni Paul ni William ne m'ont reconnue. Adam si, mais il connaît la forme de mon cul par cœur.

Je sais où sont situées les suites Bliss ; je pourrais aller les inspecter en douce. Les gardes ne se rendraient pas compte que je suis la DRH à qui ils ont refusé l'accès plus d'une fois ces dernières semaines. Et ça me rassurerait d'avoir au moins suivi la seule piste que j'ai réussi à trouver.

Je fais demi-tour et je retourne à l'intérieur du casino, marchant aussi vite que mes talons aiguilles me permettent de le faire. Adam craint pour ma sécurité, mais je me débrouille depuis que j'ai quitté la ville, et je vais me débrouiller ce soir aussi.

Je me rends jusqu'aux ascenseurs avant de changer d'avis- sauf que je ne suis pas seule.

L'homme en complet debout devant les portes d'un ascenseur se retourne. Et c'est William.

Mince.

— Hé, ma jolie, dit-il en regardant derrière moi. Où est Adam… le type avec qui tu as quitté le club ?

De toute évidence, il ne sait toujours pas qui je suis. William pense que je suis l'une des pin-up pour ce soir. Il ne réalise pas qu'Adam et moi nous connaissons ni qu'il me connaît lui-même, d'ailleurs.

— Oh, j'ai décidé de rester, dis-je d'une voix efféminée dans l'espoir de déguiser ma voix normale.

Ça sonne ridicule, mais ça semble lui plaire.

— Dis-moi qu'il ne t'a pas laissée en plan ?

— Euh… un peu ?

William enroule les bras autour de mes épaules.

— Cet imbécile. Laisse-moi arranger ça. Je montais justement à une fête exclusive dans l'une des suites. Je t'invite. Il va y avoir du champagne et des amuse-bouche, et plein de gens avec qui avoir des conversations stimulantes. Promis.

Il sourit de toutes ses dents, le regard plongé dans mon décolleté.

William ne me parlerait pas en matant mes nibards s'il me reconnaissait. Enfin, peut-être qu'il materait mes nibards, mais je suis certaine qu'il ne m'a pas reconnue. Ça peut marcher. William est un Blue Star et il veut m'inviter à une fête exclusive dans l'une des suites. Exactement là où j'ai besoin d'être. Et si c'est une suite Bliss ? Encore mieux.

— Avec grand plaisir.

———

La fête où m'emmène William se tient, comme je l'espérais, dans les suites Bliss. Et je suis époustouflée. Ça n'a rien à voir avec les suites penthouse de l'autre côté de l'étage. La suite dans laquelle nous entrons est énorme, comme l'indiquaient les plans que j'ai trouvés dans le bureau du directeur des installations, et le décor est tellement chic que j'ai peur de toucher à quoi que ce soit. Ou de renverser mon champagne. Du Dom Pérignon, bien sûr.

De la musique sensuelle joue dans une sono invisible et mes talons s'enfoncent dans des tapis blancs tellement moelleux que j'ai l'impression de m'enliser quand je marche. L'entrechoquement des verres au bar et le brouhaha de voix masculines qui emplissent la pièce saturent mes sens et me donnent la chair de poule. L'énergie est effervescente et agressive, et si je n'avais pas une bonne raison d'être là, je prendrais mes jambes à mon cou. Mais je suis là pour découvrir ce que traficotent Blackwell et ses Blue Stars, car mon petit doigt me dit que ce casino est le théâtre de bon nombre d'activités criminelles.

La respiration courte, je repère Adam dans un coin de la pièce, à discuter avec une armoire à glace, sans doute un athlète professionnel. Il ne m'a pas vue, sinon il se précipiterait déjà vers moi et il ne me quitterait pas d'une semelle avant de s'être débarrassé de moi. La suite est bondée, et je ne veux pas qu'il me remarque avant d'avoir pu inspecter les lieux, alors j'ai intérêt à changer de pièce.

— Alors, vous me faites visiter ? je demande à William.

— Comme vous voudrez, mademoiselle.

Il indique une porte à notre droite et je la franchis, William sur les talons, heureuse d'être là où Adam ne peut plus me voir, mais cette pièce n'est pas mieux du tout.

Il me fait visiter une par une les chambres de la suite en faisant étalage de ses connaissances sur les drogues qui réduisent les inhibitions sexuelles, tandis que je m'efforce de sembler intéressée, bien que nonchalante. Il me demande aussi si j'ai envie d'essayer l'une des chambres, mais là n'est pas la question. Adam risque de me tuer quand il apprendra que je suis restée après lui avoir dit que je quitterais le Blue. Mais pas avant que *je* le tue.

Adam est impliqué dans Bliss, ce que je savais, mais ce n'est pas une expérience hôtelière excentrique comme les autres. Toutes ces chambres sont axées sur le sexe, avec un décor raffiné, des barres de pole dance et des salles de bain littéralement conçues pour des bacchanales, mais la pièce qui sort vraiment du lot, c'est le donjon SM. Je suis bien placée pour savoir que le casino n'a pas de licence pour les activités sexuelles. C'est justement la raison pour laquelle nous avons dû nous assurer que les danseuses burlesques ne se dénudent pas pendant le spectacle de ce soir.

Mira et Tyler ont surnommé la suite qu'ils ont découverte il y a plusieurs mois la suite « Cinquante nuances », et ils ne plaisantaient pas. Mais je parie que ce qu'ils ont trouvé n'est pas comparable à Bliss. Mira a dit que l'autre était gigantesque, avec des armoires faites sur mesure remplies de sex-toys, mais ce n'était pas une pièce entière consacrée à assouvir les fantasmes sexuels les plus fous. Putain.

William et moi retournons à la pièce principale, et je le sens. Le picotement de familiarité dans ma nuque qui se répand dans ma poitrine et diffuse la chaleur jusque dans mon bas-ventre — comme chaque fois qu'Adam est dans les parages.

Je balaie la pièce des yeux et m'arrête sur lui, en train de me fixer. L'athlète est encore à ses côtés, mais Eve et Blackwell aussi. Et Blackwell n'a pas l'air heureux du tout. Comme toujours en ma présence. Il a l'air fâché. Énervé.

Est-ce que Blackwell m'a reconnue ?

Chapitre Trente-Sept

ADAM

G abe me serre la main après que Paul se soit éloigné.

— Alors, c'est ça Bliss ?

— Où les rêves deviennent réalité, je réponds sèchement.

Gabe jette un coup d'œil aux autres hommes, puis balaie du regard les femmes et la suite. Il arque un sourcil.

— C'est de très bon goût.

— En effet. Je te fais visiter les chambres, mais d'abord, laisse-moi te présenter à Joseph Blackwell, le PDG. Il vient d'arriver et c'est rare qu'il fasse acte de présence aux événements du casino. Il préfère rester dans les coulisses. J'aimerais lui parler avant qu'il parte.

Gabe attrape au passage une flûte de champagne sur le plateau d'un serveur, la main dans la poche de son pantalon, l'air cool et décontracté. Il a le profil parfait pour Bliss.

Blackwell nous remarque et s'approche de nous, l'air calculateur comme à son habitude.

— Gabe Aldridge, voici Joseph Blackwell, le cerveau derrière Bliss, dis-je avant de réciter les statistiques de Gabe à l'époque où il jouait dans la NFL ainsi que la liste

de ses succès professionnels actuels. Je m'apprêtais justement à dévoiler les charmes de Bliss à Gabe.

Blackwell rit.

— Bliss a beaucoup de charme. Cette suite magnifique,
par exemple, et d'autres qualités intrinsèques, dit-il en indiquant un groupe de filles assises sur un canapé non loin de
nous. Des beautés, n'est-ce pas ?

— Exquises, acquiesce Gabe.

— Et vous n'en aurez jamais connu des comme elles.
Elles sont… comment dire… *fraîches*. En fait, quelques-
unes sont encore vierges.

Blackwell le dit comme s'il vantait les mérites d'un
bon vin.

Je m'étouffe avec ma gorgée de champagne.

— Excusez-moi, je marmonne en me ressaisissant.

Putain de merde, quoi ?

— *Intéressant*, dit Gabe en me jetant un coup d'œil, l'air
impassible.

— Je n'étais pas au courant, dis-je en tentant de
paraître normal.

Blackwell regarde autour de lui fièrement.

— Bliss est le summum du luxe et du plaisir. Il n'y a
pas mieux. Tout ce que vous voulez est à portée de la
main.

— Au prix fort, dit Gabe.

— Mais n'est-ce pas comme ça dans la vie ? demande
Blackwell. On paie pour la qualité, non ? Et les suites Bliss,
les services et les femmes qu'elles fournissent, sont d'une
qualité inégalable.

Gabe fait tournoyer son fond de champagne, puis
l'avale d'un coup.

— Et les femmes ? Elles ont accepté de vendre leur
virginité ?

Blackwell attrape un serveur au vol et échange la flûte

vide de Gabe contre une nouvelle coupe de Dom Pérignon.

— Bien sûr. Nous nous occupons bien d'elles. Elles ont tout ce dont elles rêvent.

Sauf peut-être leur liberté.

Gabe opine et balaie la pièce du regard une fois de plus comme s'il voyait les jeunes femmes d'un œil nouveau. Ses yeux s'arrêtent près de la porte.

— Et les danseuses burlesques ?

Blackwell et moi suivons son regard… et *bordel de merde,* c'est Hayden. Ici.

Comment est-ce possible ?

— Les danseuses burlesques peuvent être achetées aussi, dit Blackwell.

— La brune près de la porte m'intéresse.

Je serre le poing. Qu'est-ce qu'elle fout ici, merde ? Elle était censée partir il y a quarante minutes.

Blackwell arque le sourcil.

— Je vais m'en occuper…

— Pas celle-là, je laisse échapper en panique et beaucoup trop fort. Elle n'est pas censée être ici, j'ajoute, mais ma voix est tendue et contrariée.

Blackwell me scrute, et je me demande si l'émotion se lit sur mon visage.

— Oh ? Et comment elle s'est retrouvée ici ?

Je ne réponds pas.

Il me fixe longuement, puis claque des doigts.

Eve apparaît.

— Oui ?

— Va me chercher la fille avec la perruque noire près de la porte.

Elle sourit.

— Avec plaisir.

Gabe me regarde. Je sens son inquiétude, mais je ne lui

rends pas son regard, de peur que mon expression me trahisse encore plus.

Eve parle à Hayden qui hoche la tête avec méfiance. William et elle s'approchent et mon collègue serre la main de Gabe quand je les présente.

— Gabe voulait rencontrer la charmante jeune femme qui t'accompagne, William, dit Blackwell.

Celui-ci perd sa contenance un court instant, jetant un coup d'œil à Hayden.

— C'est mon invitée ce soir. Euh…

— Sophia, dit Hayden d'une voix haut perchée qui me fait lever les yeux au ciel.

— Sophia ? répète Blackwell en la regardant des pieds à la tête. Ou est-ce plutôt Hayden ?

Hayden se raidit et braque le regard sur moi.

Blackwell se tourne vers moi aussi.

— Qu'est-ce qu'elle fait ici ?

— Elle s'en va, dis-je en prenant Hayden par le bras.

Il lève une main.

— Attends un peu, Adam, dit-il avant de s'adresser à William. Est-ce que Hayden a vu les suites ?

William, un peu à l'écart du groupe, cille.

– Hayden?

Il la balaie des yeux à son tour et je vois le déclic se faire dans sa tête, un déclic que Blackwell a eu au moment où il a posé les yeux sur elle. Notre cher PDG a beau être un salaud, il est sacrément futé.

William regarde Blackwell, penaud.

— Oui, monsieur. Je croyais que c'était une des pin-up du spectacle burlesque.

— Attendez, dit Gabe. Je croyais qu'elle s'appelait Sophia ?

Blackwell la fusille du regard, l'air menaçant.

— Bientôt, ce ne sera *personne*.

J'aplatis la main dans le bas du dos de Hayden et je la pousse doucement.

— Je vais l'escorter.

— Assure-toi de l'amener aux gardes de sécurité, dit Blackwell, le ton menaçant. Entre-temps, Eve va prendre soin de Gabe. N'est-ce pas, Eve ?

Eve cille un instant, mais retrouve vite sa contenance et sourit.

— Oui, bien sûr.

Je n'attends même pas la réponse de Gabe ni lui dis au revoir. Je me dirige vers la sortie avec Hayden, puis je m'arrête d'un coup. Les gardes postés devant la porte nous toisent. L'un d'eux reste là, mais l'autre se dirige vers nous.

J'ignore comment, mais Blackwell les a avertis.

— L'ascenseur de secours, je chuchote à Hayden. Vite.

Nous traversons la pièce principale hâtivement, puis j'écrase l'index sur l'écran de l'ascenseur, qui s'allume en bleu en reconnaissant mon empreinte digitale. J'entre le code qu'on m'a donné il y a quelques jours — une seconde avant qu'on m'agrippe l'épaule. Je me retourne.

— Où tu vas comme ça ? demande Paul en zyeutant Hayden d'un air malicieux.

La cloche de l'ascenseur carillonne doucement, et j'entends les portes s'ouvrir derrière moi.

Je serre le poing et je lui balance un uppercut au menton. De la main droite — celle qui porte la chevalière Blue Star.

Paul pousse un cri en titubant en arrière. J'arrache ma bague, la jette sur lui, et je pousse Hayden dans l'ascenseur.

J'appuie cent fois sur le bouton des portes, qui réagissent enfin. Elles se ferment lentement, nous coupant de la fête, des gens qui nous dévisagent à cause de l'esclandre qu'on vient de créer — et des gardes qui se dirigent toujours vers nous. Au moment où les portes se ferment enfin, Paul, sa lèvre inférieure et son menton ensanglantés, parle à toute allure au téléphone en me fusillant du regard.

Cet ascenseur ne se rend qu'à deux étages : le casino, et un étage ordinaire de l'hôtel que le Blue utilise pour faire diversion au cas où il y ait une urgence avec un membre Bliss.

J'appuie sur le bouton du second, avant de me tourner vers Hayden, furax.

— Qu'est-ce que tu foutais là-bas ?

— Ne me parle pas comme ça !

J'inspire profondément.

— Explique-toi avant que je pète les plombs.

— Eh ben, techniquement, tu m'as dit de quitter le night-club, pas le Blue.

— Tu joues sur les mots maintenant ? Je t'ai dit de partir justement pour éviter les emmerdes qu'on a en ce moment. Blackwell t'a démasquée. Tu comprends un peu ce que ça veut dire ?

Elle se mord le coin de la lèvre.

— Ouais, bon, je ne m'attendais pas à ça. Je ne pensais pas qu'il serait là, et je ne pensais surtout pas qu'il me reconnaîtrait.

Je grogne de frustration en fixant le plafond.

— C'était ton plan ? De passer incognito ?

— Et de recueillir des preuves, ajoute-t-elle. J'ai même apporté mon téléphone pour prendre des photos. Mais à part les trucs SM pour lesquels le casino n'a pas de licence, je n'ai pas trouvé grand-chose.

— Oh, c'est plein de trucs illégaux. Je t'en parlerai plus tard, j'ajoute en la voyant me questionner du regard.

Au même moment, l'ascenseur s'arrête à notre étage.

Les portes s'ouvrent et j'attrape Hayden par la main. Je

regarde des deux côtés du couloir et j'aperçois un garde qui émerge d'une cage d'escalier, à bout de souffle.

— Merde.

— C'est qui ? demande Hayden.

— Vido. Ex-militaire et gibier de potence — magne-toi.

Je l'entraîne dans la direction opposée.

Avec la jupe trop serrée et les talons aiguilles de vingt centimètres de Hayden, on ne le sèmera jamais.

— Ôte ces trucs ! dis-je en indiquant ses pompes.

Elle me dévisage comme si j'avais perdu la tête, alors je me penche, je lève son pied et je lui enlève une chaussure, puis l'autre, que je fourre dans les poches de mon veston. J'empoigne le côté de sa jupe et je déchire la couture.

— Cours !

Le garde nous a presque rattrapés, et cette fois, Hayden obéit. Nous sprintons jusqu'au bout du couloir, où nous entrons dans l'autre cage d'escalier. Un étage plus bas, j'entraîne Hayden par la porte et nous continuons de courir jusqu'à un ascenseur qui, Dieu merci, est ouvert.

J'appuie sur le bouton de l'étage inférieur, me penchant en avant pour reprendre mon souffle une fois que les portes se sont fermées.

— Pourquoi ils nous pourchassent ? demande-t-elle, le souffle court elle aussi.

— Parce que t'avais raison, je réponds en me redressant, sortant mon portable et envoyant un texto rapide. Le projet Bliss n'est pas réglo, et les gens qui fournissent de la drogue et les filles illégales à Blackwell sont très, très dangereux.

— Tu veux dire les femmes sans papiers ?

— Je ne cautionne pas ça, Hayden. Je ne l'ai jamais cautionné.

La colère déforme ses traits ravissants.

— Tu l'as cautionné en ne faisant rien depuis le début !

Quand les portes de l'ascenseur s'ouvrent, j'emmène Hayden loin des entrées principales, vers un couloir de service. Nous traversons des cuisines et les employés nous suivent des yeux alors que je regarde par-derrière mon épaule pour m'assurer que personne ne nous suit. J'ouvre une porte qui mène à l'extérieur, et nous sommes immédiatement assaillis par l'odeur de viande pourrie provenant d'une des bennes à ordures du restaurant.

Une Cadillac Escalade noire aux vitres teintées tourne le coin et s'arrête en crissant des pneus à quelques pas de nous.

Hayden me tire le bras.

— Vite ! On doit faire demi-tour.

— Ça va, dis-je en la guidant vers le SUV. C'est mon équipe de sécurité. Je les ai engagés après avoir décidé de prendre la menace de Paul au sérieux.

Hayden monte sur la banquette arrière sans ses chaussures, et je monte après elle. Le chauffeur sort de la ruelle à toute vitesse.

— Tu ne peux pas rentrer chez toi ce soir, dis-je. C'est trop dangereux.

Elle regarde devant elle et opine de la tête, l'air sonnée. J'enroule le bras autour de ses épaules.

— Ça va aller.

Elle lève la tête.

— Comment tu peux dire ça ? Je pensais que c'était juste Blackwell. Je pensais que je trouverais des preuves au casino et que je les apporterais à la police. Mais les filles… et d'après ce que tu viens de dire…

— Blackwell bosse avec toutes sortes de criminels dangereux.

Elle tourne la tête vers moi.

— Alors, on doit aller au poste de police *là, tout de suite.*

Avant que Blackwell et les Blue Stars s'en tirent indemnes comme la dernière fois. Ils savent comment faire disparaître les suites.

Je reconnais la vibration d'un appel dans ma poche. Je sors mon portable et je regarde l'écran, remarquant deux appels manqués du même contact.

Je fronce les sourcils. Il est une heure du matin. Pourquoi l'avocat de la famille m'appelle à cette heure ?

— Désolé, je dois répondre.

— Adam, dit Bill Stevens d'une voix fatiguée. Je suis désolé pour cet appel tardif.

Silence.

— C'est ton père… tu dois aller à l'hôpital.

Chapitre Trente-Huit

HAYDEN

Adam décroche et son visage devient blanc comme un linge. Et il était bien rouge après notre folle cavalcade dans le casino.

Il donne des instructions au chauffeur pour qu'il nous conduise à l'hôpital, et je lui prends la main.

— Qu'est-ce qui se passe ?

Il regarde par la fenêtre et déglutit difficilement.

— Je ne sais pas. C'était l'avocat de la famille. Il appelait pour me dire que mon père est à l'hôpital. Je suis sûr qu'il va bien, dit-il avec un sourire qui recourbe à peine ses lèvres.

Mais durant tout le trajet jusqu'à l'hôpital, Adam garde les yeux rivés sur la fenêtre, le visage grave. Il ne croit pas à ce qu'il dit.

J'enfile mes chaussures en arrivant à l'entrée des urgences, vire la perruque et secoue mes cheveux. Je ne qualifierais pas mon look de respectable, car il y a une sacrée quantité de seins et de jambes à l'extérieur des fringues, mais au moins j'arbore ma couleur naturelle et non la méduse noire géante que Mira m'a collée sur la tête.

Quand nous sortons de la voiture, je me mets à frissonner. C'est le milieu de la nuit et la température a chuté. Adam drape sa veste sur mes épaules et je glisse les bras dans les manches, m'imprégnant de la chaleur résiduelle de son corps. Il me prend la main et nous franchissons les portes automatiques.

Adam se fait connaître auprès de la réceptionniste, qui nous emmène vers une chambre individuelle. Au milieu du couloir, il s'arrête. Ses frères se tiennent devant la porte.

Levi regarde le plafond, les doigts appuyés sur son front, et Hunter est adossé au mur, l'air abattu. Les deux autres nous tournent le dos et parlent avec quelqu'un.

Ça ne sent pas bon. Pas du tout. Je presse la main d'Adam et il se remet en marche, le pas régulier.

Levi tourne la tête et nous aperçoit. Il inspire à fond et détourne le visage comme pour se donner une contenance. Adam s'arrête devant lui.

— Il était malade, dit Levi.

Adam jette un œil à la porte de la chambre.

— Papa allait bien la dernière fois qu'on l'a vu.

Levi secoue la tête.

— Il n'allait pas bien.

Wes et Bran s'approchent de nous.

— Je ne comprends pas, balbutie Adam.

Levi se presse la nuque.

— Il… il avait un cancer du pancréas. Il ne nous l'a pas dit.

La main d'Adam se met à trembler dans la mienne.

— Avait. Tu as dit *avait*.

Levi hoche la tête et pince les lèvres.

— Il est décédé il y a une demi-heure.

Adam lâche ma main et empoigne son frère aîné par le devant de sa chemise.

— Pourquoi tu ne m'as pas prévenu, putain ?!

— Je ne savais pas ! J'ai reçu l'appel comme toi, s'énerve Levi. Et toi ? T'es le seul qui était en contact avec lui.

Adam lâche son frère et fait les cent pas.

— Non. Pas dernièrement.

Il me jette un coup d'œil furtif.

— Le travail… j'ai été occupé par le travail.

Il se frotte le front, regarde ses frères.

— Vous étiez là quand il est… ?

Levi fait non de la tête.

— Aucun de nous n'était là.

Je m'approche et l'enlace.

— Où est-il ? demande Adam, mais Levi nous tourne le dos maintenant.

— Dans la chambre, répond Wes.

Adam fixe la porte, puis il me regarde.

— J'ai besoin de le voir.

— Tu veux que je vienne avec toi ?

— Non.

Il se passe les doigts dans les cheveux, ébouriffant ses mèches encore peignées et gominées même après notre course folle au Blue. Il se dégage de mes bras et s'avance vers la porte entrouverte. Hunter lui donne un coup de coude affectueux en passant et Adam lève les yeux en signe de reconnaissance. Puis il entre dans la chambre d'hôpital.

Comment est-ce possible ? On a vu son père il y a quelques semaines à la soirée cocktail au Club Tahoe. Il semblait en forme. Amaigri, peut-être ? Je ne sais pas. Je ne l'avais jamais rencontré avant. Adam a dit qu'il n'était pas proche de son père. Aucun d'eux ne l'était d'ailleurs… et cet homme essayait de renouer le contact avec ses fils.

Mon Dieu.

Adam ressort de la chambre quelques minutes plus

tard. Il a les yeux rouges et le visage pétrifié. On dirait qu'il est en état de choc.

Je lui prends la main et il m'attire vers lui, si près qu'il n'y a pas d'espace entre nous.

— Je suis sincèrement désolée, je murmure.

Sa poitrine hoquette, mais aucun son ne sort de sa bouche.

Au bout d'un moment, il me relâche. Tous ses frères me fixent. Ils détournent prestement le regard.

— Est-ce qu'on a des personnes à appeler ? demande Adam d'une voix rauque.

Une femme que je n'avais pas remarquée s'avance. Elle doit avoir la soixantaine. Très jolie, les cheveux argentés. Il est une heure du matin, mais elle porte un tailleur pastel.

— On s'en est déjà occupé, dit-elle doucement.

— Merci, Esther.

Adam s'approche et la serre dans ses bras. Elle lui tapote le dos.

— Pourquoi il ne nous a rien dit ? demande-t-il en revenant à côté de moi.

Elle sourit faiblement.

— Il ne voulait pas vous inquiéter. Il ne voulait pas que ses derniers mois tournent autour de la maladie. Il essayait de vous réunir. Mais je pense qu'il s'est rendu compte que c'était trop tard.

Adam tremble, et d'après les expressions de ses frères, ils s'effondrent intérieurement aussi.

Levi s'éclaircit la voix.

— On fait comment ? Pour les funérailles ?

— Il a tout organisé. Pour le moment, vous devriez rentrer chez vous. Je vous appellerai demain.

Elle me sourit, tamponnant ses yeux larmoyants avec un mouchoir.

Adam étreint chacun de ses frères en silence. Ils

prononcent des messes basses que je ne capte pas, puis un par un, ils se dirigent vers la sortie. Seuls, sauf Adam qui me tient la main. Nous sortons dans la rue. La Cadillac Escalade tourne au ralenti à quelques mètres de l'entrée.

— On doit t'emmener dans un endroit sûr, dit-il.

Il est fou ? Il vient de perdre son père. Je ne vais nulle part sans lui, mais je ne proteste pas. Il s'en rendra compte quand je refuserai de le quitter.

Nous entrons dans la voiture et je me tourne vers lui.

— Je suis vraiment désolée. Qu'est-ce que je peux faire ?

Il secoue la tête, le regard vide.

— Je n'en sais rien pour l'instant.

J'ai déjà vu Adam excité, nu, en colère, avec le visage rouge à cause d'un truc que j'ai fait, mais je ne l'ai jamais vu aussi triste. J'ai toujours mes parents, il a perdu les siens. Je ne sais pas comment le réconforter, mais je vais essayer.

Nos téléphones bipent, l'un après l'autre. Il me faut une seconde pour comprendre ce qui se passe. Et puis je me souviens.

Il y a toute une série de drames en cours que j'avais complètement oubliée depuis notre arrivée à l'hôpital.

— C'est Mira, dis-je en lisant son texto. Elle dit que la police arrive chez Lewis. Ils ont trouvé des infos incriminantes contre Blackwell. Je vais lui dire qu'ils devront parler à la police sans nous.

— Non. On doit y aller.

Il regarde par la fenêtre, sa main molle dans la mienne. Je secoue la tête.

— Ils comprendront, Adam.

Il tourne la tête vers moi.

— On va chez Lewis. Il y a beaucoup de choses que tu ne sais pas encore, et il est temps que tu les apprennes.

Chapitre Trente-Neuf

Adam et moi descendons du SUV devant chez Lewis. Deux voitures de police sont garées dans l'allée. Nous montons les marches menant au porche et j'aperçois toute la bande par la grande baie vitrée : Lewis, Gen, Mira, Tyler, Jaeger, Cali, Nessa et Zach. Deux policiers sont dans le salon aussi, carnet à la main. Ils prennent des notes.

Mira vient nous ouvrir, vêtue d'une robe d'été noire, puis nous entraîne jusqu'à l'îlot séparant la cuisine de Lewis du salon — les seules places assises restantes. Elle me tend un verre d'eau et en offre un à Adam, qui refuse d'un mouvement de tête.

— Ça a marché, annonce Gen à Adam après qu'on se soit installés. Le pote de Jeb a enregistré sa conversation avec Blackwell. Ils sont en train d'obtenir un mandat de perquisition pour le lieu où Blackwell planquait ses call-girls.

Jeb est le père de Gen.

— Qu'est-ce qu'elle raconte ? je demande à Adam.

Il est appuyé contre le comptoir, la tête dans les mains.

— J'ai parlé à Lewis il y a quelques semaines. Je lui ai demandé pourquoi Sallee Construction n'avait pas été mandatée pour la rénovation des suites Bliss. Ça nous a semblé suspect à tous les deux, alors il m'a mis en contact avec le père de Gen, qui a contribué à envoyer Drake Peterson derrière les barreaux.

— Tu as organisé tout ça… sans m'en parler ?

— Adam était déjà une cible, dit Lewis depuis le canapé, où il est assis avec Gen. Il ne voulait pas que tu sois impliquée avant qu'on en sache davantage et qu'on ait le soutien de la police.

Mira, de l'autre côté de l'îlot, tend la main vers moi et la pose sur mon bras.

— C'est arrivé tellement vite. Tyler et moi étions au restaurant, on vient juste de l'apprendre aussi. Comme les autres.

Un des agents de police s'approche et se présente, fermant son calepin.

— Joseph Blackwell a été arrêté. Comme l'a mentionné votre amie, on va obtenir un mandat de perquisition pour les appartements où ils gardent les femmes.

Gen ferme les yeux et secoue la tête.

— J'arrive pas à croire que Blackwell a fait ça. Ce qui m'est arrivé était horrible, mais le *trafic sexuel ?* Bon sang.

Lewis resserre le bras autour de ses épaules.

— Un crime grave, dit le flic avant de leur tendre une carte de visite. Contactez-nous si vous avez des questions ou inquiétudes. On vous tiendra au courant au fur et à mesure de l'enquête.

Les policiers partent et je pose la tête sur l'épaule d'Adam, enroulant un bras autour de sa taille.

— Tu aurais dû me le dire, je chuchote.

Il respire dans mes cheveux.

— Je ne voulais pas que tu sois une cible de plus pour Blackwell.

Je me redresse pour le regarder dans les yeux.

— J'aurais dû te faire confiance, mais tu dois me faire confiance aussi. On aurait pu en parler, et je t'aurais soutenu.

Il opine.

— Je n'étais pas au courant des escorts avant ce soir. Paul m'a fait des menaces l'autre jour… Je ne voulais pas que tu sois en danger. Je n'aurais pas pu le supporter, dit-il en secouant la tête.

Adam était dans une situation délicate. Je le comprends, mais je lui en veux de m'avoir caché des choses.

Avant que je puisse répondre, Mira intervient.

— Vois les choses du bon côté, Hayden. Si tu n'avais pas ravalé ta fierté et décidé d'être gentille avec Adam il y a des semaines, la police n'aurait pas autant de preuves.

Adam me regarde.

— Qu'est-ce qu'elle veut dire par *ravalé ta fierté ?*

Le temps s'arrête. Adam a perdu son père ce soir ; il est épuisé, vulnérable, et je sens les pensées tourbillonner dans son esprit.

— Un truc stupide. Oublie.

Mira s'avance légèrement, le menton dans la main et le coude sur le comptoir, à l'évidence inconsciente de la tension qu'elle est en train de causer.

— Hayden était censée se rapprocher de toi pour qu'on puisse découvrir si le Blue gérait encore la suite que Tyler et moi avons trouvée, mais je n'ai jamais cru que vous vous rapprocheriez *à ce point.*

Elle glousse, et je la foudroie du regard.

— Quoi ? Vous êtes mignons.

— La ferme, Mira, dis-je en me tournant vers Adam. Ne l'écoute pas… Adam ?

Il se lève d'un coup, vacillant légèrement sur ses talons.

— Je dois y aller.

Je me lève à mon tour.

— Attends. Je viens avec toi.

— Non, s'énerve-t-il.

Je recule.

— Adam, ce truc dont Mira et moi on parlait il y a des semaines n'a rien à voir avec toi et moi aujourd'hui.

— Ah non ?

Mes yeux s'écarquillent. Il exsude une colère noire.

Jaeger s'approche de nous. C'est l'un des meilleurs potes d'Adam, et il a dû voir la douleur sur son visage.

— Qu'est-ce qui se passe ?

Adam se tourne vers lui, l'air méprisant.

— Tu la protèges encore ? grogne-t-il.

— Je suis inquiet, dit Jaeger. Pour vous deux.

Il me lance un regard interrogateur.

Adam a déjà été en colère contre moi, mais jamais comme ça. Il a mal interprété tout ce que Mira a dit, et je sais pourquoi.

— Écoute-moi, s'il te plaît.

Je me tourne vers Jaeger, qui nous observe toujours.

— La soirée a été épouvantable. Son père…

— Ça n'a rien à voir avec mon père ! explose Adam. C'était un mensonge, nous deux ? J'ai peut-être été salaud avec toi dans le passé, mais je n'ai jamais cru que tu t'abaisserais à ce niveau. Bien joué, Hayden. Frappe un homme déjà au sol.

— Non ! Ce n'est pas ça !.

Les larmes m'emplissent les yeux. Pas à cause de ses paroles, bien que je ne les reçoive pas particulièrement bien, mais parce qu'Adam me repousse — en utilisant la situation comme excuse pour le faire.

— Tu le fais exprès. Je ne sais pas pourquoi, mais tu le fais exprès. Si tu t'arrêtais pour réfléchir un moment, tu saurais ce que je ressens pour toi.

Adam sort en trombe, donnant un coup d'épaule à Jaeger au passage.

— Ne le laisse pas partir seul, dis-je à ce dernier. Suis-le. Il… son père… va lui parler. S'il te plaît.

Jaeg regarde Cali, qui hoche la tête. Il prend ses clés et sort à toute vitesse. Je le vois rattraper Adam dehors et lui parler, puis ils montent dans la voiture de Jaeger et disparaissent.

Mira est à côté de moi, à me tenir dans ses bras comme si j'allais m'effondrer.

— Hayden, oh mon Dieu. Je suis trop conne. Je suis tellement désolée. Les flics nous ont raconté ce que l'ami de Jeb a enregistré dans la suite et ce qui s'est passé. Je trouvais ça touchant qu'Adam ait voulu te protéger… Je me suis mal exprimée.

Elle me tend un mouchoir et je m'essuie le nez.

— C'est pas ta faute. Il n'est pas lui-même.

J'annonce la nouvelle du décès de son père, et tout le monde reste silencieux.

— Viens dormir chez nous ce soir, dit Mira, et j'opine.

Je veux être avec Adam, le soutenir dans son deuil, mais il s'est mis dans la tête qu'il ne peut pas me faire confiance.

Pas du tout. Peut-être qu'il agit sous le coup de l'émotion, mais le résultat est le même.

Depuis le début, je tergiversais. Je ne savais pas si je pouvais faire confiance à Adam ou pas, je croyais qu'il me mentait par omission au sujet du Blue. Comment on en est arrivés là ?

C'était le seul type qui me connaissait et qui restait à mes côtés quoi qu'il arrive — et j'ai fait en sorte qu'il croie que toute notre histoire était basée sur un mensonge. Mon mensonge.

J'ai omis de mentionner ce que je savais sur le Blue. Ce n'était pas intentionnel, je croyais qu'Adam et Tyler avaient parlé de la suite secrète, mais en n'en parlant pas ouvertement, en voulant me protéger moi ainsi que mon plan de débarrasser le Blue Casino de la vermine, c'est moi qui ai menti par omission. Je n'en veux pas à Adam de croire que je lui ai menti.

Comment pourrait-il me faire confiance à nouveau ?

———

ADAM

Jaeg et moi entrons dans le petit appartement de Hunt. Mon frère est avachi sur la table à manger, le bras étendu devant lui, une bouteille de whisky à la main.

— Il t'en reste pour nous ?

Hunt lève la tête. Ses yeux sont rougis, son teint est pâle.

— Toujours, marmonne-t-il.

Jaeg pose la main sur mon épaule.

— Tu crois que c'est une bonne idée ?

Je lui fais des yeux noirs, puis je regarde sa main. Il la baisse.

— T'inquiète, tu n'as pas besoin de me protéger d'elle. C'est fini entre nous.

— Qui ça ? demande Hunter au même moment où Jaeg soupire.

— Ce n'est pas sa faute, dit ce dernier. Je sais que tu ne le penses pas.

Je m'écrase dans la chaise en face de Hunt.

— Elle s'est servie de moi. Bien sûr que c'est sa faute. Je ne sais pas pourquoi je croyais qu'elle serait différente.

— Ne sois pas hypocrite, Adam. T'as jamais imaginé de relation sans contrainte avec elle ? Au début, avant de développer des sentiments ?

Je cille. Je ne pige pas ce qu'il raconte, bordel. Alors, je m'en tiens aux faits. Tout le monde m'abandonne. Hayden m'a trahi. Je la quitte avant qu'elle ne me quitte.

— Elle est comme les autres. Elles veulent toutes quelque chose.

Je ricane. C'est exactement ce que Paul pense des femmes. Génial, me voilà en train de citer un connard. J'ai besoin d'un verre.

Hayden ne voulait pas que je l'entretienne comme les autres filles avec qui je suis sorti. Elle voulait quelque chose de plus important encore. Elle voulait m'utiliser pour se venger de son passé.

Je lui faisais confiance — je *tenais* à elle. Je n'ai jamais autant tenu à une femme. Et elle s'est servie de moi.

— J'ai été idiot. Je sais le reconnaître quand on me manipule. Moi qui suis si bon manipulateur.

Jaeg soupire de nouveau.

— Hayden n'est pas comme ça.

— C'est à propos de cette fille avec qui tu traînes ? demande Hunt d'une voix déjà plus claire.

Je prends le verre couvert de traces de doigts et la bouteille de whisky.

— Largue-la, dit-il. T'as pas besoin de ces casseroles.

J'écrase le poing sur la table et Hunt tressaute.

— Elle n'a rien d'une casserole.

Elle n'est plus dans ma vie, mais ça ne veut pas dire que mon connard de frère, ou quiconque d'autre peut dire du mal d'elle.

Jaeg se penche sur la table.

— Ne fais pas ça, mec. Ton frère vient de te donner le conseil que tu m'as donné au lycée — tu t'en souviens ? Je m'en suis bien sorti au final, mais dans ton cas, c'est la mauvaise décision. Ne perds pas ta chérie pour ces conneries.

Je fixe le liquide ambré dans ma main.

— Je n'ai pas de chérie, je marmonne avant de m'enfiler une rasade.

L'alcool me brûle la gorge en descendant, réchauffant la couche de glace qui s'est de nouveau formée autour de mon cœur au moment où j'ai laissé tomber Hayden.

Chapitre Quarante

HAYDEN

Je retourne au boulot le lundi, et c'est comme s'il ne s'était rien passé samedi soir — pas de vente aux enchères, pas de descente de police. Toutes les traces du spectacle burlesque et du passage des célébrités ont disparu, l'étage du casino bourdonne et clignote. La routine. Sauf à l'étage de la direction. Ici, il nous manque quelques figures de proue.

Blackwell et les Blue Stars sont aux abonnés absents, même si on n'a pas besoin d'eux pour diriger la boîte. C'est Blackwell qui prenait les décisions importantes, mais ça n'arrive pas tous les jours. Le casino se portera très bien jusqu'à ce qu'un PDG intérimaire prenne sa place. Certains Blue Stars étaient des managers, mais ils travaillaient essentiellement pour les suites Bliss et les projets secrets de Blackwell — qui ont tous été interrompus. Le seul manager Blue Star qui effectue réellement son travail est Adam, le directeur de l'hôtellerie. Mais il n'est pas venu aujourd'hui. Il n'a pas non plus répondu à mes appels hier.

J'ai parlé à Jaeger qui m'a dit de laisser du temps à Adam. Qu'il changerait d'avis. Mais je n'en suis pas si sûre.

Sans le vouloir, Mira a dit la seule chose qui pouvait dégoûter Adam pour de bon, au moment où il était le plus vulnérable. Elle a insinué que je m'étais servie de lui pour me rapprocher des Blue Stars. Et je ne peux pas le nier, parce que c'est vrai. Le seul bémol, c'est qu'à un moment donné, je suis tombée amoureuse d'Adam et j'ai complètement oublié mes intentions initiales. Mais comment puis-je l'expliquer et faire en sorte qu'il me croie alors que je lui ai caché tant de choses ?

Cela a semé dans sa tête la graine du doute sur le fondement de notre relation. D'autres femmes l'ont exploité, et je soupçonne même que son propre père l'a utilisé. Et évidemment, ça se passe le jour où il perd son père, un homme dont il cherchait désespérément l'affection. Je ne sais pas comment renouer avec Adam après tout ça.

Il prétend que ses frères et lui n'étaient pas proches de leur père. Qu'Ethan Cade ne se souciait pas d'eux. Mais je n'ai jamais vu une bande de gros durs avoir l'air aussi bouleversés et vulnérables que lorsqu'ils ont appris la mort de leur père.

— Hayden, me dit Mira et je lève les yeux. Rentre chez toi.

Je mate le bordel sur mon bureau. Je jette des ciseaux, des crayons et une vingtaine de blocs-notes dans les tiroirs pour essayer de faire le ménage. Puis je tends une pile de papiers à Mira.

— Tu veux bien…

— Je m'en occupe, dit-elle.

J'ai l'envie soudaine de me débarrasser de toutes ces saletés. Je me sens souillée par les ignominies de Blackwell, ses mauvaises intentions et son abus de pouvoir. Je voulais assainir cette boîte. Mais peut-être que ça n'a rien à voir avec cet endroit. C'est mon passé que je veux laver.

Mira me regarde nerveusement.

— Tu veux que j'appelle quelqu'un ?

— Non. Je sais qui je dois voir.

JE ME GARE devant la maison d'Adam, m'attendant à ce qu'il ne soit pas là, mais ses deux voitures sont dans l'allée. Pas de service de sécurité, je note. J'imagine qu'il n'en a plus besoin maintenant que Blackwell est sous les verrous et non libérable sous caution.

Aucun des documents récupérés par la police ne mentionnait Blackwell. S'il s'en était tenu à sa pratique habituelle de ne pas assister aux événements du casino, il aurait pu rejeter la responsabilité du trafic sexuel et de la drogue introduite dans le casino sur quelqu'un d'autre, de la même manière qu'il a rejeté la responsabilité de ses activités illégales passées sur Drake Peterson. Mais Blackwell était arrogant et fier de ses suites Bliss, alors il a assisté à l'inauguration, ce qui a permis de l'incriminer.

D'après ce que j'ai entendu, la police a tout ce dont elle a besoin pour le boucler, ainsi que les gardes du corps du Blue qui ont caché les femmes dans la résidence. Techniquement, rien d'illégal n'a eu lieu au casino ; ils n'ont pas eu le temps. Mais entre la conversation enregistrée par l'ami de Jeb et la descente dans la résidence des femmes, la police a eu tout ce dont elle avait besoin pour mettre Blackwell et beaucoup d'autres en accusation. Les flics ont dit qu'il y avait même des preuves contre De la Cruz, l'ami et le parrain de Blackwell, qu'ils essayaient de coincer depuis plus de dix ans.

On me dit qu'on n'a pas à craindre les représailles de

De la Cruz. La seule personne qui devrait avoir peur, c'est Blackwell. Apparemment, Blackwell et les gardes qu'il a fait engager par Adam détiennent assez d'informations sur le trafic de drogue et d'êtres humains que dirigeait De la Cruz pour enfermer le caïd pendant plusieurs vies. Des gardes à plein temps protègent Blackwell en prison jusqu'au procès. De la Cruz est puissant, et Blackwell est en danger de mort même en détention.

Je frappe à la porte d'Adam. Les oiseaux gazouillent dans les pins et le clapotis des vaguelettes qui frappent les rochers du rivage du lac résonne au loin. Tout est paisible, et pourtant j'ai les mains moites.

Adam ouvre la porte. Il est en jean et t-shirt, les cheveux décoiffés — et j'ai juste envie de le prendre dans mes bras. Mais son expression dure m'indique que ça n'arrivera pas.

— Ce n'est pas le bon moment.

— Ce sera quand, le bon moment ? J'ai besoin de te parler.

Il appuie la main sur l'encadrement de la porte, me regarde d'un air mauvais.

— Pour que tu puisses m'utiliser pour avoir d'autres informations ?

Je m'humecte les lèvres.

— Tu as raison, je l'ai fait. Mais c'était avant de te connaître.

— Qu'est-ce que ça change ? Notre histoire est basée sur un mensonge.

— C'est pas vrai, je proteste fermement. Je peux ? dis-je en jetant un coup d'œil à l'intérieur du chalet.

L'instant d'après, il baisse les bras et ouvre la porte. Je ne vais pas plus loin que l'entrée. J'aurais beau me justifier, la suite dépend de lui. Il doit se décider. Ce qui ne signifie pas que je ne vais pas tenter de le convaincre de ma bonne foi.

— Je sais ce que tu penses, et c'est un tas de conneries.

Il lève les sourcils, les épaules tendues, les muscles raides.

— T'es venue ici pour m'engueuler ? Tu gaspilles ta salive.

L'homme des glaces est de retour. Le mec qui veut que personne ne sache ce qu'il ressent.

Je me rapproche.

— Vraiment ? Parce que tu as fait une grosse erreur. Tu m'as montré qui tu es. Pas le gosse friqué froid et insensible, mais l'homme généreux qui ferait n'importe quoi pour ses proches.

Il secoue la tête et croise les bras, se blindant physiquement en plus du blindage émotionnel.

— Tu ne me connais pas.

— Au début, si j'ai noué le contact avec toi, c'était pour voir si ce que Mira et Tyler avaient découvert sur le Blue était toujours d'actualité. Je devais me rapprocher de quelqu'un qui frayait avec les Blue Stars de Blackwell. Je ne voulais pas te connaître. Je ne t'appréciais pas.

— Tu ne plaides pas en ta faveur, dit-il sèchement.

Je pousse un soupir frustré. Tout ce que je dis est mal interprété.

— Tu ne comprends pas ? J'avais tort. Et je pense qu'une partie de moi, mon cœur et non ma raison, savait que j'avais tout faux à ton sujet. Tu es le fils qui est resté près de son père, même si Ethan Cade ne s'est pas occupé de vous. Tu es le frère qui maintient l'unité dans la famille quand les autres ne s'adressent plus la parole.

Ma voix s'étrangle, mais je ne peux pas me taire, les mots sortent tout seuls.

— Tu es le type dingue de fringues qui utilise un

dixième du placard pour que sa petite amie puisse ranger sa collection de chaussures de malade.

Les larmes ruissèlent sur mes joues, mais je m'en fiche.

— Et tu es le gars qui repousse tous ceux qui se rapprochent trop de toi. Parce qu'aimer quelqu'un, c'est risquer de le perdre. Comme tu as perdu ta mère. Et ton père. Mais tu ne perdras pas tes frères, ni moi.

Sa poitrine se soulève et s'abaisse rapidement, son visage est rouge.

— Tu as fini ?

Je déglutis.

— Je ne sais pas. J'ai fini ?

Adam s'avance vers moi, s'arrêtant à quelques centimètres.

— Le principal, c'est que *moi* j'en ai fini. Avec toi.

Je m'essuie le visage.

— Très bien.

La respiration tremblante, je me dirige vers la porte. Puis le regarde par-dessus mon épaule.

— Mais tu sais quoi ? Je te connais. Alors vis avec ça, Adam Cade. Il y a quelqu'un dehors qui a vu ton âme, qui t'aime et qui sait pourquoi tu la repousses.

Chapitre Quarante-Et-Un

ADAM

Je souffle la sciure sur le bois que je découpe dans l'atelier de Jaeg, puis bois de l'eau à la bouteille, sentant le liquide frais glisser dans ma gorge. Je suis penché depuis des heures, concentré sur mon projet pour ne pas laisser mes pensées s'égarer. Être dans cette ville, entouré des souvenirs de mon père, de Hayden… ça me fout en l'air. J'envisage de partir. Prendre un nouveau départ ailleurs. Peut-être à New York. Mes abrutis de frangins me manqueront, mais je ne sais pas quoi faire d'autre. Je ne peux pas rester dans cette ville.

— Tiens le support, dit Jaeg à Tyler qui est venu l'aider à assembler un treillis immense sur lequel il travaille depuis plusieurs semaines.

Il y a sculpté un dessin de Cali et le résultat final est époustouflant. Sur un rondin en haut, une biche et un cerf se tiennent ensemble, leurs têtes se touchant. Des formes géométriques et des spirales forment les pieds du treillis, créant un paysage forestier.

— C'est pour quoi faire ? je demande.

Tyler lance un regard à Jaeg qui tapote la base.

— Une arche de fiançailles.

Je n'aurais pas dû demander. La dernière chose que j'ai envie d'entendre, c'est que quelqu'un va se marier.

Une semaine est passée depuis l'inauguration des suites Bliss. Une semaine depuis la mort de mon père et les funérailles privées qui ont eu lieu peu après. Et cinq jours, trois heures et vingt-et-une minutes depuis que j'ai foutu Hayden à la porte de chez moi.

Je prends la peinture pour le nichoir et me concentre sur mon projet.

— Alors, qu'est-ce que t'en penses ? demande Jaeg.

Je lève la tête. Il a dit un truc avant, mais j'étais perdu dans mes pensées.

— De quoi ?

— Cali a une amie d'amie qu'est célibataire. On pensait t'arranger le coup.

— Tu te fous de ma gueule ? D'où sort cette idée, putain ?

Jaeg renifle et Tyler lui tend un billet de cinq.

— C'est ce que je pensais, marmonne Jaeg.

Ils font des paris sur moi maintenant ? Les salauds, ils sont insensibles.

— Ça ne m'intéresse pas, je grogne.

Jaeg met un chiffon en boule et le lance sur mon établi.

— Avant Hayden, tu serais volontiers sorti avec une fille après une rupture.

Il s'approche en secouant la tête.

— T'as largué Hayden. Je ne pensais pas que tu le ferais. Avec les autres filles… oh, sans problème. Mais pas Hayden.

Il tourne les talons et sort de l'atelier.

Je le suis des yeux.

— C'est quoi son problème ? je demande à Tyler.

Il secoue lentement la tête comme s'il ne me croyait pas non plus. Il part de la même façon.

Je pose la peinture et fixe le nichoir que je construis. Je ne peux pas me regarder dans la glace. Maintenant mes amis ne peuvent plus me regarder non plus ?

Déménager n'est pas la solution, car je devrai toujours vivre avec moi-même. Je ne suis plus sûr des conclusions que j'ai tirées à propos de Hayden. J'étais vulnérable, j'avais peur, même si je n'aime pas l'admettre. J'ai flippé et je l'ai accusée sans réfléchir.

Il est temps d'agir en homme.

HAYDEN

JE N'AI PAS PARLÉ à Adam depuis que je suis allée chez lui. Il ne m'a pas contactée, et j'ai arrêté de l'appeler. J'ai envie de lui parler, mais j'ai dit tout ce qu'il y avait à dire, et s'il n'a pas changé d'avis après ça, c'est foutu.

Je lui ai dit que je l'aimais. Et il m'a laissée partir. Ma tristesse est infinie. Je suis comme engourdie.

Je pensais… je ne sais pas ce que je pensais. Qu'il se raviserait ? Qu'il me pardonnerait ? Mais lui ai-je pardonné ? J'ai été tellement dure avec lui à propos de Bliss, et pendant toute cette histoire, il était aussi malheureux que moi de tout ce qui se passait. Il a même cherché de l'aide et mis un terme aux activités de Blackwell. C'est Adam qui a réussi cet exploit, pas moi.

J'ai consacré toute mon énergie ces derniers mois à enquêter sur Blackwell après avoir réalisé qu'il m'avait engagée pour redorer l'image du casino, et avoir appris les agressions de mes amies. Je n'allais pas laisser Blackwell et les autres s'en tirer si facilement, oh non. Je devais me battre pour les opprimés.

Qu'est-ce que j'ai cru ?

J'étais déterminée, opiniâtre… appelez ça comme vous voulez. Et aujourd'hui, j'aimerais pouvoir revenir en arrière, parce que j'ai perdu Adam. Et rien au monde ne vaut de le perdre.

Adam est une vraie tête de mule, mais c'est un mec bien. Le meilleur.

Les larmes me montent aux yeux et je grogne.

— *Merde.*

Je pose mon ordinateur portable et vais dans la cuisine chercher un mouchoir en papier. Une ombre sur la terrasse attire mon attention.

— C'est quoi ce bordel ?

Je m'essuie les joues et jette le mouchoir à la poubelle, mon cœur me martelant la poitrine. Il y a quelqu'un dehors…

Je sors un couteau de cuisine du tiroir, puis je le repose lentement. Attendez une minute. Je connais l'arrière de ce crâne, la forme de ces épaules.

Me précipitant jusqu'à la porte arrière, je l'ouvre à la volée et regarde Adam bouche bée. Il a le bras levé, un marteau à la main.

— Je comprends que tu m'en veuilles, mais t'as pas intérêt à faire un trou dans mon mur.

Il me jette un regard de défi, ramène le marteau vers lui, et l'abat sur le mur en bois…pour enfoncer un clou.

Je sors sur la terrasse.

– *Allô ?* Tu veux bien me dire ce que tu fiches ?

Il m'ignore, le bougre, et ramasse une boîte en bois. Non. Pas une boîte. Un nichoir. Un joli nichoir à vrai dire. Il l'accroche au clou, le redresse et glisse le marteau dans un des passants de son jean. Il se tourne vers moi.

Et oh mon Dieu, ce qu'il m'a manqué. Son visage, ses mains calleuses, mais tendres.

— Tu ne devrais pas t'approcher, dis-je.

J'ignore ce que je ferais, mais je suis presque sûre que je me collerais contre lui s'il ne garde pas ses distances, et ce serait humiliant. Une fille supporte mal d'être rejetée plusieurs fois de suite. Il m'apporte un nichoir, mais ça ne signifie pas qu'il veut qu'on se remette ensemble. Ça pourrait être une excuse pour la façon dont il m'a parlé la dernière fois.

Sa mâchoire se contracte.

— Tu es toujours ma petite amie.

J'en reste bouche bée. *Putain de…* Il est sérieux ?

— Qui dit ça ?

Oh, je veux être sa petite amie, mais il a perdu la mémoire. On a rompu. Il délire.

Adam passe les mains sur son visage et s'approche de moi.

— Tu ne vas pas me faciliter les choses, hein ?

— Te faciliter les choses ?

Il avance encore, jusqu'à ce que nos orteils se touchent presque et que je sois obligée de lever les yeux. Pendant un moment, il ne dit rien. Ses yeux se promènent sur mes yeux, ma bouche, mes yeux de nouveau.

— Tu avais raison. Après mon père… je ne pouvais pas te perdre aussi.

Je presse mes lèvres l'une contre l'autre et laisse échapper un long soupir plein d'espoir. Ce ne sont pas seulement des excuses. C'est plus que ça.

— Ça n'arrivera pas.

— Je perds tous ceux que j'aime.

Sa sincérité me brise le cœur.

— Tu ne me perdras pas.

— Je n'en sais rien.

Ses bras m'enlacent. Je tente de me libérer pour me disputer avec lui, mais il ne me lâche pas.

— Mais je ne laisserai pas ça m'empêcher d'être avec toi. Je vais faire tout ce que je peux pour te rendre heureuse, parce que je ne veux pas d'une vie sans toi.

Il s'éloigne juste assez pour me regarder dans les yeux.

— Je t'aime.

Je suis sonnée pendant deux secondes, puis je lui attrape la tête et je me hisse pour coller ma bouche sur la sienne, et l'embrasse comme une assoiffée.

— Tu m'as manqué, dis-je entre les baisers. Tu m'as foutu la trouille.

D'autres baisers.

— Ne me fais plus jamais ça.

Je l'embrasse de plus belle, mais cette fois il m'incline la tête et plonge sa langue dans ma bouche. Il glisse un bras sous mes fesses, me soulève et ouvre la porte ; il entre dans la maison et se dirige vers ma chambre.

J'éloigne ma bouche et lui tiens la tête à deux mains.

— T'as pas intérêt à me laisser encore tomber.

— Plus jamais.

Il écrase sa bouche sur la mienne.

Adam ouvre la porte de ma chambre et entre.

— On ne travaille plus chacun de son côté, dis-je tandis qu'il traverse la pièce. On forme une équipe à partir de maintenant. D'accord ?

— Une équipe, oui.

Puis il me jette sur le lit et plonge sur moi.

— Ça veut dire qu'on se fait confiance. Tous les deux.

— Compris, murmure-t-il en m'embrassant le cou et le haut des seins.

Je remonte son visage en le tenant par les joues.

— Adam, tu m'écoutes ?

Il me saisit une main et m'embrasse la paume.

— Oui.

Puis il fait pareil à l'autre main.

— Je suis là pour toi. Pour toujours. Je ne me comporterai plus en abruti, je ne te repousserai plus. Dans mon cerveau d'ado gorgé de testostérone, je crois que je suis tombé amoureux de toi la première fois où je t'ai vue sur les marches au lycée.

— C'est vrai ? je m'étrangle.

Ces fichues larmes m'obstruent la gorge.

— Ou alors c'est quand j'ai vu ton cul en l'air dans ton bureau le premier jour au Blue ?

Je lui tape la poitrine.

— C'est un moment sérieux !

Il sourit, baisse la tête et m'embrasse sur la bouche.

— C'est sérieux. Tout ce que j'ai dit est vrai. Je ne te quitterai pas. Honnêtement, c'était sans doute plus une punition pour moi que pour toi. J'ai failli quitter la ville parce que je n'arrêtais pas de penser à toi. Vivre près de toi sans être avec toi me tuait. Tu me donnes une autre chance ?

— Si tu m'en donnes une aussi. Je me suis braquée. Pardon de ne pas t'avoir fait confiance.

Il lève les yeux au ciel.

— Quoi ?

— Tu es têtue. Je ne veux pas que tu changes. J'aime ton côté borné. Ça m'endurcit. En parlant de ça…

Il se baisse et me chatouille les pieds, faisant glisser la main le long de ma jambe.

— Tu as beaucoup trop de fringues sur toi.

— Ah bon ? Je suis plutôt à l'aise comme ça, dis-je en faisant semblant de ne pas avoir saisi son insinuation.

— Oh non. Tu vas avoir trop chaud d'ici quelques secondes.

Sa main plonge entre mes cuisses et sa bouche aspire

mon mamelon à travers mon t-shirt, qu'il a trouvé du premier coup à travers l'étoffe, pile dessus. Je gémis doucement.

— Tu as raison. J'ai chaud. Tu ferais mieux de te désaper aussi.

Il rit et se débarrasse de son t-shirt. Son torse me distrait un instant.

— Attends, tu vas trop vite.

Je souris et promène mes mains sur son ventre, sa poitrine et ses bras.

— Nan, dit-il en baissant mon pantalon d'un coup sec. Tu sais depuis combien de temps on n'a pas…

Il hausse les sourcils.

— Je pense le savoir. Depuis que quelqu'un a décidé qu'on devait s'abstenir… dis-je mutine.

Il dégrafe mon soutien-gorge.

— Cet homme mérite de mourir.

— Euh, je vais le garder en vie. Il a son utilité.

Je palpe son érection, frustrée par son jean, le marteau toujours glissé dans un passant de ceinture entrave mes mouvements, et je crapahute au bord du lit pour tirer dessus.

Je laisse tomber le marteau sur le sol. J'aime son matos, mais ce n'est pas celui qui m'intéresse pour le moment.

— Pendant que t'es là, dit-il, sur le dos, les bras croisés sous sa tête, tu pourrais enlever ton pantalon aussi.

— C'est comme ça que ça va se passer ?

J'attrape un préservatif dans la réserve de sécurité qu'Adam a constituée il y a quelques semaines.

Il hausse les épaules.

J'enlève mon haut (parce qu'apparemment dégrafer mon soutien-gorge lui suffisait), me débarrasse de mon jean, de mes sous-vêtements et je lui grimpe dessus.

Il avale sa salive.

— Merde, c'est la vision la plus sexy du monde.

Je frotte son érection, qui tapote son nombril, et la tire en arrière jusqu'à ce qu'elle soit droite. Je déroule le préservatif dessus. Les yeux d'Adam s'écarquillent et il s'agrippe à mes hanches. Je me soulève et m'empale sur lui jusqu'à la garde.

Adam renverse la tête en arrière.

— Putain.

J'appuie les mains sur ses épaules et je bascule les hanches en glissant de haut en bas dans des mouvements lents.

— C'est ça que tu voulais ? Que je fasse tout le travail ?

Son visage est tendu. Il me retourne sur le dos.

— Pas aujourd'hui. Ça fait trop longtemps.

Puis il va et vient en moi, une main sur ma poitrine, l'autre sur le côté de mon visage, et son corps frappe à tous les bon endroits qui applaudissent en chœur, sa présence leur ayant cruellement manqué.

L'orgasme ne me balaie pas ; il me frappe comme la foudre. Je hurle, cherche de l'air.

Quand mon esprit redescend enfin sur Terre, je vois des gouttes de sueur briller sur le front et le torse d'Adam. Il me bascule pour que je sois à nouveau sur lui et me pilonne par-dessous, agrippé à mes hanches, les abdos contractés à mort.

Un râle jaillit du fond de sa gorge. Son rythme ralentit, devient hésitant.

Il aplatit sa main sur mon dos et me colle contre sa poitrine, pressant de doux baisers sur mon visage. Nous roulons sur le côté et nous nous regardons dans les yeux.

Ça m'a manqué, ce regard.

Après quelques minutes, la réalité revient en force : j'ai envie d'aller aux toilettes. Quand je me recouche, Adam tire la couverture sur moi.

— Je vais squatter ici pendant un moment. J'espère que ça te convient ? Ma maison est nulle sans toi à l'intérieur.

Je souris et lui enlace la taille.

— Je ne me sens pas chez moi sans tes costumes qui prennent la place de mes chaussures dans le dressing.

Il sourit et ferme les yeux.

— Alors c'est réglé. Je reste.

Chapitre Quarante-Deux

ADAM

Six semaines plus tard

Hayden me jette un coup d'œil depuis le siège passager du bateau.

— T'es sûr qu'on peut naviguer la nuit sans danger ?

— C'est à ça que servent les lumières du bateau.

— Mais elles sont tellement petites.

Je souris.

— C'est un grand lac, Hayden, et il est tard. Je doute qu'on croise quelqu'un.

Elle s'avance sur son siège pour balayer les eaux sombres du regard.

— D'accord, je te fais confiance, dit-elle, même si son ton n'exprime pas la confiance.

Je pouffe.

— T'es sûre ?

Elle regarde l'eau de nouveau.

— Quoi ? Je te fais confiance.

Je lui fais un clin d'œil, car je sais que c'est le cas. Ma copine n'aime pas ne pas avoir la situation bien en mains, c'est tout. Heureusement, je suis un homme fort et je peux la gérer.

Mais bien sûr, je ne lui dis pas, sinon elle me botterait le cul.

J'arrête le bateau après un court moment et je coupe le moteur.

— Où sont les couvertures ?

Elle se lève et se penche vers la banquette où elles se trouvent, et j'en profite pour lui mettre la main au cul. Elle tourne la tête vers moi.

— Vilain garçon.

Je hausse les épaules.

— Tu me connais. Si tu mets ça sous mon nez, je vais le caresser.

Elle me jette les couvertures à la tête et je ris.

— Assieds-toi une minute.

— Pourquoi ? demande-t-elle méfiante.

— Où est passée ta confiance, mon amour ?

Elle grommelle, et je souris en étendant les épaisses couvertures sur le pont, à l'arrière du bateau. Je prends l'oreiller que j'ai apporté pour le lit improvisé et je m'allonge, tapotant les couvertures.

— Viens là.

Elle rampe vers moi.

— Qu'est-ce que tu manigances ?

— Je me disais qu'on pourrait contempler les étoiles au milieu du lac.

Elle se blottit contre moi et je la couvre.

— En fait, c'est plutôt romantique.

Nous regardons les étoiles un moment, ma main lui caressant nonchalamment le bras. Tout ça, c'est du cinéma ; à l'intérieur, je suis plus nerveux que jamais.

— J'ai parlé à Levi.

— Oh ?

Elle se blottit davantage et je sens le bout de son nez froid contre mon cou.

— On a lu le testament de mon père il y a plusieurs semaines déjà. Je n'y suis pas allé. Je ne pouvais pas… je n'étais juste pas d'humeur à voir des gens. Levi a dit que notre père m'a légué quelque chose. Je l'ai récupéré il y a deux semaines environ, mais je voulais attendre à ce soir pour t'en parler.

Elle se recule un peu pour me regarder.

— Tout va bien ?

— Ouais. Tout est parfait. Enfin, pas parfait, on n'est pas parfaits et on va sûrement se faire tourner en bourrique parfois.

Là, je divague. *Génial, Cade.*

— Ce que j'essaie de dire, c'est que tu es parfaite pour moi, et je t'aime. Je n'imagine pas ma vie sans toi, et j'en ai marre de faire l'aller-retour entre chez toi et chez moi pour aller chercher des fringues.

— Alors… tu veux qu'on habite ensemble ?

— Oui, bien sûr, mais… Hayden…

Je déglutis. Bon sang, pourquoi c'est si difficile ?

— Je veux t'épouser. Je… Je t'aime, et je veux t'épouser. Tu veux bien être ma femme ?

Elle est silencieuse. Et immobile.

— Hayden?

J'approche mon visage jusqu'à ce que mon nez touche le sien. Il fait tellement sombre que je distingue à peine ses yeux, mais je crois qu'elle pleure. Merde.

— On peut attendre. Il n'y a pas d'urgence…

Elle me saute dessus, me coupant pratiquement le souffle.

— C'est un oui ?

— Je t'aime, dit-elle d'une voix essoufflée comme si elle avait couru un marathon. Oui.

Je la serre fort contre moi, reconnaissant envers mon père. Si je ne l'avais pas écouté et n'avais pas pris ce job au Blue, je n'aurais peut-être pas appris à connaître Hayden. Nous nous serions sans doute croisés, puisqu'on a des amis en commun, mais ça n'aurait pas été pareil. Je ne l'aurais pas vue tous les jours, et je n'aurais pas eu l'occasion de l'enquiquiner jusqu'à ce qu'elle soit obligée de succomber à mon charme. Du coup, j'ai beaucoup de raisons d'être reconnaissant. Mon père, ma mère, mes frères, et la femme dans mes bras.

Je la fais rouler sur le côté avant de fouiller dans ma poche.

— Tu n'es pas obligée de la porter comme bague de fiançailles. Je peux t'en acheter une autre, mais c'est ce que mon père m'a légué dans son testament. Il a dit que ma mère aurait voulu que je l'aie.

Je lève la bague sertie d'un gros diamant blanc entouré de diamants plus petits. Elle est jolie, mais je ne connais rien aux bijoux, et je veux que Hayden aime la bague qu'elle portera.

Elle pince les lèvres, et cette fois, je suis certain de voir les larmes rouler sur ses joues. Mince, j'aurais dû apporter une lanterne.

— C'est la plus belle chose que j'aie vue de toute ma vie, dit-elle d'une voix chevrotante d'émotion en glissant la bague sur son annulaire gauche. Ne t'avise surtout pas d'en acheter une autre. Je l'adore.

Je l'attire vers moi en observant son annulaire. Et pendant un instant, je me souviens de cette bague. De la façon dont elle scintillait à la main de ma mère. Elle me laissait la faire tourner autour de son doigt.

Je regarde Hayden dans les yeux.

— Je t'avertis : je m'apprête à dire un truc ringard.

J'inspire profondément, refoulant les émotions qui me

serrent la gorge et menacent de me faire perdre ma crédibilité de mec.

— Je n'ai jamais été aussi heureux de ma vie qu'en ce moment, et tu apparais nue dans tous les meilleurs moments de ma vie, alors tu peux imaginer que la compétition était féroce.

Elle sourit, et cette fois je le vois, car elle rayonne littéralement.

— Merci de ne jamais supporter mes conneries, mais de m'aimer même quand je fais le con. Je serai toujours là pour toi, je me battrai toujours pour toi.

Je l'embrasse, et c'est à croire que sa lumière se transmet par notre baiser, réchauffant mon corps et faisant fondre mon cœur, que je croyais congelé à jamais.

Épilogue

ADAM

— Tu peux le faire, dis-je à Jaeg.

On dirait qu'il va perdre connaissance. Qu'arrive-t-il lorsqu'un type de deux mètres et cent kilos s'écroule dans la forêt ? Est-ce qu'on l'entend tomber ?

Jaeg déglutit et touche sa cravate.

— T'es sûr que j'ai pas l'air d'un imbécile ?

— Évidemment, mais c'est le but. C'est pourquoi on appelle ça un grand geste.

Il est blanc comme un linge.

— Je crois que je vais vomir.

— Ne vomis pas. Ça va ruiner le côté romantique. Ressaisis-toi, mec.

Des aboiements éclatent derrière, et nous nous retournons. Un petit teckel brun défie la gravité ainsi que sa taille en bondissant plus d'un mètre dans les airs, visant directement l'entrejambe de Jaeg. Je bronche.

Mais Jaeg attrape le mini chien avec une agilité inouïe.

— Salut, Buddy, roucoule-t-il de la voix efféminée qu'il utilise pour parler au clébard de Cali, qu'elle traite comme si c'était son propre enfant. Comment tu vas, mon toutou ?

— Jaeg. Ils arrivent bientôt.

Il se redresse et s'éclaircit la gorge.

— Oui. Prends Buddy, dit-il en me tendant le chien, qui se débat dans mes mains. Tiens-le bien. Cali va me tuer s'il lui arrive quelque chose.

Je lève les yeux au ciel. C'est *Jaeg* qui me casserait le bras si quelque chose arrivait au clébard.

— Ils arrivent. Concentre-toi.

Il jogge sur place, son physique de Musclor étirant le costume gris clair que je l'ai aidé à choisir.

— Calme-toi, tu vas péter une couture.

Il secoue les bras et inspire profondément.

— Je suis prêt. Va te cacher avant qu'elle te voie.

Le plan est d'attirer Cali au milieu de la forêt, où Jaeg nous a fait transporter, les mecs et moi, le treillis géant d'une tonne qu'il a fabriqué à la main. J'ai failli me déchirer un muscle tellement ce truc à la con était lourd. Jaeg bossait dessus depuis des mois, mais il vient juste de nous dire ce qu'il avait l'intention d'en faire.

— Buddy ! crie la voix de Cali.

Je pique un sprint dans les bois, tenant le roquet comme un ballon de football, et plonge derrière le rocher où Hayden et le reste de la bande attendent et espionnent. Hayden pose un baiser sur ma joue, puis frotte la tête de Buddy. Nous voyons Cali et Gen apparaître dans le sentier.

La mâchoire de Cali tombe quand elle le voit.

– Jaeger ?

Gen se faufile vers nous pendant que Cali est trop subjuguée par Jaeg et le treillis pour le remarquer.

Jaeg pose un genou à terre, et Hayden est si excitée qu'elle me serre le bras de toutes ses forces.

— Oh mon Dieu, chuchote-t-elle.

— Cali, dit la voix profonde de Jaeg. Tu es le feu, le cœur et l'âme de ma vie. Je ne savais pas que je pouvais aimer quelqu'un à ce point avant de te rencontrer. Veux-tu m'épouser ?

Succinct, mais efficace.

Cali lui saute sur les genoux et l'enfourche, et il manque de tomber à la renverse, mais se retient avec une main, enroulant l'autre bras autour d'elle. Depuis notre cachette, nous n'entendons pas ce qu'ils se disent, mais je parie que ce n'est qu'une symphonie de bruits de succion de toute façon.

Jaeg sort un écrin et ouvre le couvercle. Cali regarde dedans, et cette fois ils tombent par terre. Jaeg est sur le dos, dans son complet trois-pièces Gucci, et Cali l'embrasse à cœur perdu.

— On devrait peut-être les laisser seuls un moment, je suggère.

Lewis, Tyler, Zach et les filles opinent, et nous nous éloignons à pas feutrés, le sourire aux lèvres. Hayden et moi prenons un sentier différent qui offre une vue sur le lac, entrecoupée d'arbres. Je la serre contre moi d'un bras, Buddy toujours dans l'autre, et nous contemplons l'eau. Le lac Tahoe est d'un bleu clair aux endroits les moins profonds et sombre dans ses profondeurs, et c'est grâce à lui que nous sommes réunis. Comme le lac, cette ville recèle beaucoup plus que ce que l'on voit à la surface. Il y règne à la fois le bien et le mal, et je n'y changerais rien, car ce sont les obstacles que nous avons surmontés qui ont fait de nous qui nous sommes aujourd'hui.

Je regarde Hayden et je l'embrasse, heureux chaque jour de ma vie qu'elle m'ait donné une autre chance, et d'avoir osé regarder sous la surface.

———

Merci infiniment d'avoir lu la série *Jamais avec lui* !

Faites des Frères Cade votre prochaine lecture.

Ne manquez pas la série dérivée de *Jamais avec lui,* celle des frères Cade. Le premier tome des Frères Cade est *La Tentation de Levi,* dont le héros est Levi, le pompier et frère aîné d'Adam.

Lisez *La Tentation de Levi* maintenant !

Auteure à succès de USA TODAY

Série Les frères Cade

La Tentation de Levi (tome 1)

Le Défi de Wes (tome 2)

La Séduction de Bran (tome 3)

La Réforme de Hunt (tome 4)

Série Jamais avec lui

Jamais avec un ami de ton frère (tome 1)

Jamais avec un dragueur (tome 2)

Jamais avec ton ex (tome 3)

Jamais avec ton meilleur ami (tome 4)

Jamais avec ton ennemi (tome 5)

À propos de l'auteur

Jules Barnard est une auteure à succès de USA Today dans les genres romance contemporaine et fantaisie romantique. Ses récits contemporains comprennent les séries Jamais avec lui et les Frères Cade. Elle écrit de la fantaisie romantique sous son nom de plume dans la collection Halven Rising que le Library Journal qualifie de « … nouvelle aventure fantastique passionnante. » Qu'elle écrive sur les hommes séduisants du lac Tahoe ou sur le monde féérique d'un campus universitaire, Jules nous délecte d'histoires captivantes, pleines d'amour et d'humour.

Quand Jules n'est pas en jogging en train d'écrire en se récompensant par des chocolats, elle passe du temps avec son mari et ses deux enfants dans leur petite ville natale sur la côte Pacifique. Elle a le super pouvoir d'être capable de lire en cavalant sur un tapis de course ou en brûlant le dîner.

Pour plus d'information, visitez le site web de Jules :
https://julesbarnard.com/francais/